sagarana

50 global editora

joão guimarães rosa

sagarana

Apresentação
Walnice Nogueira Galvão

global
editora

72ª Edição, Editora Nova Fronteira, Rio de Janeiro 2017
1ª Edição, Global Editora, São Paulo 2019
4ª Reimpressão, 2025

Jefferson L. Alves – diretor editorial
Gustavo Henrique Tuna – gerente editorial
Flávio Samuel – gerente de produção
Jefferson Campos – assistente de produção
Helô Beraldo – editora assistente
Erika Nakahata – assistente editorial
Adriane Piscitelli, Aline Araújo e Carina de Luca – revisão
Araquém Alcântara – foto de capa (Jaíba, Minas Gerais, 2012)
Victor Burton e Anderson Junqueira – capa
Tathiana A. Inocêncio – projeto gráfico

CIP-BRASIL. CATALOGAÇÃO NA PUBLICAÇÃO
SINDICATO NACIONAL DOS EDITORES DE LIVROS, RJ

R694s

Rosa, João Guimarães, 1908-1967
Sagarana / João Guimarães Rosa ; apresentação Walnice Nogueira Galvão. - 1. ed. - São Paulo : Global, 2019.
344 p. ; 23 cm.

cronologia
ISBN 978-85-260-2464-9

1. Ficção brasileira. I. Walnice Nogueira Galvão. II. Título.

19-55667 CDD: 869.3
CDU: 82-3(81)

Leandra Felix da Cruz – Bibliotecária – CRB-7/6135

Global Editora e Distribuidora Ltda.
Rua Pirapitingui, 111 – Liberdade
CEP 01508-020 – São Paulo – SP
Tel.: (11) 3277-7999
e-mail: global@globaleditora.com.br

grupoeditorialglobal.com.br
@globaleditora
blog.grupoeditorialglobal.com.br
/globaleditora
/globaleditora
@globaleditora
/globaleditora
@globaleditora

Nº de Catálogo: **4395**

Eugênio Silva/O Cruzeiro/EM/D.A Press

Nota da Editora

A Global Editora, coerente com seu compromisso de disponibilizar aos leitores o melhor da literatura em língua portuguesa, tem a satisfação de ter em seu catálogo o escritor João Guimarães Rosa. Sua obra literária segue impressionando o Brasil e o mundo graças ao especial dom do escritor de engendrar enredos que têm como cenário o Brasil profundo do sertão.

A décima edição de *Sagarana*, publicada pela Livraria José Olympio Editora em 1968, foi o norte para o estabelecimento de texto da presente edição. Mantendo em tela a responsabilidade de conservar a inventividade da linguagem por Rosa concebida, foi realizado um trabalho minucioso, contudo pontual, no que tange a atualização da grafia das palavras conforme as reformas ortográficas da língua portuguesa de 1971 e de 1990.

Como é sabido, Rosa tinha um projeto linguístico próprio, o qual foi sendo lapidado durante os anos de escrita de seus livros. Sobre sua forma ousada de operar o idioma, o escritor mineiro chegou a confidenciar em uma entrevista a Günter Lorenz, dada em Gênova, em janeiro de 1965:

> Nunca me contento com alguma coisa. Como já lhe revelei, estou buscando o impossível, o infinito. E, além disso, quero escrever livros que depois de amanhã não deixem de ser legíveis. Por isso acrescentei à síntese existente a minha própria síntese, isto é, incluí em minha linguagem muitos outros elementos, para ter ainda mais possibilidade de expressão.

Diante dessa missão que o autor tomou para si ao longo de sua carreira literária e que o levou a ser considerado, por muitos, um dos mais importantes ficcionistas do século XX, nos apropriamos de outra missão na presente edição: a de honrar, zelar e manter a força viva que constitui a escrita rosiana.

"Lá em cima daquela serra,
passa boi, passa boiada,
passa gente ruim e boa,
passa a minha namorada."

(Quadra de desafio.)

"For a walk and back again", said the fox. "Will you come with me? I'll take you on my back. For a walk and back again."

(Grey Fox, estória para meninos.)

Sumário

Os *causos* do sertão — Walnice Nogueira Galvão..... 13

Carta de João Guimarães Rosa a João Condé, revelando segredos de "Sagarana"........................... 17

O burrinho pedrês 25

Traços biográficos de Lalino Salãthiel ou A volta do marido pródigo 79

Sarapalha... 121

Duelo 141

Minha gente.. 169

São Marcos 211

Corpo fechado... 237

Conversa de bois... 263

A hora e vez de Augusto Matraga 293

Sagarana — Antonio Candido............................... 333

Cronologia.. 339

Os *causos* do sertão

Sagarana iniciou sua ilustre trajetória chamando-se *Contos,* sendo assim apresentado em 1938 sob pseudônimo a um concurso literário no Rio de Janeiro, ficando em segundo lugar. E o autor continuou desconhecido, ninguém sabia quem era. Interveio nesse ponto a carreira diplomática de Guimarães Rosa, que o transportou para Hamburgo (Alemanha), onde ocuparia seu primeiro posto como vice-cônsul, no mesmo ano.

Entre mudança de vida, Segunda Guerra que logo eclodiria e cobriria largo período, o escritor passou oito anos corrigindo os originais inéditos. Podou e comprimiu, reduzindo meio milheiro de páginas a perto de metade. Eliminou três dos contos, restando os nove da versão definitiva. Corrigiu e emendou, de modo que quando o livro saiu, em 1946, estava bem diferente. O resultado é que com esse livro Guimarães Rosa descobriu seu estilo, que depois se desdobraria no restante de sua obra. O trabalho exaustivo valeria a pena: foi ali que se revelou um grande, um genial escritor.

É livro de estreia, e estreia tardia, aos 38 anos. Quando consideramos o que escreveu antes, vemos que ainda buscava seu caminho, o qual só encontraria com este livro. Até então publicara alguns contos em revistas e escrevera um livro inédito de poesia. Os contos se passam quase todos bem longe, fora do Brasil. E, embora ganhasse um prêmio, poesia não era mesmo sua vocação. Tão pouco essas primícias o expressavam que nunca quis recolhê-las em livros, deixando tudo, contos e poesia, relegado às gavetas.

Este livro assinala o ponto de partida de uma trajetória extraordinária. O primeiro de uma série de obras-primas, foi com ele que Guimarães Rosa afinou seus instrumentos, sua maneira, sua linguagem. E, acima de tudo, circunscreveu seu espaço — o sertão —, tão decisivo e tão marcante. Depois viriam *Corpo de baile, Grande sertão: veredas, Primeiras estórias, Tutameia — Terceiras estórias, Estas estórias* e *Ave, palavra,* os dois últimos póstumos.

Impondo de saída suas coordenadas, o espaço de *Sagarana* concentra-se no sertão de Minas Gerais, cenário rosiano por excelência. Com suas peculiaridades tanto geográficas quanto demográficas, dá margem não só a um verismo aderente à empiria, mas também a prospecções metafísicas. É o que se verifica no tratamento em nível simbólico dos embates entre Deus e o Diabo, projetando esse espaço na arena da alma dos viventes.

As personagens típicas, portanto, são os sertanejos, tanto nos afazeres cotidianos como em situações excepcionais, tanto na paz como na guerra, tanto na faina diária como na festa.

Colada à matéria do sertão, chama a atenção a linguagem. Original, sem dúvida, a mais brilhante e estupenda linguagem. Baseada na oralidade sertaneja, aproveita regionalismos e arcaísmos ali preservados, dedicando-se igualmente a adaptar estrangeirismos e a criar neologismos. Esse amálgama será a marca registrada de toda a obra do autor.

Uma linguagem com esse cunho esposa uma reelaboração da oralidade, e assim sendo propõe um estatuto para o narrador. Quem conta a história é um narrador sertanejo, às vezes mas nem sempre identificado. Esse recurso, aparentemente simples, confere naturalidade e espontaneidade à escolha do vocabulário, que fica verossímil porque saído da boca de um morador daquelas paragens.

A capacidade de fabulação é quase infinita, entremostrando-se na fertilidade em criar enredos: os enredos que Guimarães Rosa cria, e não repete, são numerosíssimos. Destaca-se sua habilidade para contar *causos*, de que frequentemente os contos se dão como ampliações. São tantos, tão variados e tão complexos que não se esgotarão tão cedo e muito ainda renderão. Mas vale a pena examiná-los mais de perto.

Sagarana traz nove contos, de extensão variada. Cheios de prodígios e versando variegados assuntos, podem abordar um bestiário, que, aliás, registra uma preferência do autor. Podem trazer uma intriga de politicagens dos coronéis do interior. Podem concentrar-se nas relações de amizade ou de discórdia entre parentes e amigos. Podem chamar à cena as proezas de valentões ou, então, episódios de feitiçaria.

De todos eles, chama a atenção aquele a quem o autor atribuiu uma posição enfática como fecho do conjunto, ao colocá-lo em último lugar. A posteridade o confirmaria nessa posição, porque o elevou a uma das mais prezadas obras do escritor. Trata-se aqui de "A hora e vez de Augusto Matraga", o mais importante e profundo conto da coletânea, com uma recepção de alcance muito maior. Atestam-no as numerosas adaptações para teatro e para cinema, tendo até resultado em dois filmes, um de Roberto Santos (1965), até hoje a mais perfeita transposição do difícil autor para o cinema, outro de Vinícius Coimbra (2015). Conforme o próprio autor, foi ao escrevê-lo que atinou com o que queria fazer — e não é a menor de todas as proezas a criação de um narrador sertanejo anônimo.

Focalizando o percurso de um homem que começara mandão e prepotente, mostra como, perdendo tudo de repente, Matraga é dado como morto ao ser jogado de um barranco. Recolhido por um casal de devotos pretos velhos que moram num rancho, é por eles recuperado tanto no corpo como na alma. Volta à vida para fazer penitência em arrependimento pelos pecados anteriores, com remorso pelos males que causara em função de sua índole violenta, rogando pela oportunidade de redimir-se. Chegará às raias do martírio, ao se utilizar novamente da violência que renegara, porém imolando-se em lugar de uma pessoa indefesa. É assim que Matraga vai ao encontro daquilo por que tanto ansiava, sua hora e vez, na morte.

Uma última palavra a respeito do título desta coletânea. Como já dito, foi apresentada ao concurso como *Contos*, um termo anódino e que já rotulou inúmeros livros. No quase decênio de reelaboração, acabou encontrando outro que faria história e revelaria um escritor já dono de seus instrumentos e neles confiante, sem temor de inventar um neologismo cuja bela sonoridade repousa sobre a repetição de quatro *aaaa*. Ao somar o germânico *saga* (= conjunto ou série de estórias, aliás orais, derivado do verbo "dizer", portanto índice épico) ao sufixo tupi *-rana* (= à maneira de), João Guimarães Rosa mostra que está pronto para dedicar-se a sua obra, consciente do que está fazendo. A palavra "sagarana" traçou uma fortuna própria. De todas — e são tantas — que o escritor criou, esta caiu no gosto geral e já passou a nomear uma infinidade de municípios, cidades, escolas, ruas, edifícios, praças, livrarias e até uma cachaça mineira.

Mas nada, nada mesmo, prepara o leitor para as maravilhas desta leitura, que agora se inicia.

WALNICE NOGUEIRA GALVÃO

Professora Emérita de Teoria Literária e Literatura Comparada da Faculdade de Filosofia, Letras e Ciências Humanas da Universidade de São Paulo. Foi Professora Visitante nas Universidades de Austin, Iowa City, Columbia, Paris VIII, Freie Universität Berlin, Poitiers, Colonia, École Normale Supérieure, Oxford, Berlin 2. Tem 40 livros publicados: sobre Guimarães Rosa, Euclides da Cunha, crítica da literatura e da cultura. Entre outros, estão os premiados: *Mínima mímica: ensaios sobre Guimarães Rosa* (2008 — Prêmio Biblioteca Nacional) e *Euclidiana: ensaios sobre Euclides da Cunha* (2009 — Prêmio Academia Brasileira de Letras). Escreve assiduamente para jornais e revistas.

Carta de João Guimarães Rosa a João Condé, revelando segredos de "Sagarana"

Prezado João Condé

Exigiu você que eu escrevesse, *manu propria*, nos espaços brancos deste seu exemplar de "Sagarana", uma explicação, uma confissão, uma conversa, a mais extensa, possível — *o imposto João Condé para escritores*, enfim. Ora, nem o assunto é simples, nem sei eu bem o que contar. Mirrado pé de couve, seja, o livro fica sendo, no chão do seu autor, uma árvore velha, capaz de transviá-lo e de o fazer andar errado, se tenta alcançar-lhe os fios extremos, no labirinto das raízes. Graças a Deus, tudo é mistério.

Algo, porém, tem de ser dito. Ao autor o que é do autor, mas a João Condé o que é de João Condé.

Assim, pois, em 1937 — um dia, outro dia, outro dia... — quando chegou a hora de o "Sagarana" ter de ser escrito, pensei muito. Num barquinho, que viria descendo o rio e passaria ao alcance das minhas mãos, eu ia poder colocar o que quisesse. Principalmente, nele poderia embarcar, inteira, no momento, a minha *concepção-do-mundo*.

Tinha de pensar, igualmente, na palavra "arte", em tudo o que ela para mim representava, como *corpo* e como *alma*; como um daqueles variados caminhos que levam do temporal ao eterno, principalmente.

Já pressentira que o livro, não podendo ser de poemas, teria de ser de novelas. E — sendo meu — uma série de Histórias adultas da Carochinha, portanto.

Rezei, de verdade, para que pudesse esquecer-me, por completo, de que algum dia já tivessem existido septos, limitações, tabiques, preconceitos, a respeito de normas, modas, tendências, escolas literárias, doutrinas, conceitos, atualidades e tradições — no tempo e no espaço. Isso, porque:

na panela do pobre, tudo é tempero. E, conforme aquele sábio salmão grego de André Maurois: um rio sem margens é o ideal do peixe.

Aí, experimentei o meu estilo, como é que estaria. Me agradou. De certo que eu amava a língua. Apenas, não a amo como a mãe severa, mas como a bela amante e companheira. O que eu gostaria de poder fazer (não o que fiz, João Condé!) seria aplicar, no caso, a minha interpretação de uns versos de Paul Éluard: ... "o peixe avança nágua, como um dedo numa luva"... Um ideal: precisão, micromilimétrica.

E riqueza, oh! riqueza... Pelo menos, impiedoso, horror ao lugar-comum; que as chapas são pedaços de carne corrompida, são pecados contra o Espírito Santo, são taperas no território do idioma.

Mas, ainda haveria mais, se possível (sonhar é fácil, João Condé, realizar é que são elas...): além dos estados líquidos e sólidos, por que não tentar trabalhar a língua também em *estado gasoso*?!

Àquela altura, porém, eu tinha de escolher o terreno onde localizar as minhas histórias. Podia ser Barbacena, Belo Horizonte, o Rio, a China, o arquipélago de Neo-Baratária, o espaço astral, ou, mesmo, o pedaço de Minas Gerais que era mais meu. E foi o que preferi. Porque tinha muitas saudades de lá. Porque conhecia um pouco melhor a terra, a gente, bichos, árvores. Porque o povo do interior — sem convenções, "poses" — dá melhores personagens de parábolas: lá se veem bem as reações humanas e a ação do destino: lá se vê bem um rio cair na cachoeira ou contornar a montanha, e as grandes árvores estalarem sob o raio, e cada talo do capim humano rebrotar com a chuva ou se estorricar com a seca.

Bem, resumindo: ficou resolvido que o livro se passaria no interior de Minas Gerais. E compor-se-ia de 12 novelas. Aqui, caro Condé, findava a fase de premeditação. Restava agir.

Então, passei horas de dias, fechado no quarto, cantando cantigas sertanejas, dialogando com vaqueiros de velha lembrança, "revendo" paisagens da minha terra, e aboiando para um gado imenso. Quando a *máquina* esteve pronta, parti. Lembro-me de que foi num domingo, de manhã.

O livro foi escrito — quase todo na cama, a lápis, em caderno de 100 folhas — em sete meses; sete meses de exaltação, de deslumbramento. (Depois, repousou durante sete anos; e, em 1945 foi "retrabalhado", em cinco meses, cinco meses de reflexão e de lucidez).

Lá por novembro, contratei com uma datilógrafa a passagem a limpo. E, a 31 de dezembro de 1937, entreguei o original, às 5 e meia da tarde, na Livraria José Olympio. O título escolhido era "Sezão"; mas, para melhor resguardar o anonimato, pespeguei no cartapácio, à última hora, este rótulo simples: "Contos" (*título provisório, a ser substituído*) por *Viator*. Porque eu ia ter de começar longas viagens, logo após.

Como já disse, as histórias eram doze:

I) — O burrinho pedrês — Peça não profana, mas sugerida por um acontecimento real, passado em minha terra, há muitos anos: o afogamento de um grupo de vaqueiros, num córrego cheio.

II) — A volta do marido pródigo — A menos "pensada" das novelas do "Sagarana", a única que foi pensada velozmente, na ponta do lápis. Também, quase não foi manipulada, em 1945.

III) — Duelo — Aqui, tudo aconteceu ao contrário do que ficou dito para a anterior: a história foi meditada e "vivida", durante um mês, para ser escrita em uma semana, aproximadamente. Contudo, também quase não sofreu retoques em 1945.

IV) — Sarapalha — Desta, da história desta história, pouco me lembro. No livro, será ela, talvez, a de que menos gosto.

V) — Questões de família — História fraca, sincera demais, meio autobiográfica, mal realizada. Foi expelida do livro e definitivamente destruída.

VI) — Uma história de amor — Um belo tema, que não consegui desenvolver razoavelmente. Teve o mesmo destino da novela anterior.

VII) — Minha gente — Por causa de uma gripe, talvez, foi escrita molemente, com uma pachorra e um descansado de espírito, que o autor não poderia ter, ao escrever as demais.

VIII) — Conversa de bois — Aqui, houve fenômeno interessante, o único caso, neste livro, de mediunismo puro. Eu planejara escrever um conto de carro-de-bois com o carro, os bois, o guia e o carreiro. Penosamente, urdi o enredo, e, um sábado, fui dormir, contente, disposto a pôr em caderno, no domingo, a história (n. 1). Mas, no domingo caiu-me do ou no crânio, prontinha, espécie de Minerva, outra história (n. 2) — também com carro, bois, carreiro e guia — totalmente diferente da véspera. Não hesitei: escrevi-a, logo, e me esqueci da outra, da anterior. Em 1945, sofreu grandes retoques, mas nada recebeu da versão pré-histórica, que fora definitivamente sacrificada.

IX) — Bicho mau — Deixou de figurar no "Sagarana", porque não tem parentesco profundo com as nove histórias deste, com as quais se amadrinhara, apenas, por pertencer à mesma época e à mesma zona. Seu sentido é outro. Ficou guardada para outro livro de novelas, já concebido, e que, daqui a alguns anos, talvez seja escrito.

X) — Corpo fechado — Talvez seja a minha predileta. Manuel Fulô foi o personagem que mais conviveu "Humanamente" comigo, e cheguei a desconfiar de que ele pudesse ter uma qualquer espécie de existência. Assim, viveu ele para mim mais umas 3 ou 4 histórias, que não aproveitei no papel, porque não tinham valor de parábolas, não "transcendiam".

XI) — São Marcos — Demorada para escrever, pois exigia grandes esforços de memória, para a reconstituição de paisagens já muito afundadas. Foi a peça mais trabalhada do livro.

XII) — A hora e vez de Augusto Matraga — História mais séria, de certo modo síntese e chave de todas as outras, não falarei sobre o seu conteúdo. Quanto à forma, representa para mim vitória íntima, pois, desde o começo do livro, o seu estilo era o que eu procurava descobrir.

Por ora, Condé, aqui está o que eu pude relembrar, acerca do "Sagarana". Se Você quiser, eu poderei contar, mais tarde —, num exemplar da 2ª edição — algumas passagens históricas, ocorridas entre o dia 31 de dezembro de 1937 e a data em que o livro foi entregue à Editora Universal. Serve?

Com o cordial abraço do
Guimarães Rosa.

(Carta transcrita do livro *Relembramentos: João Guimarães Rosa, meu pai*, de Vilma Guimarães Rosa. 4ª edição revista e ampliada. Rio de Janeiro: Nova Fronteira, 2014. p. 486-489.)

sagarana

"E, ao meu macho rosado,
carregado de algodão,
preguntei: p'ra donde ia?
P'ra rodar no mutirão."
(Velha cantiga, solene, da roça.)

O burrinho pedrês

Era um burrinho pedrês, miúdo e resignado, vindo de Passa-Tempo, Conceição do Serro, ou não sei onde no sertão. Chamava-se Sete-de--Ouros, e já fora tão bom, como outro não existiu e nem pode haver igual.

Agora, porém, estava idoso, muito idoso. Tanto, que nem seria preciso abaixar-lhe a maxila teimosa, para espiar os cantos dos dentes. Era decrépito mesmo à distância: no algodão bruto do pelo — sementinhas escuras em rama rala e encardida; nos olhos remelentos, cor de bismuto, com pálpebras rosadas, quase sempre oclusas, em constante semi-sono; e na linha, fatigada e respeitável — uma horizontal perfeita, do começo da testa à raiz da cauda em pêndulo amplo, para cá, para lá, tangendo as moscas.

Na mocidade, muitas coisas lhe haviam acontecido. Fora comprado, dado, trocado e revendido, vezes, por bons e maus preços. Em cima dele morrera um tropeiro do Indaiá, baleado pelas costas. Trouxera, um dia, do pasto — coisa muito rara para essa raça de cobras — uma jararacussú, pendurada do focinho, como linda tromba negra com diagonais amarelas, da qual não morreu porque a lua era boa e o benzedor acudiu pronto. Vinha-lhe de padrinho jogador de truque a última intitulação, de baralho, de manilha; mas, vida a fora, por amos e anos, outras tivera, sempre involuntariamente: *Brinquinho*, primeiro, ao ser brinquedo de meninos; *Rolete*, em seguida, pois fora gordo, na adolescência; mais tarde, *Chico-Chato*, porque o sétimo dono, que tinha essa alcunha, se esquecera, ao negociá-lo, de ensinar ao novo comprador o nome do animal, e, na região, em tais casos, assim sucedia; e, ainda, *Capricho*, visto que o novo proprietário pensava que Chico-Chato não fosse apelido decente.

A marca-de-ferro — um coração no quarto esquerdo dianteiro — estava meio apagada: lembrança dos ciganos, que o tinham raptado e disfarçado, ovantes, para a primeira baldroca de estrada. Mas o roubo só rendera cadeia e pancadas aos pândegos dos ciganos, enquanto Sete-de-Ouros voltara para a Fazenda da Tampa, onde tudo era enorme e despropositado: três mil alqueires de terra, toda em pastos; e o dono, o Major Saulo, de botas e esporas, corpulento, quase um obeso, de olhos verdes, misterioso, que só com o olhar mandava um boi bravo se ir de castigo, e que ria, sempre ria — riso grosso, quando irado; riso fino, quando alegre; e riso mudo, de normal.

Mas nada disso vale fala, porque a estória de um burrinho, como a história de um homem grande, é bem dada no resumo de um só dia de sua vida. E a existência de Sete-de-Ouros cresceu toda em algumas horas — seis da manhã à meia-noite — nos meados do mês de janeiro de um ano de grandes chuvas, no vale do Rio das Velhas, no centro de Minas Gerais.

O burrinho permanecia na coberta, teso, sonolento e perpendicular ao cocho, apesar de estar o cocho de-todo vazio. Apenas, quando ele cabeceava, soprava no ar um resto de poeira de farelo. Então, dilatava ainda mais as crateras das ventas, e projetava o beiço de cima, como um focinho de anta, e depois o de baixo, muito flácido, com finas falripas, deixadas, na pele barbeada de fresco. E, como os dois cavos sobre as órbitas eram bem um par de óculos puxado para a testa, Sete-de-Ouros parecia ainda mais velho. Velho e sábio: não mostrava sequer sinais de bicheiras; que ele preferia evitar inúteis riscos e o dano de pastar na orilha dos capões, onde vegeta o cafezinho, com outras ervas venenosas, e onde fazem voo, zumbidoras e mui comadres, a mosca do berne, a lucília verde, a varejeira rajada, e mais aquela que usa barriga azul.

De que fosse bem tratado, discordar não havia, pois lhe faltavam carrapichos ou carrapatos, na crina — reta, curta e levantada, como uma escova de dentes. Agora, para sempre aposentado, sim, que ele não estava, não. Tanto, que uma trinca de pisaduras lhe enfeitava o lombo, e que João

Manico teve ordem expressa de montá-lo, naquela manhã. Mas, disto último, o burrinho não recebera ainda aviso nenhum.

Para ser um dia de chuva, só faltava mesmo que caísse água. Manhã noiteira, sem sol, com uma umidade de melar por dentro as roupas da gente. A serra neblinava, açucarada, e lá pelas cabeceiras o tempo ainda devia de estar pior.

Sete-de-Ouros, uma das patas meio flectida, riscava o chão com o rebordo do casco desferrado, que lhe rematava o pezinho de Borralheira. E abria os olhos, de vez em quando, para os currais, de todos os tamanhos, em frente ao casarão da fazenda. Dois ou três deles mexiam, de tanto boi.

Alta, sobre a cordilheira de cacundas sinuosas, oscilava a mastreação de chifres. E comprimiam-se os flancos dos mestiços de todas as meias-raças plebeias dos campos-gerais, do Urucúia, dos tombadores do rio Verde, das reservas baianas, das pradarias de Goiás, das estepes do Jequitinhonha, dos pastos soltos do sertão sem fim. Sós e seus de pelagem, com as cores mais achadas e impossíveis: pretos, fuscos, retintos, gateados, baios, vermelhos, rosilhos, barrosos, alaranjados; castanhos tirando a rubros, pitangas com longes pretos; betados, listados, versicolores; turinos, marchetados com polinésias bizarras; tartarugas variegados; araçás estranhos, com estrias concêntricas no pelame — curvas e zebruras pardo-sujas em fundo verdacento, como cortes de ágata acebolada, grandes nós de madeira lavrada, ou faces talhadas em granito impuro.

Como correntes de oceano, movem-se cordões constantes, rodando remoinhos: sempre um vai-vem, os focinhos babosos apontando, e as caudas, que não cessam de espanejar com as vassourinhas. Somam-se. Buscam-se. O crioulo barbeludo, anguloso, rumina, estático, sobre os maus aprumos, e gosta de espiar o céu, além, com os olhos de teor morno, salientes. O espúrio gyr balança a bossa, cresce a cabeçorra, vestindo os lados da cara com as orelhas, e berra rouco, chamando a vaca malabar, jogada para o outro extremo do cercado, ou o guzerate seu primo, que acode à mesma nostalgia hereditária de bois sagrados, trazidos dos pascigos hindus do Coromândel ou do Travancor. Mudo chamado leva o garrote moço a impelir toda uma fileira, até conseguir aproximar-se de outro, que ele antes nunca viu, mas junto do qual, e somente, poderá sentir-se bem. E quando o caracú-pelixado solta seus mugidos de nariz fechado, começando por um eme e prolongando-se em rangidos de porteira velha, respondem-lhe o lamento frouxo do pé-duro e o berro em buzina, bem sustido e claro, do curraleiro barbatão.

De vez em quando, rebenta um tumulto maior.

O pantaneiro mascarado, de embornal branco e quatrólhos, nasceu, há três anos, na campina sem cercas. Não tem marca de ferro, não perdeu a virilidade, e faz menos de seis meses que enxergou gente pela primeira vez. Por isso, pensa que tem direito a mais espaço. Anda à roda e ataca, espetando o touro sertanejo, que encurva o arcabouço de bisonte, franjando um leque de dobras no cachaço, e resolve mudar de vizinhança. Devagar, teimoso, força o caminho, como sabem fazer boamente os bois: põe todo o peso do corpo na frente e nas pontas das hastes, e abre bem o compasso das patas dianteiras, enterradas até aos garrões no chão mole, sustentando a conquista de cada centímetro. O boieco china se espanta, e trepa na garupa do franqueiro, que foge, tentando mergulhar na massa. Um de cernelha corcovada, boi sanga sapiranga, se irrita com os grampos que lhe arpoam a barriga, e golpeia com a anca, aos recuões. A vaca bruxa contra-esbarra e passa avante o choque, calcando o focinho no toutiço do mocho. Empinam-se os cangotes, retesam-se os fios dos lombos em sela, espremem-se os quartos musculosos, mocotós derrapam na lama, dansam no ar os perigalhos, o barro espirra, engavetam-se os magotes, se escoram, escouceiam. Acolá, nas cercas, — dando de encontro às réguas de landi, às vigas de guarantã e aos esteios de aroeira — carnes quadradas estrondam. E pululam, entrechocados, emaranhados, os cornos — longos, curtos, rombos, achatados, pontudos como estiletes, arqueados, pendentes, pandos, com uma duas três curvaturas, formando ângulos de todos os graus com os eixos das frontes, mesmo retorcidos para trás que nem chavelhos, mesmo espetados para diante como presas de elefante, mas, no mais, erguidos: em meia-lua, em esgalhos de cacto, em barras de cruz, em braços de âncora, em crossas de candelabro, em forquilhas de pau morto, em puãs de caranguejo, em ornatos de satanás, em liras sem cordas — tudo estralejando que nem um fim de queimada, quando há moitas de taboca fina fazendo ilhas no capinzal.

Agora, se alertam, porque pressentem o corisco. Esperam que a trovoada bata pilão, na grota longe, e então se sobrechegam e se agitam, recomeçando os espiralados deslocamentos.

Enfarado de assistir a tais violências, Sete-de-Ouros fecha os olhos. Rosna engasgado. Entorna o frontispício. E, cabisbaixo, volta a cochilar. Todo calma, renúncia e força não usada. O hálito largo. As orelhas peludas, fendidas por diante, como duas mal enroladas folhas secas. A modorra, que o leva a reservatórios profundos. As castanhas incompletas das pernas. As imponentes ganachas. E o estreme alheamento de animal emancipado, de híbrido infecundo, sem sexo e sem amor.

Mas para ele não havia possível sossego. O cavalo preto de Benevides — soreiro fogoso, de pescoço recurvo em cauda de galo — desatou-se do moirão e vem desalojar o burrico da sua coxia. Está arreado; a jereba urucuiana, bicorcovada, fá-lo parecer uma sorte de camelo raso; os estribos de madeira batem-lhe os flancos; e arrasta entre as mãos a ponta do cabresto. Mas, ainda assim, não pode admitir, tão perto, a existência de um mísero mu. Então, sem ao menos verificar o que há, o matungo de Zé Grande espanca o tabique da coberta, o amarilho de Silvino saracoteia empinado, quase partindo o látego, e o poldro pampa, de finca-pé, relincha escandalosamente.

Mas Sete-de-Ouros detesta conflitos. Não espera que o garanhão murzelo volva a garupa para despejar-lhe duplo coice mergulhante, com vigorosa simetria. Que também, do outro lado, se assoma o poldro pampa, espalhando a crina e arreganhando os beiços, doido para morder. Sete-de-Ouros se faz pequeno. Escoa-se entre as duas feras. Desliza. E pega o passo pelo pátio, a meio trote e em linha reta, possivelmente pensando:
— Quanto exagero que há!...

Passa rente aos bois-de-carro — pesados eunucos de argolas nos chifres, que remastigam, subalternos, como se cada um trouxesse ainda ao pescoço a canga, e que mesmo disjungidos se mantêm paralelos, dois a dois. Corta ao meio o grupo de vacas leiteiras, já ordenhadas, tranquilas, com as crias ao pé. E desvia-se apenas da Açucena. Mas, também, qualquer pessoa faria o mesmo, os vaqueiros fariam o mesmo, o Major Saulo faria o mesmo, pois a Açucena deu à luz, há dois dias, um bezerrinho muito galante, e é bem capaz de uma brutalidade sem aviso prévio e de cabeça torta, pegando com uma guampa entre as costelas e a outra por volta do umbigo, com o que, contado ainda o impacto da marrada, crível é que o homem mais virtuoso do mundo possa ser atirado a seis metros de distância, e a toda a velocidade, com alças de intestino penduradas e muito sangue de pulmão à vista.

E Sete-de-Ouros, que sabia do ponto onde se estar mais sem tumulto, veio encostar o corpo nos pilares da varanda. Deu de cabeça, para lamber, veloz, o peito, onde a cauda não alcançava. Depois, esticou o sobrebeiço em toco de tromba e trouxe-o ao rés da poeira, soprando o chão.

Mas tinha cometido um erro. O primeiro engano seu nesse dia. O equívoco que decide do destino e ajeita caminho à grandeza dos homens e dos burros. Porque: "quem é visto é lembrado", e o Major Saulo estava ali:

— Ara, veja, louvado tu seja! Hô-hô... Meu compadre Sete-de--Ouros está velho... Mas ainda pode aguentar uma viagem, vez em quando... Arreia este burro também, Francolim!

— Sim, senhor, seu Major. Mas, o senhor está falando sério, ou é por brincar?

— Me disseram que isto é sério. Fecha a cara, Francolim!

Com a risada do Major, Sete-de-Ouros velou os olhos, desgostoso, mesmo sem saber que eram donas de duras as circunstâncias. Francolim viera contar que não havia montadas que chegassem: abrira-se um rombo na cerca do fundo do pasto-do-açude, por onde quase toda a cavalhada varara durante a noite; a esta hora, já teriam vadeado o córrego e descambado a serra, e andariam longe, certo no Brejal, lambendo a terra sempre úmida do barreiro, junto com os bichos do campo e com os bichos do mato.

O Major dera de taca no parapeito, muitas vezes, alumiando raiva nos olhos verdes e enchendo o barrigão de riso. Depois, voltou as costas ao camarada, e, fazendo festas à cachorrinha Sua-Cara, que pulara para cima do banco, começou a falar vagaroso e alto, mas sem destampatório, meio rindo e meio bravo, que era o pior:

— Tenho vaqueiros, que são bons violeiros... Tenho cavalos ladinos, para furarem tapumes. Hô-hô... Devagar eu uso, depressa eu pago... Todo-o-mundo aqui vale o feijão que come... Hô-hô... E hoje, com um tempo destes e a gente atrasada...

Afinal, mandou Sua-Cara descer do banco, e se desvirou, de repente, encarando Francolim:

— Quantos animais ficaram, mulato mestre meu secretário?

— Primeiro que todos, o cardão do senhor, seu Major. Silvino, Benevides, e Leofredo, têm os cavalos lá deles... Zé Grande também, eu também... Tem o baio de seu Tonico... Tem o alazão... E o Rio-Grande. Eu até já estou achando que eles chegam, seu Major.

E Francolim baixava os olhos, sisudo, com muita disciplina de fisionomia.

— Francolim, você hoje está analfabeto. Pensa mais, Francolim!

— Tem também... Só se for o cavalo de silhão de sá dona Cota, mais o poldro pampa... É, mas esse não serve: o poldro já está com carretéis nas munhecas, mas ainda não acabou de ser bem repassado.

— O poldro vai, Francolim.

— Então, dão. Assim, estão todos.

— Conta nos dedos, Francolim. Têm de ir dez, fora nós dois.

— Falta um cavalo, seu Major!

— Francolim, você acertou depressa demais...

E o Major Saulo foi até à porta, para espiar o relógio da parede da sala. Maria Camélia chegou com a cafeteira e uma caneca. — "Quente mesmo? para velho?" — "De pelar, seu Major!" Sempre com a mão esquerda alisando a barriga, o Major Saulo chupava um gole, suspirava, ria e chuchurreava outro. E a preta e Francolim, certos, a um tempo, sorriam, riam e ficavam sérios outra vez. — "Dá o resto para o Francolim, mas sem soprar, Maria!" E o Major, já de cigarro na boca, se debruçava no parapeito, pensando alto:

— ...Boi para encher dois trens, e mais as vacas que vão ficar no arraial... Para a gente sair, ainda é cedo... Mas, melhor que chovesse agora, no modo de dar uma estiada com folga...

E nessa hora foi que Sete-de-Ouros se veio apropinquando, brando.

— Arreia este burro também, Francolim!

— Sim senhor, seu Major. Só que o burrinho está pisado, e quase que não enxerga mais...

— Que manuel-não-enxerga, Francolim! — e o Major Saulo parou, pensando, com um dedo, enérgico, rodante dentro do nariz; mas, sem mais, se iluminou: — São só quatro léguas: o João Manico, que é o mais *leviano*, pode ir nele. Há-há... Agora, Francolim, vá-s'embora, que eu já estou com muita preguiça de você.

Mas a preta Maria Camélia se foi, ligeira, levando o decreto do Major Saulo de novidade para a cozinha, onde arranchavam ou labutavam três meninas, quatro moças e duas velhas, afora gatos e cachorros que saíam e entravam; e logo se pôs aceso o mundo: — O João Manico vai tocar boiada no burrinho! Imagina só, meu-deus-do-céu, que graça!...

Porém, cá fora, a vaqueirama começava o corre-corre, pega-pega, arreia-arreia, aos gritos benditos de confusão. — "Vamos, gente, pessoal, quem vai na frente bebe a água limpa!" Voz pomposa, Raymundão, o branco de cabelo de negro: — "Sinoca, larga o que tem dono, que esse coxonilho é o meu!" Com Sinoca, das Taquaras, que já teve pai rico: — "Desinvoca, Leofredo, fasta o seu macho para lá!" Daí Leofredo, magrelo, de cara bexiguenta, que se prepara cantando: — "Eu vou dar a despedida, como deu o bem-te-vi..." E Tote, homem sisudo, irmão de Silvino por parte de mãe, puxando o alazão, que não é mau: — "Ara, só, Bastião, com esse arreio de caçambas é que eu não vou, tocando sino de igreja..." Já Silvino, cara má, cuspindo nas mãos para dar um nó no rabo do seu café-com-leite de crinas alvas, grande esparramador de lama. E mais Sebastião, o capataz, pulando em cima do Rio-Grande — cavalo de casa, com uma andadura macia de automóvel, tão ligeira que ultrapassa o *picado* dos outros animais e chega a ser quase um meio-galope. E o bom Zé Grande, mexendo com a boca sem falar, para acabar de enrolar o laço no arção deitado do bastos paulista, e coçando um afago na tábua-do-pescoço do compacto Cata-Brasa, cavalão herdado, bastardo, pesado de diante como um muar e de cabeça volumosa, mas doutor para conhecer no campo as negaças da rês brava e para se esbarrar para a derrubada, *de seda* ou *de vara*. E Benevides, já montado — no Cabiúna manteúdo, animal fino, de frente alçada e pescoço leve, que dispensa rabicho mas reclama o peitoral, e é um de estimação, nutrido a lavagens de cozinha e rapadura, o qual não para um instante a cabeça, porque é o mais bonito de todos, com direito de ser *serrador*, e está sôfrego por correr; — Benevides, baiano importante, que tem os dentes limados em ponta, e é o único a usar roupa de couro de três peças, além do chapelão, que todos têm. Mas Sinoca, novamente, se assentando meio de-banda, por deboche de si mesmo, em cima do Amor-Perfeito, palafrém tordilho de Dona Maricota, que estranha o serigote, de tanto afeito ao silhão: — "Cavalo manso de moça só se encosta em tamborete...” — “Ô, gente, ô gente!”— “Desassa a tua mandioca!” E Juca Bananeira, que dá uma palmada na anca do Belmonte — cavalo do menino da casa, desbocado, viciado e inventador de modas — e sobe, com excelência, perguntando:

— Eh, e o Badú? Qu'é do Badú?!...

— Francolim, Francolim! — chama o Major Saulo, caminhando sul-norte e norte-sul, na varanda, conversando com a cachorrinha.

— Não está aqui, não, seu Major... — anuncia de lá Benevides, que, com simples pressão de pernas nas abas da sela papuda, faz o corcel preto revirar nos cambitos; e logo ajuda a chamar:

— Ooó, Francolim!

As vacas fogem para os fundos do eirado, com os bezerrinhos aos pinotes. Caracoleiam os cavalos, com os cavaleiros, em giros de picadeiro. E Sua-Cara correu para latir, brava, no topo da escada.

— Badú, ó Badú!

— Já vem ele ali, Juca, foi se despedir da namorada...

Enfim surge Francolim, vindo da varanda do lado, mastigando qualquer coisa.

— Fui ver se tudo vai ficar em ordem, lá por dentro, seu Major.

— Olha para mim, Francolim: “joá com flor formosa não garante terra boa!”... Arrancha aqui, perto das minhas vistas.

E o Major Saulo aponta com a taca, na direção dos currais cheios:

— Boiada e tanto! Nem bem dois meses no meloso, vinte dias no jaraguá, e está aí esta primeira leva, berrando bomba de graúda. Nunca vi uma cabeceira-do-gado tão escolhida assim.

— Isto, seu Major. E só gordura honesta de bois. A gente aqui não faz roubo.

— E que é que eu tenho com os santos-óleos?

— Sim senhor, seu Major... Estou dizendo é que não é vantagem, no seu Ernesto, eles terem embarcado a cabeceira antes de nós, na outra semana, porque eu agora estou sabendo que eles lá são mestres de dar sal com enxofre ao gado, para engordar depressa, gordura de mentira, de inchação!

— Cala a boca, Francolim. Estão todos assanhados, não cabendo no curral...

Quatrocentas e muitas reses, lotação de dois trens-de-bois. Na véspera, o Major Saulo saíra pela invernada, com os campeiros, ele escolhendo, eles apartando. O peso era calculado a olho. O preço fora discutido e combinado, em telegramas. E já chegara o aviso do agente: os especiais estavam esperando, na estação do arraial.

—Vá lavar sua cara, Francolim.

— Lavar cachorro a esta hora, seu Major?

— Não. Lavar sua cara mesma, de você. Há-há... Tempo de trabalho entrou, Sebastião...

Sebastião subira a escada e se chegara. Com polainas amarelas e pés descalços. Concordou. Ia dizer qualquer coisa, mas fechou a boca a tempo, porque o Major Saulo continuava olhando para a aglomeração de bois.

Nos pastos de engorda, ainda havia milhares deles, e até junho duraria o êxodo dos rebanhos de corte. E, como acontecia o mesmo em todas as fazendas de ali próximo, e, com ligeiras variantes, nas muitas outras constelações de fazendas, escantilhadas em torno das estaçõezinhas daquele trecho, era a mobilização anual da fauna mugidora e guampuda, com trens e mais trens correndo, vagões repletos, atochados, consignados a Sítio e Santa Cruz. Depois, nos meados da seca, os pastos se esvaziavam, e os boiadeiros tinham de espalhar-se em direção aos longínquos centros de cria, para comprar e arrebanhar gado magro. Pelas queimadas, já estariam de volta. Repouso. Primeiro sal. Primeiro pasto. Ração de sal todos os meses, na lua nova. E, pronto, recomeçar.

—Vai cair chuvinha fina, mas as enchentes ainda vão ser bravas. Este ano acaba em seis!... Pode ajuntar o povo, Sebastião. Chama Zé Grande. Mas, que é aquilo, Francolim?

Quando Badú chegou, com muito atraso, das montadas só restava o poldro pampa. Já arreado, livre das tamancas nos ramilhos, mantém-se quieto, a grosso ver, mas lançando de si estremeções e sobressaltos, como um grande corpo elétrico.

— Há-há...

— Silvino está com ódio do Badú...

E Badú está acabando de saber que tem de montar o poldro. Não reclama. Fica ressabiado, observando.

— ...por causa que Silvino também gosta da moça, mas a moça não gostou dele mais...

— Esquece os casos, Francolim!... Ver se o Badú entende de doma: lá vai montar...

Badú vem ao animal. Verifica se a cilha está bem apertada. Ajeita, por um são caminho de ideias, o seu próprio correão da cintura. Pula de-escancha no arreio, e o poldro — *hop' plá!* — esconde o rabo e funga e desanda, num estardalhaço de peixe fera pêgo no anzol. Se empinou, dá um de-ancas, se empina; saiu de lado, ajuntando as munhecas, sopra e bufa, se abre e fecha, bate crina, parece que vai disparar.

O Major Saulo assiste, impassível. Só no verde dos seus olhos é que pula o menino do riso. Mas Francolim não se contém:

— Silvino assoviou no ouvido do bicho... Eu reparei, seu Major! Se o senhor mandar, eu vou lá, pôr autoridade nessa gente...

— Caiu, que eu vi!

Era um super-salto magistral, com todas as patas no ar e a cabeça se encostando na cauda, por debaixo do resto. Mas Badú não caiu: perdendo os estribos, aperta os joelhos na cabeça da jereba, iça o poldro nas rédeas e acalcanha nele as rosetas, gritando: — Desce a serra, pedidor!

— Há-há... Grudou as pernas no santantônio, firme! Está aí, Francolim, você ainda acredita no que vê?

— Sim senhor, seu Major... Sou prevenido. Mas, tem outra coisa que eu careço de dar parte ao senhor... Faz um passo para lá, Zé Grande, que eu preciso de um particular urgente aqui com o patrão.

— Que é que é, Francolim Fonseca?

— Francolim Ferreira, seu Major... O que é, é que eu sei, no certo, mas mesmo no certo, que Silvino vai matar o Badú, hoje.

— Na minha Fazenda ninguém mata outro. Dá risada, Francolim!

— Sim senhor, mas o caso não é de brinquedo, seu Major... Silvino quer beber o sangue do Badú... Se o senhor fornece ordem, eu dou logo voz de prisão no Silvino, no arraial, depois do embarque...

— Escuta, Francolim: "não é nas pintas da vaca que se mede o leite e a espuma"!... Vamos embora, de uma vez.

E o Major Saulo desce a escada da varanda, com a corte de Francolim e Zé Grande, e vem devagar, a passos pesados, para o esteio das argolas.

— Puxa o cardão, Francolim. Ó João Manico, Manicão meu compadre, que é que você está esperando, para enjambrar essa outra azêmola! — e o Major sobe no cardão, que, mesmo tão grande, quase se abate e encosta a barriga no chão.

Já encabrestado, Sete-de-Ouros não está disposto a entregar-se: "*Vai, mas custa*"!, quando outros o irritam, é a divisa de um burricoque ancião. Com rapidez, suas orelhas passam à postura vertical, enquanto acompanha o homem, com um olho de esguelha, a fito de não errar o coice.

João Manico anda-lhe à roda, aos resmungos. Põe-lhe o baixeiro. Depois, pelo certo, antes de arrear, bate na cabeça do burrinho, como Deus manda. Sete-de-Ouros se esquiva à clássica: estira o queixo e se acaçapa, derreando o traseiro e fazendo o arreio cair no chão. Então o vaqueiro se convence de que precisa de mostrar melhores modos:

— Eh, burrinho, acerta comigo, meu negro.

Assim, Sete-de-Ouros concorda. João Manico passa-lhe a mão espalmada no pescoço, e ele gosta e recebe bem a manta de pita. Já não reage, conformado. Dá apenas o repuxão habitual da barriga, contraindo bruscamente a pele, do cilhadouro às ilhargas e das ilhargas ao cilhadouro. Encrespa e desencrespa também o couro do pescoço. E acelera as pancadas da cauda, no vai-e-vem bulhento de um espanador. Ao aceitar o freio, arreganha demais os beiços num tremendo sorriso de dentes amarelos. Mas logo regressa ao eterno cochilo, até que João Manico tenta montar.

— Ara viva! Está na hora, João Manico meu compadre. Você e o burrinho vão bem, porque são os dois mais velhos e mais valentes daqui... Convém mais você ir indo atrás, à-tôa. Deixa para ajudar na hora do embarque... E o Sete-de-Ouros é velho, mas é um burro bom, de gênio... Você não sabe que um burro vale mais do que um cavalo, Manico?...

— Compadre seô Major, para se viajar o dia inteiro, em marcha de estrada, estou mesmo com o senhor. Mas, para tocar boiada, eh, Deus me livre que eu quero um burrinho assim!...

— Mais coragem, Manico, sem gemer... "Suspiro de vaca não arranca estaca!"... Mas, que é que você está olhando tanto, Francolim?

É, acolá, no outro extremo do eirado, Juca Bananeira, que brinca de mexer tranças na crineira de Belmonte, e conversa com Badú. — "Você faz mal, de andar assim desarmado de arma! Silvino é onça-tigre. Todo-o-mundo sabe que ele está esperando hora..." Aí Badú, atravessando na frente do arreio a longa vara de ferrão, e mostrando o poldro, agora quietado, exausto de pular, só diz: — "Comigo não tem quem tem! Eu também, quando vejo aquele, fico logo amigo da minha faca. Mas Silvino é medroso, mole, está sempre em véspera de coisa nenhuma!" — "Aí fiando! Quem tem inimigo não dorme!..." E Juca Bananeira vai para a eloquência, porque confia tanto na moleza de Silvino quanto um tem-farinha-aí acredita na imobilidade de uma cobra-cipó, ou uma cobra-cipó crê na lonjura alta de uma acauã. Mas Badú guina o poldro, vindo cá para perto do canto onde João Manico conversa ainda com o Major.

Sete-de-Ouros espetou as orelhas para a frente. É calmo e comodista, mas de maneira alguma honesto. Quando João Manico monta, ele não pula, por preguiça. Mas tem o requinte de escoucear o estribo direito, primeiro com a pata de diante, depois com a de trás, cruzando fogos.

— Não falei, compadre seô Major?!... Bicho medonho! Burro não amansa nunca de-todo, só se acostuma!...

Mas o Major Saulo largava, sem responder, rindo já longe, rumo aos vaqueiros: lá junto à cerca, com os cavalos formados em fileira, como um esquadrão de lanceiros.

— "Olha só, vai trovejar..." E Leofredo mostrava o gado: todos inquietos, olhos ansiosos, orelhas erectas, batendo os parênteses das galhas altas. — "Não é trovoada não. São eles que estão adivinhando que a gente está na horinha de sair..." Mas, nem bem Sinoca terminava, e já, morro abaixo, chão a dentro, trambulhavam, emendados, três trons de trovões. Aí, a multidão se revolveu, instantânea, e uma onda de corpos cresceu, pesada, quebrou-se num dos lados do curral e refluiu para a banda oposta. Em pânico, procuravam a saída.

— Vi-i! Vão dar o que fazer! Vigia ali: tem muito crioulo caraço, caçando gente para arremeter... Ei, Zé Grande?...

Zé Grande passa a correia do *berrante* a tiracolo, e continua calado, observando. Para a sabença do gado, ele é o melhor vaqueiro da Tampa, homem ledor de todos os sestros e nequícias do bicho boi. Só pelo assim do marruaz bulir ou estacionar, mede ele o seu grau de má fúria, calcula a potência de arremesso, e adivinha para que lado será o mais dos ataques, e qual a pata de apoio, o giro dos grampos, e o tempo de volta para a segunda ofensiva.

— Ixe, ixe! Muito boi pesado. São os de Fortaleza. Só curraleiro alevantado, nação de boi arisco...

— Olha aquela aratanha araçá, que às há-de-as! Está empurrando os outros, para poder ficar no largo sozinha; não deixa nenhum se encostar. É para curro, vaca roda-saia...

— Parece com a que pegou você mais o Josias, Tote?

— Mas eu já disse... Já jurei que não foi culpa minha, e não foi mesmo. A vaca fumaça estava com a cria no meio do curral, fungando forte e investindo até no vento... Josias falou comigo: "Vamos dar uma topada, para ver se ela tem mesmo coragem conversada." Eu disse: "Vamos, mas com sossego." Só aí é que aconteceu que nós esquecemos de combinar, em antes, quem era que *esperava* e quem era que *tirava*... Ficamos: eu da banda de cá, ele ali. À pois, primeiro que a gente pulasse a cerca para dentro, já a diaba da vaquinha estava de lá, herege, tomando conta do que a gente queria querer fazer!...

— Não era hora de facilitar...

— Mas foi. Mal a gente tinha botado os pés no chão, e ela riscou de ar, sem negaça, frechada, desmanchando o poder da gente espiar... Nós todos dois entesamos de lado, para *tirar*, e ninguém não escorou. Foi a conta. Ela deu o *tapa*, não achou firmeza, e *remou* as varas para fora... Escolheu quem, e guampou o Josias na barriga... Mas virou logo para a minha banda, e veio me visitar, me catando com os chifres e me jogando baba na cara. Eu corri. Não tinha mesmo de correr?!...

— Com vara boa, de pau-d'arco, na mão de bom vaqueiro?

— Mas, minha vara, ela tinha mandado longe. Não falei?... Josias foi o mais desfeliz, porque foi jogado para tudo quanto era lado, com a monstra sapateando em cima dele e chifrando... Mas ela só não me pegou também, porque, com o fezuê, até o bezerrinho levou susto e atravessou na frente, entre nós dois, espinoteando, com a caudinha na cacunda. Quando eu ia pular a cerca, ela ainda me alcançou, na sola dum pé: juntou com a força do pulo que eu ia dando, e eu caí, por riba do monte de achas de aroeira que estava lá... Culpa eu tive?... Má-sorte do companheiro. Era o dia dele, o meu não era!...

— Ei, vamos mudar de contar coisas tristes, que seu Major não gosta...

Major Saulo cavalga para cá, acabando de fazer a volta completa dos currais, com Zé Grande e Sebastião dos lados, e Francolim.

— Agora, que é que há e que é que não há, Zé Grande?

— Eu acho que a boiada vai bem, seô Major. Não vão dar muito trabalho, porque estão bem gordos, e com preguiça de fazer desordem. Boi bravo, tem muitos, mas isso o senhor pode deixar por conta da gente... Pé-duro, tem poucos... Agora, eu acho que tem alguns que a gente devia de apartar. Olha, seô Major: aquele laranjo agarrotado está só procurando beira de cerca. E o marruaz crioulo, esse ali cor de canela, do pelo arrepiado, que assusta até com o batido de rabo dos outros... Pois eles dois hão de querer escapulir, e é um perigo os outros estourarem atrás. Aquele camurça, de focinho preto até por dentro das ventas, está cego de um olho...

— Estará mesmo?

— Agaranto. Olha agora: todos estão gostando de bater nele, da banda cega. Não chega no arraial sem estar muito machucado... E, se a gente descuidar, ele, atôinha, atôinha, pega a querer pinchar para fora da estrada, do lado do olho são... Aquela vaca moura, também... É maligna, está judiando com os outros, à traição. O resto está em ordem.

— Caso com tua fala, Zé Grande. Sinoca, mais Tote: vão separar aqueles quatro, e trazer outros, do curral pequeno, para repor no lugar. Mas, Virgem! Não viram aquela prenda? E ia como boi de corte? Vigia se é capão ou não...

E o Major Saulo indicava, mesmo na beira do estacado, um boi esguio, preto-azulado, azulego; não: azul asa-de-gralha, água longe, lagoa funda, céu destapado — uma tinta compacta, despejada do chanfro às sobre-unhas e escorrendo, de volta, dos garrões ao topete — concolor, azulíssimo.

— É inteiro... Não, é roncolho. Mas bonito como um bicho de Deus!...

— É só de longe, seu Major. De perto, ele é de cor mais trivial...

— E que me importa? Não quero esse boi para ser Francolim, que não sai de perto de mim... Há-há... Aparta, já, também. E vamos, vamos com Deus, minha gente. Dá a saída, Bastião. Ver com isso, compadre Manico!

Pobre burrico Sete-de-Ouros, que não tem culpa de ser duro de boca, nem de ter o centro-de-gravidade avançado para o trem anterior do corpo...

— Toca, gente! Ligeiro! *Faz parede*!

Sebastião entrou no curral. Zé Grande, o *guieiro*, sopra no *berrante*. Os outros se põem em duas alas divergentes — *fazem paredes*, formando a *xiringa*. Sinoca escancara a porteira, que fica segurando. Leofredo, o *contador*, reclama:

— Apertem mais, p'ra o gado sair fino, gente! Ajusta, Juca, tu não sabe *fazer o gado*? Ei, um!...

É o primeiro jacto de uma represa. Saltou uma vaca china, estabanada, olhando para os lados ainda indecisa. — Dois! — Pula um pé-duro mofino, como veado perseguido. Passam todos. Três, quatro, cinco. Dez. Quinze. Vinte. Trinta.

— Hê boi! Hê boi! Hê boi-hê boi-hê boi!...

— Cinquenta! Sessenta!

— Rebate esse bicho bezerro. P'ra um lado! Não presta, não pesa nada.

— Oitenta! Cem!

— Cerca o mestiço da Uberaba. Topa, Tote!... Eh bicho bronco... Chifre torto, orelhudo, desinquieto e de tundá!... — exclamam os vaqueiros, aplaudindo um auroque de anatomia e macicez esplêndidas, que avançou querendo agredir.

— Estampa de boi brioso. Quando corre, bate caixa, quando anda, amassa o chão!

Agora é o jorro, unido, de bois enlameados, com as ancas emplastadas de sujeira verde, comprimidos, empinados, propelindo-se, levando-se de cambulhada, num atropelo estrugente. Os flanqueadores recuam, alargando o beco.

— Eh, boi!... Eh, boi!...

— Quatrocentos e cinquenta... e sessenta. Pronto, seu Major.

Corta de lado o Major Saulo, envolto na capa larga, comandando:

— Dianta, Leofredo! Da banda de lá, Badú!

Vão, à frente, Zé Grande, tocando o *berrante*, e Sebastião, que solta a toda a garganta o primeiro aboio, como um bárbaro refrão:

— Eêêê, bô-ôi!...

Escalonados, do flanco direito, Leofredo, Tote, Sinoca e Benevides. Da banda esquerda, Badú, Juca Bananeira, Silvino e Raymundão.

— Boiada boa!... — proclama o Major, zarpando.

— Burrico miserável!... — desabafa João Manico, cravando as esporas nos vazios de Sete-de-Ouros, que abana a cabeça, amolece as orelhas, e arranca, nada macio, no seu viageiro assendeirado, de ângulo escasso, pouca bulha e queda pronta.

Caniço de magro, com um boné de jóquei no crânio, lá vai Francolim, logo atrás do Major.

— Eh, boi!... Eh, boi...

E, ao trompear intercadente do berrante, já ecoam as canções:

"O Curvelo vale um conto,
Cordisburgo um conto e cem.
Mas as Lages não têm preço,
Porque lá mora o meu bem..."

Nenhum perigo, por ora, com os dois lados da estrada tapados pelas cercas. Mas o gado gordo, na marcha contraída, se desordena em turbulências. Ainda não abaixaram as cabeças, e o trote é duro, sob vez de aguilhoadas e gritos.

— Mais depressa, é para esmoer?! — ralha o Major. — Boiada boa!...

Galhudos, gaiolos, estrelos, espácios, combucos, cubetos, lobunos, lompardos, caldeiros, cambraias, chamurros, churriados, corombos, cornetos, bocalvos, borralhos, chumbados, chitados, vareiros, silveiros... E os tocos da testa do mocho macheado, e as armas antigas do boi cornalão...

— P'ra trás, boi-vaca!

— Repele Juca... Viu a brabeza dos olhos? Vai com sangue no cangote...

— Só ruindade e mais ruindade, de em-desde o *redemunho* da testa até na volta da pá! Este eu não vou perder de olho, que ele é boi espirrador...

Apuram o passo, por entre campinas ricas, onde pastam ou ruminam outros mil e mais bois. Mas os vaqueiros não esmorecem nos eias e cantigas, porque a boiada ainda tem passagens inquietantes: alarga-se e recomprime-se, sem motivo, e mesmo dentro da multidão movediça há giros estranhos, que não os deslocamentos normais do gado em marcha — quando sempre alguns disputam a colocação na vanguarda, outros procuram o centro, e muitos se deixam levar, empurrados, sobrenadando quase, com os mais fracos rolando para os lados e os mais pesados tardando para trás, no coice da procissão.

— Eh, boi lá!... Eh-ê-ê-eh, boi!... Tou! Tou! Tou...

As ancas balançam, e as vagas de dorsos, das vacas e touros, batendo com as caudas, mugindo no meio, na massa embolada, com atritos de couros, estralos de guampas, estrondos e baques, e o berro queixoso do gado junqueira, de chifres imensos, com muita tristeza, saudade dos campos, querência dos pastos de lá do sertão...

"Um boi preto, um boi pintado,
cada um tem sua cor.
Cada coração um jeito
de mostrar o seu amor."

Boi bem bravo, bate baixo, bota baba, boi berrando... Dansa doido, dá de duro, dá de dentro, dá direito... Vai, vem, volta, vem na vara, vai não volta, vai varando...

"Todo passarinh' do mato
tem seu pio diferente.
Cantiga de amor doído
não carece ter rompante..."

Pouco a pouco, porém, os rostos se desempanam e os homens tomam gesto de repouso nas selas, satisfeitos. Que de trinta, trezentos ou três mil, só está quase pronta a boiada quando as alimárias se aglutinam em bicho inteiro — centopeia —, mesmo prestes assim para surpresas más.

— Tchou!... Tchou!... Eh, booôi!...

E, agora, pronta de todo está ela ficando, cá que cada vaqueiro pega o balanço de busto, sem-querer e imitativo, e que os cavalos gingam bovinamente. Devagar, mal percebido, vão sugados todos pelo rebanho trovejante — pata a pata, casco a casco, soca soca, fasta vento, rola e trota, cabisbaixos, mexe lama, pela estrada, chifres no ar...

A boiada vai, como um navio.

— Põe p'ra lá, marroeiro!

— Investiu?

— Quase...

— Coisa que ele é acabanado e de cupim, que nem zebú...

— Fosse meu, não ia para o corte. Bonito mesmo, desempenado. Até me lembro do Calundú...

— Qual esse, Raymundão?

— O Calundú? Pois era um zebú daquela idade. O maior que eu já vi.

— Guzerá?

— Ach'que.

— Baio, como o Paulatão?

— Cor de céu que vem chuva. Berrava rouco, de fazer respeito...

— Todo zebú se impõe.

— Aquele mais. Que marruaz!

— Por quê?

— Parecia manso e custava para se enchouriçar. Mas, um dia, brigou com o reprodutor dos Oliveiras, zebú também, dos pintados. Ferraram luta sem parar, por bem duas horas, e o Calundú derrubou o outro, quase morto, no desbarrancado.

— E para se lidar?

— Não era qualquer vaqueiro chegado de fora, não. Tinha mania: não batia em gente a-pé, mas gostava de correr atrás de cavaleiro. De longe, ele já sabia que vinha algum, porque encostava um ouvido no chão, para escutar. Olha, que vamos entrar no cerradão. Tento aí, p'ra eles não se espalharem para os lados!

— Abre a guia! Afrouxa o coice! — grita Juca Bananeira, transmitindo o comando de Sebastião.

Os costaneiros se afastam, e aboiam prolongado:

— E-ê-ê-ê-ê, boi...

Enquanto os da frente incitam o marche-marche dos quadrúpedes:

— Eh, boi-vaca! Tchou! Tchou! Tchou!... Ei! Ei!...

E o rebanho se estira e alonga, reduzindo as fileiras, como soldados a passarem, em movimento, de uma formação de grande fundo para coluna de pelotão.

— Mundo velho, ventania! — brada Juca Bananeira, sustando o cavalo para apreciar a desfilada dos bois taroleiros, correndo de aspas altas: o débito fluido das patas, o turbilhão de ângulos, o balouço dos perfis em quina, e o jogo veloz dos omoplatas oblíquos.

— Arreda, bruto, mamolengo!

Um veio de lá, jogado de empuxe, e baqueou meio ajoelhado, justo-justo esbarrando no cavalo de Raymundão.

Tropeiam, agora, socornando e arfando, mas os alcantis encapelados, eriçados de pontas, guardam uma fidelidade de ritmos, escorrendo estrada avante. E o chapadão atroa, à percussão debulhada dos mil oitocentos e quarenta cascos de unha dupla.

Sopra sempre o guia no seu corno, porém, e os outros insistem no canto arrastado, tão plangente, que os bois vão cadenciando por ele o tropel.

— A chuva está aí está caindo, Raymundão. Mas, vigia aquele garrotão preto, que vai ali, babando em cima da casa dos outros. O Calundú era importante assim?

—Vou contar. Espera, vamos fazer uma mamparra: vamos encostar os cavalos, e trancar o gado, para ele só dar trabalho da banda do povo de lá e a gente poder conversar com sossego... Assim. Oh, diabo, você é mestre, e eu querendo ensinar você a *fazer trecho*...

— Que história foi? O Calundú matou alguém?

— Depois. O que eu vou contar foi no Retiro... Eu tinha ido lá, buscar uma vaca fronteira, da filha de seu Major. A vaquinha tinha parido na beirada da lagoa, e jacaré comeu a cria. Por isso ela estava emperreada, tinha virado bicho-do-mato, correndo atrás de qualquer barulhinho, arremetendo atôa. Me deu tanto trabalho, que eu tive de dormir lá, no rancho de perto dos coqueiros... De noite, saiu uma lua rodoleira, que alumiava até passeio de pulga no chão. Minha cachorra paqueira, que não gostava de parar sem o que fazer, ficou vagabundeando por si, e pegou a acuar. Algum tatú rabo-mole, por aí... — eu pensei. Fui ver... Ôi, segura, siô!

Um boizão fumaça bufou na orelha do poldro de Badú, que refugou — arranco para trás, para a esquerda e para baixo, entortando o pescoço, rapidíssimo. Badú balanceou, bateu mão na giba da jereba, e esteve pendente meio segundo, fazendo força para não ir sela abaixo, sob os cascos em disparada dos bois. Mas foi ao outro lado, em pulo seguro, e voltou ao assento, volteando com a ligeireza de um atamã do Ural.

— Foi nada. Conta a história, Raymundão.

— Pois então, quando fui espiar o que a minha cachorra Zeferina estava estranhando...

— Oh *guês*! Isso é nome de cachorro?

— Foi por vingança que eu pus, quando minha mulher Zeferina me largou... Mas, a' pois, não imagina o que eu vi! Dei mesmo numa baixada de pasto, e afundei quase no meio das vacas. Já disse que estava lindeza de claridade de noite... E de repente eu vi que o gado estava cheio de ideia, começando um manejo esquisito. Mandei a cachorrinha calar a boca, e então pude apreciar direito: as vacas, desinquietas, estavam se ajuntando, se amontoando num bolo, empurrando os bezerros para o meio, apertando, todas encalcando, de modo que aquilo tudo, espremido, parecia uma rodeira grande, rodando e ficando cada vez mais pequena, sem parar de rodar...

— E daí?

— Espera, olha a chuva descendo o morro. Eh, água do céu para cheirar gostoso, cheiro de novidade!... É da fina... Mas, então, o Calundú, que era o garrote delas, ainda parecia ser mais graúdo do que era mesmo, rodeando as vacas, meio dando as costas para a manada, assim de cabeça em pé! E aí eu ouvi um miado longe, e me alembrei daquela onça preta que estava salteando estrago no gado de seu Quilitano, nas Lages, e no Saco-da-Grota. Onção de todo o tamanho...

— Ei, gente, olha o pé-d'água!

Chegava a chuva, branquejante, farfalhando rumorosa, vinda de trás e não de cima, de carreira. Alcançou a boiada, enrolando-a toda em bruma e continuando corrida além. Os vultos dos bois pareciam crescer no nevoeiro, virando sombras esguias, de reptis desdebuxados, informes, com o esguicho das bátegas espirrando dos costados. O pisoteio teve um tom mole, de corrida no bagaço. E houve mugidos. Mas, roufenho, o berrante trombeteou de novo, mais forte, na frente.

— Canta, gente!

E, aí, soltaram a chuva de verdade: chuva pesada, despejada, um vasto vapor opaco. Era como se a gente passasse por debaixo de cachoeira. E desenxergaram-se, de todo, os bois. Mas os vaqueiros cantavam juntos:

"Chove, chuva, choverá,
Santa Clara a clarear
Santa Justa há-de justar
Santo Antônio manda o sol
P'ra enxugar o meu lençol..."

— Oh, diabo, custou que melhorou. A gente nem estava podendo tomar fôlego, embaixo desse dilúvio...

— Mas, e depois, a onça, Raymundão?

— A onça, o povo dizia que ela tinha vindo de longe. Onça-tigre macha, das do mato-grosso... Onça é bicho doido para caminhar, e que anda só de noite, campeando o que sangrar... Pois, naquela ocasião, eu estava crente que ela estava a muitas léguas de lá onde é que eu estava... Pensei que andasse pelo Maquiné...

— Mas, e o zebú?

— Bom, quando eu ouvi o miado, fui para perto de um angico novo, por causa que eu estava sem arma de fogo, e onça não trepa em pau fino — se diz — que ela não tem poder de abarcar com as munhecas... Aquilo, eu pedia a Deus para mandar ela não vir do meu lado... Fiquei alegre, quando escutei melhor o miado da bicha-fera, lá por trás do tabocal... E o Calundú cavacava o chão e bufava, com uma raiva tão medonha, que aí fiquei mais animado, por ele estar me protegendo, e até tive pena da pobre da oncinha!...

— E depois? A tigre chegou no marruaz?

— Perde essa moda. Zebú é zebú mesmo, e marruaz é garrote, dos outros... Mas, aí, eu vi a cangussú, vi o vulto dela, porque era lua cheia, noite clara, já falei.

— Urrando, assanhada, Raymundão? Eu já vi uma suçuarana rompente, uma vez...

— Não é capaz. Onde foi que já se viu onça tocaiar criação desse jeito? Aquilo ela vem é feito gato quando quer pegar passarinho: deitada, escorregando devagarinho, com a barriga no chão, numa maciota, só com o rabo bulindo... Os olhos é que alumiam verde, que nem vagalume bagudo...

— Mas, pulou no cangote do zebú?

— Que óte! Que ú!... Você acredita que ela não teve coragem?! Naquela hora, nem o capeta não era gente de chegar no guzerá velho-de-guerra. Nem toureiro afamado, nem vaqueiro bom, Mulatinho Campista, Viriato mais Salãthiel, coisa nenhuma... E, quem chegasse, era só mesmo por ter vontade de morrer suicidado sem querer...

— Ixe!

Mas o Calundú cada vez ia ficando mais enjerizado e mais maludo, ensaiando para ficar doido, chamando a onça para o largo e xingando todo nome feio que tem. Aquilo, eu fui bobeando de espiar tanto para ele, como que nunca eu não tinha visto o zebú tão grandalhão assim! A corcunda ia até lá embaixo, no lombo, e, na volta, passava do lugar seu dela e vinha pôr chapéu na testa do bichão. Cruz! E até a lua começou a alumiar o Calundú mais do que as outras coisas, por respeito...

— Eu estou quase não acreditando mais, Raymundão...

— Bom, pode ter sido também uma visão minha, não duvido nada... Mas, então foi que eu fiquei sabendo que tem também anjo-da--guarda de onça!... Você sabe que, quando a tigre arma o bote, é porque ela já olhou tudo o que tinha de olhar, e já pensou tudo o que tinha de pensar, e aí nunca que ela deixa de dar o pulo, não é? Pois, nesse dia, a cangussú de certo que imaginou mais um tiquinho, porque ela desmanchou o dela, andando de rastro para trás um pedaço bom. Depois, correu para longe, sem um miado, e foi-s'embora. Onça esperta!...

— Ôi, que é?

— Estamos chegando no córrego. Vamos lá...

—Vigia só como a cheia está alta. A água quando dando na metade do ingazeiro!... Qu'é do barranco? Sumiu, está vendo?

—Virgem! E agaranto que em até de noite ainda sobe mais... A lua não é boa... Ano acabando em seis...

— A enchente está vindo de desde as cabeceiras: senão não descia tanta folha de burití...

— Pois diz-se que tem quatro dias que lá nas nascentes não para de chover.

Chega Francolim, de galope, com um recado do Major para Sebastião: — É para esperar um pouco, e não apertarem o gado na travessia...

— Está feio. Mas isto aqui não se compara com a passagem das boiadas no Jequitinhonha...

— Conheço. Atravessei aquele, com seiscentas cabeças de gado da Bahia... O mais dificil não é pela largura, mas porque é rio bravo, de correnteza... A gente tinha de tocar adiante um lote de bois mansos, mais acostumados, que não tivessem medo. Alguns até alugavam uns, ensinados, de um sitiante da beira do rio... E a gente cruzava no batelão, vigiando a boiada nadar...

Chega o Major, chamando por Sebastião...

— Estou vendo que o vau agora está pior do que o resto. Melhor era destorcer mais para baixo, onde deve de estar dando mais pé...

— Pé já não dá mesmo, em lugar nenhum, seô Major. E está desbarrancado, lá na outra beirada, e não tem saidor... Melhor por aqui mesmo, patrão.

— Bem, mas vamos com paciência! Aqui já tem morrido muita gente...

Estacionados na rampa, esperavam que o gado tomasse coragem. A chuvinha agora era um chuvisco rarefeito; mas três regos de enxurrada desciam também, borbotando e roncando, com brutalidades fluviais. E a enchente crescia. O caudal, barrento, oscilava aos golpes, como uma coisa viva, parecendo às vezes que baixava, para subir mais. Um pau do mato — ramada, tronco e raízes — derivava tal e qual uma piroga embandeirada em amarelo; esbarrou na copa do tingui, que se submergia fixa e hemisférica; depois, virou de bordo, retomou rumo, e foi águas abaixo.

Tremendo, este córrego da Fome! Em tempo de paz, não passa de um chuí chocho — um fio. Mas, dezembro vindo, com o dar das longas chuvas, torna-se mais perigoso que um rio grande, que sempre guarda seus remansos, praias rasas e segmentos de retardada correnteza.

Entupindo o declive do morro, a boiada permanecia parada. Muitos mugiam.

— Cou! Cou! Tou! Tou!...

Os primeiros se chegam para a beirada. Zé Grande entra n'água, no Cata-Brasa, que pega a nadar. E, já no meio da torrente, o guieiro ainda se volta, tocando o *berrante*. Um junqueira longicórnio estica o pescoço fino, arrebita o focinho, e pula, de rabo desfraldado. Então, há que os cocorutos estremecem, para a frente e depois para trás. Despencou-se mais um cacho de reses. Chapinham com estrupido, os mocotós golpeando como puxavantes. Perderam pé: os corpos desaparecem, ficam de fora somente as beiçamas, as ventas polposas, palpando ar, e os pares de chifres, como tentáculos de caramujos aquáticos. E aí toda a manada se precipita, com muita pressa, transpondo a enchente brava do riacho da Fome.

O Major Saulo, que foi o derradeiro — depois de Sete-de-Ouros com João Manico, e mesmo atrás de Francolim —, logo os alcança, contudo, pouco para lá da passagem.

—Viva, meu povo, não se perdeu nenhum!... Francolim, vai dizer a Sebastião que toquem pelo caminho de baixo, no fim da vargem... E você, compadre Manico, que tal com o meu burrinho sem velhice? Escuta, Manico, nesse passo, nesta marcha, escrevo que ele aguenta viagem de mais de um dia.

— É mesmo, seô Major meu compadre. Esperto ele é, pois faz que aguenta, só para poder contrariar a gente.

E certo: Sete-de-Ouros dava para trás, incomovível, desaceitando argumentos e lambadas de piraí. Que, também, burro que se preza não corre desembestado, como um qualquer cavalo, a não ser na vez de justa pressa, a serviço do rei ou em caso de sete razões. E já bastante era a firmeza com que se escorava nas munhecas, sem bambeio nem falseio — ploque--plofe, desferrado — ganhando sempre a melhor trilha.

— Mas, meu compadre, vocês vão indo tão bem, tão sem confusão...

— Sim senhor, seô Major. Eu sei que o senhor está se rindo é por saúde sua, não é por debochar de mim... Mas, assim, para não ajudar em nada desta vida, eu não carecia de ter vindo. Estou como ovo depois de dúzia... E o burrinho, também, se ele tivesse morrido transanteontem, não estava fazendo falta a ninguém!

Mudo e mouco vai Sete-de-Ouros, no seu passo curto de introvertido, pondo, com precisão milimétrica, no rasto das patas da frente as mimosas patas de trás.

— Escuta uma pergunta séria, meu compadre João Manico: você acha que burro é burro?

— Seô Major meu compadre, isso até é que eu não acho, não. Sei que eles são ladinos demais...

Bem que Sete-de-Ouros se inventa, sempre no seu. Não a praça larga do claro, nem o cavouco do sono: só um remanso, pouso de pausa, com as pestanas meando os olhos, o mundo de fora feito um sossego, coado na quase-sombra, e, de dentro, funda certeza viva, subida de raiz; com as orelhas — espelhos da alma — tremulando, tais ponteiros de quadrante, aos episódios para a estrada, pela ponte nebulosa por onde os burrinhos sabem ir, qual a qual, sem conversa, sem perguntas, cada um no seu lugar, devagar, por todos os séculos e seculórios, mansamente amém.

— Não podemos tocar tão ligeiro como a coragem, Manico, o burrinho não pode com isto.

O rebanho se espraiou, lento, na várzea sobreaguada, só uma ou outra rês correndo, por entre as moitas de sarãs, no galope bovino desconjuntado e ondulado, arrancando avante com as patas muito abertas, jogando os quartos para cima.

— Oô-ah!... Beleza de gado!... Quase...

— Formosura, seô Major!

— ...quase que cada com o cabelo fino e os meneios todos — cimeiros, alcatra coberta e cordão. Mas, desencosta essa tristeza, João Manico meu compadre, que eu acho que estou guardando, ao daqui a pouco, um espanto bom para você. Só que esse Francolim deu para ir e não voltar... Sei porquê, que senão nem tinha mandado aquele recado. Ele foi por uma banda e vai voltar pela outra, e vem me contar paçoca de novidades, tudo o que os vaqueiros estão conversando e fazendo, ou deixando de fazer.

— Olho e ouvido, andando por longe, é bom para dono e patrão...

— Mas nem sempre traz sossego, e muita vez é pior. Beleza nos bois ele não vê, mas já estou ouvindo o que o Francolim vem falar: que os meus homens estão mamparreando, indo de prosa... Há-há há... Sei disso, Manico, mas é coisa que mal não dá, porque, se eles têm seu divertimento, ficam mais marinheiros, na hora de fazer força... Mas o rapaz só serve para isso: para vigiar o pessoal. É gosto...

— Seu Francolim é de culatra, seô Major. Então, hoje, com aquele barrete doido na cabeça, feito fantasma...

— Há-há, Manico velho! Escuta: "para bezerro mal desmamado, cauda de vaca é maminha"... Esta vida é engraçada... Galinha, tem de muita cor, mas todo ovo é branco. Você sabe escrever e ler, meu compadre João Manico?

— Assim mais assim, com os erros todos e muita demora, até há uns dois anos atrás eu ainda era homem para pôr algum bilhete no papel...

— Pois eu não. Nunca estive em escola, sentado não aprendi nada desta vida. Você sabe que eu não sei. Mas, cada ano que passa, eu vou ganhando mais dinheiro, comprando mais terras, pondo mais bois nas invernadas. Não sei fazer conta de tabuada, tenho até enjoo disso... Nunca assentei o que eu ganho ou o que eu gasto. O dinheiro passa como água no córrego, mas deixa poços cheios, nas beiras. Gosto de caminhar no escuro, João Manico, meu irmão!

— Em Deus estando ajudando, é bom, meu compadre seô Major.

— Também não tomo a reza dos outros, não desfaço na valia deles...

— De nenhum jeito, e eu posso ir junto!... Todo o mundo, aqui, trabalha sem arrocho... Só no falar de obedecer é que todos têm medo do senhor...

— Capaz que seja, Manicão? Será?

— Isso. Uns acham que é porque o seô Major espera boi bravo, a-pé, sem ter vara, só de chicote na mão e soprando no focinho do que vem...

— Mas eu gosto dos bois, Manico, ponho amor neles...

— Á pois. Eu sei, de mim que será por causa de nunca se ter certeza do que é que o meu compadre está pensando ou vai falar, que sai sempre o diverso do que a gente esperou... Só vejo que esse povo vaqueiro todo tem mais medo de um pito do senhor do que da chifrada de um garrote, comparando sem quebrar seu respeito, meu compadre seô Major.

— Escuta, Manico: é bom a gente ver tudo de longe. Assim como nós dois aqui vamos indo... Pelo rastro, no chão, a gente sabe de muita coisa que com a boiada vai acontecendo. Você também é bom rastreador, eu sei. Olha, o que eu entendo das pessoas, foi com o traquejo dos bois que eu aprendi...

— Estou pensando, seô Major.

— Mas, nem sempre, Manico, não vá o meu compadre imaginar... Hôhô... Aqui, por falar na hora, chegou o prazo de se espiar, tirando a tampa da panela. Estamos mas estamos para sair da vargem, no dar entrada no caminho estreito, que foi onde a vaquinha apatacada no ano passado deu para ruim... Atrasou tudo, por bem meia hora, não deixando nenhum avançar e jogando três bois no barranco, chifrados à traição...

— Lugar zangado, esse um.

— Galopa comigo, Manico, vamos lá, que eu quero ver!... Mais ligeiro compadre, mais no mais!... Promete uma coisa pra esse burrinho, p'ra ele correr!... Assim!...

— Afrouxou.

— Ara! ora, uê, que é aquilo? Vaqueiro a cavalo e correndo com medo de boi?! ... Hó-hó... Anda, Manico... Espera. O resto da boiada vai em passo cheio... Ei, o Badú vai topar!

E — o que ia sendo e ia-se vendo — era que: quando Badú ouviu algazarra e voltou o rosto, foi para ver Silvino vir, galope afoito, e se desviar só a poucos passos, deixando-o com o boi, que vinha atrás. O poldro pampa se espavoriu para fora da cena. Badú apanhou a vara.

O touro estacou. Era zebuno e enorme. O vaqueiro, a pé, não lhe inspirava o menor respeito.

Cresceu, sacudindo cabeça, cocuruto e cachaço, como um sistema de torres superpostas. Encurtou-se, encolhendo os quartos dianteiros e inclinando a testa. E veio.

E nem tempo de mudar dois passos, obrigando-o a alterar, em pleno avanço, a mira do arremesso: Badú mal pôde quadrar-se, em guarda — a vara sustida como uma enxada, mão esquerda a dois palmos da aguilhada, a direita bem lá atrás.

— Põe p'ra lá, vaca velha!

Agora! O ferrão toca o chanfro e resvala para a bochecha. Por centímetros! Badú nega o corpo, descaindo de banda. Evita chifre e choque, mas mesmo o raspão já era um trompaço: mal-governou-se e quase cai, enquanto o touro afunda adiante, sopraz, num rufar de tambor.

— É hora!

E Badú faz vira-cara, que o touro voltava, crú, em ofensiva sagital.

Hora de não olhar o imenso vulto montanhoso, máquina de trem-de-ferro — terra tremendo e ar tremendo — para não ver a cabeça, vertiginosa, que aumenta de volume, com um esboço giratório e mil maldades na carranca. Olhar para a ponta da vara, apenas...

— Põe p'ra lá, marroeiro!

Preciso. O aguilhão feriu o focinho, a vara jogou como um braço de biela, e já Badú empurrou o perfil do boi, tirando o corpo para a esquerda, num pulo de pés juntos.

— Passa, corisco! Aratanha!

Passou, com ventania e estrondo.

— Topada certa! Boa vara e bom vaqueiro meu!...

Já o touro, tendo ido a poucos passos, mugiu curto e voltava, com sua fúria no mais, mais. Tomara a dor e entrava em Badú outra vez.

— Rú, boi! — quebrando o ímpeto da acometida, o ferro se espetou abaixo do entre-olhos, na rampa da cara. Arqueado, o marruá cresceu, subiu na vara, patas no ar, no raro e horrendo empinado vacum, rosnando e roncando. O pau vergou, elástico — um segundo — mas Badú recargou, teso, e foi e veio com a vara, em mão de vaqueiro com dez anos de lida nos currais do sertão.

— Assim, cabrito! Não é só com força, é com jeito, que a gente topa boi!

E o zebú-assú, leso o equilíbrio, trambolhou de todo, que nem mancornado, e desmoronou-se, com todas as suas cúpulas.

— Ei, rei! Vai-te ajuntar com os outros!

Some-se a boiada, ao longe.

O Major Saulo e João Manico acendem os cigarros, Sete-de-Ouros ainda arfa cansaço, mais vivo o bater cadenciado das ilhargas.

— Seu Major! Com o que eu vou lhe contar que se deu, o senhor vai precisar de tomar uma autoridade de providência, urgência... — clama, de chegada, Francolim, que ainda foi com o grupo de vaqueiros, meio caminho, e voltou.

— Toma fôlego, Francolim!

— Sério é, seu Major...

— Espera por mim, Francolim. Primeiro eu preciso de você, e desse cavalo seu. Apeia e troca de montada com o João Manico. Isso mesmo, assim. Bobagem, Manico, me agradece amanhã! Vai para lá, pela mão direita, e manda o Raymundão aqui... E você, Francolim, não é para ficar segurando o burrinho pela arreata, com pouco caso. É para montar e me acompanhar. E não espora o meu Sete-de-Ouros, que ele é animal de estimação!

— Só mesmo pelo respeito meu do senhor, seu Major.

—Você é meu camarada de confiança, Francolim. Tem mais responsabilidade de ajudar, também...

— Isto, sim, dou meu pescoço! Em serviço do senhor, carrego pedras, seu Major. Só peço é ordem para o João Manico me dar de novo meu cavalinho, na entrada do arraial, para não ficar feio eu, como ajudante do senhor, o povo me ver amontado neste burro esmoralizado... sem querer com isso ofender, por ser criação de que o senhor gosta...

— Garantido, Francolim. Mas, você perdeu a pressa de contar...

— Sem brincadeira, seu Major... O que houve, eu vi, tudo...

— Todo o mundo viu, Francolim.

— Vi desde o começo, seu Major: o Badú teve de apertar a cilha do animal... saiu para um lado, desapeiou, e estava dando as costas para a boiada...

— Ruim, Francolim. Vaqueiro de verdade não faz isso.

— Mas, primeiro, ele quis ficar de frente, só que o poldro é desinquieto e andou de roda...

— Está certo, Francolim. O poldro ainda não gosta de ver os bois, queria espiar para o lado do campo, achou melhor...

— Pois foi assim que o Badú aproveitou para ajustar a cilha, e estava só prestando atenção no jeito de se destorcer de algum coice... E então foi que o Silvino atiçou raiva no marruaz... Escolheu o mais graúdo de todos... Sacudiu lenço vermelho... Em tempo de deixar a boiada atrapalhar, que eu vi, só que o Raymundão tomou conta! E aí ele galopou p'r'avante no Badú, trazendo o marruaz bufando no rabo do cavalo, por querer alguém, seu Major... Foi de maldade, foi crime, pela metade ao menos, seu Major. De propósito... Pois Silvino, quando chegou no companheiro, esquinou o galope para uma banda, de repente, e deixou o marruaz investir...

— O resto eu vi, Francolim. Mas os dois não brigaram, e tudo acabou bem, como eu gosto que acabe.

— Desculpe, seu Major, mas ainda não acabou, não... Eu acho que ainda está até começando. O senhor não leve a mal eu dizer, mas a gente devia de determinar alguma energia nesses dois, porque, se não, o Silvino vai matar o Badú, hoje!

— E se o Badú matar Silvino, Francolim?

— Olha o Raymundão aqui... O senhor pergunte.

— Vai ficando aí por trás, devagar, que o burrico já penou muito e precisa de ir só a passo...

— Vamos aqui, Raymundão, emparelha o cavalo com o meu, para me fazer companhia um trecho... Que é que você achou das topadas do Badú?

— O companheiro esteve firme, seô Major.

— O marruaz é mau, aquele... Eu acho que ele é um da derradeira ponta de gado que veio do Pompéu. Boi bruto. Será que ele viu Silvino assoar nariz com lenço vermelho?

— Não é capaz, seô Major. Nenhum de nós não anda com pano dessa cor...

— Regra boa, Raymundão... Vermelho é cor de dor de cabeça... Vamos tocar mais ligeiro, quero ir vendo os bois... Mas o Silvino foi escaramuçado, a cavalo. Como foi?

— Não vi direito, seô Major. Só pude ver o Badú topando. Marruaz desse, que vem riscando o chão com a cara, eu gosto de topar no pescoço... Cada um tem uma maneira...

— E é mesmo. Você ainda se lembra da primeira topada sua, Raymundão?

— Ah, seô Major, foi um boi retaco, que caminhava na gente por gosto e investia de olho aberto e cabeça alteada, feito vaca... O senhor sabe, esse é o pior que tem, para se escorar... Meu pai, que era vaqueiro mestre, achou que era o dia de experimentar minha força... Dei certo, na regra, graças a Deus...

— Você pensou alguma coisa na hora, Raymundão? Que foi que você sentiu?

— Só, na horinha em que o bicho partiu em mim, eu achei que ele era grande demais, e pensei que, de em-antes, eu nunca tinha visto um boi grande assim, no meio dos outros... Mas isso foi assim num átimo, porque depois as mãos e o corpo da gente mexem por si, e eu acho que até a vara se governa... Quando dei fé, a festa tinha acabado, e meu pai estava me dando um cigarro, que ele mesmo tinha enrolado para mim, o primeiro que eu pitei na vista dele... E foi falando: — "Meu filho, tu nasceu para vaqueiro, agora eu sei"...

— Velho inteiro! E a bambeza, depois?

— Não tive, seô Major. Só fome muita, isso sim. O pior foi que eu piscava, e afundei a cabeça n'água fria, mas sem valer, porque fiquei o dia com aquele boi dentro das minhas vistas, que nem um retrato, que doía até... Era um caraúno cara-larga, espácio, com sete anos de idade, com os cinco anéis no pé do chifre...

— Começo bom, Raymundão. Escuta: eu dou valor aos meus vaqueiros, e o que eles contam de si eu aprecio. Pessoal meu é gente escolhida...

— Bondade sua, seô Major.

— Converso na lei, Raymundão. Nunca me dão trabalho... Só de vez em quando é que um quer me saudar com a mão canhota... Agora, tem essa história de Silvino com o Badú... Você vê algum perigo dessa briga arruinar?

— Eu acho que não, seô Major. A raiva deles tinha de ter, mas tem também de se esfriar... O Badú veio para a Fazenda faz só dois meses, e tomou a namorada do Silvino... Silvino, em vez de fazer cara para o outro lado, e dar ao desprezo, começou a pirraçar... Eu cá não quero dar sentença, porque todos os dois têm razão e nenhum não tem, também.

— E a moça, é bonita?

— Serve. Só que é meio caolha, seô Major. Mas, agora por último, como o casamento já está marcado, o Badú só pensa nisso, e não quer saber de briga nenhuma.

— Mas, e Silvino?

— Também já sossegou, seô Major. A ver, porque ele contou que está pensando em voltar para o Curimataí, terra dele, e se casar também, com outra noiva que tem lá... Ainda ontem, ele vendeu as quatro vacas que tinha...

—Vendeu? Agora que sobrou campo do melhor, e que sei que uma estava para dar cria?

— Essa foi a quatrocentos... As outras, a trezentos e cinquenta e trezentos...

— Do de baixo! Por esse preço, a obrigação dele era de vender para mim, que dou pasto de graça, e só cobro à meia quando passam de doze cabeças... Mesmo que ele levasse aquele gadinho para a terra dele, fazia outro negócio...

— Avoamento, seô Major, sem ser por mal. Ele tinha pressa, decerto, e se acanhou de falar com o senhor a respeito.

— Deve de ter sido isso, Raymundão. Mas, mal-feito é mal-feito!... E o que foi mais que ele disse?

— Só isso, que falou, seô Major. Mesmo ele hoje estava muito quieto, gostando de saber das coisas que eu estive contando ao Badú também...

— É bom a gente dar uma prosa pequena, enquanto se toca boiada. E o que foi que você esteve contando, Raymundão?

— Conversa boba, seô Major... Era a respeito do Calundú...

— Zebú terrível. Matou o filho do Borges.

— Foi, sim, seô Major. O pobre do seu Vadico... Menino bom, aquele!

— Você gostava dele, você trabalhou lá?

— Mas muito, seô Major... Coração de anjo... Gostava de todo o mundo... Não deixava ninguém judiar com criação nenhuma... Ele queria ser boiadeiro, queria, por toda-a-lei. Um dia, em que fizeram ele ficar aborrecido, veio logo me procurar: — "Não vou para o colégio! Antes aqui, Raymundão, nem que seja pisado pelas vacas, mas eu quero é ficar aqui com vocês todos!" — Ah, nunca imaginei que ainda ia ver o menino morrer daquele jeito...

— Foi no campo, não foi?

— Pois foi na Laje do Tabuleiro, onde tem os cochos... A gente dando sal com quina, por causa que, por perto, lá, estava começando a aparecer peste. O gado fêmea todo reunido: as novilhas solteiras, as vacas amojando, as outras com as crias taludas, ou bezerrada miúda, de dias só. Seu Neco Borges tinha vindo com a família, para apreciar. Seu Vadico gostava demais do Calundú, e o zebú também gostava dele, deixava o menino coçar o pelo e bater palmada no focinho... Doideira, eu sempre achei. Zebú é bicho mau, que a gente nunca sabe o que é que eles vão cismar de fazer...

— É mau, por causa que eles são tristes... Repara, só, no berro que eles têm...

— Sim senhor, deve de ser, seô Major. O Calundú, não sei se o senhor sabe, não batia em gente a pé... Ao depois, ele estava no meio da vacaria mansa... Seu Vadico foi fazer festa nele, dando sal para ele lamber na mão. A gente estava ali, com as varas... O boi alisava o menino com o focinho, e até parecia gente, carinhoso... Quem é que havia de somar? O senhor sabe que boi não entra na gente assim atôa, sem avisar: mesmo quando eles já estão fazendo gatimanha, sapateando, abrindo terra e soprando em riba, a gente precisa é de não apartar os olhos dos olhos deles...

— Toda a vida. Na hora de um boi partir na gente, os olhos mudam de jeito e ficam maiores, parecendo que não vão caber mais nos buracos das vistas...

— Pois eu juro, seô Major, que aquilo foi de supetão... Eu vi o Calundú abaixar a cabeça... Parecia que ele ia querer mais sal... E, aí, de testada e de queixo, ele deu com o menino no chão, do jeito mesmo de que um cachorro derruba uma lata. Seu Vadico caiu debruço, com a cabecinha para dentro das patas do touro... E ele nem pôs o pé em cima: deu uma passada para trás, e foi uma chifrada só... Depois, o Calundú sungou a cabeça, e o sangue subiu atrás, num repuxo desta altura:...!...

— Muito triste, Raymundão.

— Nós corremos, todos, mas não foi preciso tirar o zebú, porque ele deu as costas, e foi andando para longe, vagaroso, que nem que não quisesse ver o crime que tinha feito... Aquilo era sangue por todo lado, e o pessoal gritando... Seu Neco Borges virou um demônio, puxou o revólver... Mas seu Vadico, antes de morrer, falou determinado, que nem pessoa grande: — "Não mata o Calundú, pai, pelo amor de Deus! Não quero que ninguém judie com o Calundú!"...

— Um-hum!

— Seu Borges mandou levar para o seu Lourenço, na Vista-Alegre, para ser vendido ou dado de graça... Aí eu disse que levava, porque só eu era quem sabia fazer a *simpatia* do cambará. O senhor conhece? Pois eu juntei o bicho com um terno de vacas mansas, montei no meu quartão castanho, e joguei um raminho de cambará para trás: aquilo, o zebú me acompanhou, que nem um bezerrinho correndo para o úbere da mãe... Eu falava: — Vamos para adiante, assassino!... — Mas falava baixo, para ele não me entender... Não me deu trabalho nenhum. Agora, quando chegamos lá no Saco-do-Sobre, então foi que eu tive medo, porque a *simpatia* do cambará só serve para quando a gente está indo na estrada... Fui gritando: — Abram as porteiras dos dois lados, abrir logo!... — E emboquei e atravessei o curral, de galope, saindo da outra banda. Ele e as vacas entraram atrás, e os vaqueiros fecharam tudo. Mas, de noite... Eu pernoitei lá, e vi a coisa, seô Major. Ninguém não pôde pegar no sono, enquanto não clareou o dia. O Calundú, aquilo ele berrava um gemido rouco, de fazer piedade e assustar... Uivava até feito cachorro, ou não sei se eram os cachorros também uivando, por causa dele. Leofredo, que era de lá naquele tempo, disse: — "Ele está arrependido, por ter matado o menino"... — Mas o velho Valô Venâncio, vaqueiro cego que não trabalhava mais, explicou para a gente que era um espírito mau que tinha se entrado no corpo do boi... Parecia que ele queria mesmo era chamar alguma pessoa. Fomos lá todos juntos. Quando ele nos viu, parou de urrar e veio, manso, na beira da cerca... Eu vi o jeito de que ele queria contar alguma coisa, e eu rezava para ele não poder falar... De manhã cedo, no outro dia, ele estava murcho, morto, no meio do curral...

— Às vezes vêm coisas dessas, que a gente não sabe, Raymundão.

— Isso, agora, eu acredito, seô Major. Sei de um caso que se passou, há muitos anos, contado por meu pai, que quando moço foi campeiro de um tal Leôncio Madurêra, no sertão. Leôncio Madurêra era um homem herodes, que vendia o gado e depois mandava cercar os boiadeiros na estrada, para matar e tornar a tomar os bois. Pois meu pai contava que, quando ele morreu, e os parentes estavam fazendo quarto ao corpo, as vacas de leite começaram a berrar feio, de repente, no curral. Coisa que o garrote preto urrava:

— *Madurêra!... Madurêra!...*

E as vacas respondiam, caminhando:

— *Foi p'r'os infernos!... Foi p'r'os infernos!...*

...Tiveram de soltar tudo e de enxotar para o pasto, porque eles não queriam sair de de-perto da casa. E meu pai contou que, de longe, a gente ainda escutava a maldição deles, que subiam o caminho do morro, sem parar de berrar:

— *Madurêra!... Madurêra!...*

— *Foi p'r'os infernos!... Foi p'r'os infernos!...*

...Arrepia as costas, mesmo para se contar...

— Medonho, Raymundão.

— Medonho, seô Major.

— Olha, Raymundão, daqui a pouco estamos chegando!

Já se avista, lá muito em baixo, o arraial: a igrejinha, boneca e branca, no tope do outeiro; as casas, da Rua-de-Baixo e da Rua-de-Cima; e a estação, com os trens parados, no meio da fumaça das locomotivas.

— Pois é, Raymundão, eu acho que tudo vai mesmo bem. E a respeito do Badú com Silvino, eu estou com você, que essa rixa dá em nada. Depois da estrepolia com o zebú que o Badú topou, não ficou tudo em risadas?

— Sim senhor, seô Major. Levaram a coisa na brincadeira.

— Você acha que o Silvino respeita muito o Tote, irmão dele?

— Até ontem, eu sabia que sim, seô Major. Mas aí eles tiveram uma discussão, e estão sem falar um com outro.

— Você sabe por que, Raymundão?

— No certo não sei, seô Major, porque ninguém não escutou o que eles falaram. Mas eu acho que foi por Silvino ter cobrado um dinheiro que o Tote estava devendo a ele...

— Ho-hô-hô-hô!... Está direito, Raymundão, tudo em ordem. Você me deu boa prosa e companhia... Agora, você pode ir, e manda o meu compadre João Manico aqui, para desberganhar de montada com o Francolim... Com Deus, Raymundão!

A um aceno do Major, se apressa de lá Francolim, escanchado em cima de Sete-de-Ouros, que vinha, até então, desatual, na marchinha costumeira, sem demonstrar cansaço, sem veleidades de empacar.

— Às ordens, seu Major.

— Escuta, Francolim: agora eu quero ver se você sabe prestar bem atenção nas coisas, para receber categoria de sujeito meu de confiança! Você é capaz de me dizer o que é que o Silvino vai levando hoje, com ele, de bagagem e mat'otagem?

— Ah, eu também já reparei, seu Major! — que é mais do que nenhum outro: patrona cheia e meio-saco cheio, na garupa, afora outros trens, embrulhados no capote... Se o senhor quiser conhecer o que é que está dentro, é só eu ir lá perto dele, conversar, e daqui a pouco eu volto, eu conto...

— Precisa não, Francolim. Olha o João Manico chegando com o cavalo. Destroca. Tem paciência, compadre Manico, este burrinho é hoje só. Até já, compadre! Corre Francolim, deixa de ajustar esse gorro bobo, que você já está bonito de mais. Galopa comigo, que é para o povo do lugar ver que o meu secretário é você...

Passam a ponte do ribeirão. Agora, um subúrbio do arraial, com as cafuas mais pobres. Lavadeiras, espaventadas, de trouxas nas cabeças, como lava-pés agredidas em seu formigueiro, fugindo com as ninfas e ovos brancos.

— Francolim, escuta: eu tenho um mandado sério, para você cumprir, com toda a regra, porque sei que você é o meu homem para isso. Espera. Boca fechada e olho aberto, na volta, Francolim. Eu resolvi ficar hoje no arraial, com a família, e você vai vir com os vaqueiros, trazendo na algibeira autoridade minha. Olha lá, Francolim, como é que você arranja as coisas, sem ninguém desconfiar de nós...

— Nem que eu morra em nome da lei, na palavra do senhor, seu Major!

A boiada entra no beco — "Tchou! Tchou! Tchou!"... — "Contado, Leofredo?"... — "Falta nenhum!" — "Ôi, gente, *corta aquele golpe*, Badú!"

— É para vigiar o Silvino, todo o tempo, que ele quer mesmo matar o Badú e tomar rumo. Agora, eu sei, tenho a certeza. Não perde os dois de olho, Francolim Ferreira!

Os cavaleiros se entremeiam na manada, falsando clivagens, fracionando o gado, para evitar embolamento. Num pataleio dianho, fazendo espirrar lama vermelha, metem-se pela rua principal. E quatro vaqueiros tocam adiante, dansando com os cavalos, trazendo-os nas esporas para ficarem firmes nos freios, e gritando com o povo, a impedir seja esmagada alguma pessoa ou criação.

Mulheres puxando meninos para dentro das casas. Portas batendo. Gente apinhada nas janelas. Cavalgaduras, amarradas em frente das vendas, empinando, quase rompendo os cabrestos. Galinhas, porcos e cabritos, afanados, se dispersando sem tardança. E os vaqueiros, garbosos, aprumados, aboiando com maior rompante.

Com um último trompejo do berrante, engarrafam no curral da estrada-de-ferro o rebanho, que rola para dentro e se espalha, como um balaio de laranjas despejado no chão. Mesmo com a meia-chuva, vinha o povo do lugar, em fé de festa, para gozar o espetáculo. E começou o embarque — rico de sortes, peripécias e aplausos —, que durou mais de hora e meia, até a boiada inteira, lote a lote, desaparecer no bojo dos carros-jaulas dos dois trens especiais. E pois, logo depois, encharcados, enlameados, cansadíssimos e famintos, os vaqueiros saíram para comer, e beber, principalmente, porque força há na cachaça que custa dinheiro da gente. E, com isso, deixaram todos de caber no dia, que rodou e se foi, redondo e repleto, com a tarde a cair rente, uma tarde triste de tempo frio.

Enquanto isso tudo, na coberta do Reynéro, ali perto, afrouxadas as barrigueiras e tirados os freios, os cavalos descansavam. Longe dos outros, deixado num extremo, no canto mais escuro e esquerdo do telheiro, Sete-de-Ouros estava. Só e sério. Sem desperdício, sem desnorteio, cumpridor de obrigação, aproveitava para encher, mais um trecho, a infinda linguiça da vida.

De repente, na mata resseca do sonho, crepitou e chamejou o barulho: houve homens, indesejados, se mexendo, como bichos-de-queijo na boa espessura do silêncio. Eram os vaqueiros, voltando, em busca dos animais seus. Chegaram, montaram, saíram. Penúltimo, Silvino, pegando o amarilho crinudo; último, João Manico, pondo mão no poldro pampa; rindo e falando, muito, os dois. Com o que, no prazo de um bom coice, e a não ser pelo mulo mísero Sete-de-Ouros, ficou vazio o galpão. Era uma vez, era outra vez, no umbigo do mundo, um burrinho pedrês.

Mas, agora, maior, mais real, direto — no lugar amplo e sem outras formas —, um homem sozinho: bebedérrimo, Badú. Pressentindo a vida ruim de regresso, então Sete-de-Ouros abriu bem os olhos, e avançou os beiços num derradeiro molho de capim.

— Que é do meu poldro?! Ô-quê!? Só deixaram para mim este burro desgraçado?... Só porque eu fui comprar uma prenda para a minha morena...

Sete-de-Ouros mastigava, mais depressa. E pausa.

— Ei, que nós dois somos mesmo burros, hem, pandorgas?

E Badú caminhou e puxou o burrinho do cocho. Sete-de-Ouros se aviou. O capim que ficara a sair-lhe dos cantos da boca foi encurtando e sumiu, triturado docemente. Então ele dilatou as narinas. Trombejou o labro. E fez brusca eloquência de orelhas.

— Fecha essa queixada, cujo, que isto não é comida, não, é o freio! E não me morde. Assim!

Sete-de-Ouros tornou a girar as vastas conchas, em circundução. Bateu com a mão direita. E bufou, abanando a cabeça.

— Se tu me der um coice, eu te amostro! Escuta o Rio Preto, burro bobo:

"Rio Preto era um negro
que não tinha sujeição.
No gritar da liberdade
o negro deu para valentão..."

— Deixa de chamar mais chuva, vá-s'embora, Badú! — gritaram, lá de fora.

— Uai, ainda tem algum sobrando? Que é do meu poldro?

Sete-de-Ouros enrugou a pele das espáduas. Foi amolecendo as orelhas. E fechou os olhos. Nada tinha com brigas, ciúmes e amores, e não queria saber coisa a respeito de tamanhas complicações. Badú montou.

—Vamos, briguélo!

A desproporção era grande, quando saíram pela rua, o homem num ridículo de pernas, quase arrastando os pés no chão. Alguém vaiou:

— Uê, Badú, vai vender leite? Que é das latas?... Você está carregando o burrinho por de baixo?...

— Cambada!

Dansando estão, dansando vão, as casas todas, em procissão. Mas, aqui, no fim do lugar, quem é este vulto de cavaleiro parado, na boca do beco do Gentil da Ponte? Francolim.

— Estava esperando, seu Balduino, por lhe fazer companhia...

— É... Ficam por aí, desse jeito, que eu até já ia passando fogo, pensando que era sombração!...

— Mas o senhor não está desarmado? Como é que ia poder atirar, sem ter garrucha nem revólver?

— Que me importa?! É de sua conta?

— Não seja por mal, seu Balduino, mas beber assim demais é facilitar...

— Cataplasma! Para conversar comigo, como amigo, têm de me tratar por Badú. E essa graça de "senhor", "senhor", também não me serve! Não gosto dessa cerimônia...

— É o direito, homem. Eu hoje aqui não sou eu mesmo: estou representando Seu Major...

— Nos cornos! Estou cuspindo nessa bobagem! Não quero prosa com gente pirrônica... Vou com paz, mas vou ligeiro, sem conversa!

E com isso concordou Sete-de-Ouros, não por causa das rosetas das chilenas — maus tratos não lhe punham posse — mas por sentir, aberto adiante, o caminho de casa, enrolado e desenrolado, até à porteira do pasto: promessa de repouso e de solidão. Mais e mais, daí a pouco, quando escorregaram as rédeas, Badú pendeu para a frente, mãos perdidas, no cochilo da cachaça. Mas, mesmo assim, o passo do burro rendia pouco, só em sorna progressão.

— Homem ignorante... Malagradecido... resmungou, para si, Francolim.

No covo da ipueira, o coaxar dos sapos avançava longe e voltava — *um... um... um...* — como se corressem escalas em enorme teclado fanho. E, sobressaindo, aqui e ali, parecendo provir de grande esforço, o berro solitário do sapo-bezerro, regrôsso.

Escurecia. Sem se deixar ver, pouco de a uns poucos metros, ou de detrás das moitas, alguém podia matar fácil, com um tiro ou dois. E Silvino? Francolim deu de ombros e picou o cavalo, ainda atirando a Badú um olhar de desprezo, ao passar por ele, no galope.

Mal adiante um quilômetro, alcançava os outros vaqueiros. Vinham em fila índia, sopesando as varas. Cada um trazia, na capanga, bem agargalada, uma garrafa suplementar. Cavalgada estúpida. Sem a boiada, seriam como almas sem corpo. Sem a bebida menos conseguiriam tocar.

— Para com essa cantiga, Leofredo!

— Uai, é o coco do Mestre Louco...

Estiara a chuva. Mas um vento fustigou os galhos da beira da estrada, derrubando chuvisco.

— Já estão longe, aqueles...

— A boiada era boa.

Entravam na passagem do desbarrancado. Ainda havia um lusco-fusco, na estrada; mas, passo ou olhada, logo em volta, dava no pretume, que ia engrossando, imenso. Sinoca falou, para todos:

— Tomara que se acabe o tempo dos embarques. O que eu não gosto, de trazer desse gado gordo, que vai para morrer... Quero mas é ir buscar boi magro, no sertão.

— Que nem que o Martinho, por roubar mulher dos outros, em garupa?

— Para isso — que é só eu ter minha vontade! Você não sara de implicar com a vida dos companheiros, Sebastião!

— Briga não, gente! Eu cá, por mim, gosto de ver é pessoa de opinião, como o João Manico, que não vai buscar boiada brava, nem ali perto no Pompéu...

— Ah, isso não é de pouca-vergonha nenhuma, e eu mesmo sei de mim. Não gosto, não vou mesmo!... A gente deve de ficar é na terra sua, por não precisar de ver muita coisa feia, que por este mundo tem...

— Essa cisma é só por causa de uma boiada, que estourou, é não, Manico?

— Vocês não estão cansados de saber?! Aí já contei, tanta vez...

— Eu não sei, juro. Quem falou isso comigo foi o Tote, mas não explicou nada como foi. Que é do Tote? Ó Tote!?...

— Não está aqui, não.

— Está indo lá adiante, com o irmão... Ó, Tote!?

— Eu aqui. O que é que estão querendo de mim? Já vou!

Mas, em vez de vir cá para o grupo, Tote continua falando com Silvino, a gingar, como um tamanduá de abraço armado, ao sabor dos arrancos do lobuno trotão:

— É a última vez que eu aconselho, mano, para não pensar nessa doideira que você quer fazer...

— Não adianta, meu irmão; é hoje! Sangro o homem. Juro em cruz!...

— Silvino, você vai se desgraçar...

— Já estou desgraçado, mano... Agora, só mordendo o duro dele... Deixa a gente passar o córrego e chegar na cava do matinho, no atalho... Faço o meu serviço, pego a estrada da Lagoa, e *calço de areia*... O sujeito vem no burrinho sem préstimo, e ele está tonto como negro em Folia-de-Reis... Cumpro, e caio no mundo. Você não precisa de dizer que sabia de nada... O crime é meu... Tenho sorte ruim!...

— Espera, mano... — sussurrou Tote, de repente. — Olha esse sujeitinho aí de especula...

— Será que ele ouviu?

— Não é capaz. Espera... Ei, Francolim, o que é que você vem fazer aqui, sorrateiro? Até parece, está querendo ouvir a conversa dos outros?

— Não me ofende, companheiro, que isso é coisa que eu não faço. Só estou é vendo que vocês dois já estão amigos outra vez...

— E é da sua conta, Francolim?!

Os três estacaram os cavalos.

— Tudo, hoje, é da minha conta, porque eu estou aqui é com autoridade, estou representante de seu Major!...

Os outros vinham chegando:

— Oh, Tote, garante uma palavra minha, aqui para o João Manico.

— Bem, pelo amor-de-deus vocês parem com isso, que eu não gosto de frojoca com o meu nome no meio! Eu conto. Conto, mas é a derradeira vez. Depois, não quero mais que ninguém venha falar nisso comigo!...

O grupo se uniu mais, todos querendo emparelhar com João Manico. Os cavalos se entrepisavam os cascos.

— E então, Manicão?

— Só conto porque é o meu compadre Sebastião quem está pedindo, mas não é para vocês fazerem teatrinho aqui, numa hora destas... E vão se desembolando para lá, que eu acabo tendo de sujar algum, na hora d'eu cuspir!

— Isso se deu há muito tempo, Manico?

— Se duvidar, para mais de vinte anos. Não tinha trem-de-ferro no arraial... Ainda nem tinha casa-de-fazenda na Tampa...

— Onde é que você campeava então?

— Para o meu compadre seô Major Saulo mesmo... Só que ele era moço e magro, nesse tempo, e a gente falava "seu Saulinho"... Ele já estava casado, casado de novo, e terras dele eram só as do Retiro, mais uns alqueires de pasto de brejo, no Pontilhão, que todo o mundo chamava só de Jatobá...

— Mas, como foi?

— Foi que a gente tinha ido por longe, muito longe mesmo, no fundo do sertão, lá para trás dos Goiás... Era porque por todo lugar tinha dado peste, e criação de chifre andava vasqueira, como nunca em antes. Pegamos uma boiada das carepas: só bicho mazelento e feioso: bom quase que nenhum, muito pouco marruaz taludo, tudo com focinho seco, gabarro, com carrapatos de todo tamanho, cheios de bernes e bicheiras, e com cada carne esponjosa de frieira entre as unhas, que era isto:...!...

— Paz para mim! Feito bois sem dono...

— ...Pois era uma gentinha magra mesmo héctica, tudo meio doente, que eram só se lambendo e caçando jeito de se coçar em cada pé de árvore que encontravam... Mas, para ser bravos, isso eles não estavam doentes, não, que eram só fazendo arrelia e tocaiando para querer matar gente!...

— Boi do mato, sem paciência...

— E ir buscar coisa ruim assim, tão longe!

— ...Pois foi... Eu cá, por mim, nem que não era capaz de desperdiçar dinheiro meu com aquele refugo de gado. Mas seu Saulinho — seô Major Saulo, pelo direito — sempre foi estúrdio, pensando tudo por regra sua, só dele... Olha, assim uma vez, que nós chegamos no sítio de um homem sem um braço, lá perto do Paracatú: no curral, tinha uma vaca mestiça, meio pintarroxa... Quando nós íamos chegando, ela berrou, um berro bonito de buzina, que era todo cantado e só no fim era que gemia... Seu Major Saulinho estava alegre... Foi perguntando ao dono, gritando, ainda em antes de desapear do cavalo: — "Quanto quer pela clarineta?"... — "É cem mil-réis!"... — "Pois chego mais dez, pelo berro!"...

— Assim é que eu gosto! Dá respeito...

— ...É... Mas pagou atôa, atôa, sem precisão. Naquele tempo, isso era bom dinheiro... Mas, como eu ia contando, a gente estava desgostosa com aquele restolho de boiada má sem qualidade... Mas, o pior, Deus que me livre dele, foi o menino... o pretinho...

— Que pretinho, Manico?

— Um negrinho, que tinha também. Assinzinho, regulando por uns sete anos, um toquinho de gente preta... O fazendeiro que vendeu o gado pediu a seu Saulinho para trazer, para entregar a um irmão, no Curvelo, e seu Saulinho prometeu... Á pois, o tal pretinho era magrelo, com uns olhos graúdos, com o branco feio de tão branco, que até mesmo, Deus que me perdoe, mas eu acho que alguns pretos têm o branco-dos-olhos assim só para modo de assombrar a gente!... E, aquilo, ele chorava, sem parar, e de um sentir que fazia pena... Não adiantava a gente querer engambelar nem entreter... Eu pelejei, pelejei, todo-o-mundo inventava coisa para poder agradar o desgraçadinho, mas nada d'ele parar de chorar...

— Que inferno!

— ...E o gado também vinha vindo trotando triste, não querendo vir. Nunca vi gado para ter querência daquele jeito... Cada um caminhava um trecho, virava para trás, e berrava comprido, de vez em quando... Era uma campanha! A qualquer horinha a gente estava vendo que a boiada ia dar a despedida e arribar. E era só seu Saulinho recomendando: — "Abre o olho, meu povo, que eles estão com vontade de voltar!"

— E o menino preto?

— ...O pretinho vinha comigo na garupa, dando soluços grandes, e molhando minhas costas de tanta lágrima... Então eu falei: — "Olha os bois também com saudade dos pastos lá da fazenda"... — Para que foi que eu fui dizer isso! Ele abriu ainda mais no bué, e começou a gemer: — "Ai, seu mocinho bom! Ai, seu mocinho bom! Me deixa eu ir-s'embora para trás! Me deixa eu ir-s'embora para trás!"...

...Bem que eu tinha pena, mas que é que eu podia fazer? Fiquei calado, e deixei o pobrezinho ir gemendo. Quando ele viu que não adiantava nada pedir, garrou só a exclamar: — "Ai, seu mocinho ruim! Ai, seu mocinho ruim!... Eu só queria poder sentar agora, um tiquinho, naquela canastra de couro, que tem lá no rancho de minha mãe... Queria só ver, de longe, a minha mãezinha, que deve de estar batendo feijão, lá no fundo do quintal!"... E ele se abraçou comigo, feito um doido, e eu nem podia deixar que ele visse minha cara, porque eu estava com os olhos cheios de outras lágrimas, também...

...Nós tocamos cinco dias, sem sossego, porque não havia remédio nenhum para o gado perder aquela tristeza. A gente via que via mesmo eles resolverem, de repente, e darem para trás, todos juntos... De noite, ninguém dormia direito: a gente tinha de acender muitas fogueiras no redor, e passear com tição de fogo na mão, que era só no que eles atendiam, e assim mesmo muita vez estavam não querendo obedecer!...

...Afinal, atravessamos um rio grande, e ficamos mais descansados, porque agora decerto que eles iam tomar consolo e dar uma folga...

— E o negrinho?

— ...O pretinho, a gente perdeu a paciência com ele, e o Zacarias, que era o capataz nosso, passou nele um aperto: — "Se você chorar mais, dianhinho, eu te corto a goela, e amarro teu defuntinho preto em riba daquele boi jaguanês!..." Então o desgraçadinho arregalou muito os olhos, parou no meio do choro, ficou quieto e não gemeu mais. Também, não quis comer nem nada, naquele dia, e não dava mais resposta, quando a gente queria puxar conversa...

...De tardinha, a gente pousou num campo formoso, com aguada, cheio de coqueiro buritî. Mas não tinha manga, nem malhador, nem pasto nenhum fechado, e então tivemos de pôr o gado *no encosto*... Encantoamos a boiada numa bocaina, e acendemos o fogo. — "Vocês hoje podem dormir..." — disse seu Saulinho. — "Só o Aristides e o Binga chegam, para vigiar por volta da meia-noite"...

...Eu já vivia quase caindo, de tonto de sono; por isso gostei da ordem de seu Saulinho, por demais. Comi meu feijão e sentei na raiz dum pau-d'óleo, pitando e já meio cochilando... E foi aí, bem na hora em que o sol estava sumindo lá pelos campos e matos, que o pretinho começou a cantar...

...Ah, se vocês ouvissem! Que cantiga mais triste, e que voz mais triste de bonita!... Não sei de onde aquele menino foi tirar tanta tristeza, para repartir com a gente... Inda era pior do que o choro de em-antes...

...E, aquilo, logo que ele principiou na toada, eu vi que o gado ia ficando desinquieto, desistindo de querer pastar, todos se mexendo e fazendo redemoinho e berrando feio, quase que do jeito de que boi berra quando vê o sangue morto de outro boi...

...Mas, depois, pararam de berrar, eu acho que para não atrapalhar a cantoria do pretinho. E o pretinho cantava, quase chorando, soluçando mesmo... Era assim uma cantiga sorumbática, desfeliz que nem saudade em coração de gente ruim... Mas, linda, linda como uma alegria chorando, uma alegria judiada, que ficou triste de repente:

> ... *"Ninguém de mim*
> *ninguém de mim*
> *tem compaixão..."*

Aquilo saía gemido e tremido, e vinha bulir com o coração da gente, mas era forte demais. Octaviano pediu a seu Saulinho para mandar o pretinho calar a boca. Mas seu Saulinho tinha tirado da algibeira o retrato da patroa, e ficou espiando, mais as cartas... Porque seu Saulinho não sabia ler, mas gostava de receber cartas da mulher, e não deixava ninguém ler para ele: abria e ficava só olhando as letras, calado e alegre, um tempão... E ele disse:

— "Deixa o menino chorar suas mágoas, que o pobre está com a alminha dele entalada na garganta!"...

...Aí, então, eu comecei a me alembrar de uma porção de coisas, do lugar onde eu nasci, de tudo... José Gabriel ficou cantando baixinho, para ele mesmo só, e pelo que com os dedos, do jeito de que estivesse acompanhando o canto do negrinho, numa viola qualqual... Aristides bebeu sua cachaça, que não foi brinquedo, mas ninguém não falou, porque o Aristides se estava com olho-de-choro... Até eu mesmo. Aquilo parecia: que a vaqueirada toda virando mulher...

...E o pretinho ia cantando, e, quando ele parava ponto para tomar fôlego, sempre alguma rês urrava ou gemia, parecendo que estavam procurando, todos de cabeça em pé... Então, o Binga me disse: — "Repara só, João Manico, como boi aquerenciado não se cansa de sofrer"... — Mas, aí a gente foi cabeceando, em madorna. Sei de mim que ainda vi uma estrelinha caindo, e pedi ao anjo uma graça, de voltar com saúde para a casa que já foi minha, lá nas baixadas bonitas do Rio Verde...

...Então, eu acho que cheguei a dormir, mas não sei... O canto do pretinho, isso havia!... E sonhei com uma trovoada medonha, e um gado feio correndo, desembolado, todo doido, e com um menino preto passar cantando, toda a vida, toda a vida, sentado em cima do cachaço de um marruaz nambijú!...

...Foi de verdade? Foi visão de sonho? Eu já estou velho, para querer saber. Muita gente acha que sim, mas só tem coragem de dizer que não! Sei lá... Mas — Virgem Santa Mãe de Deus! — acordei, de madrugada, foi com os gritos do patrão. Que é do gado?! Só o rastro da arrancada. Tinham arribado, de noite!... Mas, ainda foi mais triste: no lugar onde deviam de ter ficado Aristides mais Octaviano, nem cadáver!: os bois tinham passado por cima, e, eles, mais os arreios que estavam servindo de travesseiros para eles dormirem, estavam pisados, moídos, tinham virado bagaço vermelho...

— Já vi disso, Manico. É a mesma coisa que quando eles estouram na estrada... Um assusta, com qualquer bobagem atôa, e sai na carreira, e os outros todos desandam atrás desse, correndo por informação, sem nem saber direito do quê… Adianta querer cercar, quando eles desembestam?… Derrubam paredes de tijolo, vão se matando uns aos outros.

— É, mas a pior de todas é a arrancada do gado triste, querendo a querência… Boi apaixonado, que *desamana*, vira fera… Saudade em boi, eu acho que ainda dói mais do que na gente…

— Mas, conta o resto…

— O resto! O resto foi que nós levamos mais de uma semana para poder ajuntar as reses outra vez… Tinham espandongado por ali a fora, e a gente foi achar uns atolados no brejão, outros de pescoço quebrado, caídos no fundo das pirambeiras, e muitos perdidos no meio do mato, sem nem saber por onde dar volta para acharem o caminho de casa… Outros tinham rolado rio abaixo, para piranha comer. E, os que a gente pôde arrebanhar de novo, deram, mal e mal, uma boiadinha chocha, assim de brinquedo, e numa petição-de-miséria, que a gente até tinha pena, e dava vontade de se botar a bênção neles e soltar todos no sem-dono! São, são, não tinha quase nenhum… Eram só bois náfegos, vacas descadeiradas, bezerros com torcedura de munheca ou canela partida, garrotes com quebra de palheta ou de anca, o diabo! E muitos desmochados ou de chifre escardado, descascado fundo, dando sangue no sabugo, de tanto bater testada em árvore… Por de longe que a gente olhasse, mesmo o que estava melhorzinho não passava sem ter muito esfolado e muita peladura no corpo… Um prejuizão!…

— E o pretinho, Manico?

— Ah, esse ninguém não viu, nem teve notícia dele mais!… Coisa. Deus que diga minha alma salva!… Por via dessa que houve, e de outras que podia haver, é que eu não gosto de ser andejo, e fico quieto no meu canto. Quem viaja por terras estranhas, vê o que quer e o que não quer!

— É isso mesmo…

— Bobagem! É andando que cachorro acha osso.

— Cachorro é quem quiser, mais a família! Não estou dando conselho…

— Não zanga atôa, Manico. Todo gosto é regra.

— Chega, gente. Ó Zé Grande, que é que você deixou cair?

— Risca um pau de fósforo…

— Nada não, gente… Estou estranhando o chão.

— O caminho está certo.

— Isto eu sei... Desencosta, Juca!

— É cisma. Vou beber outro gole, para ficar com mais caráter.

Os animais se atolavam no terreno empapado da várzea, que parecia um pantanal.

— Ôi, dianho!

Foi de repente: o cavalo de Benevides, que guiava a fila, passarinhou. Os outros empacavam, torcendo os pescoços.

— O que é? Alguma coisa?

— É o desgramado desse bichinho espírito. Olha só como é que ele canta!

— *João, corta pau! João, corta pau!*

— Passa fogo, Bastião!

— Espera, gente. Não é de pássaro nenhum que os cavalos estão com medo. É a enchente!...

— Não pode. Será?!

— Mas, como é que a enchente está chegando até aqui?

— É ela mesmo! Olha como esfriou: isto é friagem de beira de rio.

— É mesmo, gente.

— *João, corta pau! João, corta pau!*

— Mas a Fome passa longe, quase a quarto de légua... Só se a baixada virou lagoa...

— É manha dos animais.

— É mesmo...

— Não é, não, Leofredo... Escuta!

— É manha, sim. Quem estiver atrás, vá relando o ferrão, e eu quero ver se cavalo anda ou fala por que é que não anda!

— Não faz isso, Juca, espera.

— *João, corta pau! João, corta pau!*

—Vamos deixar chegar o Badú, mais o burrinho caduco, que vêm vindo aí na rabeira, minha gente!

— Isso mesmo, Silvino. Vai ser engraçado...

— Engraçado?! É mas é muito engano. O burrinho é quem vai resolver: se ele entrar n'água, os cavalos acompanham, e nós podemos seguir sem susto. Burro não se mete em lugar de onde ele não sabe sair!

— É isso! O que o burrinho fizer a gente também faz.

— *João, corta pau! João, corta pau!*

— Dou meu voto. Dou meu voto, e estou falando pensado, em visto o dever da continência que eu hoje tenho!

— Tira tua colher do tacho, Francolim! Isto aqui não é hora para palhaçada!

— Respeita o nosso patrão, Sinoca, que seu Major me entregou a responsabilidade dele, para tomar conta e determinar, nos casos...

— Bestagem... O-ô, Badú! Anda, homem!...

— Olha ele chegando...

— *João, corta pau! João, corta pau!*

— Lá vou eu, meus parentes!... Lá vou eu, suas injúrias-peladas de vaqueiros sem boi nenhum!

E, falando, Badú se abraçou com o pescoço do burrinho, numa ternura súbita...

— Eh, meu velho, coitado, que trapalhada! Estou doente, dei na fraqueza, com este miolo meu zanzando, descolado da cabeça... Muito doente... Estou com medo de morrer hoje... Mas, se você fosse mais leve, compadre, eu era capaz de te carregar!...

— Veio com o corno cheio... está bêbado que nem gambá.

— Ei, Silvino, por que é que você está chegando para perto do Badú, aí no escuro, coisa que você não deve de fazer?! Não consinto, não está direito, por causa que vocês estão brigados, e ainda mais agora, que o outro está tão bêbado assim!

— Tu arrepende essa boca, Francolim! filho de outra... Desarreganha, sai por embaixo!... Eu vou aonde eu quero!...

— *João, corta pau! João, corta pau!*

— Não adianta bufar que nem tigre, Silvino, que eu estou falando de paz, só na lei, no nome de seu Major!

— Não é caso de briga, Silvino, porque alguma razão Francolim tem.

— Alguma, não! Razão inteira, porque estou representando seu Major, por ordem dele, e meu revólver pode parir cinco filhotes, para mamarem no couro de quem trucar de-falso!

— Deixa de valentia boba, Francolim!

— Juízo, gente! Olha o burro...

Sete-de-Ouros parara o chouto; e imediatamente tomou conhecimento da aragem, do bom e do mau: primeiro, orelhas firmes, para cima — perigo difuso, incerto; depois, as orelhas se mexiam, para os lados —, dificuldade já sabida, bem posta no seu lugar. E ficou. A treva era espessa, e um burro não é gato e nem cobra, para querer enxergar no escuro. Ele não espiava, não escutava. Esperava qualquer coisa.

E, quando essa chegou, Sete-de-Ouros avançou, resoluto. Chafurdou, espadanou água, e foi. Então, os cavalos também quiseram caminhar.

Mas, aí soou o pio, que vinha da moita em cada minuto, justo:

— *João, corta pau! João, corta pau!*

E João Manico conteve a cavalgadura, e disse:

— Eu não entro! A modo e coisa que esse passarinho ou veio ficar aqui para dar aviso para mim, que também sou João, ou então ele está mas é agourando... Para mim, de noite, tudo quanto há agoura!

— Perde o medo, Manico! Você não sabe que joão-corta-pau é o passarinho mais bonzinho e engraçadinho que tem, e que nunca ninguém não disse que ele agoura?! Isto, que não veio falar aviso, nenhuns-nada, ele gosta é de se encolher dentro da moita, por causa do molhado, e é capaz que ele fique aí a noite toda, dando seus gritinhos de gaita... Vam'bora!

— Não... Não vou e não vou, de jeito nenhum! Para este poldro me tanger dentro d'água no meio do córrego?... O burrinho é beócio... E não vou mesmo! Não sei nadar...

— Pois, então, eu fico com você, Manico, para lhe fazer companhia...

— Eh, Juca! você não vem? Está com medo também?!

— Medo não, companheiro, dobra a língua! Estou meio ruim, resfriado, e não posso molhar mais o corpo!... Vamos voltar, Manico, para caçar um lugar alto, a donde a gente esperar que a sopa seque e que clareie o dia...

Manico tossiu e assentiu. Olhou. O último dos outros homens cavalgava para dentro da escuridão.

E era bem o regolfo da enchente, que tomava conta do plaino, até onde podia alcançar. Os cavalos pisavam, tacteantes. Pata e peito, passo e passo, contra maior altura davam, da correnteza, em que vogava um murmúrio. A inundação. Mil torneiras tinha a Fome, o riacho ralo de ontem, que da manhã à noite muita água ajuntara, subindo e se abrindo ao mais. Crescera, o dia inteiro, enquanto os vaqueiros passavam, levavam os bois, retornavam. E agora os homens e os cavalos nela entravam, outra vez, como cabeças se metendo, uma por uma, na volta de um laço. Eles estavam vindo. O rio ia.

De curto, Sete-de-Ouros perdeu o fundo e rompeu nado; mas já tivera tempo de escolher rumo e fazer parentesco com a torrente. De trás, veio o ruído de muitas patas, cortando água, e um chamado:

— Segura bem, Badú! Me espera!...

E a voz de Silvino:

— Arreda, Francolim! Deixa eu passar!

Mas um rebojo sinuoso separou-os todos. O córrego crispou uma sístole violenta. E ninguém pôde mais acertar caminho.

Se Badú estivesse um pouco menos bêbado, teria sido mais prudente: seu a seu, porém, sentindo o frio duro nas coxas, apenas se agarrou, com força, ao burrinho.

— Eh, aguão!...

Pendeu demais, seguras as mãos na crina. Cabeceou e molhou a cara. Cuspiu. Vai, vai, que o burrinho avançava.

— Te vi, meu velho! O mundo está se acabando em melado!... — e rogou uma praga imoral, porque os gorgolões lhe repassavam cócegas no queixo, e tinha cãibras nas barrigas-das-pernas, tudo no desconforto de cruzar a cavalo um rio fundo, sem ter firmeza nenhuma, pois a água, por si sozinha, levanta o cavaleiro da sela, e o mesmo seria estar sentado numa plasta de angú mole.

— Ai, meu Deus, que nem beber não posso, que só disse copo e meio em antes, garrafa e meia ao depois!... Vam'embora, burro meu!

Contra o dito, sem porquê, bom e melhor que Badú estava como estava, que para córrego cheio mais vale homem muito ébrio, em cima de burro mui lúcido. Progrediam, varando os rolos d'água. — *Créu! Créu!...* — guinchou um bicho, nas vascas. — "Ôi, até mutum-do-mato está vindo morrer aqui?! Não tem asa, bobo?!... Ou será que é algum sariguê, de grito fino que nem passarinh'?"... — O dilúvio não dava fim. Sete-de-Ouros metia o peito. De enxurro a jorro, o caudal mais raivava, subindo o sobre-rumor. O burrinho se encolheu, deu um bufo. Avançou mais. Pesado, espadanando, pulou um corpo, por perto. — "São Bento me valha, que aí vem jacarezão, caçando o que comer!" — O mundo trepidava. Pequenas ondas davam sacões, lambendo Badú. Escurão. O burro para. O mundo boia. Mas Sete-de-Ouros esperou foi para deixar passar, de ponta, um lenho longo, que vinha com o poder de uma testa de touro. Desceu, sumiu. Em cima, no céu, há um pretume sujo, que nem forro de cozinha. Noite ruim. Agora, atrás, passa um bolo de folhas e galhos, danisco, que ainda agarra Badú, com uma porção de braços, empurrando. Força de mão, para jogar para lá essa coisama! Paz, que já virou, graç'a Deus, também. — "Me molhou todo, rasgou minha roupa, diabo!... Goiabeira, pelo cheiro... Fosse um imbaré ou um pau de espinho, me matava!"... — *Lhó... lhó... lhó...* — vão, devagar, as braçadas de Sete-de-Ouros.

Vestindo água, só saído o cimo do pescoço, o burrinho tinha de se enqueixar para o alto, a salvar também de fora o focinho. Uma peitada. Outro tacar de patas. *Chu-áa! Chu-áa...* — ruge o rio, como chuva deitada no chão. Nenhuma pressa! Outra remada, vagarosa. No fim de tudo, tem o pátio, com os cochos, muito milho, na Fazenda; e depois o pasto: sombra, capim e sossego... Nenhuma pressa. Aqui, por ora, este poço doido, que barulha como um fogo, e faz medo não é novo: tudo é ruim e uma só coisa, no caminho: como os homens e os seus modos, costumeira confusão. É só fechar os olhos. Como sempre. Outra passada, na massa fria. E ir sem afã, à voga surda, amigo da água, bem com o escuro, filho do fundo, poupando forças para o fim. Nada mais, nada de graça; nem um arranco, fora de hora. Assim.

E descia mais porcariada, mal visível, de ciscos e gravetos; desciam toros flutuantes, e corpos, mortos ou meio, de pelo, de escama e de pena, conviajando com a babugem e com os pedaços vegetais. Mas a enchente ainda despejava e engrossava, golfando com intermitências, se retorcendo em pororoca, querendo amassar cama certa para poder correr. Cada copa de árvore, emergente ou afundada, cada grota submersa ou elevação de terreno, tudo servia para mudar a toada das águas soltas. E, no bramido daquele mar, os muitos sons se dissociavam — grugulejos de remoinhos, sussurros de remansos, chupões de panelas, chapes de encontros de ondas, marulhar de raseiras, o tremendo assobio dos vórtices de caldeirões, circulares, e o choro apressado dos rabos-de-corredeira borborinhantes. Água que ia e vinha, estirando botes, latejando, com contra-correntes, balouço de vagas, estremeções e retrações. Mas, de repente, foi apenas uma pressão tesa e um grande escachoo. O frio aumentou. Estavam no leito primitivo e normal do córrego da Fome. Atravessavam a mãe-do-rio.

E ali era a barriga faminta da cobra, comedora de gente; ali onde findavam o fôlego e a força dos cavalos aflitos. Com um rabejo, a corrente entornou a si o pessoal vivo, enrolou-o em suas roscas, espalhou, afundou, afogou e levou. Ainda houve um tumulto de braços, avessos, homens e cavalgaduras se debatendo. Alguém gritou. Outros gritaram. Lá, acolá, devia haver terríveis cabeças humanas apontando da água, como repolhos de um canteiro, como moscas grudadas no papel--de-cola. A estibordo de Sete-de-Ouros, foi o berro convulso, aspirado, de uma pessoa repelida à tona, ainda pela primeira vez. Mas isso foi bem a uns dez metros, e cada qual cuidava de si.

Noite feia! Até hoje ainda é falada a grande enchente da Fome, com oito vaqueiros mortos, indo córrego abaixo, de costas — porque só as mulheres é que o rio costuma conduzir debruços... O cavalo preto de Benevides não desceu, porque ficou preso, com a cilha enganchada num ramo de pé-de-ingá. Mas o amarilho bragado de Silvino deve de ter dado três rodadas completas, antes de se soverter com o dono, ao jeito de um animal bom. Leofredo, não se achou. Raymundão, também não. Sinoca não pôde descalçar o pé do estribo, e ele e a montada apareceram, assim ligados os dois defuntos, inchados como balões. Zé Grande e Tote, abraçados, engalfinhados, sobraram num poço de vazante, com urubús em volta, aguardando o que escapasse das bocas dos pacamãs. Mas o que navegou mais longe foi Sebastião, que aproou — barca vazia — e ancorou de cabeça, esticado e leve, os cabelos tremulando como fiapos aquáticos, no barro do vau da Silivéria Branca...

Alguém que ainda pelejava, já na penúltima ânsia e farto de beber água sem copo, pôde alcançar um objeto encordoado que se movia. E aquele um aconteceu ser Francolim Ferreira, e a coisa movente era o rabo do burrinho pedrês. E Sete-de-Ouros, sem susto a mais, sem hora marcada, soube que ali era o ponto de se entregar, confiado, ao querer da correnteza. Pouco fazia que esta o levasse de viagem, muito para baixo do lugar da travessia. Deixou-se, tomando tragos de ar. Não resistia. Badú resmungava más palavras, sem saber que Francolim se vinha aguentando atrás, firme na cauda do burro. Aí, nesse meio-tempo, três pernadas pachorrentas e um fio propício de corredeira levaram Sete-de-Ouros ao barranco de lá, agora reduzido a margem baixa, e ele tomou terra e foi trotando. Quando estacou, sim, que não havia um dedo de água debaixo dos seus cascos. E, ao fazer alto, despediu um mole meio-coice. Francolim — a pé, safo.

Badú agora dormia de verdade, sempre agarrado à crina. Mas Sete-de-Ouros não descansou. Retomou a estrada, e, já noite alta, quando chegaram à Fazenda, ele se encostou, bem na escada da varanda, esperando que o vaqueiro se resolvesse a descer. Ao fim de um tempo, o cavaleiro acordou. Bradou nomes feios, e começou a cantar um ferra--fogo — dansa velha, que os negros tinham de entoar em coro, fazendo de orquestra para o baile dos senhores, no tempo da escravidão. Aí, os camaradas que dormiam no paiol grande despertaram com a algazarra, vieram desmontá-lo, e carregaram com ele, para curtir a bebedeira num jirau. Depois, desarrearam o burrinho.

Folgado, Sete-de-Ouros endireitou para a coberta. Farejou o cocho. Achou milho. Comeu. Então, rebolcou-se, com as espojadelas obrigatórias, dansando de patas no ar e esfregando as costas no chão. Comeu mais. Depois procurou um lugar qualquer, e se acomodou para dormir, entre a vaca mocha e a vaca malhada, que ruminavam, quase sem bulha, na escuridão.

"Negra danada, siô, é Maria:
ela dá no coice, ela dá na guia,
lavando roupa na ventania.
Negro danado, siô, é Heitô:
de calça branca, de paletó,
foi no inferno, mas não entrou!"
(Cantiga de batuque, a grande velocidade.)

"— Ó seu Bicho-Cabaça!? Viu uma
velhinha passar por aí?...
— Não vi velha, nem velhinha,
corre, corre, cabacinha...
Não vi velha nem velhinha!
Corre! corre! cabacinha..."
(De uma estória.)

Traços biográficos de Lalino Salãthiel ou A volta do marido pródigo

I

Nove horas e trinta. Um cincerro tilinta. É um burrinho, que vem sozinho, puxando o carroção. Patas em marcha matemática, andar consciencioso e macio, ele chega, de sobremão. Para, no lugar justo onde tem de parar, e fecha imediatamente os olhos. Só depois é que o menino, que estava esperando, de cócoras, grita: — "Íssia!..." — e pega-lhe na rédea e o faz volver esquerda, e recuar cinco passadas. Pronto. O preto desaferrolha o taipal da traseira, e a terra vai caindo para o barranco. Os outros ajudam, com as pás. Seis minutos: o burrinho abre os olhos. O preto torna a aprumar o tabuleiro no eixo, e ergue o tampo de trás. O menino torna a pegar na rédea: direita, volver! Agora nem é preciso comandar: — "Vamos!"... — porque o burrico já saiu no mesmo passo, em rumo reto; e as rodas cobrem sempre os mesmos sulcos no chão.

No meio do caminho, cruza-se com o burro pelo-de-rato, que vem com o outro carroção. É o décimo terceiro encontro, hoje, e como ainda irão passar um pelo outro, sem falta, umas três vezes esse tanto — do aterro ao corte, do corte ao aterro — não se cumprimentam.

No corte, a turma do *seu* Marra bate rijo, de picareta, atacando no paredão pedrento a brutalidade cinzenta do *gneiss*. Bom trecho, pois, remunerador. Acolá, a turma dos espanhóis cavouca terra mole, xisto talcoso e micaxisto; e o chefe Garcia está irritado, porque, por causa disso, vão receber menos, por metro quadrado e metro cúbico. Adiante, uns homens colocando os paus do mata-burro. Essa outra gente, à beira, nada tem conosco: serviço particular de *seu* Remígio, dono das terras, que achou e está explorando uma jazida de amianto. E, mais adiante, o pessoal do Ludugéro, acabando de armar as longarinas da ponte.

Dez horas da manhã. A temperatura do ar prolonga a do corpo. Só se sabe do vento no balanço dos ramos extremos do eucalipto. Só se sabe do sol nas arestas dos quartzos — cada ponta de cristal irradiando em agulheiro. Cantos de canarinhos e pintassilgos, invisíveis. E cheiro de mato moço. Tudo muito bom. E isto aqui é um quilômetro da estrada-de-rodagem Belorizonte-São Paulo, em ativos trabalhos de construção.

Seu Marra fiscaliza e feitora. De vez em quando, pega também no pesado. Mas não tira os olhos da estrada.

Bem, buzinou. É o caminhão da empresa. Vem de voada. Diminui a marcha... *Seu* Waldemar, o encarregado, na boleia, com o *chauffeur*... O caminhão verde não para... Mas, lá detrás, escorregando dos sacos e caixotes que vêm para o armazém, dependura o corpo para fora, oscila e pula, maneiro, Lalino Salãthiel.

Os trabalhadores cumprimentam *seu* Waldemar, *seu* Marra esboçou qualquer coisa assim como uma continência, *seu* Waldemar bateu mão e passou.

Agora *seu* Marra fecha a cara. Lalino Salãthiel vem bamboleando, sorridente. Blusa cáqui, com bolsinhos, lenço vermelho no pescoço, chapelão, polainas, e, no peito, um distintivo, não se sabe bem de quê. Tira o chapelão: cabelos pretíssimos, com as ondas refulgindo de brilhantina borora.

Os colegas põem muito escárnio nos sorrisos, mas Lalino dá o aspecto de quem estivesse recebendo uma ovação:

— Olá, Batista! Bastião, bom dia! Essa força como vai?...

— Boa tarde!

Lalino tem um soberbo aprumo para andar.

— Ei, Túlio, cada vez mais, hein?

— An-han...

Lalino nunca foi soldado, mas sabe unir forte os calcanhares, ao defrontar *seu* Marra. E assesta os olhinhos gateados nos olhos severos do chefe.

— Bom dia, seu Marrinha! Como passou de ontem?

— Bem. Já sabe, não é? Só ganha meio dia.

E *seu* Marra saca o lápis e a caderneta, molha a ponta do dedo na língua, molha a ponta do lápis também, e toma nota, com a seriedade de quem assinasse uma sentença.

(Lá além, Generoso cotuca Tercino:

— Mulatinho descarado! Vai em festa, dorme que-horas, e, quando chega, ainda é todo enfeitado e salamistrão!...)

— Que é que eu hei de fazer, seu Marrinha... Amanheci com uma nelvralgia... Fiquei com cisma de apanhar friagem...

— Hum...

— Mas o senhor vai ver como eu toco o meu serviço e ainda faço este povo trabalhar...

— Não se venha! Deixa os outros em paz...

(Tercino apoia o pé no ferro da picareta; o que é que diz:

— Trabalhar é que não trabalha. Se encosta p'ra cima, e fica contando história e cozinhando o galo...

— Também, no final, ganha feito todos, porque, os que são mão, dão trela!

E Pintão golpeia com o dorso da pá, sem dó nem piedade, fazendo-a rilhar nos torrões.)

Lalino passa a mão, ajeitando a pastinha, e puxa mais para fora o lencinho do bolso.

— Vou p'r'a luta, e tiro o atraso!... Mas, que dia, hein, seu Marra?!

— Tu está fagueiro... Dormiu mais do que o catre...

— Falar nisso, seu Marrinha, eu me alembrei hoje cedo de outro teatrinho, que a companhia levou, lá no Bagre: é o drama do "Visconde Sedutor"... Vou pensar melhor, depois lhe conto. Esse é que a gente podia representar...

(Pintão suou para desprender um pedrouço, e teve de pular para trás, para que a laje lhe não esmagasse um pé. Pragueja:

— Quem não tem brio engorda!

— É... Esse sujeito só é isso, e mais isso... — opina Sidú.

— Também, tudo p'ra ele sai bom, e no fim dá certo... — diz Corrêia, suspirando e retomando o enxadão. — "P'ra uns, as vacas morrem... p'ra outros até boi pega a parir...")

Seu Marra já concordou:

— Está bem, seu Laio, por hoje, como foi por doença, eu aponto o dia todo. Que é a última vez!... E agora, deixa de conversa fiada e vai pegando a ferramenta!

— Já, já, seu Marrinha. "Quem não trabuca, não manduca"!...

Seu Marra sente-se obrigado a dar as costas. Opor carranca não adianta. Lalino vai para o meio dos outros, assoviando. Leva minutos para arregaçar bem as mangas. E logo comenta, risonho e burlão:

— Xi, Corrêia!...

— Que é, comigo?

— P'ra que é que você põe tanto braço no braçal? Com menos força e mais de jeito, você faz o mesmo serviço, sem carecer de ficar suando, pé-de-couve no chuvisco!

— É... Mas, muito em-antes de muita gente nascer, eu...

— Você já penava que nem duas juntas de bois, p'ra puxar um feixinho de lenha, não é, *fumaça*?... Qual, eu estou é brincando... (Corrêia tinha feito uma cara ruim...) Lá até que é um arraial supimpa, com a igrejinha trepada, bem no monte do morro... E as terras então, hein, Corrêia?! P'ra cana, p'ra tudo! (Corrêia se praz)... Eu acho que nunca vi espigas de milho tão como as de lá...

— É. A terra é boa...

— Caprichada! E ainda estou por conhecer lugar melhor para se viver. Essa gente da Conquista é que diz que lá só tem fumaça de pretos… Mas isso é inveja, mas muita! (Lalino passou a declamar:) Qual!… Criação de cavalo, é no Passa-Tempo… Povo p'ra saber discurso, no Dom Silvério… E, festa de igreja, no Japão… Mas, terra boa, de verdade, e gente boa de coração, isso é só lá no Rio-do-Peixe!

— Serve… Serve, seu Laio…

— Ah, eu inda hei de poder arranjar dinheiro p'ra comprar uns dez alqueires ali por perto, só de mato-de-lei… Úi, que você é um mestre neste serviço, que até dá gosto ver!… (Corrêia descuidou sua tarefa, e agora bate picareta para Lalino, que põe mão na cintura e não para de discorrer…) É isso! Mando levantar casa, com jardim em redor, mas só com flor do mato: parasitas, de todas… E uma cerquinha de bambu, com trepadeira p'ra alastrar e tapar, misturadas, de toda cor… Onde foi mesmo que eu vi, assim?… Bom, depois compro mais terra… Imagina só: quero um chiqueiro grande, bem fechado, e nele botar pacas… Vou criar! Aquilo é fácil… Ficam mansinhas e gordas, que nem porco… Levando lá no Belorizonte, faço freguesia… Um tanque grande… Criar capivaras também: o óleo, só, já dá um dinheirão!…

— Tu é besta, Corrêia! Cavacando, aí, p'ra outro… — zomba Generoso, que parou para enrolar um cigarro.

— Te sara de invejas, siô! Pode ver ninguém com amizade, que já começa intrigando?… Caroço!… Ah, há-te, espera: hoje eu tenho uma marca boa… — E Lalino estende o maço de cigarros. — Pode tirar mais. Vocês, eh, também?… (Generoso aceita, calada a boca, porque é sovino razoável e sabe ser grato, valendo a pena.) Estou contando aqui um arranjo… Vocês, eu aposto que nunca pensaram em ter um galinheiro enorme, cheio de jacus, de perdizes, de codornas… Mas hei de plantar também uma chácara, como ninguém não viu, com as qualidades de frutas… Até azeitona!

— Ara, azeitona de lata não pega! não dá!

— Ora se dá! Vocês ainda hão… Compro breve meus alqueirinhos, e há de ser no Brumadinho, beira da estrada-de-ferro…

— Oh, seu Laio!… Pois, no começo, não estava dizendo que era lá na minha terra, no Rio-do-Peixe?!…

— Sim, sim, é no Rio-do-Peixe mesmo, Corrêia! Falei variado, foi por esquecimentos… Mas, melhor é o ror de enxertos que vou inventar: laranja-de-abril em goiabeiras… Limão-doce no pé de pêssego… Vai ver, cada fruta, diferente de todas que há…

— Não pega!

— Pega! Deve de ser custoso, mas tem de se existir um jeito...

Mas Tercino, que é dono de um relógio quase do tamanho de um punho, olha as horas e olha depois o sol, para ter bem a certeza, e grita:

—Vamos boiar, gente... Está na hora do almoço!

A turma vem para as marmitas. Tercino acende um foguinho, para aquentar a sua. Lalino trouxe apenas um pão-com-linguiça.

— Isso de carregar comida cozinhada de madrugadinha, p'ra depois comer requentada, não é minha regra. Ó coisa, ô Sidú! Por que é que você está triste, homem?... Falar nisso, hoje de noite, se seu Marrinha arranjar o *merenguém*, eu meio que pago cerveja. Feito?... A gente podia chamar o Lourival, com a sanfona. Isto aqui está ficando choroso demais... Viva, Conrado! Tu veio espiar o que a gente está comendo? Foi a espanholada quem mandou você vir bater panela aqui?

Generoso e Corrêia se afastaram, catando gravetos. Generoso tem maus bofes:

— O que esse me arrelia, com o jeito de não se importar com nada! Só falando, e se rindo contando vantagens... Parece que vê passarinho verde toda-a-hora... Se reveste de bobo!

— É, mas, seja não: é só esperto, que nem mico-estrela...

E Corrêia se volta, para rever furtadamente o mulatinho, que lá gesticula, animado, no meio da roda.

— Prosa, só... Pirão d'água sem farinha!... Era melhor que ele olhasse p'r'a sua obrigação... Uns acham um assim sabido, que é muito ladino; mas, como é que não enxerga que o Ramiro espanhol anda rondando por perto da mulher dele?!

— Séria ela é, seu Generoso. Ela gosta dele, muito...

— É, mas, quem tem mulher bonita e nova, deve de trazer debaixo de olho... — E Generoso estalou um muxoxo: — Eu, tem hora que eu acho que ele é sem-brio, que não se importa... Mas agora eu vou falar com ele, vou chamar à ordem...

— Acho que o senhor devia de não mexer com essas coisas, de família-dos-outros, seu Generoso. Isso nunca que dá certo!

—Tem perigo não... Só dar as indiretas!

Lalino tinha-se sentado num toco, perto das soqueiras das bananeiras, e os outros rodeavam-no, todos de cócoras. Mas chega Generoso, com a língua mesmo querente:

— Então, seu Laio, esse negócio mesmo do espanhol...

— Ara, Generoso! Vem você com espanhol, espanhol!... Eu já estou farto dessa espanholaria toda... Inda se fosse alguma espanhola, isto sim!

— Mas, escuta aqui, seu Laio: o que eu estou falando é outra coisa...

— É nada. Mas, as espanholas!... Aposto que vocês nunca viram uma espanhola... Já?... Também, — Lalino ri com cartas — também aqui ninguém não conhece o Rio de Janeiro, conhece?... Pois, se algum morrer sem conhecer, vê é o inferno!

— Ara, coisa!

— Tem lugar lá, que de dia e de noite está cheio de mulheres, só de mulheres bonitas!... Mas, bonitas de verdade, feito santa moça, feito retrato de folhinha... Tem de toda qualidade: francesa, alemanha, turca, italiana, gringa... É só a gente chegar e escolher... Elas ficam nas janelas e nas portas, vestindo de pijama... de menos ainda... Só vendo, seus mandioqueiros! Cambada de capiaus!...

Desta vez a turma está anzolada. Alargam as ventas, para se caber, rebebem as palavras. Lalino acertou. Faz um silêncio, para a estupefação. E principalmente para poder forjar novos aspectos, porque também ele, Eulálio de Souza Salãthiel, do Em-Pé-na-Lagoa, nunca passou além de Congonhas, na bitola larga, nem de Sabará, na bitolinha, e, portanto, jamais pôs os pés na grande capital. Mas o que não é barra que o detenha:

— Em nem sei como é que vocês ficam por aqui, trabalhando tanto, p'ra gastarem o dinheirinho suado, com essas negras, com essas roxas descalças... Me dá até vergonha, por vocês, de ver tanta falta de vontade de ter progresso! Caso que não podem fazer nem uma ideia... Cada lourinha, upa!... As francesas têm olho azul, usam perfume... E muitas são novas, parecendo até moça-de-família... Pintadas que nem as de circo-de-cavalinho... E tudo na seda, calçadas de chinelinhos de salto, vermelhos, verdes, azuis... E é só "querido" p'ra cá, "querido" p'ra lá... A gente fica até sem jeito...

— Ó seu Laio! Faz favor!

É *seu* Marrinha chamando. Lalino se levanta, soflagrado, e os ouvintes resmungam contra o chefe-da-turma, assim com caras.

— Acabou de almoçar, seu Laio?

— Estou acabando... Meu almoço é isto aqui...

E Lalino ferra os dentes no seu sanduíche, que, por falta de tempo, está ainda intacto.

Seu Marra tem noção de hierarquia e tacto suficiente. Começa:

— Olha, seu Laio, eu lhe chamei, para lhe aconselhar. A coisa assim não vai!... Seu serviço precisa de render...

— Pois, hoje, eu estou com uma coragem mesmo doida de trabalhar, seu Marrinha!...

— É bom... Carece de tomar jeito!... O senhor é um rapaz inteligente, de boa figura... Precisa de dar exemplo aos outros... Eu cá, palavra que até gosto de gente assim, que sabe conversar... que tem rompante... Até servia para fazer o papel do moço-que-acaba-casando, no teatro...

Seu Marra foi muito displicente no final. Deu a deixa, e agora olha para o matinho lá longe, esperando réplica.

Mas não pega. Não pega, porque, se bem que Lalino esteja cansado de saber o que é que o outro deseja, não o pode atender: do *Visconde Sedutor* mal conhece o título, ouvido em qualquer parte.

— Qual, isso é bondade sua, seu Marrinha... São seus olhos melhores...

— Não. Eu sou muito franco... Quando falo que é, é porque é mesmo... (Pausa)... Quem sabe, a gente podia representar esse drama, hem seu Laio?... Como é que chama mesmo?... "O Visconde Sedutor"... Foi o que você disse, não foi?

— Isso mesmo, seu Marrinha.

Definição, amável mas enérgica:

— Bem, seu Laio. Vamos sentar aqui nestas pedras e você vai me contar a peça.

Agora não tem outro jeito. Mas Lalino não se aperta: há atualmente nos seus miolos uma circunvoluçãozinha qualquer, com vapor solto e freios frouxos, e tanto melhor.

— O primeiro ato, é assim, seu Marrinha: quando levanta o pano, é uma casa de mulheres. O Visconde, mais os companheiros, estão bebendo junto com elas, apreciando música, dansando... Tem umas vinte, todas bonitas, umas vestidas de luxo, outras assim... sem roupa nenhuma quase...

— Tu está louco, seu Laio!?... Onde que já se viu esse despropósito?!... Até o povo jogava pedra e dava tiro em cima!... Nem o subdelegado não deixava a gente aparecer com isso em palco... E as famílias, homem? Eu quero é levar peça para famílias... Você não estará inventando? Onde foi que tu viu isso?

— Ora, seu Marrinha, pois onde é que havia de ser?!... No Rio de Janeiro! Na capital... Isso é teatro de gente escovada...

— Mas, você não disse, antes, que tinha sido companhia, lá no Bagre?

— Cabeça ruim minha. Depois me alembrei... No Bagre eu vi foi a "Vingança do Bastardo"... Sabe? Um rapaz rico que descobriu que a...

— Espera! Espera, homem... Vamos devagar com o terço. Primeiro o "Visconde Sedutor". Acaba de contar.

— Bem, as mulheres são francesas, espanholas, italianas, e tudo, falando estrangeirado, fumando cigarros...

— Mas, seu Laio! Onde é que a gente vai arranjar mulher aqui para representar isso?... De que jeito?!

— Ora, a gente manda vir umas raparigas daí de perto...

— Deus me livre!

— Ou então, seu Marra, os homens mesmo podem fantasiar de mulher... Fica até bom... No teatro que seu Vigário arranjou, quando levaram a...

— Aquilo nem foi teatro! Vida de santo, bobagem! Bem, conta, conta seu Laio... Depois a gente vai ver.

— Bom, tem uma francesa mais bonita de todas, lourinha, com olhos azulzinhos, com vestido aberto nas costas... muito pintada, linda mesmo... que senta no colo do Visconde e faz festa no queixo dele... depois abraça e beija...

— Espera um pouco, seu Laio...

É o caminhão da empresa, que vem de volta. Parou.

— Alguma coisa, seu Waldemar? — pergunta *seu* Marra.

— Nada, não. Quero só lembrar a esse seu Lalino, que ele não deixe de ir hoje. Está ensinando a patroa a tocar violão, mas já tem dias que ele não aparece lá em casa...

— Foi por doença, seu Waldemar... E, trasantontem, umas visitas, que me empalharam de ir...

— Bem, bem, mas seja, hoje não tem desculpa. E, olhe: um dia é um dia: pode chegar para jantar... No em-ponto!

Seu Marra se lembrou de qualquer assunto:

— Bem, seu Laio, o senhor agora pode ir. Eu tenho uma conversa particular, aqui com seu Waldemar.

— Pois não, seu Marrinha, depois o resto eu conto. Adeusinho, seu Waldemar, até mais logo!

Lalino se afasta com o andar pachola, esboçando uns meios passos de corta-jaca, e *seu* Waldemar o acompanha, com olhar complacente.

— Mulatinho levado! Entendo um assim, por ser divertido. E não é de adulador, mais sei que não é covarde. Agrada a gente, porque é alegre e quer ver todo-o-mundo alegre, perto de si. Isso, que remoça. Isso é reger o viver.

— É o que eu acho... Só o que tem, que, às vezes, os outros podem aprovar mal o exemplo...

— Concordo. Já pensei, também. Vou arranjar para ele um serviço à parte, no armazém ou no escritório... E é o que convém, logo: veja só...

Lalino, que empunha a picareta, comandando o retorno à lida, e tirando, para que os outros o acompanhem, desafinadíssimo, um coco:

"Eu vou ralando o coco,
ralando até aqui...
Eu vou ralando o coco,
morena,
o coco do ouricurí!..."

E, aí, com a partida de *seu* Waldemar, a cena se encerra completa, ao modo de um final de primeiro ato.

II

Nessa tarde, Lalino Salãthiel não pagou cerveja para os companheiros, nem foi jantar com *seu* Waldemar. Foi, sim, para casa, muito cedo, para a mulher, que recebeu, entre espantada e feliz, aquele saimento de carinhos e requintes. Porque ela o bem-queria muito. Tanto, que, quando ele adormeceu, com seu jeito de dormir profundo, parecendo muito um morto, Maria Rita ainda ficou longo tempo curvada sobre as formas tranquilas e o rosto de garoto cansado, envolvendo-o num olhar de restante ternura.

Na manhã depois, vendo que o marido não ia trabalhar, esperou ela o milagre de uma nova lua-de-mel. Enfeitou-se melhor, e, silenciosa, com quieta vigilância, desenrolava, dedo a dedo, palmo a palmo, o grande jogo, a teia sorrateira que às mulheres ninguém precisa de ensinar.

Mas, agora, Lalino andava pela casa e fumava, pensando, o que a alarmava, por inabitual. Depois ele remexeu no fundo da mala. No fundo da mala havia uns números velhos de almanaques e revistas.

E Lalino buscava as figuras e fotografias de mulheres. É, devia de ser assim... Feito esta. Janelas com venezianas... Ruas e mais ruas, com elas... Quem foi que falou em gringas, em polacas?... Sim, foi o Sizino Baiano, o marinheiro, com o peito e os braços cheios de tatuagens, que nem turco mascate-de-baú... Mas, os retratos, quem tinha era o Gestal guarda-freios: uma gorda... uma de pintinhas na cara... uma ainda quase menina... Chinelinhos de salto, verdes, azuis, vermelhos... Quem foi que falou isso? Ah, ninguém não disse, foi ele mesmo quem falou... E aquela gente da turma, acreditando em tudo, e gostando! Mas, deve de ser assim. Igual ao na revista, claro...

Maria Rita, na cozinha, arruma as vasilhas na prateleira. Não sabe de nada, mas o arcanjo-da-guarda das mulheres está induzindo-a a dar a última investida, está mandando que ela cante, com tristeza na voz, o: "*Eu vim de longe, bem de longe, p'ra te ver...*"

...Bem boazinha que ela é... E bonita... (Agora, como quem se esconde em neutro espaço, Lalino demora os olhos nos quadros de guerras antigas, nessas figuras que parecem as da História Sagrada, no plano de um étero-avião transplanetário, numa paisagem africana, com um locomovente rinoceronte...) Mas, são muitas... Mais de cem?... Mil?!... E é só escolher: louras, de olhos verdes... É, Maria Rita gosta dele, mas... Gosta, como toda mulher gosta, aí está. Gostasse especial, mesmo, não chorava com saudades da mãe... Não ralhava zangada por conta d'ele se rapaziar com os companheiros, não achava ruim seu jeito de viver... Gostasse, brigavam?

E na revista de cinema havia uma deusa loira, com lindos pés desnudos, e uma outra, morena, com muita pose e roupa pouca; e Maria Rita perdeu.

...Bom, quem pensa, avéssa! Vamos tocar violão...

Depois do almoço, saiu. Andou, andou. E se resolveu.

Foi fácil. Tinha algum saldo, pouco. João Carmelo comprava o carroção e o burrinho. *Seu* Marra fez o que pôde para dissuadi-lo; depois, disse: — "Está direito. Você é mesmo maluco, mas mais o mundo não é exato. Se veja..." — O pagamento, porém, tinha de ser em apólices do Estado, ao menos metade. — Sim sim, está direito, seu Marrinha. Em ótimo! — Porque a ação tinha de ser depressinha, depressa, não de dúvidas... E Lalino dava passos aflitos e ajeitava o pescoço da camisa, sem sossego e sem assento.

Com *seu* Waldemar, foi mais árduo, ele ainda perguntou: — "Mas que é que já vai fazer, seu Lalino?... Quer a vagabundagem inteirada?" — Vou p'ra o Belorizonte... Arranjeizinho lá um lugar de guarda-civil... O senhor sabe: é bom ir ver. Mas um dia a gente volta! — "Mentira pura, a mim tu não engana... Mas deve de ir... Em qualquer parte que tu 'teja tu 'tá em casa... Podem te levar de-noite p'r'a estranja ou p'r'a China, e largar lá errado dormindo, que de-manhã já acorda engazopando os japonês!"...

— Adeus, seu Waldemar!

Mas, dez passos feitos, volta-se com uma micagem:

— Adeus, seu Waldemar!... "Fé em Deus, e... unha no povo!"...

Tinha oitocentos e cinquenta mil-réis. Mas, vendidas as apólices para o Viana, deram seiscentos. Bom, agora era o pior... E, até chegar perto de casa, escarafunchava na memória todos os pequenos defeitos da mulher...

Mas, quem é aquele? Ah, é o atrevido do espanhol, que está rabeando. Bem... Bem.

Seu Ramiro, quis, mas não pôde esquivar-se. Espigado e bigodudo, arranja um riso fora-de-horas, e faz, apressado, um rapapé:

— Como lhe vão as saúdes, senhor Eulálio? Estava cá aguardando a sua vinda, a perguntar-lhe se há que haver mesmo uma festinha hoje, donde os Moreiras... É dizer, a festa, sei que vai ser, mas queria saber... queria saber se o senhor também...

(Nada importa. Foi o diabo quem mandou o espanhol aqui... Ele tem muito dinheiro junto, é o que o povo diz.)

— Seu Ramiro, se chegue. Escuta: tenho um particular, muito importante, com o senhor...

— Mas, senhor Eulálio, eu lhe garanto... À ordem, senhor Eulálio... Que há? O senhor sabe, que, a mim, eu gosto de estimar e respeitar os meus amigos, e, grande principalmente, as suas famílias excelentíssimas...

(É preciso um sorriso, um só, senão o espanhol fica com medo. Mas, depois, fecha-se a cara, para a boa decência...)

— Eu sei, eu sei. Olhe aqui, seu Ramiro: eu quero é que o senhor me empreste um dinheiro. Uns dois contos de réis... Feito?

— Mas, senhor Eulálio... O senhor sabe... As posses não dão... As coisas...

— Olhe, seu Ramiro... a estória é séria... Eu vou-m'embora daqui. A mulher fica... Vou me separar... Ela não sabe de nada, porque eu vou assim meio assim, de fugido... O senhor me empresta o dinheiro, que é o que falta. Senão, eu não posso ir... É só emprestado. Daqui a uns seis meses, lhe pago. Mando. Tenho um emprego bom, arranjei — vou ser tocador de bonde, no Rio de Janeiro... Se não, eu não posso ir... (Agora é a hora de uma série de ares.) Sem dinheiro, não vou. Não vou ir... Como é que posso?!...

O espanhol está com os beiços trêmulos e alisa a dedos a aba do paletó.

— Com que... mas, o senhor está declarando, senhor Eulálio? Por se acaso, não vai se arrepender... Nunca mais voltará aqui, o afirma?

— De certo que não. Não seja! (Lalino tem outro acesso de precipitação:) Ixe, já viu sapo não querer a água?! Então, arranja o cobre, não é? Mas tem que ser é p'r'agorinha...

— Mire: um conto eu posso... Fazendo um sacrificiozinho, caramba!

— Serve, serve. Mas é de indo já buscar, que o caminhão sai em pouco p'ra o Brumadinho... A já!

Agora, entra ou não entra em casa? Não tem que levar nada, senão a mulher desconfia... Mas entra: o coração está mandando que ele vá se despedir... E pega a brincar. Maria Rita está no diário, está normalmente. Brincando, brincando, Lalino lhe dá um abraço, apertado.

—Você é bobo... Laio... — ela diz, enjoosa.

Agora, disfarçando, ele põe uma nota de quinhentos em cima da mesa... Vamos! Senão a coragem se estraga.

—Você já vai sair outra vez?

—Vou ali, ver o-quê que o Tercino quer...

O Ramiro espanhol, soprando de cansado, já está lá debaixo do tamarindeiro. Trouxe, certo, um conto, em cédulas de cem.

—Tudo num santiamém, senhor Eulálio... Mire o que digo...

—Té quando Deus quiser! O dinheiro eu lhe mando, seu Ramiro.

Vai afadigado. Sobe para o lado do *chauffeur.*

— Não carece de buzinar, seu Miranda... Vamos ligeiro...

Brumadinho, enfim. Ainda não estão vendendo passagens. —Vem tomar uma cerveja, seu Miranda. Ôi! Que é aquilo, meu-deus? Ah, é a ciganada que está indo embora. Pegaram um dinheirão, levando gente de automóvel p'r'a Santa Manoelina dos Coqueiros, que agora está no Dom Silvério. Olha: tem uma ciganinha bem bonita. Mas isto é povo muito sujo, seu Miranda. Não chegam aos pés das francesas... Seu Miranda, escuta: vou lhe pedir um favor.

— Que é, seu Laio?

— Olha, fala com a Ritinha que eu não volto mais, mesmo nunca. Vou sair por esse mundo, zanzando. Como eu não presto, ela não perde... Diz a ela que pode fazer o que entender... que eu não volto, nunca mais...

— Mas, seu Laio... Isso é uma ação de cachorro! Ela é sua mulher!...

— Olha, seu Miranda: eu, com o senhor, de qualquer jeito: à mão, a tiro, ou a pau, o senhor não pode comigo — isto é — não é?... Então, bem, eu sei que não é por mal, que o senhor está falando. E agora eu não quero me amofinar, não tenho tempo p'ra estragar a cabeça com raiva nenhuma, atôa-atôa. Sou boi bravo nem cachorro danado, p'ra me enraivar? Mas, é bom o senhor pensar um pouco, em antes de falar, hein?

— Bom, eu não tenho nada com coisas dos outros...

— E, é. Quiser dar o recado, dá. Não quiser, faz de conta.

Apitou. O trem.

— Adeus, seu Miranda!... Me desculpe as coisas pesadas que eu falei, que é porque eu estou meio nervoso...

— Inda está em tempo de ter juízo, seu Laio! O senhor pode merecer um castigo de Deus...

— Que nada, seu Miranda! Deus está certo comigo, e eu com ele. Isto agora é que é assunto meu particular... Alegrias, seu Miranda!

— Não vai, não, seu Laio! Pensa bem...

Nos pântanos da beira do Paraopeba, também os sapos diziam adeus. Ou talvez estivessem gritando, apenas: — *Não! Não! Não!... Bão! Bão! Bão!...* — em notável e aquática discordância.

E foi assim, por um dia haver discursado demais numa pausa de hora de almoço, que Eulálio de Souza Salãthiel veio a tomar uma vez o trem das oito e cinquenta e cinco, sem bênçãos e sem matalotagem, e com o bolso do dinheiro defendido por um alfinete-de-mola. Procurou assento, recostou-se, e fechou os olhos, saboreando a trepidação e sonhando — sonhos errados por excesso — com o determinado ponto, em cidade, onde odaliscas veteranas apregoavam aos transeuntes, com frineica desenvoltura, o amor: bom, barato e bonito, como o queriam os deuses.

III

Um mês depois, Maria Rita ainda vivia chorando, em casa.

Três meses passados, Maria Rita estava morando com o espanhol.

E todo-o-mundo dizia que ela tinha feito muito bem, e os que diferiam dessa opinião não eram indivíduos desinteressados. E diziam também que o marido era um canalha, que tinha vendido a mulher. E que o Ramiro espanhol era um homem de bem, porque estava protegendo a abandonada, evitando que ela caísse na má-vida.

Mas, no final dos comentários, infalível era a harmonia, em sensata convergência:

— Mulatinho indecente! Cachorro lambeu a vergonha da cara dele! Sujeito ordinário... Eu em algum dia me encontrar com ele, vou cuspindo na fuça!... Arre, nojo!... Tem cada um traste neste mundo!...

E assim se passou mais de meio ano. O trecho da rodovia ficou pronto. O pessoal de fora tomou rumo, com carroções e muares, famílias e ferramentas, e bolsos cheios de apólices, procurando outras construções.

Mas os espanhóis ficaram. Compraram um sítio, de sociedade. E fizeram relações e se fizeram muito conceituados, porque, ali, ter um pedaço de terra era uma garantia e um título de naturalização.

IV

As aventuras de Lalino Salãthiel na capital do país foram bonitas, mas só podem ser pensadas e não contadas, porque no meio houve demasia de imoralidade. Todavia, convenientemente expurgadas, talvez mais tarde apareçam, juntamente com a história daquela rã catacega, que, trepando na laje e vendo o areal rebrilhante à soalheira, gritou — "Eh, aguão!..." — e pulou com gosto, e, queimando as patinhas, deu outro pulo depressa para trás.

Portanto: não, não fartava. As húris eram interesseiras, diversas em tudo, indiferentes, apressadas, um desastre; não prezavam discursos, não queriam saber de românticas histórias. A vida... Na Ritinha, nem não devia de pensar. Mas, aquelas mulheres, de gozo e bordel, as bonitas, as lindas, mesmo, mas que navegavam em desafino com a gente, assim em apartado, no real. Ah, era um outro sistema.

Aquilo cansava, os ares. Havia mal o sossego, demais. Ah, ali não valia a pena.

Ir-se embora? Não. O ruim era só no começo; por causa da inveja e das pragas dos outros, lá no arraial... Talvez, também, a Ritinha estivesse fazendo feitiços, para ele voltar... Nunca.

Caiu na estrepolia: que pândega! Antes magro e solto do que gordo e não... Que pândega!

Mas, um indivíduo, de bom valor e alguma ideia, leva no máximo um ano, para se convencer de que a aventura, sucessiva e dispersa, aturde e acende, sem bastar. E Lalino Salãthiel, dados os dados, precisava apenas de metade do tempo, para chegar ao dobro da conclusão.

O dinheiro se fora. Rareavam os biscates. Veio uma espécie de princípio de tristeza. E ele ficou entibiado e pegou a saudadear.

Foi quando estava jantando, no chinês:

— E se eu voltasse p'ra lá? É, volto! P'ra ver a cara que aquela gente vai fazer quando me ver...

Deu uma gargalhada de homem gordo, e, posto de lado o dinheiro para a passagem de segunda, organizou o programa de despedida: uma semaninha inteira de esbórnia e fuzuê.

A semana deu os seus dias.

Quando entrou no carro, aconteceu que ele teve vontade de procurar um canto discreto, para chorar. Mas achou mais útil recordar, a meia-voz, todas as cantigas conhecidas. Um paraibano, que vinha também, gostou. Garraram a se ensinar, letras e tons, tudo ótimo.

E, tarde da madrugada, com o trem a rolar barulhento nas goelas da Mantiqueira, no meio do frio bonito, que mesmo no verão ali está sempre tinindo...:

— Quero só ver a cara daquela gente, quando eles me enxergarem!...

Riu, e aquele foi o seu último pensamento, antes de dormir. Desse jeito, não teve outro remédio senão despertar, no outro dia, pomposamente, terrivelmente feliz.

V

Quando Lalino Salãthiel, atravessado o arraial, chegou em casa do espanhol, já estava cansado de inventar espírito, pois só com boas respostas é que ia podendo enfrentar as interpelações e as chufas do pessoal.

— Eta, gente! Já estavam mesmo com saudade de mim...

Ramiro viu-o da janela, e sumiu-se lá dentro.

Foi amoitar a Ritinha e pegar arma de fogo... — Lalino pensou.

Já o outro assomava à porta, que, por sinal, fechou meticulosamente atrás de si. E caminhou para o meio da estrada, pálido, torcendo o bigode de pontas centrípetas.

— Com'passou, seu Ramiro? Bem?

— Bem, graças... O senhor a que vem?... Não disse que não voltava nunca mais?... Que pretende fazer aqui?

— Tive de vir, e aproveitei para lhe trazer o seu dinheiro, para lhe pagar...

(Ainda bem! — o espanhol respira. — Então, ele não veio para desnegociar.)

— Mas, não é nada... Não é necessário. Nada tem que me pagar... Em vista de certos acontecidos, como o senhor deve saber... eu... Bem, se veio só por isso, não me deve mais nada, caramba!

(Agora é Lalino — que não tem tostão no bolso — quem se soluciona:)

— Bem, se o senhor dá a conta por liquidada, eu lhe pego da palavra, porque "sal da seca é que engorda o gado!..." O dinheiro estava aqui na algibeira, mas, já que está tudo quites, acabou-se. Não sou homem soberbo!... Mas, olha aqui, espanhol: eu não tenho combinado nenhum com você, ouviu?! Tenho compromisso com ninguém!

— Mas, certo o senhor Eulálio não vai a quedar-se residindo aqui, não é verdade? Ao melhor, pelo visto, estou seguro de que o senhor se vai...

— Que nada, seu espanhol... Não tenho que dar satisfação a ninguém, tenho?... E agora, outra coisa: eu quero-porque-quero conversar com a Ritinha!

Lalino batera a mão no cinturão, na coronha do revólver, como por algum mal, e estava com os olhos nos do outro, fincados. Mas, para surpresa, o espanhol aquiesceu:

— Pois não, senhor Eulálio. Comigo perto, consinto... Mas não lhe aproveita, que ela não o quer ver nem em pinturas!

Lalino titubeia. Decerto, se o Ramiro está tão de acordo, é porque sabe que a Ritinha está impossível mesmo, em piores hojes.

— Qual, resolvi... Bobagem. Quero ver mais a minha mulher também não... O que eu preciso é do meu violão... Está aí, hem?

— Como queira, senhor Eulálio... Vou buscar o instrumento... Um momentito.

Lalino se põe de cócoras, de costas para a casa, para estar já debochando do espanhol, quando o cujo voltar.

— Aqui está, senhor Eulálio. Ninguém lhe buliu. Não se o tirou do encapado... Há mais umas roupas e algumas coisitas suas, de maneiras que... Onde as devo fazer entregar?...

— Depois mando buscar. Não carece de tomar trabalho. Bem, tenho mais nada que conversar. Espera, o senhor está tratando bem da Ritinha? Ahn, não é por nada não. Mas, se eu souber que ela está sendo judiada!... Bem. Até outro dia, espanhol.

— Passe bem, senhor Eulálio. Deus o leve...

Mas Lalino não sabe sumir-se sem executar o seu sestro, o volta-face gaiato:

— Ô espanhol! Quando tu vinha na minha porta, eu te mandava entrar p'ra tomar um café com quitanda, não era?

— Oh, senhor Eulálio! Me desculpe... mas...

—Você é tudo, bigodudo!... Não vê que eu estou é arrenegando?!

Sobre o que, Ramiro vê o outro se afastar, sem mais, no gingar, em arte de moleque capadócio.

E talvez Lalino fosse pensando: — Está aí um que está rezando p'ra eu levar sumiço... Eu quisesse, à força, hoje mesmo a Ritinha vinha comigo... E se... Ah, mas tem os outros espanhóis, também... Diabo! É, então vamos ver como é que a abóbora alastra... e deixa o tiziu mudar as penas, p'ra depois cantar...

Olhou se o pinho estava com todas as cordas.

—Vou visitar seu Marrinha...

No caminho, cruza com o Jijo, que torce a cara, respondendo mal ao cumprimento.

— Onde é que vai indo, seu Jijo?

—Vou no sítio. Estou trabalhando p'ra seu Ramiro mais seu Garcia.

— E p'ra seu Echeviro e seu Saturnino e seu Queiroga, e p'r'a espanholada toda, não é? Mas, então, seu Jijo, você não tem vergonha de trabalhar p'ra esses gringos, p'ra uns estranjas, gente essa, gente atôa?!

— Eu acho pouca-vergonha maior é...

— Olha, seu Jijo, pois enquanto você estiver ajustado com esse pessoal, nem me fale, hein?!... Nem quero que me dê bom-dia!... Olha: eu estou vindo da capital: lá, quem trabalha p'ra estrangeiro, principalmente p'ra espanhol, não vale mais nada, fica por aí mais desprezado do que criminoso... É isso mesmo. E nem espie p'ra mim, enquanto que estiver sendo escravo de galego azedo!

O Jijo quase corre. Se foi. Lalino, já que parou, contempla os territórios ao alcance do seu querer.

— Bom, pousei no bom: estou vendo que já tem melancias maduras... Roça do Silva da Ponte... Melancia não tem dono!... Depois eu vou no seu Marrinha.

Toma a trilha da beira do córrego. Mas, que lindeza que é isto aqui! Não é que eu não me lembrava mais deste lugar?!

Somente a raros espaços se distingue a frontaria vermelha do barranco. O mais é uma mistura de trepadeiras floridas: folhas largas, refilhos, sarmentos, gavinhas, e, em glorioso e confuso trançado, as taças amarelas da erva-cabrita, os fones róseos do carajuru, as campânulas brancas do cipó-de-batatas, a cuspideira com campainhas roxas de cinco badalos, e os funis azulados da flor-de-são-joão.

Lalino depõe o violão e vai apanhar uma melancia. Tira o paletó, lava o rosto. Come. Faz travesseiro com o paletó dobrado, e deita-se no capim, à sombra do ingàssú, namorando a ravina florejante. Corricaram, sob os mangues-brancos; voou uma ave; mas não era hora de canto de passarinhos. Foi Lalino quem cantou:

"Eu estou triste como sapo na lagoa..."

Não, a cantiga é outra, com toada rida:

"Eu estou triste, como o sapo na água suja..."

E, no entanto, assim como não se lembrava do lugar das trepadeiras, não está pensando no sapo. No sapo e no cágado da estória do sapo e do cágado, que se esconderam, juntos, dentro da viola do urubú, para poderem ir à festa no céu. A festa foi boa, mas, os dois não tendo tido tempo de entrar na viola, para o regresso, sobraram no céu e foram descobertos. E então São Pedro comunicou-lhes: "Vou varrer vocês dois lá para baixo." Jogou primeiro o cágado. E o concho cágado, descendo sem para-quedas e vendo que ia bater mesmo em cima de uma pedra, se guardou em si e gritou: "Arreda laje, que eu te parto!" Mas a pedra, que era posta e própria, não se arredou, e o cágado espatifou-se em muitos pedaços. Remendaram-no, com esmero, e daí é que ele hoje tem a carapaça toda soldada de placas. Mas, nessa folga, o sapo estava se rindo. E, quando São Pedro perguntou por que, respondeu: "Estou rindo, porque se o meu compadre cascudo soubesse voar, como eu sei, não estava passando por tanto aperto..." E então, mais zangado, São Pedro pensou um pouco, e disse:

— "É assim? Pois nós vamos juntos lá em-baixo, que eu quero pinchar você, ou na água ou no fogo!" E aí o sapo choramingou: "Na água não, Patrão, que eu me esqueci de aprender a nadar..." — "Pois então é para a água mesmo que você vai!..." — Mas, quando o sapo caiu no poço, esticou para os lados as quatro mãozinhas, deu uma cambalhota, foi ver se o poço tinha fundo, mandou muitas bolhas cá para cima, e, quando teve tempo, veio subindo de-fasto, se desvirou e apareceu, piscando olho, para gritar: "Isto mesmo é que sapo quer!..."

E essa é que era a variante verdadeira da estória, mas Lalino Salãthiel nem mesmo sabia que era da grei dos sapos, e já estava cochilando, também.

Daí a pouco, acordou, com um tropel: é o *seu* Oscar, que anda consertando tapumes e vem vindo na égua ruça.

— O-quê!? seu Laio!... Tu está de volta?!... Não é possível!

— "Terra com sede, criação com fome", seu Oscar...

— E chegou hoje?

— Ainda estou cheirando a trem... Vim de primeira...

— Ô-ôme!

— Só o que não volta é dinheiro queimado, seu Oscar!

— E agora?

— Enquanto um está vivendo, tem o seu lugar.

— E a sua vida?

— Moída e cozida...

— Já se viu?! Então, agora, ainda vai atrapalhar mais as coisas? Decerto vai querer tornar a tomar a mulher que você vendeu, ahn? Não deve de fazer isso. Piorou!

— Que nada, seu Oscar. Eu estou querendo é sossego.

— A-hã?... Uê... Então... Mas, então, tu não vai cobrar teu direito do espanhol? Vai deixar a sà Ritinha com o Ramiro?... Malfeito! Isso é ter sangue de barata... Seja homem! Deixar assim os outros desonrando a gente?!...

— Ara, ara, seu Oscar! Uai! Pois o senhor não estava dizendo primeiro que era errata eu querer me intrometer com eles? Pois então?!

— Ora, seu Laio, não queira me fazer de bobo, hom'essa!... Bem que sabe o-quê que eu quero dizer... Eu mesmo gosto de gente aluada, quando são assim alegres e têm resposta p'ra tudo. Por isso é que estou dando conselho...

— Eu sei, seu Oscar... Lhe fico até agradecido... Mas, o senhor repare: se eu for agora lá, derrubo cinza no mingau! A Ritinha, uma hora destas, há-de estar me esconjurando, querendo me ver atrás de morro... E a espanholada, prevenida, deve de estar arreliada e armada, me esperando.

Sou lá besta, p'ra pôr mão em lagarta-cabeluda?! Eu não, que não vou cutucar caixa de mangangaba...

— É, isso lá é mesmo. Mas, e ela?

—Vou chamar no pio.

— E o espanhol?

—Vai desencostar e cair.

— Mas, de que jeito, seu Laio?

— Sei não.

— E você fica aí, de papo p'ra riba?

— Esperando sem pensar em nada, p'ra ver se alguma ideia vem...

— Hum-hum!

— É o que é, seu Oscar. Viver de graça é mais barato... É o que dá mais...

— E os outros, seu Laio? A sociedade tem sua regra...

— Isso não é modinha que eu inventei.

—Tá varrido!

— Pode que seja, seu Oscar. Dou água aos outros, e peço água, quando estou com sede... Este mundo é que está mesmo tão errado, que nem paga a pena a gente querer concertar... Agora, fosse eu tivesse feito o mundo, por um exemplo, seu Oscar, ah! isso é que havia de ser rente!... Magina só: eu agora estava com vontade de cigarrar... Sem aluir daqui, sem nem abrir os olhos direito, eu esticava o braço, acendia o meu cigarrinho lá no sol... e depois ainda virava o sol de trás p'ra diante, p'ra fazer de-noite e a gente poder dormir... Só assim é que valia a pena!...

— Cruz-credo! seu Laio. Toma um cigarro, e está aqui o isqueiro... Pode fumar, sem imaginar tanta bobagem... Essa pensação besta é que bota qualquer um maluco, é que atrapalha a sua vida. Precisa de tomar juízo, fazer o que todo-o-mundo faz!... Olha: tu quer, mas quer mesmo, de verdade, acertar um propósito? Se emendar?

— Pois então, seu Oscar! Quero! Pois quero! Eu estou campeando é isso mesmo...

— Bom, prometer eu não prometo... Não posso. Mas vou falar com o velho. Vou ver se arranjo p'ra ele lhe dar um serviço.

— Lhe honro a letra, seu Oscar! Não desmereço...

— Eu acho de encomenda, p'ra um como você, tomar uma empreitada com essa política, que está brava...

— Isto! seu Oscar... O senhor já pode dizer ao velho que eu agaranto a parte minha! Ah, isto sim! Agora é que essa gente vai ver, seu Oscar... Vão ver que eleiçãozinha diferente que vai ter... Arranja mesmo, seu Oscar... Já estou aflito... Já estou vendo a gente ganhando no fim da mão!

— Não pega fogo, seu Laio. Vou indo...

— Seu Oscar...

— Que é mais?

— Como vai passando o seu Marrinha?

— Se mudou. Foi p'ra o Divinópolis...

— Ara! foi?

— Ganhou bom dinheiro... Disse que quer pôr um teatro lá...

— Me agrada! Ô homem inteligente!

VI

Além de chefe político do distrito, Major Anacleto era homem de princípios austeros, intolerante e difícil de se deixar engambelar. Foi categórico:

— Não me fale mais nisso, seu Oscar. Definitivamente! Aquilo é um grandissíssimo cachorro, desbriado, sem moral e sem temor de Deus... Vendeu a família, o desgraçado! Não quero saber de bisca dessa marca... E, depois, esses espanhóis são gente boa, já me compraram o carro grande, os bezerros... Não quero saber de embondo!

Seu Oscar falou manso:

— Está direito, pai... Não precisa de ralhar... Eu só pensei, porque o mulatinho é um corisco de esperto, inventador de tretas. Vai daí, imaginei que, p'ra poder com as senvergonheiras do Benigno com o pessoal dele, do pior... Mas, já que o senhor não quer, estou aqui estou o que não. Agora, mudando de conversa: topei com outro boi ervado, no pastinho do açude...

Esse "mudando de conversa", com o Major Anacleto, era tiro e queda: pingava um borrão de indecisão, e pronto. Mas seu Oscar, pouco hábil, vinha ultimamente abusando muito do ardil. Por isso o Major soube que o filho estava sabendo e esperando a reação. E ele nunca dava nem um dedo a torcer.

Mas, aí, Tio Laudônio — sensato e careca, e irmão do Major — viu que era a hora de emitir o seu palpite, quase sempre o derradeiro.

Porque, Tio Laudônio, quando rapazinho, esteve no seminário; depois, soltou vinte anos na vida boêmia; e, agora, que deu outra vez para sisudo, a síntese é qualquer coisa de terrível. Devoto por hábito e casto por preguiça, vive enfurnado, na beira do rio, pescando e jogando marimbo, quando encontra parceiros. Pouquíssimas vezes vem ao arraial, e sempre para fins bem explicados: no sábado-da-aleluia, para ajudar a queimar o judas; quando tem circo-de-cavalinhos, por causa da moça — nada de comprometedor, apenas gosta de ter o prazer de ir oferecer umas flores à moça, no meio do picadeiro, exigindo para isso grande encenação, com a charanga funcionando e todos os artistas formando roda; quando há missões ou missa-cantada, mas só se por mais de um padre; ou, então, a chamado do Major, em quadra de política assanhada, porque adora trabalhar com a cabeça. Fala sussurrado e sorrindo, sem pressa, nunca repete e nem insiste, e isso não deixa de impressionar. Além do mais, e é o que tem importância, Tio Laudônio "chorou na barriga da mãe" e, como natural consequência, é compadre das coisas, enxerga no escuro, sabe de que lado vem a chuva, e escuta o capim crescer.

— Um mulato desses pode valer ouros... A gente esquenta a cabeça dele, depois solta em cima dos tais, e sopra... Não sei se é de Deus mesmo, mas uns assim têm qualquer um apadrinhamento... É uma raça de criaturas diferentes, que os outros não podem entender... Gente que pendura o chapéu em asa de corvo e guarda dinheiro em boca de jia... Ajusta o mulatinho, mano Cleto, que esse-um é o Sací.

O Major sabia render-se com dignidade:

— Bem, bem, já que todos estão pedindo, que seja! Mandem recado p'ra ele vir amanhã. Mas é por conta de vocês... E nada de se meter com os espanhóis! Isso eu não admito. Absolutamente!...

Deu passadas, para lá e para cá, e:

— Seu Oscar!?

— Nhôr, pai?

— E avisa a ele para não vir falar comigo! Explica o-quê que ele tem de fazer... Eu é que não abro boca minha para dar ordens a esse tralha, entendeu?!

— O senhor é quem manda, pai.

VII

Entretanto, Eulálio de Souza Salãthiel parecia ter pouca pressa de assumir as suas novas funções. Não veio no dia seguinte. E quando apareceu na fazenda, só quarta-feira de-tarde, foi na horinha mesmo em que o Major se referia à sua pessoa, caçoando do *seu* Oscar e de Tio Laudônio, dizendo que o protegido deles começava muito final, e outras coisas mais, conformemente.

E, quando o mulatinho subiu, lépido, a escadinha da varanda, Major Anacleto, esquecido da condição ditada em hora severa, dispensou o intermédio de *seu* Oscar, e chofrou o rapaz:

— Fora! Se não quer tomar vergonha e preceito, pode ir sumindo d'aqui! O senhor está principiando bem, hein?! Está pensando que é senador ou bispo, para ter seu estado?

Mas teve de parar, porque Lalino, respeitosamente erecto, desfreou a catarata:

— Seu Major, faz favor me desculpe! Demorei a vir, mas foi por causa que não queria chegar aqui com as mãos somenos... Mas, agora, tenho muita coisa p'ra lhe avisar, que o senhor ainda não sabe... Olhe aqui: todo-o-mundo no Papagaio vai trair o senhor, no dia da eleição. Seu Benigno andou por lá embromando o povo, convidando o Ananias p'ra ser compadre dele, e o diabo!... Na Boa Vista, também, a coisa está ruim: quem manda mais lá é o Cesário, e ele está de palavras dadas com os "marimbondos". Lá na beira do Pará, seu Benigno está atiçando uma briga do seu Antenor com seu Martinho, por causa das divisas das fazendas... Todos dois, mesmo sendo primos do senhor, como são, o senhor vai deixar eu dizer que eles são uns safados, que estão virando casaca p'ra o lado de seu Benigno, porque ele é quem entende mais de demandas aqui, e promete ajudar a um, p'ra depois ir prometer a mesma coisa ao outro... Seu Benigno não tem sossegado!

E é só espalhando por aí que seu Major já não é como de em-antes, que nem aguenta mais rédea a cavalo, que não pode com uma gata p'lo rabo… Que até o Governo tirou os soldados daqui, porque não quer saber mais da política do senhor, e que só vai mandar outro destacamento porque ele, seu Benigno, pediu, quando foi lá no Belorizonte… Seu Benigno faz isso tudo sorrateiro. E, olhe aqui, seu Major: ele não sai da casa do Vigário… Confessa e comunga todo dia, com a família toda… E anda falando também que o senhor tem pouca religião, que está virando maçom… Está aí, seu Major. Por deus-do-céu, como isto tudo que eu lhe contei é a verdade!…

— Espera, espera aí, seu Eulálio… Espere ordens!

E o Major, estarrecido com as novidades, e furioso, chamou Tio Laudônio ao quarto-da-sala, para uma conferência. Durou o prazo de se capar um gato. Quando voltaram, o Major ainda rosnava:

— E o Antenor! E o Martinho Boca-Mole!… E eu sem saber de coisa nenhuma!

— Não é nada, mano, isto é o começo da graça… Dá dinheiro ao mulatinho, que a corda nele eu dou… Cem mil-réis é muito, cinquenta é o que chega, p'ra principiar…

Mas, na hora de sair, Lalino fez um pedido: queria o Estêvam — o Estevão —, para servir-lhe de guarda. Podia alguém do Benigno querer fazer-lhe uma traição… Depois, esse povo andava agora implicando com ele, por demais. Não queria provocar ninguém… Era só para se garantir, se fosse preciso.

O Major fechara a cara, mas, a um aparte cochichado de Tio Laudônio, acedeu:

— Pode levar o homem, mas olhe lá, hem! Não me cace briga com pessoa nenhuma, e nem passe por perto da casa dos espanhóis. Eles são meus amigos, está entendendo?!

E, como agora estivesse de humor melhor, o Major ainda fez graça:

—Vendeu a mulher, não foi?!… Nem que tivesse vendido ao demo a alma… É só não arranjar barulho, que eu não vou capear malfeito de ninguém.

— Isto mesmo, seu Major. Com paz é que se trabalha! Amanhã, vou dar um giro, de serviço… Louvado seja Nosso Senhor Jesus Cristo, seu Major!

E, no outro dia, Lalino saiu com Estêvam — o Estevão —, um dos mais respeitáveis capangas do Major Anacleto, sujeito tão compenetrado dos seus encargos, que jamais ria.

E, quando alguém vinha querendo debicá-lo, Lalino ficava impassível. Mas, como bom guarda-costas, o Estevão se julgava ali na obrigação de escarrar para um lado, com ronco, e de demonstrar impaciência. E o outro tal se desculpava:

— Estava era brincando, seu Laio...

Porque, ainda mais, o Estevão era de Montes Claros, e, pois, atirador de lei, e estava sempre concentrado, estudando modos de aperfeiçoar um golpe seu: pontaria bem no centro da barriga, para acertar no umbigo, varar cinco vezes os intestinos, e seccionar a medula, lá atrás.

E Lalino fazia um gesto vago, e continuava com o ar de quem medita grandes coisas. E assim o povo do arraial ficou sabendo que ele era o cabo eleitoral de *seu* Major Anacleto, e que tinha de receber respeito.

E tudo o mais, com a graça de Deus, foi correndo bem.

VIII

Com o relatório de Lalino, o Major compreendeu que não podia ficar descansado. Tinha de virar andejo. Mandou selar a mula e bateu para a casa do Vigário. Mas, antes da sua pessoa, enviou uma leitoa. Confessou-se, deu dinheiro para os santos. O padre era amigo seu e do Governo, mas, com o raio do Benigno chaleirando e intrigando, a gente não podia ter certeza. Felizmente, estava vago o lugar de inspetor escolar. Ofereceu-o ao Vigário.

— Mas, Major, não me fica bem, isso... Meu tempo está tomado, pelos deveres de pároco...

— É um favor aceitar, seu Vigário! Precisamos do senhor. Não é nada de política. É só pelo respeito, para ficar uma coisa mais séria. E é para a religião. Comigo é assim, seu Vigário: a religião na frente! Sem Deus, nada!...

O padre teve de aceitar leitoa, visita, dinheiro, confissão e cargo; e ainda falou:

— Sabe, Major? Quem esteve aqui ontem foi esse rapaz que agora está trabalhando para o senhor. Também se confessou e comungou, e ainda trocou duas velas para o altar de Nossa Senhora da Glória... E rezou um terço inteiro, ajoelhado aos pés da Santa. O caso dele, com a mulher mais o espanhol, é muito atrapalhado, e por ora não se pode fazer coisa alguma... Mas, havendo um jeito... Como bom católico, o senhor não ignora: a gente não deve poupar esforços visando à reconciliação de esposos. Aliás, só lhe falo nisso porque é do meu dever. O moço não me pediu nada, e isso prova que ele tem delicadeza de sentimentos. Depois, assim, com tanta devoção à Virgem Puríssima, ninguém pode ser pessoa de todo má...

— Com a Virgem me amparo, seu Vigário!

— Amém, seu Major!

E Major Anacleto tocou pelas fazendas, em glorioso périplo, com Tio Laudônio à direita, *seu* Oscar à esquerda, e um camarada atrás.

Passaram em frente da chácara dos espanhóis. *Seu* Ramiro baixou à estrada, convidando-os para uma chegada. Mas isso era contra os princípios do Major. Então, *seu* Ramiro, ali mesmo, fez suas queixas: que o senhor Eulálio, apadrinhado pelo Estevão, viera por lá, a cavalo, somente para o provocar... Não o saudara, a ele, Ramiro, e dera um "viva o Brasil!" mesmo diante da sua porta. E, como a Ritinha estivesse na beira do córrego, lavando roupa, o granuja, o sem-vergonha, tivera o atrevimento de jogar-lhe um beijo... Ele, mais os outros patrícios, podiam haver armado uma contenda, pois se achavam todos em casa, na hora. Mas, como o maldito perro agora estava trabalhando para o senhor Major, não quiseram pegá-lo com as cachiporras... Agora, todavia, tinha que pedir-lhe justiça, ao distinguido Senhor Major Dom Anacleto...

Nisso, o Major, vendo que Tio Laudônio fazia esforços para não rir, ficou sem saber que propósito tomar. Mas o espanhol continuou:

— E creia, senhor Major, não o quero molestar, porém o canalha não lhe merece tantas altas confianças... Saiba o senhor, convenientemente, que ele se há feito muito amigo do filho do senhor Benigno. Foram juntos à Boa Vista, todos acá o hão sabido... Com violões, e aguardente, e levando também o Estevão, que vive, carái! o creio, à custa do senhor Major...

Aí, foi o diabo. Major Anacleto ficou perú, de tanta raiva. Então, o Lalino, andando com o filho do adversário, e indo os dois para a Boa Vista, um dos focos da oposição? Bem feito, para a gente não ser idiota! E, pelo que disse e pelo que não disse, *seu* Oscar teve pena do seu protegido, seriamente.

E, uma semana depois, quando, encerrada a excursão eleitoral, regressaram à fazenda, a apóstrofe foi violentíssima. Lalino tinha chegado justamente na véspera, e estava contando potocas aos camaradas, na varanda, o que foi uma vantagem, porque o Major gritou com ele antes de ter de briquitar para tirar as botas, o que geralmente aumenta muito a ira de um cristão.

— Então, seu caradura, seu cachorro! O senhor anda agora de braço dado com o Nico do Benigno, de bem, para me trair, hein?!... Mal-agradecido, miserável!... Tu vendeu a mulher, é capaz de vender até hóstias de Deus, seu filho de uma!

— Seu Major, escuta, pelo valor do relatar! Eu juntei com o filho do seu Benigno foi só p'ra ficar sabendo de mais coisas. P'ra poder trabalhar melhor para o senhor... E mais p'ra uma costura que eu não posso lhe contar agora, por causa que ainda não tenho certeza se vai dar certo... Mas, seu Major, o senhor espere só mais uns dias, que, se a Virgem mais nos ajudar, o povo da Boa Vista todo, começando por seu Cesário, vai virar mãe-benta para votar em nós...

Aí, Tio Laudônio fez um sinal para o Major, que se acalmou, por metade. Afinal, o diabo do *seu* Eulálio podia estar com a razão. Mas o Major tinha outros motivos para querer desabafar:

— Eu não lhe disse que não fosse implicar com os espanhóis? Não falei?! Que tinha o senhor de passar por lá, insultando?

— Ô diabo! Não é que já foram inventar candonga?!... Não insultei ninguém, seu Major...

— Tu ainda nega, malcriado? O Ramiro me fez queixa...

— Seu Major, só se aqueles estrangeiros acham que a gente dar viva ao Brasil é mexer com eles. Mas eu nunca ouvi ninguém dizer isso... A gente na política tem de ser patriota, uai! O senhor também não é?!

— Deixe de querer se fazer! Mais respeito!... O senhor não pode negar que foi se engraçar com a dona Ritinha, que estava lá quieta na fonte, esfregando roupa...

— Ora, seu Major, o senhor não acha que a gente vendo a mulher que já foi da gente, assim sem se esperar, de repente, a gente até se esquece de que ela agora é de outro? Foi sem querer, seu Major. Agora, o senhor me deixa contar o que foi que eu fiz nestes dias...

— Pois conta. Por que é que ainda não contou?!

— Primeiro, fui no Papagaio, assustei lá uns e outros, dando notícia de que vem aí um tenente com dez praças... Só o senhor vendo, aquele povinho ficou zaranza! As mulheres chorando, rezando, o diabo!... Depois sosseguei todos, e eles prometeram ficar com o senhor, direitinho, p'ra votar e tudo!...

— Hum...

— Depois, fui dar uma chegada lá no Mucambo, e, com a ajuda de Deus, acabei com a questão que o seu Benigno tinha atiçado...

Tio Laudônio se adianta, roxo de curiosidade profissional:

— Como é que você fez, que é que disse?

— Ora, pois foi uma bobaginha, p'ra esparramar aquilo! Primeiro, fiz medo no seu Antenor, dizendo que seu Major era capaz de cortar a água... Pois a aguada da fazenda dele não vem do Retiro do irmão do seu Major?... Com seu Martinho, foi mais custoso. Mas inventei, por muito segredo, que o senhor dava razão a ele, mas que era melhor esperar até depois das eleições... Até, logo vi que o seu Benigno não tinha arranjado bem a mexida... A briga estava sendo por causa daqueles dois valos separando os pastos... O senhor sabe, não é? Tem o valo velho, já quase entupido de todo, e o novo. Levei seu Martinho lá, mais seu Antenor... Expliquei que, pela regra macha moderna do Foro, o valo velho não era valo e nem nada, que era grota de enxurrada... E que o valo novo é que era velho... E mais uma porção de conversa entendida... Falei que agora tinha uma nova lei, que, em caso de demandas dessas, tinha de vir um batalhão todo de gente do Governo, p'ra remedirem tudo... E o pagamento saía do bolso de quem perdesse... Quando falei nos impostos, então, Virgem! Só vendo como eles ficaram com medo, seu Major! Então, resolveram partir a razão no meio. Ajudei os dois a fazerem as pazes...

— Valeu. O que você espalhou de boca, de boca o Benigno ajunta... Fazer política não é assim tão fácil... Mas, alguma coisa fica, no fundo do tacho...

— Pois, não foi, seu Laudônio? Faço o melhor que posso, não sou ingrato. Mas, como eu ia contando... Bem, como seu Martinho é homem enjerizado e pirrônico, eu, na volta, fui na cerca que separa a roça dele do pasto do pai do seu Benigno... Dei com pedras e cortei com facão, abri um rombo largo no arame... e toquei tudo o que era cavalo e vaca, p'ra dentro da roça. Ninguém não viu, e vai ser um pagode! Assim, não tem perigo: quem é pra ficar brigado agora é o seu Martinho com o pai do outro e, decerto, depois, com seu Benigno também...

— Não tenho tanta esperança... — opinou o Major, já conforme.

E Lalino concluiu, com voz neutra, angelical:

— Está vendo, seu Major, que eu andei muito ocupado com os negócios do senhor, e não ia lá ter tempo p'ra gastar com espanhol nenhum? Gente que p'ra mim até não tem valor, seu Major, pois eles nem não votam! Estrangeiros... Estrangeiro não tem direito de votar em eleição...

IX

Correram uns dias, muito calmos, reinando a paz na fazenda, porque o Major teve a sua enxaqueca, e depois o seu mal de próstata. Já sem dores, mas ainda meio perrengue, passava o tempo no côncavo generoso da cadeira-de-lona, com pouco gosto para expansões.

O comando político estava entregue agora quase completamente a Tio Laudônio, que transitava com pouco alarde e se deitava na cama quando queria pensar melhor. De vez em quando, apenas, vinha comentar qualquer coisa, fazendo o Major enrugar mais a testa e pronunciar um murmúrio de interjeições integérrimas. Mas isso poucas vezes acontecia, por último. Da curva da cadeira, ia o Major para em-frente da cômoda do quarto-de--dormir, e lá ficava, de-pé, armando paciências de baralho — conhecia muitas variedades mas só cultivava uma, prova de alta sabedoria, pois um divertimento desses deve ser mesmo clássico, o mais possível.

Enquanto isso, Lalino Salãthiel pererecava ali por perto, sempre no meio dos capangas, compondo cantigas e recebendo aplausos, porque, como toda espécie de guerreiros, os homens do Major prezavam ter as façanhas rimadas e cantadas públicas.

E, vai então pois então, Lalino teve um momento de fraqueza, e pediu a *seu* Oscar que procurasse a Ritinha e falasse, e dissesse, mas não dissesse isso, e calasse aquilo, mas dando a entender que... mas sem deixar que ela pensasse que... e aquil'outro, e também etc., e pronto.

Na manhã seguinte, *seu* Oscar, prestativo e bom amigo, foi. Rabeou redor à casa do espanhol, e fez um acaso, atravessando na frente da mulher, quando ela saía para procurar ninhos de galinha-d'angola no bamburral.

Mas Maria Rita tinha olhos, pernas e cabelos tentadores, e *seu* Oscar se atarantou. E, se chegou a se perturbar, é claro que foi por ter tido inspiração nova, resolvendo, num átimo, alijar a causa do mulatinho e entrar em execução de própria e legítima ofensiva.

Em sã consciência, ninguém poderia condená-lo por isso, mas Maria Rita desconfiou do contrário — do que antes fora para ser, mas que tinha deixado agorinha mesmo de ser — e foi interpelando:

— Já sei! Foi aquele bandido do Laio, que mandou o senhor aqui para me falar; não foi, seu Oscar?

Seu Oscar era jogador de truque e sabia que "a primeira é a que vai à missa!" Assim, achou que estava na hora de não perder a vaza, e disse:

— Pois não foi não, sà Ritinha... Aquele seu marido é um ingrato! A senhora nem deve nem de pensar nele mais, porque ele não soube dar valor ao que tem... Não guardou estima à prenda de ouro dele! É um vagabundo, que vive fazendo serenata p'ra tudo quanto é groteira e capioa por aí...

Maria Rita perdeu o aprumo:

— Então, ele nem pensa mais em mim, não é?... Faz muito bem... Porque eu cá tenho sentimento! Nem vestido de santo, não quero ver!

— Está muito direito, sà dona Ritinha! Assim é que deve ser. Olha, a senhora merece coisa muito melhor do que ele... e do que esse espanhol também... Eu juro que nunca vi moça tão bonitonazinha como a senhora, nem com um jeito tão bom p'ra agradar à gente...

Maria Rita sorria, gostando.

— É assim mesmo, dona Ritinha... Esses olhos graúdos... Essa bocazinha sua... A gente até perde as ideias, dona Ritinha...

Chegou mais para perto.

— Não ri, não, dona Ritinha! Tem pena dos outros... Ah! Se eu pedisse um beijinho à senhora...

Mas Maria Rita pulou para trás, vermelha furiosa:

— O senhor é um cachorro como os outros todos, seu Oscar! Homem nenhum não presta!... Se o senhor não sumir daqui, ligeiro, eu chamo o Ramiro para lhe ensinar a respeitar mulher dos outros!

Seu Oscar, desorganizadíssimo, quis safar-se. Mas, aí, foi ela quem o reteve, meio brava meio triste, agora em lágrimas:

— E, olhe aqui: o senhor está enganado comigo, seu Oscar! O senhor não me conhece! Eu procedi mal, mas não foi minha culpa, sabe?! Eu gosto é mesmo do Laio, só dele! Não presta, eu sei, mas que é que eu hei de fazer?!... Pode ir contar a ele, aquele ingrato, que não se importa comigo... Fiquei com o espanhol, por um castigo, mas o Laio é que é meu marido, e eu hei de gostar dele, até na horinha d'eu morrer!

Seu Oscar se foi, quase correndo, porque não suportava aquele choro consentido e aqueles gritos de louca. E nem soube que, por artes das linhas travessas da boa escrita divina, se tinha saído às mil maravilhas da embaixada que Lalino Salãthiel lhe cometera.

Chegou em casa com uma raiva danada de Lalino, e, para se despicar, foi decepcionando a sôfrega expectativa do mulatinho:

— Pode tirar o cavalo da chuva, seu Laio! Ela gosta mesmo do espanhol, fiquei tendo a certeza... Vai caçando jeito de campear outra costela, que essa-uma você perdeu!

Lalino suspirou...

— É, mulher é isso mesmo, seu Oscar... Também, gente que anda ocupada com política não tem nada que ficar perdendo tempo com dengos... Mas, muito obrigado, seu Oscar. O senhor tem sido meu pai nisso tudo. Quer escutar agora o hino que estou fazendo p'ra o senhor?

Mas *seu* Oscar não queria escutar coisa nenhuma. Deixou Lalino na varanda, e foi falar com o velho, aproveitando a oportunidade de Tio Laudônio no momento não estar lá.

Major Anacleto relia — pela vigésima-terceira vez — um telegrama do Compadre Vieira, Prefeito do Município, com transcrições de um outro telegrama, do Secretário do Interior, por sua vez inspirado nas anotações que o Presidente do Estado fizera num anteprimeiro telegrama, de um Ministro conterrâneo. E a coisa viera vindo, do estilo dragocrático-mandológico--coactivo ao cabalístico-estatístico, daí para o messiânico-palimpséstico--parafrástico, depois para o cozinhativo-compadresco-recordante, e assim, de caçarola a tigela, de funil a gargalo, o fino fluido inicial se fizera caldo gordo, mui substancial e eficaz; tudo isto entre parênteses, para mostrar uma das razões por que a política é ar fácil de se respirar — mas para os de casa, que os de fora nele abafam, e desistem. Major Anacleto tomava pó, cornicha em punho.

Seu Oscar foi de focinho:

— Agora é que estou vendo, meu pai, que o senhor é quem tinha razão. Soubesse...

— Pois não foi? Se o Compadre Vieira não abrir os olhos, com o pessoal das Sete-Serras, nós ficamos é no mato sem cachorro... Eu já disse! Bem que eu tinha falado com o Compadre, que isso de se querer fazer política por bons modos não vai!

— Isso mesmo, pai. O senhor sempre acerta. É como no caso do mulatinho, desse Lalino... Olha, eu já estou até arrependido de ter falado em trazer o...

— Seu Major! Seu Major! — (Lalino invadira a sala, empurrando para a frente um curiboca mazelento e empoeirado, novidadeiro-espião chegado da Boa Vista num galope de arrebentar cavalo).

— Que é? Que houve? Mataram mais algum, lá na Catraia?

E o Major se levantava, — tirando óculos e enfiando óculos, telegrama, cornicha e lenço, na algibeira, — aturdido com o alarido, se escapando da compostura.

— Não senhor, seu Major meu padrinho... Louvado seja Nosso Senhor Jesus Cristo... — e o capiauzinho procurava a mão do Major, para o beijo de bençāo. — ...Foi na Boa Vista... Seu Cesário virou p'ra nós!

— Como foi isso, menino? Conta com ordem!

— O povo está todo agora do lado da gente... Não querem saber mais do seu Benigno... Tudo vota agora no senhor, seu Major meu padrinho!

— Eu já sabia... Mas conta logo como foi!

— Foi porque o filho do seu Benigno, o Nico... que desonrou, com perdão da palavra, seu Major meu padrinho... que desonrou a filha mais nova do seu Cesário... Os parentes estão todos reunidos, falando que tem de casar, senão vai ter morte... E matam mesmo, seu Major! Seu Cesário vai vir aqui, p'ra combinar paz com o senhor, seu Major meu padrinho...

Lalino, por detrás, fazia sinais ao Major, que mandasse o mensageiro se retirar.

— Está direito, Bingo. Vai agora lá na cozinha, p'ra ganhar algum de-comer. Depois, você volta p'ra lá, e fica calado, escutando tudo direito.

Mal o outro se sumira, e Lalino Salãthiel gesticulava e modulava:

— Eu não disse, seu Major?! Não falei? No pronto, agora, o senhor está vendo que deu certo... Pois foi p'ra isso que eu levei o Nico na Boa Vista, ensinando o rapaz a cantar serenata e botar flor, e ajeitando o namoro com a Gininha! Estive até em perigo de seu Benigno mandar darem um tiro em mim, porque ele não queria que o filho andasse em minha má companhia... Ah, com o amor ninguém pode!

— Pois o senhor fez muito mal. Pode dar e pode não dar certo... Se o rapaz casa com a moça, tudo ainda fica pior...

— Ele não casa, seu Major! Eu sabia que ele não casava, porque o seu Benigno quer mandar o filho p'ra o seminário... E eu aconselhei o Nico a quietar no mundo... Ele está revelio, seu Major, seu Oscar, está em uns ninhos!

— É... Eu não gosto das coisas tão atentadas... Não sei se isto é como Deus manda... A moça, coitadinha, vai sofrer?! Ninguém tem o direito de fazer isso...

— Há-de-o, que eu já deduzi também, seu Major, não arranjo meio sem mais a metade. Depois do que for, das eleições, a gente rege o rapaz, se faz o casório... Tem de casar, mas só certo... Eu sei onde é que o Nico está amoitado... Aí a raiva do seu Benigno vai ser cheia. E as festas!...

— Está direito, seu Eulálio. O senhor tem galardão.

— Só quero servir o senhor, seu Major! Com chefe bom, a gente chega longe!

— Bem, pode ir... E guarde segredo da trapalhada que o senhor aprontou, hem?!

E, ficando só com *seu* Oscar, Major Anacleto retomou a conversa, justo no ponto em que fora interrompida:

— Bem o senhor estava me dizendo, agorinha mesmo, que ele é levado de ladino! Foi um servição que o senhor me fez, trazendo esse diabo para mim. Gostei, seu Oscar. O senhor tem jeito para escolher camaradas, meu filho.

— Às vezes a gente acerta... Era isso mesmo que eu vinha lhe falar, meu pai...

— Está direito.... Agora o senhor vá no arraial, mandar um telegrama meu para o Compadre Prefeito. Um vê, não vê estes tantos constantes trabalhos que a política dá... Passa no Paiva, e na farmácia...

Seu Oscar saiu e o Major se assoou, voltou para a cadeira-de-lona. Mas, daí a pouco, chegava Tio Laudônio, trazendo uma grande notícia: tinham recebido aviso, no arraial, de que nessa mesma tarde devia passar de automóvel, vindo de Oliveira, um chefe político, deputado da oposição. *Seu* Benigno tinha ido para a beira do rio, para vir junto. Não sabiam bem o nome.

— Se chegarem por aqui, nem água para beber eu não dou, está ouvindo? Inda estumo cachorro neles! — rugiu o Major.

— Qual, passam de largo... Que é que eles haviam de querer aqui?

— Pau neles, isto sim, que era bom! Por isto é que eu não gosto de estrada de automóvel! Serve só para pôr essa cambada trançando afoita por toda a parte... E o cachorro do Benigno vai ficar todo ancho. Decerto há-de fazer discurso, louvar as lérias... Olha, o Eulálio podia ir no arraial, hem? Para arranjar um jeito de atrapalhar, se tiver ajuntamento.

— Não vale a pena, mano Cleto.

— É, então pode deixar... A gente já está ganhando, longe! Ah, esse seu Eulálio fez um... Já sabe?... O Oscar contou?

Aí o Major se levantou e foi até à janela. E, quando ele ia assim à janela, não era sempre para espiar a paisagem. Agora, por exemplo, era para apurar alguma ideiazinha. Tio Laudônio sabia disso, e esperava que ele se voltasse com outra pergunta. E foi:

— Escuta aqui, mano Laudônio: é verdade que espanhol não vota?

— Não. Não podem. São estrangeiros... A coisa agora está muito séria.

— Ahn... Sim... Olha: manda levar mais madeira para o seu Vigário... Para as obras da capelinha do Rosário...

— Já mandei.

— Diabo! Vocês, também, não deixam nada para eu pensar!...

E foi para a espreguiçadeira, dormir.

Quando acordou, horas depois, foi a sustos com uma matinada montante: o mulherio no meio da casa; os capangas, lá fora, empunhando os cacetes, farejando barulho grosso; e muita gente rodeando uma rapariga bonita, em pranto, com grandes olhos pretos que pareciam os de uma veadinha acuada em campo aberto.

Com a presença enérgica do patriarca, amainou-se o rebuliço, e a moça veio cair-lhe aos pés, exclamando:

— Tem pena de mim, seu Coronel, seu Major!... Não deix'eles me levarem! Pelo amor de suas filhas, pelo amor de sua mulher dona Vitalina... Não me desampare, seu Major...

— Pois sim, moça... Mas, espera um pouco... Sossega. Daqui ninguém tira a senhora por mal, sem minha ordem... Conta primeiro o que é que houve... A senhora quem é?...

— Sou a mulher do Laio, seu Major... Me perdoe, seu Major... Eu sei que o senhor tem bom coração... Sou uma infeliz, seu Major... É o Ramiro, o espanhol, que me desgraçou... Desde que o Laio voltou, que ele anda com ciúme, só falando... Eu não gosto dele, seu Major, gosto é do Laio!... Bom ou ruim, não tem juízo nenhum, mas eu tenho amor a ele, seu Major... Agora o espanhol deu para judiar comigo, só por conta do ciúme... Viu o seu Oscar conversando comigo hoje, e disse que o seu Oscar estava era levando recado... Quis me bater, o cachorro! Disse que me mata, mata o Laio, e depois vai se suicidar, já que está mesmo treslouco... Então eu fugi, para vir pedir proteção ao senhor, seu Major. Pela Virgem Santíssima, não me largue na mão dele, seu Majorzinho nosso!

— Calma, criatura! — levanta, vai lavar esses olhos... Ó Vitalina, engambela ela, dá um chá à coitadinha... Afinal... afinal ela não tem culpa de nada... É uma história feia, mas... Nem o Eulálio não tem culpa também, não... Foi só falta de juízo dele, porque no fundo ele é bom... Mas, que diabo! O espanhol é boa pessoa... Arre! Só o mano Laudônio mesmo é quem pode me aconselhar... Bem, fala com as meninas para tomarem conta dela, para ver se ela fica mais consolada... E a senhora pode dormir hoje com descanso, moça, não lhe vai acontecer coisa nenhuma, ora! — Ó Estêvam! Qu'é-de seu Eulálio?

— Seu Laio saiu... Foi p'ra a beira do rio...

— Mande avisar a ele, já! Fala que a mulher dele está aqui...

— O Juca passou inda agorinha no caminhão, e disse que o seu Laio estava lá, numa cachaça airada, no botequim velho que foi da empresa, com outros companheiros, fazendo sinagoga. Diz que chegou um doutor no automóvel e parou para tomar água, mas ficaram conversando e ouvindo as parlas do seu Laio, achando muita graça, gostando muito...

— Ra-ch'ou-parta! diabo dos infernos! Maldito! Referido!

Em fel de fera, Major Anacleto sapateava e rilhava os dentes. Os homens silenciaram, na varanda, pensando que já vinha ordem para brigar. E as mulheres, arrastando Maria Rita, se sumiram no corredor. Só Tio Laudônio, que entrava de caniço ao ombro, vindo do corguinho, foi quem continuou calmo, pois que coisa alguma poderia pô-lo de outro jeito.

O Major bramia:

— Cachorrão! Bandido!... Mas, tu não está entendendo, mano Laudônio?! É o diabo do homem, do tal, o deputado da oposição!... Parou... Decerto! Tinha de gostar... Pois encontra o mulatinho bêbedo, botando prosa, contando o caso da Boa Vista, e tudo... Nem quero fazer ideia de como é que vai ser isto por diante... Cachorro! Agora vai dar tudo com os burros n'água, só por causa daquele cafajeste! Mal-agradecido! E logo agora, que eu ia proteger o capeta, fazer as pazes dele com a mulher, mandar os espanhóis para longe... Mas, vai ver! Me paga! Leva uma sova de relho, não escapa!

— Calma, mano Anacleto... A gente não deve de esperdiçar choro em-antes de ver o defunto morrer...

— Qual! história... Vitalina! Ó Vitalina!... Não deixa as meninas ficarem mais junto com essa mulher! Não quero mau exemplo aqui dentro de casa!... Mulher de dois homens!... Imoralidade! Indecência!

A muito custo, Tio Laudônio conseguiu levar o Major para o quarto, e encomendou um chá de flor-de-laranjeira.

— Calma. Pode, no fim, não ser tão ruim assim.

E foi comer qualquer coisa, pois já estava com atraso.

Principiou a escurecer. A gente já ouvia os coaxos iniciais da saparia no brejo. E os bate-paus acenderam um foguinho no pátio e se dispuseram em roda. Tio Laudônio, já jantado, chamou o Major para a varanda.

— Lá vem um automóvel...

— São eles, Laudônio... Manda vigiarem e não olharem! Manda não se estar, fecharem as janelas e as portas! Ah, mulatinho — para cá, e arrastado com pancada grossa!...

— Espera... Olha, já parou, por si.

Lalino parou primeiro e ajudava os outros a descerem. Três doutores. Um gordo... um meio velho... um de óculos... Lalino guiava-os para a escada da varanda.

— Só eu indo ver quem é, mano Cleto.

— Mas, que é que essa gente vem fazer, aqui?... Eu quero saber de oposição nenhuma, mano Laudônio! Eu desfeiteio! Eu...

— Quieto, homem, areja! Vamos saber, só, primeiro. Se entrarem, é porque são de paz... Vem p'ra dentro. Eu vou ver.

Mas, daí a um mijo, Tio Laudônio gritava pelo Major:

— Depressa, mano, que não é oposição nenhuma, é do Governo! Depressa, homem, é Sua Excelência o Senhor Secretário do Interior, que está de passagem, de volta para o Belorizonte.

O Major correu, boca-aberta, borres, se aperfeiçoando, abotoando o paletó. Os viajantes já estavam na sala, com Lalino — pronto perto, justo à vontade e falante.

E nunca houve maior momento de hospitalidade numa fazenda. O Major se perfazia, enfim, quase sem poder bem respirar:

— Ah, que honra, mas que minha honra, senhor Doutor Secretário do Interior!... Entrar nesta cafua, que menos merece e mais recebe... Esteja à vontade! Se execute! Aqui o senhor é vós... Já jantaram? ô, diacho... Um instantinho, senhor Doutor, se abanquem... Aqui dentro, mando eu — com suas licenças —: mando o Governo se sentar... P'ra um repouso, o café, um licor... O mano Laudônio vai relatar! Ah, mas Suas Excelências fizeram boa viagem?...

Mas, não: Suas Excelências tinham pressa de prosseguir. O cafezinho, sim, aceitavam. Viagem magnífica, excursão proveitosa. Um prazer, estarem ali. E o titular sorria, sendo-se o amistoso de todos, apoiando a mão, familiar, no ombro do Major. Ah, e explicava: tinha recebido o convite, para passar pela fazenda, e não pudera recusar. O senhor Eulálio — e aqui o Doutor se entusiasmava — abordara o automóvel, na passagem do rio. O que fora muito gentil da parte do Major, haver mandado o seu emissário esperá-los tão adiante. E, falando nisso, que magnífico, o Senhor Eulálio! Divertira-os! O Major sabia escolher os seus homens... Sim, em tudo o Major estava de parabéns... E, quando fosse a Belorizonte, levasse o Eulálio, que deveria acabar de contar umas histórias, muito pândegas, da sua estada no Rio de Janeiro, e cantar uns lundús...

Tomado o café, alegria feita, cortesia floreada, política arrulhada, e o muito mais — o estilo, o sistema, — o tempo valera. Daí, se despediam: abraço cordial, abraço cordial...

E o Doutor Secretário abraçou também Lalino, que abria a portinhola do carro.

— Adeus, Senhor Eulálio. Continue sempre ao serviço do Senhor Major Anacleto, que é ótimo e digno chefe. E, quando ele vier à capital, já prometeu trazê-lo também...

Lalino pirueteava, com risco de cair, conforme dava todos os vivas.

O automóvel sumiu-se na noite.

E, no brejo, os sapos coaxavam agora uma estória complicadíssima, de um sapo velho, sapo-rei de todos os sapos, morrendo e propondo o testamento à saparia maluca, enquanto que, como todo sapo nobre, ficava assentado, montando guarda ao próprio ventre.

— "Quando eu morrer, quem é que fica com os meus filhos?"...

— *"Eu não... Eu não! Eu não!... Eu não!"...*

(Pausa, para o sapo velho soltar as últimas bolhas, na água de emulsão.)

— "Quando eu morrer, quem é que fica com a minha mulher?"

— *"É eu! É eu! É eu! É eu! É eu!"...*

Major Anacleto chama Lalino, e as mulheres trazem Maria Rita, para as pazes. O chefão agora é quem se ri, porque a mulherzinha chora de alegria e Lalino perdeu o jeito. Mas, alumiado por inspiração repentina, o Major vem para a varanda, convocando os bate-paus:

— Estêvam! Clodino! Zuza! Raimundo! Olhem: amanhã cedo vocês vão lá nos espanhóis, e mandem aqueles tomarem rumo! É para sumirem, já, daqui!... Pago a eles o valor do sítio. Mando levar o cobre. Mas é para irem p'ra longe!

E os bate-paus abandonam o foguinho do pátio, e, contentíssimos, porque de há muito tempo têm estado inativos, fazem coro:

"Pau! Pau! Pau!
Pau de jacarandá!...
Depois do cabra na unha,
quero ver quem vem tomar!..."

E os sapos agora se interpelam e se respondem, com alternâncias estranhas, mas em unanimidade atordoante:

— Chico? — Nhô!? — Você vai? — Vou!
— Chico? — Nhô! — Cê vai? — Vou!...

No alto, com broto de brilhos e asterismos tremidos, o jogo de destinos esteve completo. Então, o Major voltou a aparecer na varanda, seguro e satisfeito, como quem cresce e acontece, colaborando, sem o saber, com a direção-escondida-de-todas-as-coisas-que-devem-depressa--acontecer. E gritou:

— Olha, Estêvam: se a espanholada miar, mete a lenha!

— De miséria, seu Major!

— E, pronto: se algum quiser resistir, berrem fogo!

— Feito, seu Major!

E, no brejo — friíssimo e em festa — os sapos continuavam a exultar.

"Canta, canta, canarinho, ai, ai, ai...
Não cantes fora de hora, ai, ai, ai...
A barra do dia aí vem, ai, ai, ai...
Coitado de quem namora!..."
(O trecho mais alegre, da cantiga mais alegre, de um capiau beira-rio.)

Sarapalha

TAPERA DE ARRAIAL. Ali, na beira do rio Pará, deixaram largado um povoado inteiro: casas, sobradinho, capela; três vendinhas, o chalé e o cemitério; e a rua, sozinha e comprida, que agora nem mais é uma estrada, de tanto que o mato a entupiu.

Ao redor, bons pastos, boa gente, terra boa para o arroz. E o lugar já esteve nos mapas, muito antes da malária chegar.

Ela veio de longe, do São Francisco. Um dia, tomou caminho, entrou na boca aberta do Pará, e pegou a subir. Cada ano avançava um punhado de léguas, mais perto, mais perto, pertinho, fazendo medo no povo, porque era sezão da brava — da "tremedeira que não desamontava" — matando muita gente.

— Talvez que até aqui ela não chegue... Deus há-de...

Mas chegou; nem dilatou para vir. E foi um ano de tristezas.

Em abril, quando passaram as chuvas, o rio — que não tem pressa e não tem margens, porque cresce num dia mas leva mais de mês para minguar — desengordou devagarinho, deixando poços redondos num brejo de ciscos: troncos, ramos, gravetos, coivara; cardumes de mandís apodrecendo; tabaranas vestidas de ouro, encalhadas, curimatãs pastando barro na invernada; jacarés, de mudança, apressados; canoinhas ao seco, no cerrado; e bois sarapintados, nadando como búfalos, comendo o mururê-de-flor-roxa flutuante, por entre as ilhas do melosal. Então, houve gente tremendo, com os primeiros acessos da sezão.

— Talvez que para o ano ela não volte, vá s'embora...

Ficou. Quem foi s'embora foram os moradores: os primeiros para o cemitério, os outros por aí a fora, por este mundo de Deus. As terras não valiam mais nada. Era pegar a trouxa e ir deixando, depressa, os ranchos, os sítios, as fazendas por fim. Quem quisesse, que tomasse conta.

Aí a beldroega, em carreirinha indiscreta — *ora-pro-nobis! ora-pro-nobis!* — apontou caules ruivos no baixo das cercas das hortas, e, talo a talo, avançou. Mas o cabeça-de-boi e o capim-mulambo, já donos da rua, tangeram-na de volta; e nem pôde recuar, a coitadinha rasteira, porque no quintal os joás estavam brigando com o espinho-agulha e com o gervão em flor. E, atrás da maria-preta e da vassourinha, vinham urgentes, do campo — *ôi-ái!* — o amor-de-negro, com os tridentes das folhas, e fileiras completas, colunas espertas, do rijo assa-peixe. Os passarinhos espalhavam sementes novas. A gameleira, fazedora de ruínas, brotou com o raizame nas paredes desbarrancadas. Morcegos das lapas se domesticaram na noite sem fim dos quartos, como artistas de trapézio, pendentes dos caibros. E aí, então, taperização consumada, quando o fedegoso em touças e a bucha em latadas puderam retomar seu velhíssimo colóquio, o povoado fechou-se em seus restos, que nem o coscorão cinzento de uma tribo de marimbondos estéreis.

Mas, é só andar três quilômetros para cima, brejo a-dentro, beira-rio, para se achar algum morador.

O mosquito fêmea não ferroa de-dia; está dormindo, com a tromba repleta de maldades; somente as larvas, à flor do charco, comem-se umas às outras, brincando com as dáfnias e com as baratas-d'água; as touceiras cheirosas do capim-gordura espantam para longe a urutú-coatiara; a jararaquinha-da-barriga-vermelha é mansa, não morde; e essas outras cobras claras, que passam de cabeça alçada, em nado de campeonato, agora, mesmo que queiram, não poderão morder. Mas é bom não pisar forte naquelas esponjas verdes, que costuma haver uma cisterna profunda, por baixo das folhas dos aguapés.

É aqui, perto do vau da Sarapalha: tem uma fazenda, denegrida e desmantelada; uma cerca de pedra-seca, do tempo de escravos; um rego murcho, um moinho parado; um cedro alto, na frente da casa; e, lá dentro, uma negra, já velha, que capina e cozinha o feijão. Tudo é mato, crescendo sem regra; mas, em volta da enorme morada, pés de milho levantam espigas, no chiqueiro, no curral e no eirado, como se a roça se tivesse encolhido, para ficar mais ao alcance da mão.

E tem também dois homens sentados, juntinhos, num casco de cocho emborcado, cabisbaixos, quentando-se ao sol.

O rio, lá adiante, vê-se agora a três dimensões; porque o rolo de névoa, alagartado, vai, volta a volta, pela várzea, como fumaça cansada que só quer descer e adormecer.

Primo Ribeiro dormiu mal e o outro não dorme quase nunca. Mas ambos escutaram o mosquito a noite inteira. E o anofelino é o passarinho que canta mais bonito, na terra bonita onde mora a maleita.

É de-tardinha, quando as mutucas convidam as muriçocas de volta para casa, e quando o carapanã rajado mais o mossorongo cinzento se recolhem, que ele aparece, o pernilongo pampa, de pés de prata e asas de xadrez. Entra pelas janelas, vindo dos cacos, das frinchas, das taiobeiras, das bananeiras, de todas as águas, de qualquer lugar.

— Olha o mosquito-borrachudo nos meus ouvidos, Primo!...

— É a zoeira do quinino... Você está tomando demais...

Vem soturno e sombrio. Enquanto as fêmeas sugam, todos os machos montam guarda, psalmodiando tremido, numa nota única, em tom de dó. E, uma a uma, aquelas já fartas de sangue abrem recitativo, esvoaçantes, uma oitava mais baixo, em meiga voz de descante, na orgia crepuscular.

Mas, se ele vem na hora do silêncio, quando o quinino zumbe na cabeça do febrento, é para consolar. Sopra, aqui e acolá, um gemido ondulado e sem pouso... Parece que se ausenta, mas está ali mesmo: a gente chega a sentir-lhe os feixes de coxas e pernas, em linhas quebradas, fazendo cócegas, longas, longas... Arrasta um fio, fino e longínquo, de gonzo, fanho e ferrenho, que vem do longe e vai dar no longe... Estica ainda mais o fiapo amarelo de surdina. Depois o enrola e desenrola, zonzo, ninando, ninando... E, quando a febre toma conta do corpo todo, ele parece, dentro da gente, uma música santa, de outro mundo.

Manhãzinha fria. Quando os dois velhos — que não são velhos — falam, sai-lhes da boca uma baforada branca, como se estivessem pitando. Mas eles ainda não tremem: frio mesmo frio vai ser d'aqui a pouco.

Há mais de duas horas que estão ali assentados, em silêncio, como sempre. Porque, faz muito tempo, entra ano e sai ano, é toda manhã assim.

A preta vem com os gravetos e a lenha. Os dois se sentam no cocho, Primo Argemiro da banda do rio, Primo Ribeiro do lado do mato. A preta acende o foguinho. O cachorro corre, muitas vezes, até lá na tranqueira, depois se chega também cá para perto. A preta traz café e cachaça com limão. Primo Argemiro sopra os tições e ajunta as brasas. E, um pouco antes ou um pouco depois do sol, que tem um jeito de aparecer sempre bonito e sempre diferente, Primo Ribeiro diz:

— Ei, Primo, aí vem ela...

— Danada!...

— Olh'ele aí ... o friozinho nas costas...

E quando Primo Ribeiro bate com as mãos nos bolsos, é porque vai tomar uma pitada de pó. E quando Primo Argemiro estende a mão, é pedindo o cornimboque. E quando qualquer dos dois apoia a mão no cocho, é porque está sentindo falta-de-ar.

E a maleita é a "danada"; "coitadinho" é o perdigueiro; "eles", a gente do povoado, que não mais existe no povoado; e "os outros" são os raros viajantes que passam lá em-baixo, porque não quiseram ou não puderam dar volta para pegar a ponte nova, e atalham pelo vau.

Primo Argemiro olha o rio, vendo a cerração se desmanchar. Do colmado dos juncos, se estira o voo de uma garça, em direção à mata. Também, Primo Argemiro não pode olhar muito: ficam-lhe muitas garças pulando, diante dos olhos, que doem e choram, por si sós, longo tempo.

— Está custando, Primo Argemiro...

— É do remédio... Um dia ele ainda há-de dar conta da danada!...

O sol cresce, amadurece. Mas eles estão esperando é a febre, mais o tremor. Primo Ribeiro parece um defunto — sarro de amarelo na cara chupada, olhos sujos, desbrilhados, e as mãos pendulando, compondo o equilíbrio, sempre a escorar dos lados a bambeza do corpo. Mãos moles, sem firmeza, que deixam cair tudo quanto ele queira pegar. Baba, baba, cospe, cospe, vai fincando o queixo no peito; e trouxe cá para fora a caixinha de remédio, a cornicha de pó e mais o cobertor.

— O seu inchou mais, Primo Argemiro?

— Olha aqui como é que está... E o seu, Primo?

— Hoje está mais alto.

— Inda dói muito?

— Melhorou.

É da passarinha. No vão esquerdo, abaixo das costelas, os baços jamais cessam de aumentar. E todos os dias eles verificam qual foi o que passou à frente.

Um barulho. É o cachorro magro, que agita as orelhas dormindo, e dorme alertado, com o focinho cúbico encostado no chão.

Primo Argemiro espera um pouco. Aí, ele se espanta. De há muitos anos, dia trás dia, tem a hora do perdigueiro dormir ali perto, e a horinha do perdigueiro sacudir as orelhas, que é o momento de Primo Ribeiro dizer:

— Vida melhor do que a nossa...

Para Primo Argemiro, eternamente, responder:

— É sim...

E, agora, Primo Ribeiro não falou. Por quê? Ficou mudo, espiando as três galinhas, que ciscam e catam por ali. Por quê?... Está desfiando a beirada do cobertor, com muita nervosia de unhas. É preciso perguntar-lhe alguma coisa.

— Será que chove, Primo?

— Capaz.

— Ind'hoje? Será?

— 'Manhã.

— Chuva brava, de panca?

— Às vez...

— Da banda de riba?

— De trás.

O passopreto, chefe dos passopretos da margem esquerda, pincha num galho de cedro e convoca os outros passopretos, que fazem luto alegre no vassoural rasteiro e compõem um *kraal* nos ramos da capoeira-branca. Vão assaltar a rocinha; mas, antes, piam e contrapiam, ameaçando um hipotético semeador:

— *Finca, fin-ca, qu'eu 'ranco! qu'eu 'ranco!...*

Sobem, de escantilhão, para a copa da árvore, como um borrifo de tinteiro. Gritam, gritam. Daí, para os pés de milho, descaem aos flocos, que nem os torrões da última pazada de um foguista. Tão sabidos, que as grimpas de onde saíram balançam, mas não há a menor agitação nos sabres, nem nos colmos e nem nas espigas do milharal.

Podem zombar, podem chamar o resto dos melros, podem comer o milho todo e o arrozal já selvagem. Porque, mais da metade de uma hora é passada, e nada dos dois homens se mexerem de onde estão.

Mas Primo Ribeiro nunca teve esses olhos estúrdios e nem esse ar de fantasma. E Primo Argemiro tem de puxar qualquer conversa:

— Olha, Primo, se a gente um dia puder sarar, eu ainda hei de plantar uma roça, no lançante que trepa para o espigão. Deve de ser bom a gente poder capinar lá em riba, de manhã cedinho... Tem uma noruega, lá atrás, cheia de samambaia e parasita roxa. Eu havia de fazer uma roça de três quartas, mas com uns cinco camaradas no eito, todo-o-mundo cantando e puxando o cacumbú!...

— P'ra quê, primo Argemiro?... A gente nem tem p'ra quem deixar...

Silêncio. Passopretos. Silêncio. Ciscado das galinhas. Passopretos. Silêncio. Primo Ribeiro:

— Primo Argemiro!

E, com imenso trabalho, ele gira no assento, conseguindo pôr-se de-banda, meio assim.

Primo Argemiro pode mais: transporta uma perna e se escancha no cocho.

— Que é, Primo Ribeiro?

— Lhe pedir uma coisa... Você faz?

— Vai dizendo, Primo.

— Pois então, olha: quando for a minha hora, você não deixe me levarem p'ra o arraial... Quero ir mas é p'ra o cemitério do povoado... Está desdeixado, mas ainda é chão de Deus... Você chama o padre, bem em-antes... E aquelas coisinhas que estão numa capanga bordada, enroladas em papel-de-venda e tudo passado com cadarço, no fundo da canastra... se rato não roeu... você enterra junto comigo... Agora eu não quero mexer lá... Depois tem tempo... Você promete?...

— Deus me livre e guarde, Primo Ribeiro... O senhor ainda vai durar mais do que eu.

— Eu só quero saber é se você promete...

— Pois então, se tiver de ser desse jeito de que Deus não há-de querer, eu prometo.

— Deus lhe ajude, Primo Argemiro.

E Primo Ribeiro desvira o corpo e curva ainda mais a cara.

Quem sabe se ele não vai morrer mesmo? Primo Argemiro tem medo do silêncio.

— Primo Ribeiro, o senhor gosta d'aqui?...

— Que pergunta? Tanto faz... É bom, p'ra se acabar mais ligeiro... O doutor deu prazo de um ano... Você lembra?

— Lembro! Doutor apessoado, engraçado... Vivia atrás dos mosquitos, conhecia as raças lá deles, de olhos fechados, só pela toada da cantiga... Disse que não era das frutas e nem da água... Que era o mosquito que punha um bichinho amaldiçoado no sangue da gente... Ninguém não acreditou... Nem no arraial. Eu estive lá, com ele...

— Primo Argemiro, o que adianta...

— ...E então ele ficou bravo, pois não foi? Comeu goiaba, comeu melancia da beira do rio, bebeu água do Pará, e não teve nada...

— Primo Argemiro...

— ...Depois dormiu sem cortinado, com janela aberta... Apanhou a intermitente; mas o povo ficou acreditando...

— Escuta! Primo Argemiro... Você está falando de-carreira, só para não me deixar falar!

— Mas, então, não fala em morte, Primo Ribeiro!... Eu, por nada que não queria ver o senhor se ir primeiro do que eu...

— P'ra ver!... Esta carcaça bem que está aguentando... Mas, agora, já estou vendo o meu descanso, que está chega-não-chega, na horinha de chegar...

— Não fala isso, Primo!... Olha aqui: não foi pena ele ter ido s'embora? Eu tinha fé em que acabava com a doença...

— Melhor ter ido mesmo... Tudo tem de chegar e de ir s'embora outra vez... Agora é a minha cova que está me chamando... Aí é que eu quero ver! Nenhumas ruindades deste mundo não têm poder de segurar a gente p'ra sempre, Primo Argemiro...

— Escuta, Primo Ribeiro: se alembra de quando o doutor deu a despedida p'ra o povo do povoado? Foi de manhã cedo, assim como agora... O pessoal estava todo sentado nas portas das casas, batendo queixo. Ele ajuntou a gente... Estava muito triste... Falou: — "Não adianta tomar remédio, porque o mosquito torna a picar... Todos têm de se mudar daqui... Mas andem depressa, pelo amor de Deus!"... — Foi no tempo da eleição de seu Major Vilhena... Tiroteio com três mortes...

— Foi seis meses em-antes-de ela ir s'embora...

De branco a mais branco, olhando espantado para o outro, Primo Argemiro se perturbou. Agora está vermelho, muito.

Desde que ela se foi, não falaram mais no seu nome. Nem uma vez. Era como se não tivesse existido. E, agora...

— É isso, Primo Argemiro... Não adianta mais sojigar a ideia... Esta noite sonhei com ela, bonita como no dia do casamento... E, de madrugadinha, inda bem as garrixas ainda não tinham pegado a cochichar na beirada das telhas, tive notícia de que eu ia morrer... Agora mesmo, 'garrei a 'maginar: não é que a gente pelejou p'ra esquecer e não teve nenhum jeito?... Então resolvi achar melhor deixar a cabeça solta... E a cabeça solta pensa nela, Primo Argemiro...

— Tanto tempo, Primo Ribeiro!...

— Muito tempo...

— O senhor sofreu muito! E ainda a maldita da sezão...

— A maleita não é nada. Até ajudou a gente a não pensar...

Primo Argemiro cata pulgas invisíveis nas pernas das calças. Acerta a correia da cintura. Coça a roupa. Não quer olhar para o outro. Não pode. Afinal, por perguntar, pergunta:

— Por que é que foi, que só hoje é que o senhor sonhou com ela, Primo Ribeiro?

— Não sei, não... Só sei é que se ela, por um falar, desse de chegar aqui de repente, até a febre sumia...

— É... Se ela chegasse, até a febre sumia...

— Também, não sei: eu hoje cansei de sofrer calado... Vem um dia em que a gente fica frouxo e arreia... Também, eu só estou falando é com você, que é p'ra mim que nem um irmão. Se duvidar, nem um filho não era capaz de ser tão companheiro, tão meu amigo, nesses anos todos... E não quis me deixar sozinho, mesmo tendo, como tem, aquelas suas terras tão boas, lá no Rio do Peixe. Não precisava de ter ficado... O sofrimento era só meu.

— Eu também senti muito, Primo Ribeiro.

Primo Argemiro falou olhando para o coqueiro cintado, erguido lá adiante do cruzeiro, com as palmas recurvas remando o vento.

— Eu sei, Primo. Você tem bom coração...

O perdigueiro despertou e veio fazer festas, dando de rabo, esfregando-lhes nas pernas os calombos das costas, cheias de bernes, que ninguém tem ânimo para catar. Bate a língua, bate orelhas, e anda curta distância, moleando as patas, com donaire de dama.

— Eu acho até que é bom falar. Quem sabe... Assim, ao menos, não fica roendo, doendo dentro da gente...

— É mesmo. P'ra desacochar. Eu nem sei como o senhor não morreu, quando...

— Chorei no escondido. Agora não me importo de contar.

— Ela foi uma ingrata, não foi, Primo Ribeiro?... A gente toma amor até à criação, até aos cachorros. E ela...

— Só três anos de casados!... Lembra, Primo Argemiro?... Você veio morar comigo dois meses depois, p'ra plantar à meia o arroz... Eu não tenho raiva dela... Não tenho não. Ainda ficava mais triste, se soubesse que ela andava penando por aí à-toa. Agora, o tal, esse... Mesmo doente e assim acabado, eu ainda havia de...

— Sossega, Primo Ribeiro. Levanta os braços: o senhor está botando sangue pelo nariz...

— É de ficar com a cabeça abaixada. Já, já, passa.

— É não. É da doença...

— Já, já, passa.

— Ai, Primo Ribeiro, por que foi que o senhor não me deixou ir atrás deles, quando eles fugiram? Eu matava o homem e trazia minha prima de volta p'ra trás...

— P'ra quê, Primo Argemiro? Que é que adiantava?... Eu não podia ficar com ela mais... Na hora, quando a Maria Preta me deu o recado dela se despedindo, mandando dizer que ia acompanhar o outro porque gostava era dele e não gostava mais de mim, eu fiquei meio doido... Mas não quis ir atrás, não... Tive vergonha dos outros... Todo-o-mundo já sabia... E, ela, eu tinha obrigação de matar também, e sabia que a coragem p'ra isso havia de faltar... Também, nesse tempo, a gente já estava amaleitados, pois não estava?... Foi bom a sezão ter vindo, Primo Argemiro, p'ra isto aqui virar um ermo e a gente poder ficar mais sozinhos... Ai, Primo, mas eu não sei o que é que eu tenho hoje, que não acerto um jeito de poder tirar a ideia dela... Ô mundo!...

A sombra do cedro vem se encostar no cocho. Primo Ribeiro levantou os ombros; começa a tremer. Com muito atraso. Mas ele tem no baço duas colmeias de bichinhos maldosos, que não se misturam, soltando enxames no sangue em dias alternados. E assim nunca precisa de passar um dia sem tremer.

— Olha o frio aí, Primo Argemiro... Me ajuda...

Enrola-se mais no cobertor. Os dentes se golpeiam. Desencontrados, dansam-lhe todos os músculos do corpo.

— Quer o remédio, Primo?

— Não vou tomar mais... Não adianta. Está custando muito a chegar a morte... E eu quero é morrer.

— Isso até é ofender a Deus... Ceição! Ó Ceição!

A negra não escuta. Deve de estar lá na porta da cozinha, batendo roupa ou tirando decoada da barrela, para fazer sabão.

Primo Argemiro* se agarrou com as mãos nos joelhos. Os maxilares estrondam; só param de bater quando ele faz vômitos. E está cor de cera-do-reino quando pega a derreter.

— Ai, Primo Argemiro, eu, numa hora dessas... só queria era me deitar em beira de um fogueirão!... Que frio... Que frio!... E o diabo do sol que não quenta coisa nenhuma...

O perdigueiro morrinhento pula em volta do cocho.

— Não deixa esse cachorro vir lamber minha cara, Primo... Vou me deitar aqui...

— Sai, Jiló!

Primo Ribeiro se deixa cair no lajedo, todo encolhido e sacudido de tremor. Primo Argemiro fica bem quieto. Não adianta fazer nada. E ele tem muita coisa sua para imaginar. Depressa, enquanto Primo Ribeiro entrega o corpo ao acesso e parece ter partido para muito longe d'ali, não podendo adivinhar o que a gente está pensando.

---

* Aqui reside um lapso do escritor: quem se encontra em estado febril nesta passagem do conto é o Primo Ribeiro. (N.E.)

E Primo Argemiro sabe aproveitar, sabe correr ligeiro pelos bons caminhos da lembrança.

Como era mesmo que ela era?!... Morena, os olhos muito pretos... Tão bonita!... Os cabelos muito pretos... Mas não paga a pena querer pensar onde é que ela pode estar a uma hora destas... Quando fugiu, que baque! Que tristeza... Não esperava aquilo, não esperava... Parecia combinar bem com o marido... Primo Ribeiro naquele tempo era alegre... E ele sentira até ciúmes de Primo Ribeiro, ciúme bobo, porque Primo Ribeiro era quem tinha direito a ela e ao seu amor...

Esquisita, sim que ela era... De riso alegrinho mas de olhar duro... Que bonita!... O boiadeiro tinha ficado três dias na fazenda, com desculpa de esperar outra ponta de gado... Não era a primeira vez que ele se arranchava ali. Mas nunca ninguém tinha visto os dois conversando sozinhos... Ele, Primo Argemiro, não tinha feito nenhuma má-ideia...

— Sai, Jiló!... Bota abaixo, diabo!... Assim! Assim, cachorrinho bom...

Bem que havia de ser razoável ter podido ao menos dizer à prima que ela era o seu amor... Porque, assim, tinha fugido sem saber, sem desconfiar de nada... Mas ele nunca pensara em fazer um malfeito daqueles, ainda mais morando na casa do marido, que era seu parente... Isso não! Queria só viver perto dela... Poder vê-la a todo instante...

E Primo Ribeiro nunca tinha posto maldade... Também, que é que havia, para ele poder maldar?... Nada... Só, uma vez, debaixo das jaboticabeiras... Nesse dia, quase que perdera a força de ser correto. Viu-a de vestido azul-do-mar... os braços cor de jenipapo... As mãos deviam de ser macias... Mas Deus ajudou, tirando-lhe a coragem... Também, se tivesse faltado com o respeito à mulher do Primo Ribeiro, teria sumido no mundo, na mesma da hora, com remorso...

Aquilo tinha sido três meses antes de ela fugir. Mas, antes, bem em-antes disso, teve uma vez que ela desconfiou. Foi logo que ele chegara à fazenda, uns dias depois. Estava olhando, assim esquecido, para os olhos... olhos grandes escuros e meio de-quina, como os de uma suassuapara... para a boquinha vermelha, como flor de suinã...

— "Você parece que nunca viu a gente, Primo!... Você precisa mas é de campear noiva e caçar jeito de se casar..." — dissera ela, rindo.

Ele tinha ficado meio palerma, sem ter nada para responder... Teria ela adivinhado o seu querer-bem?... Não, falara aquilo por brincadeira, decerto. Mas, quem sabe... Mulher é mulher... E que bom que seria, se ela tivesse ficado sabendo! Ao menos, agora, de vez em quando se lembraria dele, dizendo: "Primo Argemiro também gostou de mim..."

As palmas do coqueiro estão agora paradas de todo. As galinhas foram pastar as folhas baixas do melão-de-são-caetano. Nem resto de brumas na baixada. O sol caminhou muito.

Primo Argemiro já se acostumou com o trincar de dentes e com os gemidos de Primo Ribeiro. Não pode dar-lhe ajuda nenhuma. O que pode é pensar. E pensa mais, quase cochilando, gemendo também, com as ferroadas no baço. Pensa à-toa, como os tico-ticos, que debicam na terra ciscada pelas galinhas, e dão carreirinhas tão engraçadas, que a gente nem sabe se eles estão cruzando aos pulinhos ou se é voo rasteiro só.

...Não adiantou ter sido tão direito... Se ele, Primo Argemiro, tivesse tido coragem... Se tivesse sido mais esperto... Talvez ela gostasse... Podia ter querido fugir com ele; o boiadeiro ainda não tinha aparecido... Agora, ela havia de se lembrar, achando que era um pamonha, um homem sem decisão... E, no entanto, viera para a fazenda só por causa dela... Primo Ribeiro não punha malícia em coisa nenhuma... Sim, os dois tinham sido bem tolos, só o homem de fora era quem sabia lidar com mulher!...

Não! Fez bem. Era a mesma coisa que crime!... Nem é bom pensar nisso... Amanhã ele vai ao capoeirão, tirar mel de irussú para o Primo Ribeiro... Deus que livre a gente desses maus pensamentos!... Primo Ribeiro vai ficar satisfeito: ele gosta de mel do mato, com farinha... Primo Ribeiro vai ter sua alegriazinha... — P'ra que é que há-de haver mulher no mundo, meu Deus?!...

— Hein?!...

Primo Argemiro estremece. Tinha pensado alto. E agora Primo Ribeiro está espiando para ele, meio espantado, com o branco dos olhos riscadinho de vermelho, no lugar das manchas amarelas de sempre. Há muito que jogou para um lado o cobertor e voltou a sentar-se no cocho. Passado o frio, passada a tremura, vem a hora de Primo Ribeiro variar. Primo Argemiro não gosta. Não se habitua àquilo. Ele, nos seus acessos, não varia nunca: não tem licença: se delirar, pode revelar o seu segredo.

Tem de ter tento na cabeça e de subjugar a doideira, e sofre o demônio, por via disso. Mas, mesmo assim, ainda é melhor do que ter de ouvir as coisas que Primo Ribeiro desanda a falar entre o tremor e o suor. Até a cara de Primo Ribeiro faz medo, de tão vermelha que está. Parece que ele engordou, de repente. Inchaço. E está pegando fogo...

— Ô calorão, Primo!... E que dor de cabeça excomungada!

— É um instantinho e passa... É só ter paciência...

— É... passa... passa... passa... Passam umas mulheres vestidas de cor de água, sem olhos na cara, para não terem de olhar a gente... Só ela é que não passa, Primo Argemiro!... E eu já estou cansado de procurar, no meio das outras... Não vem!... Foi, rio abaixo, com o outro... Foram p'r'os infernos!...

— Não foi, Primo Ribeiro. Não foram pelo rio... Foi trem-de-ferro que levou...

— Não foi no rio, eu sei... No rio ninguém não anda... Só a maleita é quem sobe e desce, olhando seus mosquitinhos e pondo neles a benção... Mas, na estória... Como é mesmo a estória, Primo? Como é?...

— O senhor bem que sabe, Primo... Tem paciência, que não é bom variar...

— Mas, a estória, Primo!... Como é?... Conta outra vez...

— O senhor já sabe as palavras todas de cabeça... "Foi o moço-bonito que apareceu, vestido com roupa de dia-de-domingo e com a viola enfeitada de fitas... E chamou a moça p'ra ir se fugir com ele"...

— Espera, Primo, elas estão passando... Vão umas atrás das outras... Cada qual mais bonita... Mas eu não quero, nenhuma!... Quero só ela... Luísa...

— Prima Luísa...

— Espera um pouco, deixa ver se eu vejo... Me ajuda, Primo! Me ajuda a ver...

— Não é nada, Primo Ribeiro... Deixa disso!

— Não é mesmo não...

— Pois então?!

— Conta o resto da estória!...

— ..."Então, a moça, que não sabia que o moço-bonito era o capeta, ajuntou suas roupinhas melhores numa trouxa, e foi com ele na canoa, descendo o rio..."

— A moça que eu estou vendo agora é uma só, Primo... Olha!... É bonita, muito bonita. É a sezão. Mas não quero... Bem que o doutor, quando pegou a febre e estava variando, disse... você lembra?... disse que a maleita era uma mulher de muita lindeza, que morava de-noite nesses brejos, e na hora da gente tremer era quem vinha... e ninguém não via que era ela quem estava mesmo beijando a gente... Mas, acaba de contar a estória, Primo...

— É tão triste...

— Não faz mal, conta!

— ..."Então, quando os dois estavam fugindo na canoa, o moço-bonito, que era o capeta, pegou na viola, tirou uma toada, e começou a cantar:

— "Eu vou rodando
rio-abaixo, Sinhá...
Eu vou rodando
rio-abaixo, Sinhá..."

— E aí?...

— O senhor está cansado de saber... "Aí a canoinha sumiu na volta do rio... E ninguém não pôde saber p'ra onde foi que eles foram, nem se a moça, quando viu que o moço-bonito era o diabo, se ela pegou a chorar... ou se morreu de medo... ou fez o sinal-da-cruz... ou se abraçou com ele assim mesmo, porque já tinha criado amor... E, cá de riba, o povo escutou a voz dele, lá longe, muito lá longe..."

— Canta como foi, Primo...

— É a mesma cantiga...

— Mas, canta!

"Eu vou rodando
rio-abaixo, Sinhá...
Eu vou rodando
rio-abaixo, Sinhá..."

— Ai, Primo Argemiro, está passando... Já estou meio melhor... Será que eu variei?... Falei muita bobagem?...

— Falou, não, Primo... D'aqui a pouco é a minha vez... Não dilata p'ra chegar...

Sim, d'aqui a pouco vai ser a sua hora. Aqui a febre serve de relógio. Ele já está ficando mais amolecido. Também deve ser de ter pensado muito. Antes o outro não tivesse querido falar em nome guardado... Foi dar outra força à saudade... E ele, que nem tem com quem desabafar, não tem a quem contar o seu sofrimento!... Lá, onde está o cruzeiro, morreu um trabalhador de roça, um velho. Foi de repente, do coração... Será que a gente ainda tem de viver muito?...

— Primo Argemiro!?...

— Que é, Primo Ribeiro?

— Estou com uma sede... Estou me queimando por dentro... Me faz a caridade de dar um eco na preta...

— A negra não escuta... Eu vou buscar a água, Primo Ribeiro.

— Deus lhe pague, Primo.

Primo Ribeiro respira a custo. Está remexendo com os dedos e falando sozinho outra vez.

Lá vem o outro com a caneca. Desce a escadinha, muito devagar. É magro, magríssimo. Chega trôpego, bambo meio curvante.

— Ai, Primo Argemiro, nem sei o que seria de mim, se não fosse o seu adjutório! Nem um irmão, nem um filho não podia ser tão bom... não podia ser tão caridoso p'ra mim!...

— Bobagem, Primo. Aproveita e toma o remédio também, tudo junto, de uma vez.

— Não quero, já falei! Quero mas é ajudar este corpo a se acabar...

...(— "Nem um irmão, nem um filho!"...) ele está mas é enganando o companheiro!... Há quantos anos que esconde aquilo... Não! É hoje!... Não está direito... Tem de confessar...

— Primo Ribeiro... eu nunca tive coragem p'ra lhe contar uma coisa... Vou lhe contar uma coisa... O senhor me perdoa?!...

— Chega aqui mais p'ra perto e fala mais alto, Primo, que essa zoeira nos ouvidos quase que não deixa a gente escutar...

— Não foi culpa minha... Foi um castigo de Deus, por causa de meus pecados... O senhor me perdoa, não perdoa?!...

— Que foi isso, Primo? Fala de uma vez!

— Eu... eu também gostei dela, Primo... Mas respeitei sempre...

respeitei o senhor... sua casa... Nós somos parentes... Espera, Primo! Não foi minha culpa, foi má-sorte minha...

Primo Ribeiro arregalou os olhos. Calcou a mão na madeira do cocho. Faz força para se levantar.

— Não teve nada, Primo!... Juro!... Por esta luz!... Nem ela nunca ficou sabendo... Por alma de minha mãe!

As pernas de Primo Ribeiro se recusam a aguentar-lhe o corpo. Primo Argemiro se levantou também. Quer ajudar o outro a se suster.

— Me larga! Me larga e fala como homem!

— Já falei, Primo. Me perdoa...

— Você veio morar aqui com a gente, foi por causa dela, foi?...

— Foi, Primo. Mas nunca...

— E foi por isso que você não quis ir-s'embora... depois?... Esperando para ver se algum dia ela voltava, foi?!...

— Não, Primo... isso não!... Não foi nada por causa... Eu também sofri muito... Não queria mais nada no mundo... E foi por conta do senhor, também... Quando ela deixou de estar aqui, eu fiquei querendo um bem enorme ao senhor... a esta casa de fazenda... aos trens todos daqui... Até à maleita!...

— Fui picado de cobra... Fui picado de cobra... Ô mundo!

— Mas, sossega, Primo Ribeiro... Já lhe jurei que não faltei nunca ao respeito a ela... Nem eu não era capaz de cair num pecado desses...

— Fui picado de cobra...

— O senhor está variando... Escuta! Me escuta, pelo amor de Deus...

— Não estou variando, não, mas em-antes estivesse!... Some daqui, homem! Vai p'r'as suas terras... Vai p'ra bem longe de mim!... Mas vai logo de uma vez!

— Quero morrer nesta hora, se algum dia eu pensei em fazer a sua desonra, Primo!

— Anda, por caridade!... Vai embora!...

— Pensa até mais logo, Primo... Pensa até hoje de-tarde...

— Este caco de fazenda ainda bem que é meu... É meu!... Anda! Anda!... Não quero ver você mais...

— Me dá um prazo, Primo. Até o senhor melhorar...

— Vai!

— Estou pagando o que não fiz...

— Vai!

— O senhor ainda pode precisar de mim, Primo, que sou o único amigo que o senhor tem...

— Então, vai, Primo!... Você não tem pena de mim, que não tenho arma nenhuma aqui comigo, e, nem que tivesse, não rejo mais nem força p'ra lhe matar?!

E Primo Ribeiro, branco, encaveirado, soprando, e levantando o queixo a cada ofego, caiu sentado no casco de cocho outra vez.

— Pois então, adeus, Primo! Me perdoa e não guarda ódio de mim, que eu lhe quero muito bem...

— Ajunta suas coisas e vai...

— Não tenho nada... Não careço mais de nada... O que é meu vai aqui comigo... Adeus!

Primo Argemiro reúne suas forças. E anda. Transpõe o curral, por entre os pés de milho. Os passopretos, ao verem um espantalho caminhando, debandam, bulhentos. O perdigueiro de focinho grosso vem correndo também. Vem, mas diz que não vem: vira a cabeça, olha para Primo Ribeiro, que lá está sentado ainda, curvado para o chão. O cachorro está desatinado. Para. Vai, volta, olha, desolha... Não entende. Mas sabe que está acontecendo alguma coisa. Latindo, choramingando, chorando, quase uivando. Porque tem ordem de ser sempre fiel, e não sabe mais, não se recorda mais qual dos dois homens será o seu dono verdadeiro.

Quando o outro passou a tranqueira, Primo Ribeiro levantou a cabeça, e espiou. Sua, sua: assim corpo e roupa; e a testa que é só um escorrer. Fecha os olhos, parecendo que nem pode morrer direito.

Mas Primo Argemiro anda sem se voltar. Agora atravessa o matinho.

— I-v-v-v!... O primeiro calafrio... A maleita já chegou...

O cachorro ainda pulou-lhe adiante, ganindo, pedindo... Depois, parou. Não quer ir mais longe.

— Adeus, Jiló!...

Fica. Ninguém não mandou que ele fosse embora... Ele pode ficar...

Outro grande arrepio. Que frio!... E, no entanto, as árvores estão agora sem sombra, e o sol, se caísse, se espetaria no estipe verde do coqueiro.

A erva-mãe-boa derrama cachos floridos, no meio das folhas em corações. Muitas flores. Azuis... Foi num vestido azul que ele a viu pela segunda vez, no terço de São Sebastião... Tantos anos!... Quando a verá ainda?!... No Céu, talvez... Mas, mesmo no Céu, ela terá que gostar do boiadeiro da Iporanga. E ele, Argemiro, terá de respeitar Primo Ribeiro, que é o marido em nome de Deus...

...Mas, quando a viu, acompanhando o terço, já gostava dela, já lhe tinha amor... Desde de-manhã... na porta da casa, saindo para a missa, ela com a mãe e as irmãs... Já estava de casamento tratado com Primo Ribeiro... Talvez que ela não fosse a moça mais bonita do arraial... E não era mesmo. Mas o amor é assim...

Nunca mais? Nunca mais... Ai, meu Deus! por mim era muito melhor não ter céu nenhum...

...Por aquele tempo, Argemiro dos Anjos era um moço bem-aparecido, de figura, e com oitenta alqueires de terras de cultura, afora algum dinheiro de parte...

Ai! que o frio cai entre os ombros, e vai pelas costas, e escorre das costas para o corpo todo, como fios de água fina. Zoa nos ouvidos confuso sussurro, e para diante dos olhos vêm coisinhas, querendo dansar.

Ir, para onde?

...A primeira vez que Argemiro dos Anjos viu Luisinha, foi numa manhã de dia-de-festa-de-santo, quando o arraial se adornava com arcos de bambú e bandeirolas, e o povo se espalhava contente, calçado e no trinque, vestido cada um com a sua roupa melhor...

Ir para onde?... Não importa, para a frente é que a gente vai!... Mas, depois. Agora é sentar nas folhas secas, e aguentar. O começo do acesso é bom, é gostoso: é a única coisa boa que a vida ainda tem. Para, para tremer. E para pensar. Também.

Estremecem, amarelas, as flores da aroeira. Há um frêmito nos caules rosados da erva-de-sapo. A erva-de-anúm crispa as folhas, longas, como folhas de mangueira. Trepidam, sacudindo as suas estrelinhas alaranjadas, os ramos da vassourinha. Tirita a mamona, de folhas peludas, como o corselete de um cassununga, brilhando em verde-azul. A pitangueira se abala, do jarrete à grimpa. E o açoita-cavalos derruba frutinhas fendilhadas, entrando em convulsões.

— Mas, meu Deus, como isto é bonito! Que lugar bonito p'r'a gente deitar no chão e se acabar!...

É o mato, todo enfeitado, tremendo também com a sezão.

E grita a piranha cor de palha, irritadíssima:
— Tenho dentes de navalha, e
com um pulo de ida-e-volta
resolvo a questão!...
— Exagero... — diz a arraia —
eu durmo na areia,
de ferrão a prumo,
e sempre há um descuidoso
que vem se espetar.
— Pois, amigas, — murmura o gimnoto,
mole, carregando a bateria —
nem quero pensar no assunto:
se eu soltar três pensamentos
elétricos,
bate-poço, poço em volta,
até vocês duas
boiarão mortas...
(Conversa a dois metros de profundidade.)

Duelo

Turíbio Todo, nascido à beira do Borrachudo, era seleiro de profissão, tinha pelos compridos nas narinas, e chorava sem fazer caretas; palavra por palavra: papudo, vagabundo, vingativo e mau. Mas, no começo desta estória, ele estava com a razão.

Aliás, os capiaus afirmam isto assim peremptório, mas bem que no caso havia lugar para atenuantes. Impossível negar a existência do papo: mas papo pequeno, discreto, bilobado e pouco móvel — para cima, para baixo, para os lados — e não o escandaloso "papo de mola, quando anda pede esmola"... Além do mais, ninguém nasce papudo nem arranja papo por gosto: ele resulta das tentativas que o grande percevejo do mato faz para se tornar um animal doméstico nas cafuas de beira-rio, onde há, também cúmplices, camaradas do *barbeiro,* cinco espécies, mais ou menos, de tatús. E, tão modesto papúsculo, incapaz de tentar o bisturi de um operador, não enfeava o seu proprietário: Turíbio Todo era até simpático: forçado a usar colarinho e gravata, às vezes parecia mesmo elegante.

Não tinha, porém, confiança nesses dotes, e daí ser bastante misântropo, e dali ter querido ser seleiro, para poder trabalhar em casa e ser menos visto. Ora, com a estrada-de-ferro, e, mais tarde, o advento das duas estradas de automóvel, rarearam as encomendas de arreios e cangalhas, e Turíbio Todo caiu por força na vadiação.

Agora, quanto às vibrissas e ao choro sem visagens, podia ser que indicassem gosto punitivo e maldade, mas com regra, o quanto necessário, não em excesso.

E, ainda assim, saibamos todos, os capiaus gostam muito de relações de efeito e causa, leviana e dogmaticamente inferidas: Manuel Timborna, por exemplo, há três ou quatro anos vive discutindo com um canoeiro do Rio das Velhas, que afirma que o jacaré-do-papo-amarelo tem o pescoço cor de enxofre por ser mais bravo do que os jacarés outros, ao que contrapõe Timborna que ele só é mais feroz porque tem a base do queixo pintada de limão maduro e açafrão. E é até um trabalho enorme, para a gente sensata, poder dar razão aos dois, quando estão juntos.

Assim, pois: de qualquer maneira, nesta história, pelo menos no começo — e o começo é tudo — Turíbio Todo estava com a razão.

Tinha sido para ele um dia de nhaca: saíra cedo para pescar, e faltara-lhe à beira do córrego o fumo-de-rolo, tendo, em coice e queda, de sofrer com os mosquitos; dera uma topada num toco, danificando os artelhos do pé direito; perdera o anzol grande, engastalhado na coivara; e, voltando para casa, vinha desconsolado, trazendo apenas dois timburés no cambão. Claro que tudo isso, sobrevindo assim em série, estava a exigir desgraça maior, que não faltou.

Mas, por essa altura, Turíbio Todo teria direito de queixar-se tão-só da sua falta de saber-viver; porque avisara à mulher que não viria dormir em casa, tencionando chegar até ao pesqueiro das Quatorze-Cruzes e pernoitar em casa do primo Lucrécio, no Dêcámão. Mudara de ideia, sem contra-aviso à esposa; bem feito!: veio encontrá-la em pleno (com perdão da palavra, mas é verídica a narrativa) em pleno adultério, no mais doce, dado e descuidoso, dos idílios fraudulentos.

Felizmente que os culpados não o pressentiram. Turíbio Todo costumava chegar com um mínimo de turbulência; ouviu vozes e espiou por uma fisga da porta; a luz da lamparina, lá dentro, o ajudando, viu. Mas não fez nada. E não fez, porque o outro era o Cassiano Gomes, ex-anspeçada do 1º pelotão da 2ª companhia do 5º Batalhão de Infantaria da Força Pública, onde as gentes aprendiam a manejar, por música, o ZB tchecoslovaco e até as metralhadoras pesadas Hotchkiss; e era, portanto, muito homem para lhe acertar um balaço na testa, mesmo estando assim em sumaríssima indumentária e fosse a distância para duzentos metros, com o alvo mal iluminado e em movimento.

Turíbio Todo não ignorava isso, nem que o Cassiano Gomes era inseparável da *parabellum,* nem que ele, Turíbio, estava, no momento, apenas com a honra ultrajada e uma faquinha de picar fumo e tirar bicho-de-pé.

Todavia, como o bom, o legítimo capiau, quanto maior é a raiva tanto melhor e com mais calma raciocina, Turíbio Todo dali se afastou mais macio ainda do que tinha chegado, e foi cozinhar o seu ódio branco em panela de água fria.

E fez bem, porque então lhe aconteceu o que em tais circunstâncias acontece às criaturas humanas, a 19° de latitude S. e a 44° de longitude O.: meia dúzia de passos e todo o mau humor se deitava num estado de alívio, mesmo de satisfação. Respirava fundo e sua cabeça trabalhava com gosto, compondo urdidos planos de vingança.

E pois, no outro dia, voltou para casa, foi gentilíssimo com a mulher, mandou pôr ferraduras novas no cavalo, limpou as armas, proveu de coisas a capanga, falou vagamente numa caçada de pacas, riu muito, se mexeu muito, e foi dormir bem mais cedo do que de costume. E isso foi na quarta-feira. Quinta-feira pela manhã...

...Altos são os montes da Transmantiqueira, belos os seus rios, calmos os seus vales; e boa é a sua gente... Mas, homens são os homens; e a paciência serve para vãos andares, em meados de maio ou no final de agosto. Garruchas há que sozinhas disparam. E é muito fácil arranjar-se uma cruz para as sepulturas de beira de estrada, porque a bananeira-do-campo tem os galhos horizontais, em ângulos retos com o tronco, simétricos, se continuando dos lados, e é só ir cortando, todos, com exclusão de dois. E… quê? O tatú-peba não desenterra os mortos? Claro que não. Quem esvazia as covas é o tatú-rabo-mole. O outro, para que iria ele precisar disso, se já vem do fundo do chão, em galerias sinuosas de bom subterrâneo? Come tudo lá mesmo, e vai arrastando ossadas para longe, enquanto prolonga seu caminho torto, de cuidoso sapador.

Bem, quinta-feira de-manhã, Turíbio Todo teve por terminados os preparativos, e foi tocaiar a casa de Cassiano Gomes. Viu-o à janela, dando as costas para a rua. Turíbio não era mau atirador; baleou o outro bem na nuca. E correu em casa, onde o cavalo o esperava na estaca, arreado, almoçado e descansadão.

Nem por sonhos pensou em exterminar a esposa (Dona Silivana tinha grandes olhos bonitos, de cabra tonta), porque era um cavalheiro, incapaz da covardia de maltratar uma senhora, e porque basta, de sobra, o sangue de uma criatura, para lavar, enxaguar e enxugar a honra mais exigente.

Agora tinha de cair no mundo e passar algum tempo longe, e tudo estaria muito bem, consequente e certo, limpamente realizado, igualzinho a outros casos locais.

Mas… Houve um pequeno engano, um contratempo de última hora, que veio pôr dois bons sujeitos, pacatíssimos e pacíficos, num jogo dos demônios, numa comprida complicação: Turíbio Todo, iludido por uma grande parecença e alvejando um adversário por detrás, eliminara não o Cassiano Gomes, mas sim o Levindo Gomes, irmão daquele, o qual não era metralhador, nem ex-militar e nem nada, e que, por sinal, detestava mexida com mulher dos outros. Turíbio Todo soube do erro, ao subir no estribo. — Ui!… Galope bravo, em vez de andadura!… — pensou. E enterrou as esporas e partiu, jogando o cascalho para os lados e desmanchando poeira no chão.

Cassiano Gomes acompanhou o corpo do irmão ao cemitério, derramou o primeiro punhado de terra, e recebeu, com muita compostura, entristecido e grato, as condolências competentes. Depois voltou em casa, fechou muito bem as janelas e portas — felizmente ele era solteiro — e saiu, com a capa verde reiúna, a winchester, a *parabellum* e outros petrechos, para procurar o Exaltino-de-trás-da-Igreja, que tinha animais de sela para vender.

Comprou a besta douradilha; mas, antes, examinou bem, nos dentes, a idade; deu um repasse, criticou o andar e pediu uma *diferença* no preço. Encerrado o negócio, com os arreios e tudo, Cassiano mandou que dessem milho e sal à mula; escovaram-na, lavaram-na e ferraram-na de novo.

Já ele pronto, quando estava amarrando a capa nas garupeiras, ainda ouviu o que o Exaltino-de-trás-da-Igreja falou, baixinho, para o Clodino Preto:

— Está morto. O Turíbio Todo está morto e enterrado!... Esta foi a última trapalhada que o papudo arranjou...

Cassiano pensou, fumou, imaginou, trotou, cismou, e, já a duas léguas do arraial, na grande estrada do norte, os seus cálculos acharam conclusão: Turíbio Todo tinha uns parentes na Piedade do Bagre, ou ali por menos longe... Para lá batera, direitinho, ainda assustado por conta do malfeito. Não podia ter tomado outro rumo, e, de seguro, dando o mais que pudesse, teria vindo a galope. Quando ele chegasse na Piedade — para diante não havia terras aonde um cristão pensasse ir, — descansado, junto de gente sua, tornaria a ter raiva e tratava de voltar nos passos.

E estava muito certo disso tudo:

— Ele vai como veado acochado, mas volta como cangussú... No meio do caminho a gente topa, e quem puder mais é que vai ter razão...

Não precisava, portanto, de pressa, e podia ir na marcha estradeira, sem estropiar a bestinha. E, nem que só para não deixar que se esgotassem as suas reservas de ódio, punha ele a ideia em assuntos amenos, e se relaxava para caçar o jaó nas capoeiras e, nos campos, a codorna e a pomba torcaz.

Contudo, sabendo que as notícias sempre chegam primeiro do que a gente de bem, achava razoável dar às coisas uma demão: era só cruzar com um trôço de tropeiros tangendo a burrada, ou alcançar um capinador que ia para a roça, de enxada no ombro, e Cassiano parava, procurando conversa e falando no inimigo com os piores insultos:

—Você conhece o Turíbio Todo, o seleiro, aquele meio papudo?... Pois é um... (Aqui, supostas condições de bastardia e desairosas referências à genitora.)

Mas, bico trancado, quanto aos planos: nada de ameaças, injúrias só.

E Cassiano Gomes tinha acertado, em parte. Turíbio Todo viera mesmo para Piedade do Bagre, justo como um catingueiro à frente do latido de dez trelas e mais a buzina do perreiro; e bastara-lhe um dia de repouso, para compreender que estava num fundo-de-saco, pois que aquele lugarejo era a boca do sertão.

Mas não voltou como onça na ânsia da morte: baldeou do matungo ajumentado e estrompado, para um ruço-picaço quatrolho e quatralvo, e fez que vinha e não veio, e fez como o raposão. Obliquou a rota para nor-nordeste, demandando as alturas do Morro do Guará ou do Morro da Garça, e aí houve que foi onde Cassiano tinha descalculado, mancando a traça e falseando a mão.

— Tem tempo... — disse. E continuou a batida, confiado tão só na inspiração do momento, porquanto o baralho fora rebaralhado e agora tinham ambos outros naipes a jogar.

Porém, posto que a situação se complicara, o essencial era zanzar na sombra, para apanhar o outro desprevenido, de surpresa; e, para isso, amoitar-se, pois: — Não vê! Quem fica no claro é enxergado mais primeiro, e leva o tiro que quem está no escuro é quem dá!...

Fugindo, Turíbio Todo levava aparente desvantagem. Mas Cassiano fiava muito pouco nessa correria, porque a qualquer momento a caça podia voltar-se, enraivada; e vem disso que às vezes dá lucro ser caça, e quem disser o contrário não está com a razão.

E assim, pensando dessa louvável maneira, ele passou a viajar de preferência à noite, cortando mato a dentro, evitando a estrada-mestra, fazendo grandes rodeios e dormindo de dia, em impossíveis lugares. Era a conta descuidar-se ou afoitar-se um tiquinho, deixar de esticar voltas e de pegar atalhos, dormir com os dois olhos fechados ou fazer muito anunciados itinerário e pessoa, para, de hora para outra — não há como um papudo para se sair bem de uma tocaia, todos dizem, — Cassiano Gomes ser acordado do sono por uma bala ou facada, e, isso mesmo, caso o outro houvesse por bem deixá-lo despertar.

Agora, quando encontrava qualquer mandioqueiro ou qualquer um andejo, tinha lérias e embustes para indagar, sem dar a saber quem era; sim, que passara o tempo de semear notícias, e era abrir os ouvidos e saber do papudo, que precisava de acuar para poder atirar.

E, desse jeito, visto que Turíbio Todo talvez fosse ainda mais ladino e arisco, durante dois meses as informações foram vasqueiras e vagas, e nunca se soube bem por onde então eles andaram ou por quais lugares foi que deixaram de andar.

Mas, nesse depois, deu que um dia Cassiano, surgindo nas Traíras, escutou conversa de que o outro estava na Vista Alegre, aonde viera ter, aquerenciado, com saudades da mulher. Cassiano Gomes tirou suas deduções e tocou riba-rio, sempre beirando o Guaicuí, que só vadeou no lugar bonito — com frangos-d'água chocando ovos no fundo dos quintais, com uma lagoa no centro do arraial — chamado Jequitibá; isso enquanto Turíbio Todo, um pouco além norte, fazia uma entrada triunfal em Santo Antônio da Canoa, onde ainda ousou assistir, muito ancho, às festas do Rosário, com teatrinho e leilão.

Dansando de raiva, Cassiano fez meia-volta e destorceu caminho, varejando cerradões, batendo trilhos de gado, abrindo o aramado das cercas dos pastos, para cair, sem aviso, no meio dos povoados tranquilos dos grotões. Mas eram péssimos os voluntários do serviço de informes, e, perto do Saco-dos-Cochos, eles cruzaram, passando a menos de quilômetro um do outro, armados em guerra e esganados por vingança.

E Cassiano Gomes, por ter apenas vinte e oito anos e, pois, ser estrategista mais fino, vinha pula-pula, ora em recuos estúrdios, ora em bizarras demoras de espera, sempre bordando espirais em torno do eixo da estrada-mãe. Mas Turíbio Todo, sendo mais velho, tinha por força de ser melhor tático, e vinha vai-não-vai, em marcha quebrada, como um voo de borboleta, ou melhor de falena, porque também ele se fizera noctâmbulo; e levava além disso estupenda vantagem, traquejado no terreno, que lhe era palma das mãos.

E assim continuaram, traçando por todos os lados linhas apressadas, num raio de dez léguas, na mesopotâmia que vai do vale do Rio das Velhas — lento, vago, mudável, saudoso, sempre nascente, ora estreito, ora largo, de água vermelha, com bancos de areia, com ilhas frondosas de mato, rio quase humano, — até ao Paraopeba — amplo, harmônico, impassível, seivoso, sem barrancas, sem rebordos, com praias luminosas de malacacheta e águas profundas que nunca dão vau.

E nenhum deles era capaz de meter-se em passagens de cavas, nem de arranchar duas noites seguidas no mesmo pouso, nem de atravessar uma baixada aberta à vista dos morros; e, se parassem e pensassem no começo da história, talvez cada um desse muito do seu dinheiro, a fim de escapar dessa engronga, mas coisa isso que não era crível nem possível mais.

Quando Cassiano dobrava a serra Sela do Ginete, transmontando para o Cuba, se encontrou com um vira-mundo pedidor-de-esmola, com pernas enormes de elefantíase, carregando, por promessa, a pesada imagem, já inidentificável, de um santo; e o esdrúxulo estradeiro forneceu-lhe uma pista: o papudo também descambara, acompanhando o caminho do sol.

Foi atrás. Mas, chegando ao São Sebastião, chorou de ódio: topou com um ladrão de cavalos, que subia com a última tropilha, porque já tinha ganho muito dinheiro e voltava para sua terra para tornar a ser honesto, e que disse que Turíbio Todo andava longe, outra vez para lá do Rio das Velhas, no Marôsso ou no Baldim.

Então Cassiano trocou pela segunda vez de montada, comprando um alazão de crineira negrusca, porque estava pisado, em seis pontos do lombo, e com fortes assaduras nos sovacos, o cavalo baio-calçado que berganhara pela mula douradilha, a qual, por sua vez, havia aguado dos cascos dos pés e das mãos.

Também Turíbio Todo já usava a esse tempo a quarta ou quinta cavalgadura, e aí foi que ele teve a audácia de passar no arraial, porque estava com saudades da mulher, Dona Silivana — aquela mesma que tinha belos olhos grandes, de cabra tonta —, com quem ficou uma noite, e a quem, na hora da despedida, confiou, sob segredo, o seu estratagema último.

A mulher aconselhara:

— Por que é que você não vai para bem longe, esperar que a raiva do homem recolha?... (Dona Silivana tinha sábios desígnios na cabecinha...)

— Que-o-quê!... Você jura não contar p'ra ninguém uma coisa? ...

— Por esta luz!... Pois será que você já não tem mais confiança nem em mim?!

— Pois, olha: eu, afora o papo, tenho muita saúde, graças a Deus... Mas, o tal... Correndo assim por essas brenhas, quero ver! Ele barganha de cavalo, troca, troca, que nem cigano, mas não pode bater baldroca com o coração, lá dele, que não regula direito! É só esperar um pouco e sacudir vermelho nas ventas do touro... Eh, boi bravo!... Estou sem cachorro, mas estou caçando de espera, e é espera p'ra galheiro!...

E, com essas, Dona Silivana começou a sentir-se mal, com um frio em si, por dentro, porque o Cassiano Gomes não dera baixa da Polícia à-toa, e sim excluído pela junta médica; e, apesar do seu garboso aspecto, não lhe prestava para muito o coração.

Turíbio Todo tirou as ferraduras da montaria, e comprou outras, que fez que pôs no cavalo, mas não pôs — toda essa manobra para que o outro, dando-se o caso, por mal informado, se desnorteasse de rastro —; montou e bateu para as Lages, onde um fazendeiro lhe exibiu, já nédio e refeito das marchas forçadas, o baio-calçado, segundo animal usado por Cassiano. Aí, não resistiu: comprou, pagando sem hesitação preço e meio; e tocou para as Tabocas, ovante, se desmazelando de rir:

— Cavalinho bom, cavalinho de defunto... Estou recebendo é herança em adiantado, mas com o mais que será de bom!...

E, virando-se para trás, insultou a visão invisível do inimigo:

— "Pega à unha, joão-da-cunha!..."

Cassiano cedo conheceu a intenção do seleiro, que Dona Silivana lhe transmitiu, por quanta boca prestativa faz, na roça, as vezes das rádio-comunicações.

Numa várzea bonita, entre Maquiné e Riacho Fundo, ponto fora de rota de povinho a cavalo, um vaqueiro que campeava bois tresmalhados foi mesmo o primeiro que anunciou:

— ...e o Turíbio quer é que o senhor morra do coração, seu Cassiano. Não vale a pena dar esse gosto a ele, não!

Cassiano Gomes fez carranca, e pensou; mas respondeu:

— Mamparra! Se ele quisesse isso, não era bobo de sair contando... Ele está mas é com esperança que eu estaque, só por medo de doença...

E sorriu um sorriso sem graça, de ira congelada, descansando num dos estribos, corpo torto e rédea bamba, perquirindo a linha longe dos morros, a ver se ia chover.

Mas, como Turíbio Todo falara a verdade, para o outro pensar que fosse trapaça, assim se deu que Cassiano Gomes tinha errado, mais uma vez.

E continuou o longo duelo, e com isso já durava cinco ou cinco meses e meio a correria, monótona e sem desfecho.

Até que, pois, variaram de lance, partindo, com pouca distância — Turíbio Todo à frente —, outra vez do das Velhas, em direção ao oeste.

E isso talvez sem razão nenhuma, ou porque o seleiro julgasse próprio irritar mais o outro, ou fosse porque aquele, que tinha deixado a cachaça a bem da ideia lúcida, voltara, por esse tempo, de novo a beber.

E quando Turíbio Todo riscou um arco, do Aruá ao Cedro, Cassiano Gomes vinha precisamente em reta acelerada, e tocou-lhe, amanhã e ontem, a trajetória, em tangente atrasada e em secante adiantada demais. Depois, viajaram quase de conserva, perfeitamente paralelos, e ambos sentindo que estava chegando a hora da missa-cantada, e o fim de tanta caceteação.

Até que, bruscamente, as duas paralelas convergiram, no porto da balsa, onde um barqueiro transportava animais e pessoas a quatrocentos réis por cabeça, e onde rolava, sujo e sem sombras, mugindo no descampado, o Paraopeba — o rio amarelo de água chata.

Cassiano, tendo colhido notícias bem pagas, e agora sabendo que vinha nos cascos de Turíbio, chegou de-tardinha à borda do rio.

— E se o cachorro do canalha tivesse atravessado?

Foi direito ao rancho, onde havia somente, encostados, abarracados em linha, duas dúzias de couros de boi. Pistola em punho, foi levantando um por um. De repente, voltou-se, violento, pronto para atirar.

Mas era só um menino magrelo, chupando um toro de cana comprido, como um bambu.

—Você viu passar por aqui um homem branco, assim meio papudo, num cavalo café-com-leite, preto das quatro mãos? Sabe se ele foi p'ra a outra banda do rio?

— Nhor não. Esse-um eu não vi não.

— Qu'é-de o barqueiro daqui, pois então?

— É meu pai, sim senhor... Foi buscar rapadura na Coanxa... Amanhã cedinho ele 'tá'qui 'tra vez...

— Pois vai-t'embora e fica espiando, de beirada... Mas não conta a ninguém que me viu, hein!?... Se o tal homem aparecer, você vem ligeiro me avisar, que eu te dou dinheiro, o que você quiser...

E Cassiano desarreou o alazão e foi deixá-lo, manietado com peia larga, atrás da capoeira de assa-peixe, onde havia grama da miúda e umas touceiras de capim-chatinho. Depois se escondeu debaixo de um dos couros, porque Turíbio Todo tinha que vir por ali, talvez para transpor o rio, e fora uma grande sorte ter chegado primeirão.

Quando escureceu de todo, ele saiu da toca, se esgueirando, de arma lesta. Havia toadas de grilos, houve risadas de corujas, e, dos fundos da noite, muito fresca, um cachorro latiu.

E Cassiano deu com os olhos numa fogueira, a menos de trezentos metros, a jusante. Deitou-se no chão, como nos tempos da vida de soldado — esperando que a silhueta do papudo se debuxasse à luz das chamas, para dar ao gatilho, então. Mas foi do outro lado, por detrás dele, que pipoquearam tiros, das moitas de taquari; e o cicio das balas renteou-lhe a cabeça.

— Olha a inácia! — ralhou de si Cassiano, apagando o cigarro, que o que dera alvo tinha sido a brasinha vermelha. Aí, porém, da banda da estrada, onde a copa do açoita-cavalos negrejava como uma anta encolhida, fizeram fogo também.

Ei, e Cassiano rastejou, recuando, e, dando três vezes o lanço, transpôs as abertas entre a crissiúma e a guaxima, entre a guaxima e o rancho, e entre o rancho e o gordo coqueiro catolé. Acocorou-se, coberto pela palmeira, e espiou, buscando um sinal claro ou qualquer vulto movente.

Mas, que era aquilo, então? O atirador de rio-acima, dos taquaris, e o outro, o da estrada, do açoita-cavalos, trocavam agora disparos? Cada um, ali, estaria brigando, de uma vez, contra dois?!

De assim a pouco, entretanto, cessou a fuzilada.

Mas Cassiano não cochilou nem um momento, durante a noite. Mutuns cantaram, certos, às horas em que cantam os galos. No mais, distante, o mato dormia, num quiriri sem alarmas. O rio era um longo tom, lamentoso. Caía, das estrelas, um frio de se sentar em costas de homem. E crescia, com as horas, o cheiro das folhagens molhadas. Depois, com os passarinhos, chegou a madrugada. A barra do dia vinha quebrando. E um sujeito, alto e espadaúdo, apareceu, em pé, diante do bivaque. Vinha armado de foice, e roncou:

— Qu'é-de o seu companheiro, o do papo?

— Estou sozinho, como o senhor vê...

— Não vejo!

E o grandalhão se postara contra um dos moirões do rancho, prevenindo-se contra uma possível agressão pela retaguarda. Retraiu o braço com a foice, e insistiu:

— Quanto foi que o Elias Ruivo pagou a vocês dois, para vocês acabarem comigo? Hã?!

— Não encosta, amigo, que essa distância é boa!

Com os olhos nos olhos do homem, Cassiano foi encolhendo a barriga; e o corpo lhe oscilava um nadinha, levíssimo, como se estivesse suspenso de um fio, balançando à bafagem do vento. Então, lá de diante, pôde vir o barulhinho, o tênue e constante rangido dos couros de boi.

E os dois não se desfitavam, um e outro vigiando o relance do bote, para o selvagem corpo-a-corpo. Mas, pronto, Cassiano compreendeu o equívoco. E gritou:

— Deixa de conversa errada, homem! O senhor está sonhando? Não tenho parte nessa sua história, não conheço esse tal de Elias Ruivo, nem tenho nada com o senhor!... Eu ando mesmo é atrás daquele papudo, por via de um negócio nosso, e o senhor está empalhando...

O gigante, sem desmanchar a atitude de pré-assalto, trouxe uma sobrancelha para perto da outra, para pensar, e parou de brandir a foice.

— Não sei... Não sei... E se não for?...

Ao que Cassiano viu que tinha de convencê-lo depressa, ou senão seria o atracamento bestial, dando ensejo a Turíbio, que devia de estar rondando o rancho, de chegar sem suor, como último convidado. Falou, pois, com assomo:

— Eu sou o militar Cassiano Gomes, da Vista Alegre, criatura!

— Hum-hum! Hã-hã!... — fez o homem, derreando a mandíbula e abalando a cabeça em sim que sim. E no seu entendimento tudo devia ter-se aclarado: ...ouvira notícia daquela briga, pois não... Até costumava perguntar sempre aos viajantes que vinham para o Oeste, se o "truco, fecha!" já tinha havido... Que burreza! tomara os dois por capangas do Elias Ruivo, do São Sebastião, inimigo seu... Mas eles tinham aparecido assim com tanta visagem, com tanto escondido... E o Elias Ruivo vivia prosando que ia benzer em sangue a água do rio...

E, no há-de que não há, se chegou para Cassiano, traindo nos olhos curiosidade, com sofreguidão. Era o passador da balsa. Acocorou-se-lhe diante, pachorro, depondo a foice e extraindo dos bolsos o tolete de fumo, os petrechos de pitar. E Cassiano teve de historiar tudo, desde o começo, enquanto o barqueiro aprovava com a cabeça e mais perguntava, baforando gloriosas fumaceiras.

Mas Cassiano tinha pressa de caçar o assassino, que não devia de estar longe. E o balseador, sabendo ter de guardar neutralidade, deixou-o rondar por ali, inutilmente, até à hora do almoço. Turíbio Todo não apareceu.

— Decerto ele teve medo, por conta dos tiros... Gastei muito do meu chumbo...

— É... Deste jeito eu não arranjo nada, e fico me acabando atôa... É melhor eu voltar p'ra casa e deixar passar uns tempos, até que ele sossegue e pegue a relaxar...

E Cassiano Gomes estava enganando a si próprio, pois na realidade se sentia de repente cansado, porque um homem é um homem e não é de ferro, e o seu vício cardíaco começara a dar sinal de si.

Chico Barqueiro o viu montar e alongar caminho, num chouto que o alazão batia com moleza, de quadrúpede estradeiro caído havia muito na desilusão.

E Chico Barqueiro não tinha dado opinião nenhuma, e foi pescar. Mas, mal acabara de poitar a canoa e jogava o anzol n'água, no meio do rio, quando, da margem, alguém gritou e gesticulou. Não havia dúvida — era o papudo chegando.

Chico Barqueiro colheu a linha, deu boas varejoadas, e proejou, vindo-vindo, para a beira de cá.

Turíbio Todo, meiamente ansioso, quis começar com explicações, sobre os tiros e tudo. Mas o Chico, olhando-o com mau modo, acenou-lhe que subisse para a balsa, e foi puxar cá para dentro o cavalo baio, que resistia de pés juntos, querendo empinar. Depois o balseiro desprendeu a corrente, deu um arranco de zinga, e a balsa — um ajoujo de quatro canoas de proas chanfradas, sobreassoalhado e guarnecido de um gradil sem cancela — balanceou e avançou.

Turíbio Todo se acomodara, e ficou vigiando o outro com o rabo-do-olho, bem desconfiadíssimo. E nenhum falou. Os feixes de água golpeavam o flanco da balsa, em jacto mole; a argola rangia, em cima, no arame; e a correnteza marulhava, a montante.

Os dois homens e o cavalo estiveram quietos. Mas, justo no meio do rio, o barqueiro, carrancudo, começou a encarar, a encarar. Turíbio, de de-lado, abaixava a vista. E então o outro não se pôde por mais tempo:

— O senhor é o sujeito meio ordinário, sem sustância, e sem caráter! Se fosse homem, voltava...

— Eu?... Sou de paz e sou pai-de-família, meu senhor!... O senhor está enganado...

— Eu sei... Vai fugindo, se escondendo... Fico até com nojo de ver tanta falta de pouca vergonha emporcalhando a minha balsa!

E cuspiu n'água, escarrando com estrondo.

Turíbio Todo se encrespou torto, uniu os dentes; e olhos que coriscou raiva. O barqueiro, porém, empunhava o varejão. Mesmo em terra, seria sem esmo ter de enfrentá-lo; mas, ali — e não sabendo bem nadar, — então, não, não, vezes nenhumas! Só protestou:

— Eu não ofendi o senhor, seu canoeiro! Cada um sabe de si!... Será que até o senhor agora está tomando lado contra mim?!

— Bom, 'tá bom... Ah, Deus que me livre. Se esteja... — Chico Barqueiro lento teve de responder.

E esticou para trás a cabeça, para coçar o gogó; ajeitou a gola da camisa; deu uma espiadela para o arame; empurrou com o pé um rolo de corda; e ficou depois soslaiando o outro, sem saber mais o que arrumar. Até que passou um pato-bravo, no voo viageiro: pescoço avançado, patas juntas, deitando-se ora numa asa ora na outra; desviou-se do rumo da balsa, com uma timonada da cauda, desceu mais, distanciou-se, tatalou três vezes e pousou nas tabuas da margem esquerda.

— Ôi'ai! Este veio de longe... Está de passagem. Os que vêm de perto, param quando chegam na deixa do rio. Mas, pato-do-mato que é de viagem, não para: atravessa por cima do rio todo, e só baixa e fecha na outra beirada... Engraçado! Assim, que fazem isso, ach'qu'é p'r'a-mor-de poder mais conhecer onde é que estão...

Sereno. Mas Turíbio Todo não lhe deu resposta. E o balseiro continuou:

— Sei o jeito deles. Conheço esse gadinho de asa! Eles vivem p'ra lá e p'ra cá, aciganados, nunca que param de mudar... Às vezes passam os bandos, arrumadinhos em quina, parece que p'ra o vento não poder esparramar... E arribam em tempos, a ver que está tudo de combinação...

Turíbio fingia não ver o sorriso de boa-vontade que o outro lhe oferecia. A correnteza crepitava, em tentativas de onda, batendo o madeirame. O rio aberto cheirava a chuva nova. E a balsa cheirava a breu e óleo bom.

— Tem os paturis... Tem os patos de cara vermelha... Tem o marreco de bico grande, e outro azulado, e um com enfeite de muitas cores... Tem o marrequinho rabudo, que assobia... Tem os irerês... tem as garças. Uma porção!... Mas não é toda raça de bicho de pena que voa por cima do rio, não senhor: gavião, passa dos grandes, dos de penacho, aguiados, sempre vindo do sertão... E nunca que voltam, parece que os outros matam esses, por aí... Eu cá nunca mato pássaro nenhum. O carapinhé costuma passar também, mas só quando vem voando atrás de passarinho pequeno, querendo pegar...

...Às vezes, dá dó, quando chegam, no tempo da seca, uns patinhos cansados, que devem de ter vindo de longe demais... Assim que eles, por erro, acham que isto aqui é o São Francisco, que tem lagoas nas beiras... Pensam p'ra pousar nas canas de taquariubá... Gente vê que eles estão não aguentando de ir, mas que não é capaz de terem sossego: ficam arando de asas, parece que tem alguém com ordem, chamando, chupando os pobres, de de longe, sem folgar... P'ra mim, muitos desses hão de ir caindo mortos, por aí... Não crê que tudo é o regrado esquisito, amigo?

— Acho sim.

O cavalo deu com a pata no gradil. Chico Barqueiro insistiu:

— Animal vistoso, o seu. É esquipador? Tem bom andar?

— É... Tem... — resmungou Turíbio.

E ficou ainda mais sisudo, braços cruzados, olhos quase fechados, gozando da superioridade tão facilmente tomada, tão absoluta e pomposa, que ele só não levantava a cabeça porque papudo não gosta de fazer isso; mas se sentia com a consciência engordada, tranquila perfeitamente.

A terra veio avançando. Encostaram no abicadouro. Turíbio pagou.

— Vá com Deus!... — desejou-lhe ainda o balseador.

— Amém!... — respondeu Turíbio, já de costas, montando. E torou.

Com pouco, subia o caminho para a vista do tabuleiro abre--horizonte, onde corriam as seriemas, aos gritos e aos bandos de pernas compridas. Mas, daí por frente, Turíbio Todo começou a ver lugares que não conhecia. Campinas pardas, sem madeiras... Buriti-da-Estrada... Terra vermelha, "carne-de-vaca"... Pompéu... Indaiás nanicas, quase sem caules, abrindo as verdes palmas... Papagaio... E ele tocava de avança-peito, sempre no rumo e sul.

Então, nesses ares novos, coisas novas andaram-lhe pela cabeça, e veio-lhe também um grande desejo de repousar. Que bom, poder ficar livre de tantas canseiras... "Es-te-den-tro e este fora!"... Turíbio Todo tinha pulado fora da roda, e não mais brincou.

Veio subindo. Subiu até onde as cercas de arame farpado cediam lugar a tapumes de pau-a-pique — magras estacas negras fazendo-se umas às outras muitas mesuras. Subiu mais. Agora avistava muramentos de pedras pretas, trabalho dos negros cativos. As pequenas fazendas não tinham mais varandas, somente escadinhas de pedras, com lajes empilhadas formando o patamar. E o povo comia feijão preto, em vez de feijão mulatinho. E era gente boa, mas ainda mais desconfiada do que a sua. E, então, ele viu que tinha entornado outra cabaça de léguas, e que havia espichado mais mundo para trás.

De sorte que estava no começo da zona a que chamam de Oeste de Minas.

E deu com um rio, verde e guardado, um rio que a gente encontra sempre assim de repente, rio vivo, correndo por entre os matos, como um bicho.

— Que rio é este, tão bonito, moço?

— É o Pará... Pois então?!... Mas, vam' passar p'ra o outro lado, que aqui tá braba a maleita!...

— Ah, isso não! Passar, não passo, que já atravessei dois e mais não quero, porque quem passa três rios grandes esquece o seu bem-querer... Mas, qual é o comércio mais forte daqui por perto?

— É Sant'Ana-do-São-João-Acima...

— Vou lá, p'ra ver se mando uma cartinha p'r'a mulher!

Depois, uma turma de sujeitos alegres o interpelou. Iam para o sul, para as lavouras de café. Baianos são-pauleiros. E um deles:

— Eh, mano veélho! Baâmo pro São Paulo, tchente!... Ganhá munto denheêro... Tchente! Lá tchove denhêro no tchão!...

Sentiu saudades da mulher. Mas, era só por uns tempos. Mandava buscá-la, depois. Foi também.

***

Cassiano Gomes, regressando ao arraial, proferiu:

— Negócio de vingança não paga a pena. Não quero saber mais! É melhor entregar p'ra Deus...

Mas, ao tempo em que ele falava, mansinho, sua mão, por descuido, atôinha, atôinha, alisava o cabo da lapiana, e por isso ninguém não acreditou.

E, enquanto pois, Cassiano continuava se encontrando com a mulher fatal da história, aquela mesma que tinha os olhos cada vez maiores, mais pretos e mais de cabra tonta. E Dona Silivana lhe mostrara a carta enviada de Sant'Ana-do-São-João-Acima, e, depois, uma outra, também em papel quadriculado, capeando uma folhinha de malva com o coração e a flecha desenhados, cheia de saudades e vinda do Guaxupé.

— Foi p'ra o São Paulo.

— Ah, foi... Bobagem! Não carecia de ter ido... Gastei minha raiva... Se ele voltasse, eu nem não fazia nada... Se você escrever a ele, pode botar...

Mas Dona Silivana, com um olhar muito lânguido, concluiu:

— Deix'ele p'ra lá... Assim não é melhor?...

Era, mesmo, e as mulheres têm sempre razão.

Não é atôa, porém, que um cavalheiro, excluído das armas por causa de más válvulas e maus orifícios cardíacos, se extenua em *raids* tão penosos, na trilha da guerra sem perdão. Cassiano sentiu que, agora, ao menor esforço, nele montava a canseira. E, do meio-dia para a tarde, não podia mais ficar calçado, porque os tornozelos começavam a inchar.

Foi ao boticário, e pediu franqueza.

— Franqueza mesmo, mesmo, seu Cassiano? O senhor... Bem, se isso incha de tarde e não incha nos olhos, mas só nas pernas, é mau sinal...

— P'ra morrer logo?

— Assim sem ser ligeiro... Lá p'ra o São-João do ano que vem... Mas, já indo empiorando um pouco, aí por volta do Natal...

— Bom, está direito. Saúde é de Deus, seu Raymundo...

— P'ra nós todos, seu Cassiano, se Deus quiser ajudar!...

E Cassiano Gomes pensou: vendo tudo o que tenho, apuro o dinheiro, vou no Paredão-do-Urucúia, dar a despedida p'ra a minha mãe... Depois, então, afundo por aí abaixo, e pego o Turíbio lá no São Paulo, ou onde for que ele estiver. E despediu-se de todo o mundo, sabendo que nunca mais iria voltar.

***

Mas, no caminho, foi piorando, e teve de fazer alto no Mosquito — povoado perdido num cafundó de entremorro, longe de toda a parte —, onde três dúzias de casebres enchiam a grota amável, que cheirava a grão-de-galo, murici e gabiroba, com vacas lambendo as paredes das casas, com casuarinas para fazerem música com o vento, e grandes jatobás diante das portas, dando sombra. Um lugar, em suma, onde a gente não tinha vontade de parar, só de medo de ter de ficar para sempre vivendo ali.

Pois foi lá que Cassiano Gomes teve o seu desarranjo, com a insuficiência mitral em franca descompensação. Desceram-no do cavalo e deram-lhe hospitalidade. E ele foi para um jirau, com a barriga de hidrópico e a respiração difícil de um cachorro veadeiro que volta da caça.

Melhorou. E rangia os dentes ao pensar em Turíbio Todo. Mas, graças a Deus, tinha dinheiro. Indagou se por ali não haveria um homem valente, capaz de encarregar-se de um caso assim, assim... Dava até um conto de réis...

Não havia. Cassiano escolhera mal o lugar onde se derrear: no Mosquito era tudo gente miúda, amarelenta ou amaleitada, esmolambada, escabreada, que não conhecia o trem-de-ferro, mui pacata e sem ação. Não se alembravam de crimes sangrentos, não tinham mortes nas costas: — O senhor desculpe, mas, não vê que aqui ninguém não quer se desgraçar...

— E não terá alguém para levar recado para vir cá algum valentão de aí por perto?...

— Aqui por estas bandas mais chegadas, também, desse jeito, p'ra esse serviço, não tem ninguém...

— Então eu vou-m'embora! Já e já!...

Mas não pôde dar mais de três passos: cambaleou e teve de sentar-se à porta da cafua; e foi ali sentado que passou a passar todo o tempo, dia pós dia, com o peito encostado nos joelhos e, por via dos hábitos, com a winchester transversalmente no colo e a *parabellum* ao alcance da mão.

A paisagem era triste, e as cigarras tristíssimas, à tarde. Passavam uns porcos com as cabeças metidas em forquilhas, para não poderem varejar as cercas das roças. Passavam galinhas, cloqueando, puxando ninhadas para debaixo do marmelinho. E almas-de-gato, voando para os ramos escarlates do mulungú.

E os groteiros também passavam — mulheres de saia arregaçada, de pote à cabeça, vindas da cacimba; meninos ventrudos, brincando de tanger pedradas nos bichos ou de comer terra; e capiaus, com a enxada ou com a foice, mas muito contentes de si e fagueiros, num passinho requebrado, arrastando alpercatas, ou gingando, faz que ajoelha mas não ajoelha, ou ainda na andadura anserina, — assim torto, pé-de-pato, tropeçante.

E passou um irmão do Timpim, dando pancada no Timpim. Dada a desproporção física, isso era uma grande covardia, e Cassiano chamou:

— Ô siô! Chega aqui!...

O irmão do Timpim veio chegando, pensando que era com ele, mas Cassiano o escaramuçou:

— Sai p'ra lá, diabo! Tu é valente demais. Tu é ferrabraz... Sai daqui, que o baralho ainda não bateu na tua porta... Quando eu fizer *culé-culé*, você pode acudir.

Então o Timpim pôde vir, muito ressabiado e bobó.

Cassiano perguntou:

— Cá mais p'ra perto, menino... Como é mesmo a sua graça?

— O senhor vai se rir de mim... Mas, se me chamar por meu nome direito, de Antônio, ninguém não fica sabendo quem é... Timpim é apelido que eu não gosto... Antes mesmo me chamando de Vinte-e-Um.

Cassiano começou a rir, mas teve de parar, porque tossiu e botou sangue.

—Vinte-e-Um! Que graça!... Mas, que é que é isso, de uma pessoa se chamar Vinte-e-Um?

— É outro apelido que eles me chamam. É p'r'a-mór-de que nem que a minha mãe teve vinte e um filhos, e eu fui o derradeiro... E por via disso eles botaram esse nome em mim.

— E quem é aquele manguarão? Aquele grandalhão que estava te dando arrancos?

— É meu irmão Izé, sim senhor.

— Por que é que ele estava te batendo?

— Por causa que ele queria tomar de mim estas mandioquinhas ensoadas... E eu não dou, porque estou levando p'ra minha mulher, que teve criança, ant'ontem, e não tem nada lá em casa p'ra ela comer!...

— Oh seu Vinte-e-Um! Pois então você é casado?... E é o primeiro filho?

— Nhor não, com esse é trêis... O primeiro morreu de ano, e o outro, que era mulher, nasceu morto de nascença.

— E por que é que você, que tem essa testa cabeluda de homem bravo, e essas sobrancelhas fechadas, juntando uma com a outra por cima do nariz, por que é que você ficou quieto e não bateu nele também?...

— Não vê que a minha mãe sempre falava p'ra eu não levantar a mão p'ra irmão meu mais velho... E, como eles todos são de mais idade, por isso todos gostam de dar em mim.

Cassiano inspecionava o matuto, olhando-o de alto para baixo e de baixo para o alto outra vez.

— Oh ferro!... E, me diz uma coisa: você é sempre assim durinho feito pedra? Nunca *murguêia* o corpo nem abaixa os ombros p'ra diante?

— Nhor não... Ach'que não... Sei não...

— Pois então, toma este dinheiro, p'ra comprar umas galinhas p'r'a sua patroa, e amanhã volta aqui...

Mas, no outro dia, o Timpim fez uma surpresa a Cassiano: trouxe o bebê, para "tomar benção", todo enrolado em excesso de baetas e com a boquinha entupida por uma *boneca* de pano molhada em mel de abelha, servindo de chupeta. O Timpim, muito ganjento, exibia o seu rebento, e, quando alguém lhe gabava tão formosa prole, ele pedia, ansioso, que acrescentassem: — Benza-o Deus! — para evitar quebranto.

E o menino, que era engraçadinho e esperto, abriu os olhos para Cassiano, que, ante tanta fragilidade, se enterneceu:

— Será que nem minha mãe eu não vejo, em-antes de eu morrer?!... — gaguejou, soluçando.

Pediu que o levassem para a cama; mas já era outro homem, porque chorar sério faz bem.

E, no jirau, meio sentado, meio deitado, recostando-se numa pilha — de molambos, travesseiros e até um selim velho — que mulheres caridosas lhe arranjavam, arfando com esforço e tomando posições para poder sorver algum ar, se esqueceu das armas de fogo e esperou a hora de morrer. A calma e a tristeza do povoado eram imutáveis, com cantigas de rolas fogo-apagou e de gaturamos, e os mugidos soturnos dos bois. E a placidez do ambiente lhe ia adoçando a alma, enquanto que a cara ficava cada vez mais inchada, em volta dos lábios laivos azulados, e a doença lhe esgarçava o coração.

Pegou a pedir às velhas que viessem rezar à beira da enxerga. Queria que os meninos, miúdos meninos, brincassem ali perto; e dava-lhes dinheiro. E ficava calado, recontando os caibros, negros de picumã, e espiando a mexida das aranhas, que jogavam fios-a-prumo para subir e descer. E, pela primeira vez nesses meses, se lembrou do irmão assassinado, realizando ser por causa da morte do mesmo que ele andara em busca de Turíbio Todo. E também pensou no Céu, coisa que nunca tivera tempo de fazer até então.

E, pois, foi, um dia, quando ele estava pior e tinha mandado abrir a janela para que entrasse um sol fiscal, muito ardente, entrou-lhe também pelo quarto, de olhos vermelhos e nariz a escorrer, choramingante, o Timpim.

— Que foi que houve, Vinte-e-Um?

Era o filho, o nenêm, que estava doente, muito mal, mesmo, e, por míngua de recursos, quase a morrer. E o Timpim abriu o bué; mas as lágrimas corriam e ele não amolgava o busto.

Cassiano perguntou:

— Me diz uma coisa, Vinte-e-Um: nas Abóboras tem doutor?

— Tem sim, mas em-antes não tivesse, meu Deus!... Como é que eu, que não sou dono de nada desta vida, hei de poder pagar seu doutor-médico a trinta mil-réis a légua, p'ra ele querer vir até cá?!... Já mandei buscar receita-de-informação, e, o resto do cobrinho que o senhor me deu, eu gastei tudo nas meizinhas de botica...

— Pois está aqui o dinheiro. Traz o doutor. Compra os remédios e tudo. Se precisar, ainda tem mais.

Timpim esbugalhava os olhos, achando difícil acreditar. De repente, chorou mais forte e se ajoelhou aos pés do benfeitor, querendo pegar-lhe da mão para beijar e proferindo agradecimentos e bênção, por entre uma montoeira de soluços.

— Não é nada... Bobagem!... — se esquivou Cassiano. — Eu estou querendo o médico é p'ra ele poder me olhar também... E aproveita p'ra trazer o padre junto, que eu ainda quero me confessar...

Mas o Timpim teimava agora em beijar-lhe os pés, e, sempre se carpindo, exclamou:

— Deus há de lhe dar o pago, seu Cassiano Gomes! Eu sim que não posso, por causa que não tenho préstimo nenhum... O menino é porque foi batizado na horinha em que nasceu, senão o senhor tinha de ser o padrinho!... Mas, assim, mesmo, se o senhor deixar, eu fico sendo seu compadre e o senhor fica sendo o meu compadre mais-de-todos, que eu de tantas caridades nunca hei de me esquecer!...

Então, Cassiano, por sua vez muito bem comovido, porque é melhor a gente ser bondoso do que ser malvado, puxou-o para si, num abraço, dizendo:

— Maior paga do que essa não tem, meu compadre Vinte-e-Um...

E Cassiano Gomes não pôde esconder o consolo que isso tudo lhe trazia.

Veio o médico; veio o padre: Cassiano confessou-se, comungou, recebeu os santos-óleos, rezou, rezou.

Mandava o dinheiro para a mãe? Não. Mandou vir o Timpim, para nele rever a boa ação. Conversaram. Depois o moribundo disse:

— Esse dinheiro fica todo para você, meu compadre Vinte-e-Um...

Aí, tomou uma cara feliz, falou na mãe, apertou nos dedos a medalhinha de Nossa Senhora das Dores, morreu e foi para o Céu.

***

Turíbio Todo soube da boa notícia, por uma carta da mulher, que, agora carinhosa, o invocava para o lar. Ele tinha ganho já bons cobres, e a carta acabou de o convencer: comprou mala, comprou presentes, pôs um lenço verde no pescoço, para disfarçar o papo; calçou botas vermelhas, de lustre; e veio.

Saltou do trem também com uma piteira, um relógio de pulseira, boas roupas e uma nova concepção do universo. Mas tinha de fazer ainda um dia a cavalo e estava com pressa, porque Dona Silivana tinha os olhos bonitos, sempre grandes olhos, de cabra tonta. Por isso, ele nem teve tempo de negociar um animal: arranjou um cavalo emprestado; almoçou sem fome, e deu à andadura.

Venceu a primeira légua. A alegria da liberdade larga nem o deixava sentir as bátegas que de vez em quando desciam, porque estava um dia incerto, de casamento de raposa ou de viúva, com uma chuvinha diáfana, oblíqua e apressada, correndo aqui e ali para disputar com o sol.

De repente, ouviu o tropel de um galope destemperado, que vinha atrás. Chegou o cavalo para a beira da estrada, parando à frente de uma sucupira, e espiou e esperou. Era um cavalinho ou égua, magro, pampa e apequirado, de tornozelos escandalosamente espessos e cabeludos, com um camarada meio-quilo de gente em cima.

O cavaleiro freou quase encostado em Turíbio, tal que, a um resfôlego da pileca, um floco de escuma branca voou-lhe no braço.

— Seu cavalo está com garrotilho, moço?

E Turíbio Todo apontou com o chicote as ventas do animal, que pulsavam, lambuzadas de uma clara de ovo batida.

— Nhor não... Folgou muito sem ser amontado... Por via disso é que está cansando atôa.

O capiau, com um sorrisinho cheio de cacos de dentes, ficou olhando para Turíbio, que também o examinava, com uma vontade doida de rir.

Porque o outro, à guisa de capote, trazia um saco de aniagem, cujas costuras laterais desfizera, enfiada a cabeça por um buraco no fundo; e a bizarra roupagem caía-lhe à frente e às costas, como a casula de um padre a dizer missa. Estava descalço, mas com enormes esporas nos calcanhares, e, para bater, trazia um galho de uvatinga na mão.

O cavalinho pampa — era mesmo um cavalo — com o rabo amarrado e a crina cortada rente, funga-funga, magrelo, se afinava pela mesma petição-de-miséria: o freio era de barbicacho; a sela um lombilho quase cangalha, faltando-lhe um estribo; e não tinha rabicho e nem peitoral.

O caguinxo tirou a faca e o fumo, o que, na convenção das estradas sertanejas, indica o desejo de puxar conversa. Mas Turíbio Todo levava urgência:

— Se vai por este lado, vamos...

— Nhor sim...

E emparelharam os animais.

O capiauzinho deixou a rédea cair para a tábua-do-pescoço do pampinha, que pelejava para acompanhar a andadura do outro cavalo; e foi picando o fumo, minuciosamente, ajuntando-o na concha da mão.

Turíbio não lhe tirava os olhos de cima, achando-lhe uma graça imensa, na cara, no todo, na cavalgadura, na grenha piolhífera e no balandrau. Mas simpatizava com o tipo. E ofereceu-lhe o maço de cigarros.

O rapaz fez menção de pegar, mas encolheu a mão, brusco.

— Muito agradecido... Eu pito é destes nossos, dos de palha... A gente está acostumado com *grossaria* só...

Que impagável! — pensou Turíbio Todo.

O outro bateu a binga e tirou uma fumaça comprida, com o que pareceu criar coragem:

— Ainda que mal pergunte, o senhor será mesmo o seu Turíbio Todo, seleiro lá na Vista-Alegre, que está chegando das estranjas?...

— Sou, sim. Vim do São Paulo... Como é que você está sabendo? Cheguei hoje...

— Me contaram, lá no comércio...

Turíbio riu. Cada vez gostava mais do caipirinha.

— Por que é que uns como você não vão também trabalhar lá? Podiam ganhar dinheiro, aprender a viver. Isto, por aqui, não é vida, é uma miséria-magra de fazer dó!... Se você quiser ir, eu explico tudo direito, te ajudo com dinheiro, até.

— Qual!... A gente nasceu aqui, vai ficando por aqui mesmo...

E, atrapalhado, como quem quisesse mudar de assunto, o capiau mostrou:

— Vigia só!

Nos galhos mais altos do landi, um saguim, mal penteado e careteiro, fazia gatimanhas, chiando e dando pinotes. Os cavaleiros estacaram. Turíbio Todo tirou o revólver e apontou. Mas o macaquinho se escondia por detrás do pau, avançando, de vez em quando, só a carinha, para espiar. E Turíbio se enterneceu, e tornou a pôr a arma na cintura.

Enquanto isso, o mico espiralava tronco abaixo e pulava para o vinhático, e do vinhático, para o sete-casacas, e do sete-casacas para o jequitibá; desceu na corda quinada do cipó-cruz, subiu pelo rastilho de flores solares do unha-de-gato, galgou as alturas de um angelim; sumiu-se nas grimpas; e, dali, vaiou.

— Deixa o coitado! Para que judiar dessas criaçãozinhas do mato?... Eles também precisam de viver... Lá no São Paulo, um dia...

— O senhor, por quanto foi que comprou esse seu cavalo?

Turíbio Todo voltou-se, surpreendido, inquieto, porque o camarada, tão humilde e mofino, o interrompera pela segunda vez.

— É animal só emprestado... Vamos para diante. Isto aqui é a Restinga?...

— Nhor não, é o Quilombo.

Aqui e ali, uma cafua de capim, à borda da estrada, no meio das bananeiras.

— Vamos mais depressa, moço, que eu estou aflito para chegar!...

Deram no vau de um córrego. Um velho, de saco nas costas, vinha de lá, passando a pinguela; quis cumprimentar e quase caiu, custando-lhe reajustar o equilíbrio. Na lama lisa da margem, borboletas amarelas pousavam, imóveis, como pétalas num chão de festa.

Os cavalos, metidos até meia canela na correnteza, dobravam o pescoço em ângulo obtuso, para beber. Cardumes de piabinhas, chofrando corridas ou oscilando no mesmo lugar com palpitações de aletas, rabeavam na transparência da água, que os animais sorviam num chorro copioso.

O ar era fresco. Do morro, vinha um cheiro bom de musgo, de barba-de-pau, de verdura velha. E a sela estava tão macia, e tão embalador o marulho, que Turíbio estirou uma perna no estribo e ficou olhando, com afeto, para um cavalinho-de-judeu, que pairava faiscante e acabou pousando no látego do cabresto.

O caguinxo também ficara quieto, mesmando, vendo, a cada movimento dos cavalos, a lama subir na água e turvar-lhe a face. E foram os próprios animais que, matada a sede, retomaram a marcha.

— Eu estou bem alegre!... Vou ver minha mulher, que há muito tempo eu não vejo... Acho que amanhã de-tardinha eu estou chegando lá, no sítio da mãe dela. Se ela quiser ir comigo, nós voltamos para o São Paulo... Quero descansar um pouco e gozar a vida... — disse Turíbio Todo, com um suspiro de satisfação.

— Qual, seu Turíbio Todo... Com perdão da palavra, mas este mundo é um monte de estrume! Não vale a pena a gente ficar alegre... Não vale a pena, não.

— Ora, deixe de curtir mal sem paga... Que é isso!?...

— A gente vive sofrendo... Todo o mundo é só padecer... Não vale a pena!... E depois a gente tem de morrer mesmo um dia...

— Sabe? Você precisa é de tratar da saúde, para não ficar com essas ideias... — Turíbio aconselhou.

Calou-se o outro. Muito abatido, lúgubre, dava o ar de quem estivesse carregando o peso do mundo.

Subiram um morro, desceram o morro; e o caminho entrou num mato fechado, onde tudo era silêncio e sombra. Um dos cavalos bufou e mastigou os ferros do freio. Das ramadas, que açoitavam os rostos dos cavaleiros, caía chuva guardada. E, de repente, Turíbio Todo estremeceu, ao ouvir, firme e crescida, outra voz, que ainda não tinha escutado ao capiau:

— Seu Turíbio! Se apeie e reza, que agora eu vou lhe matar!

— Que é? Que é?... Tu está louco?!...

Mas o caguinxo estava sério e pálido, e sua mão direita segurava uma garrucha velha, de dois canos, paralelos, sinistros.

— Se apeie depressa, seu Turíbio!...

E o homenzinho dizia isso assim mole, mas sem deixar de estar terrivelmente atento.

Então Turíbio Todo, encarando-o, fez figura e fez voz.

— Deixa de unha, cachorro, que eu te retalho na taca!...

— Não grita, seu Turíbio, que não adianta... Peço perdão a Deus e ao senhor, mas não tem outro jeito, porque eu prometi ao meu compadre Cassiano, lá no Mosquito, na horinha mesma d'ele fechar os olhos...

Ao ouvir o nome do inimigo, Turíbio Todo teve um maior sobressalto. A mão da garrucha do capiauzinho tremia. Turíbio também pegou todo a tremer.

— Ah, quanto é que ele te pagou? Eu posso dar o dobro, te dou tudo o que eu tiver!...

— Não tem jeito, não tem jeito, seu Turíbio... Abaixo de Deus, foi ele quem salvou a vida do meu menino... E eu prometi, quando ele já estava de vela na mão... É uma tristeza! Mas jeito não tem... Tem remédio nenhum...

Atônito, Turíbio arregalava os olhos, e sentia o medonho que é a falta de tempo para a gente poder pensar.

— Escuta... Eu também tenho família... Tenho...

— Se apeie, seu Turíbio...

— Pelo amor da Virgem Santíssima! Pelo amor do teu filho! Não faz isso! Deus castiga!... Não me mata...

— Pois então reza, seu Turíbio, que eu não quero a sua perdição!

Aí Turíbio Todo teve um grande arranco de horror, e estendeu os braços.

— Espera! Espera! Não atira ainda não…

E levantou a mão à testa, se benzendo, com voz gritada, em que o choro já começava a tremer:

— Em nome do Padre, do Filho e do Espírito Santo, amém!… Padre nosso…

Mas, não! Assim como um carneiro, não! Curvou de banda e puxou o revólver, e foi um golpe de rédeas e outro de esporas, fazendo o cavalo se empinar.

Mas a garrucha não negou fogo. Turíbio Todo pendeu e se afundou da sela, com uma bala na cara esquerda e outra na testa. O cavalo correu; o pé do defunto se soltou do estribo. O corpo pranchеou, pronou, e ficou estatelado.

Então, o caguinxo Timpim Vinte-e-Um fez também o em-nome-do--padre, e abriu os joelhos, esporeando. E o cavalinho pampa se meteu, de galope, por um trilho entre os itapicurús e os canudos-de-pito, fugindo do estradão.

"Tira a barca da barreira,
deixa Maria passar:
Maria é feiticeira,
ela passa sem molhar."
(Cantiga de treinar papagaios.)

Minha gente

Quando vim, nessa viagem, ficar uns tempos na fazenda do meu tio Emílio, não era a primeira vez. Já sabia que das moitas de beira de estrada trafegam para a roupa da gente umas bolas de centenas de carrapatinhos, de dispersão rápida, picadas milmalditas e difícil catação; que a fruta mal madura da cagaiteira, comida com sol quente, tonteia como cachaça; que não valia a pena pedir e nem querer tomar beijos às primas; que uma cilha bem apertada poupa dissabor na caminhada; que parar à sombra da aroeirinha é ficar com o corpo empipocado de coceira vermelha; que, quando um cavalo começa a parecer mais comprido, é que o arreio está saindo para trás, com o respectivo cavaleiro; e, assim, longe outras coisas. Mas muitas mais outras eu ainda tinha que aprender.

Por aí, logo ao descer do trem, no arraial, vi que me esquecera de prever e incluir o encontro com Santana. E tinha a obrigação de haver previsto, já que Santana — que era também inspetor escolar, itinerante, com uma lista de dez ou doze municípios a percorrer — era o meu sempre-encontrável, o meu "até-as-pedras-se-encontram" — espécie esta de pessoa que todos em sua vida têm.

— Vai para a fazenda? Vou aos Tucanos. Vamos juntos, então.

Santana jamais se espanta. Dez anos de separação ter-lhe-iam parecido a mesma coisa que dez dias. Não tem grandes expansões nem abraços. Tem apenas duas bossas frontais poderosas, olhos bons, queixo forte, e riso bom em boca má. E, no mais, para ele a vida é viva, e com ele amasiada.

— Mas Santana, deixa ao menos ver se vejo algum camarada com a condução...

— Deve ser aquele... Vou arranjar cavalo para mim. Temos boas quatro horas de caminho comum... Um *match* em três partidas!

Com Santana, a gente tem sempre de reagir; contra a sua personalidade de alta voltagem e sua lacônica tirania. Já me preparo. Mas sei que, daqui a pouco, ele estará reaparecendo, cavalgando um equino ou um muar qualquer, arrebatado ao primeiro conhecido que encontrar. E sei também que, entrementes, terá mais funda a entrebossa: problema em três lances, em elaboração.

Porque o seu fraco, e também o seu forte, é o "nobre jogo" de xadrez. Em tal grau, que ele sempre traz consigo, na mala de viagem: um tabuleiro grande; uma coleção de peças grandes; outros trinta e dois trebelhos de menor formato; mais outro jogo, de reserva, dos de bordo, com os escaques perfurados para se atarraxarem os pinos das figuras; blocos-diagramas, para composição de problemas; números de "*L'Échiquier*" e de "*La Stratégie*"; recortes de jornais, com partidas dos grandes mestres; e alguma roupa, também.

Mas o camarada constituía mesmo a comissão de recebimento, e o cavalo — baio ruano calçado de preto — era o para mim.

— Padrim Emílio mandou dizer que ele vinha mas não veio, e que é p'ra o senhor ir...

Também já voltava Santana, montado num burro casmurro. E eu quis comandar, por minha vez:

— "Vamos! Partamos! Já Circe, a venerável, me advertiu!..."

Mas Santana, que é criatura do Caraça, retrucou:

— "Vinde, amigos, perguntai ao estrangeiro se sabe ou se aprendeu, algum dia, qualquer jogo..."

Esporeou o burro, e acrescentou:

— Você joga com as brancas. Toma...

E Santana estende-me a carteirinha, porque há também a carteirinha, o xadrezinho de bolso, que eu me esquecia de mencionar; tão permanente na algibeira do meu amigo como os óculos de um míope na cara de um míope. Apenas, muito menos necessária: quem quisesse, de maldade, escamoteá-la, logrado ficaria; porque Santana, em encontrando parceiro, joga à cega: tem ainda um tabuleiro e outras peças, na cabeça, talvez no recheio dos dois murundus da testa — duas testas paralelas, como a viseira de uma saúva.

A ladeira para a Rua de Cima ainda é a mesma. O guia entra pelo beco do Saraiva.

Imbrico C3BR e passo a Santana a carteira. Santana faz P4D e devolve-me a carteira. Enfio um peão no escaninho 4BD e estendo a carteira. Recebo outra vez a carteira, com não me lembro mais que resposta. Movo P3CD e estico braço e carteira. Mais idas e vindas da dita. E, pronto. Acabaram-se os lances automáticos da abertura. Agora Santana tem que pensar antes de cada jogada, e eu gozo folga para apreciar a paisagem um pouco.

A casa do Juca Cintra ainda tem a mesma pintura, de barra azul. Estamos saindo da Rua de Cima, por onde as vacas de seu Antonico Borges transitam. Lá vem o zebu, branco-e-cinza, de orelhas moles, tombadas, batendo a barbela pregueada e balançando a corcova a cada movimento. Possante, quase um elefante. No meu tempo de menino, já era assim: de noite, na rua muito escura, a gente queria evitar os cabritos, que dormiam à direita, e tropeçava à esquerda, numa vaca sonolenta. Uma vez, o zebu — deve ter sido o pai deste — deu uma carreira em dona Maria Alexandrina, que voltava da reza. Dona Maria Alexandrina caiu numa valeta, e... Santana entra em cena:

— Pronto. Você podia jogar mais depressa. A partida está desinteressante.

— Não acho.

— Era melhor continuarmos aquela "Ruy López" que não acabamos, da última vez...

Fico rindo. Não do poder que tem Santana de conservar as partidas de memória, nem da sua capacidade de ignorar os grandes escoamentos de tempo, com o que, algum dia, hei de vê-lo tirar do bolso a carteirinha, esta mesmíssima carteirinha, e propor-me a continuação daquela partida — subvariante K da variante belga do sistema Sossegovitch-Sapatogoroff do contra-ataque semi-frontal iugoslavo do peão do Bispo da Dama — interrompida, dez anos antes, precisamente no lance dezenove.

Não. Outro é o pai do meu riso: Santana, ledor de Homero e seguidor de Alhókhin, também, como um e outro, cochilou. Moveu uma jogada frouxa, e agora não tem o que escolher. Ou compromete a posição do seu rei, ou perde uma peça, porque um bispo e um cavalo poderão ser atacados, em forquilha, por um peão branco. Referve a confusão, nos paços de Ítaca.

Santana avermelhou-se todo; e então eu vejo que ele viu que eu tinha visto; e aí ele se zanga, por detrás das palavras:

— Não gosto de partidas fechadas. Avancei P4BR, para levar o jogo a situações violentas, com possibilidade de alguma combinação. Se tivesse...

— Não adianta falar, porque...

— ...se tivesse mantido o desenvolvimento posicional puro...

— ...porque, como diz o capiau conterrâneo, "a minha parte de histórico eu prefiro em dinheiro!"...

Santana jamais retrocede do que afirma: é "*pièce touchée, pièce jouée*". Para me obrigar a ouvir, atravessa o seu burrinho à frente do meu cavalo, barrando o T. Mas reajo:

— Olha que beleza, ali!

Na serra, verde-malaquita, arquipélagos de reses, muito alvas, pastando, entre outras ilhas, vermelhas, do capim barba-de-bode. E, nos pontos mais ínvios da encosta, tufos do catinga-de-bode florido, em largas manchas azuis.

Do lado esquerdo, não havia tapume: era mesmo o mato mau, reenchido e imprensado, numa escarpa de folhagens e troncos. À direita, porém, a cerca de arame, meio quilômetro de pasto plano, depois o morro. E, do alto do morro até à base do morro, e da base do morro até à beira da estrada, boi e mais boi. Até encostados na cerca, indiferentes à nossa presença, havia. Alguns, de pé, estavam virados para cá, ruminando. Nós passávamos bem por debaixo do bafo. E o espesso cheiro bovino, morno, o bom boium — leite-sombra-capim-couro — melhor que o aroma de selva da outra margem, era um amor.

Mas já Santana rearrumara as peças e sumia no bolso a carteirinha.

— Adiemos esta partida. Vamos conversar.

Concordei, a bem da harmonia contemplativa.

E Santana fala: partidas fechadas... xadrez e memória... psicologia infantil... cidade e roça... escola ativa... devoção e nutrição... a mentalidade do capiau... E quer dar xeque, sendo eu o rei:

— Veja este que vai aqui à nossa frente: é um camarada analfabeto, mas, no seu campo e para o seu gasto, pensa esperto. Experimente-o.

Gostei da ideia, e olhei ao redor, buscando um tema. Lá adiante, havia uma assembleia, caudejante e ruminativa, de bois e vacas. Sobre eles, com elegância decadente e complicada pintura de roupagens, passeavam os caracarás. Interpelei o guia:

— Chega aqui, José. Aqueles gaviões ali nos bois são caracarás, não são?

— São sim senhor, seu doutor.

— Uma beleza, você não acha? Que é que você acha de mais bonito neles?

José Malvino sorriu sem graça, pensando que eu estivesse querendo fazê-lo de bobo. Mas disse:

— Se o senhor doutor está achando alguma boniteza nesses pássaros, eu cá é que não vou dizer que eles são feios... Mas, p'ra mim, seu doutor não leve a mal, p'ra mim, coisa que não presta não pode ter nenhuma beleza...

— Então, José, você não admira coisa alguma neles? Nem as pernas calçudas? Nem o topete preto? Nem a nucazinha pedrês? Nem as penas do rabo, mal misturadas, claras e escuras, como o penacho de uma peteca?!... E eles não são úteis? Não servem para comer os carrapatos?

— É, p'ra isso lá ele presta, sim senhor... Mas o senhor não vê que ele bica também o umbigo de bezerro novo, e mata o coitadinho... Aqueles ali, sim, fazem a limpeza direito...

E José Malvino mostra os anus, transitantes, saltitantes, atarefados, pintando de preto os costados de outros bois.

Santana sorri. Vingo-me:

— José, você é um companheiro de primeira, porque não tem a mania de jogar xadrez...

— Bondade sua, seu doutor... Só que eu nem não sei que buzo é esse...

— Você não reparou naquele trem, naquela coisinha, que, na saída do arraial, eu bulia nela e passava para o senhor Santana?

— An-han!... Reparei, sim senhor... Não era o livrinho vermelho, aquela cartilha de seu Santana ensinar seu doutor a aprender a ler?

Santana ri, e eu tenho que rir junto.

Mas, sem que eu o tivesse percebido, nós e a estrada já nos afastamos das pastagens. Agora é um caminho mais apertado, chão pedrento, talhando o cerradão. E a aragem traz o aroma evocativo do pau-santo, o cheiro açucarado das gabirobas, e o odor enjoativo dos muricis.

Santana se encaramujou: está ausente deste mundo, no departamento astral dos problemistas. E este deve ser um dos motivos da segurança com que ele enfrenta qualquer roda ou ambiente: haja algum senão, sejam os outros hostis ou estúpidos, ou estúpidos e hostis a um tempo, e Santana se encosta em qualquer parte, poste ou árvore, e problemiza, problemiza sem parar.

Cavalgamos. Subimos. Subir mais. Agora, um lançante contínuo, serra avante em lombo longo, escalando o espigão. E, pronto, o mundo ficou ainda mais claro: a subida tinha terminado, e estávamos em notáveis altitudes.

Estalava em redor de nós uma brisa fria, sem direção e muito barulhenta, mas que era uma delícia deixar vir aos pulmões. E a vista se dilatara: léguas e léguas batidas, de todos os lados: colinas redondas, circinadas, contornadas por fitas de caminhos e serpentinas de trilhas de gado; convales tufados de mato musgoso; cotilédones de outeiros verde-crisoberilo; casas de arraiais, igrejinhas branquejando; desbarrancados vermelhos; restingas de córregos; píncaros azuis, marcando no horizonte uma rosa-dos-ventos; e mais pedreiras, tabuleiros, canhões, canhadas, tremembés e itambés, chãs e rechãs.

Ali, até uma criança, só de olhar ficava sabendo que a Terra é redonda. E eu, que gosto de entusiasmar-me, proclamei:

— Minas Gerais... Minas principia de dentro para fora e do céu para o chão...

Santana ouviu, e corrigiu:

— Por que você não diz: o Brasil?

E era mesmo. Concordei.

Em voo torto, abrindo sol e jogando sol para os lados, passou um gavião-pinhé. Em dois minutos, com poucos golpes de asas, sobrecruzou a crista da cordilheira, mudando de bacia: viera de rapinar no campo das águas que buscam o ocidente, e agora se afundava nas matas marginais dos arroios que rojam para leste. Estava tosando ar alto, mas nós olhávamos o voo como quem se inclina para espiar um peixe num aquário.

Depois, o urubú. Pairou, orbitando giros amplos. Muito tempo. Mesmo para os seus olhos de alcance, era difícil localizar o alimento. Fechou, pouco a pouco, os círculos. Descaiu, de repente, para um saco em meia-lua, entre duas vértebras da serra. Adernou. E sossobrou no socavão.

E muitos outros urubus, vindos de todas as direções, convergiam para aquele buraco. De vez em quando, alguma coisa devia ir mal, lá por baixo, porque eles subiam do cafundó, revoluteando, que nem, em tarde de queimada, restos de folhas num redemoinho de vento. Deslocavam-se, alternando de planos, avançando uns e crescendo, enquanto outros fugiam fundo, em grãos minúsculos. Até que, de novo, desfaziam os pontos de dominó, e, a um tempo, se abatiam para o brechão.

— Carniça de algum bicho do mato... raposa... — comentou José Malvino.

Não gostei do prosaísmo. Dei rédea ao cavalo, e proferi:

— Melhor um pássaro voando do que dois na mão!... Eis a versão do provérbio, para uso dos fortes, dos capazes de ideal...

— É a versão dos otários, também.

Mas, aí, começávamos a descer. Mau caminho, gretado, a pedir cuidado. Fomos e falamos, sobre a paciência das montadas, muito tempo. Depois, rota plana, uma hora a fora. E grandes campos, monótonos, se ondulavam, sob o céu.

Topamos com um corguinho amável — um ribeiro filiforme, de corrida cantada, entre marulho e arrulho, e água muito branca. Vinha da sombra e atravessava a estrada. Sorria.

O camarada sustou o cavalo. Paramos.

— Se seu doutor mais seu Santana acharem que é a hora, a gente pode comer aqui mesmo, que é o lugar melhor...

José Malvino tinha trazido boa matalotagem. Santana se munira de pão e latas de sardinha. Apeamos, para ajantarar. O riacho cantou, cantou. Quando montamos de novo, entardecia. Apressamos a marcha.

De repente, o José Malvino, estacando o animal, curvou-se para examinar qualquer coisa no chão.

— Que é que você está olhando, José?

— É o rastro, seu doutor... Estou vendo o sinal de passagem de um boi arribado. A estrada-mestra corta aqui perto, aí mais adiante. Deve de ter passado uma boiada. O boi fujão espirrou, e os vaqueiros decerto não deram fé... Vigia: aqui ele entrou no cerrado... Veio de carreira... Olha só: ali ele trotou mais devagar...

— Mas, como é que você pode saber isso tudo, José? — indagou Santana, surpreso.

— Olha ali: o senhor não está vendo o lugarzinho da pata do bicho? Pois é rastro de boi de arribada. Falta a marca da ponta. Boi viajado gasta a quina do casco... Eles vêm de muito longe, vêm pisando pedra, pau, chão duro e tudo... Ficam com a frente da unha roída... É diferente do pisado das reses descansadas que tem por aqui...

Não consigo dissociar alguma coisa nas pegadas. E continuamos, seguindo o sol, quase em tramonto — um sol de recorte nítido, não ofuscante. Refrescou. E a estrada subia e descia, mas, como as descidas eram muito menores, nós subíamos sempre. A tarde tinha recuado. Um resto de cirros, no alto, em alvas trabéculas rarefeitas; um empilhado de faixas, tangerina e rosa, no poente; no mais, o céu era lisa campânula de blau.

De brusco, no tope do outeiro que íamos galgando, surgiu um cavaleiro, caído do sol. Ficou parado, um momento, sopesando a vara longa. E era bem um São Jorge, enrolado em claridade amarela e coroado de um resplendor carmesim.

Depois, frechou para nós. Trancou o trote, rente a José Malvino. O cavalo soprou, e aproveitou a pausa para arquejar. Era um baio de crina aparada, e o seu suor cheirava a brisa marinha. O cavaleiro sacudia os ombros, sem poder acabar de rir. Cumprimentou e indagou.

— Não viram um boi magro, passeando por aí?

José Malvino informou:

— O rastro dele está quentinho. Aí adiante, no lugar adonde o senhor ver, desta banda de cá, bem na beira da estrada, um angico solteiro, em antes de um pé de araticum emparelhado com dois barbatimãos abraçados, pois foi aí mesmo que ele embocou no mato... Mas, ainda que mal pergunte, de onde é que estão vindo com essa boiada, amigo?

— De um mês quase de viagem... Da nascença do Roncador...

O vaqueiro riu outra vez, olhando para trás, para o cimo da colina.

— Seu cavalinho, amigo, é assim meio sambanga, mas tem jeito de ser correto... Mas, como é que o senhor, que devia de estar enjerizado com esse serviço ruim de arribada, está assim tão safirento, rindo tanto sem a gente saber de quê?

— É por causa dos companheiros, que vêm aí atrás... Devem de estar danados, porque eu aticei marimbondo neles... Bem, vou indo. Deus lhe pague, amigo!

E afundou com o cavalo morro abaixo.

Então, José Malvino explicou:

— Brincadeira boba de vaqueiro. Eles vão indo direitinho, conversando... De longe, um enxerga uma casa de marimbondo, num galho... Se ele tiver cavalo bom, corredor, bate com a vara ou com o chicote na caixa de marimbondo, e esgalopeia: a marimbondada sai toda, assanhada, desesperada de raiva, e ajunta nos outros, e nos cavalos, ferroando... Os cavalos pegam a pular, e o pessoal xinga nome feio... Às vezes até cai algum no chão... O melhor de todos é o marimbondo-enxú, que é uma vespa danada, que vem longe, voa até quase meia légua, escaramuçando povo... É um pagode!

Chegando ao alto do morrete, avistamos dois outros cavaleiros, que desciam a contra-encosta.

Cá embaixo, cruzamos. Estão furiosos; são campeiros do Saco-do--Sumidouro: não tinham nada com a boiada forasteira, nem conheciam o vaqueiro, que passara por eles e pedira adjutório para desentocar o boi arribado; mal haviam cavalgado juntos meio quarto de légua, e fora a peça dos marimbondos...

— Que vão fazer, agora? — perguntei, receoso de um conflito no meio do cerradão.

— Vamos ajudar o diabo do vaqueiro, uai!

— Mas vocês não estão com raiva dele?

— Que nada... À hora em que a gente puder, tira a forra! Quero ver se arrumo um jeito de tafulhar esta pedrinha pontuda por debaixo do suador da sela do desgramado... O cavalinho é niquento... Agaranto que o animal vai tacar um joão no chão!...

E galoparam.

Prosseguimos.

Mas, havia uma cruz, e José Malvino contou:

— Aqui foi que enterraram o bexiguento... Isto já faz muito, não é do meu tempo...

O varioloso tinha caído com febre, muito mal, quando passava por aqui. Ia para uma qualquer parte, vindo depressa para casa, de volta do sertão. Levaram-no para uma cafua, lá em baixo, num rabo-de-grota. Só uma mulher velha, que já tivera a doença e pois estava imunizada, era quem cuidava dele. E o homem sofria e delirava, e tinha medo, tinha horror de ficar sozinho. Pedia, chorando, que queria ver gente, outras pessoas, muita gente junta, ainda que fossem estranhos. E então, quando a febre amainou, na melhora pré-agônica, ele conheceu que ia morrer, e implorou que o enterrassem bem à beira da estrada, onde o povo passasse, onde houvesse sempre gente a passar...

— Lugar assombrado! — conclui José Malvino.

É a quarta ou quinta vez que ele indica lugares malassombrados. Já sei: todo pau-d'óleo; todas as cruzes; todos os pontos onde os levadores de defunto, por qualquer causa, fizeram estância, depondo o esquife no chão; todas as encruzilhadas — mas somente à meia-noite; todos os caminhos: na quaresma — com os lobisomens e as mulas-sem-cabeça, e o *cramondongue*, que é um carro-de-bois que roda à disparada, sem precisar de boi nenhum para puxar.

— Aqui, vamos descer, de uma vez. Estamos chegando, seu doutor.

Santana emerge dos seus cálculos:

— Bem, aqui nos separamos. Antes das dez, estou nos Tucanos...

— Loucura, viajar de noite, sozinho, por essas serras... Venha comigo. Você janta e dorme na fazenda, e...

— Não posso. Fica para outra vez. Sobrou um resto da matula... O burro é bom...

— Teimosia!

— Não posso, mesmo. Falta-me encontrar um meio de impedir o "furo" pelo xeque de cavalo, sem modificar a posição do rei branco... Há um peão mal colocado, e não quero aumentar o número de peças brancas... Isso tiraria toda a beleza do problema... Se...

— E quando você aparece? Por estes dias?

— Impossível. Tenho uma enfiada de escolas por visitar, e devo tomar o trem muito longe daqui. Até outra vez!...

E Santana toca, na mesma andadura, sem se voltar. Mas tornarei a vê-lo, sei. E é graças aos encontros inesperados dos velhos amigos que eu fico reconhecendo que o mundo é pequeno e, como sala-de-espera, ótimo, facílimo de se aturar...

Uma descida, íngreme e pedrosa. Funda. Mas, lá em cima, ainda está claro, porque lá em cima é o araxá.

Descemos ainda. Vadeamos um regato raso. De sombra em sombra, a estrada anoitece, entrando debaixo do mato, porque as árvores tecem teto. Os animais querem andar mais ligeiro. E é a derradeira descida, pois a casa da fazenda fica num umbigo de taça.

— Por que não fazem as casas em lugar alto, José Malvino?

— Sim senhor, seu doutor, bem bom que era. Mas dava um trabalhão p'ra se carrear água lá p'ra riba... Nesses altos, a gente pode campear, que aguada não se acha nenhuma, não senhor.

Uma porteira. Mais porteiras. Os currais. Vultos de vacas, debandando. A varanda grande. Luzes. Chegamos. Apear.

***

Já estou aqui há dois dias. Já revi tudo: pastos, algodão, pastos, milho, pastos, cana, pastos, pastos. E, dos chiqueiros às turbinas, do pomar ao engenho, tudo encontro transformado e melhorado. Mas o mais transformado e melhorado é mesmo o meu grande e bondoso tio Emílio do Nascimento, que assina "do Nascimento" porque nasceu em dia de Natal.

De seis anos atrás, lembrava-me do tio, e péssima figura fazia ele na minha recordação: mole para tudo, desajeitado, como um corujão caído de oco do pau em dia claro, ou um tatú-peba passeando em terreiro de cimento.

A venda do bezerro, por exemplo, transação árdua e langorosa, que eu tivera o infortúnio de testemunhar. Havia um novilho em ponto de ser amansado para carro, e meu tio Emílio, que queria vender o novilho, e ainda outro fazendeiro, tio de qualquer outra pessoa, que desejava e precisava de comprar o novilho duas vezes aludido. E, pois, a coisa começou de manhã. O tal outro fazendeiro amigo chegou e disse que "ia passando, de caminho para o arraial, e não quis deixar de fazer uma visitinha, para perguntar pela saúde de todos"... Sentaram-se os dois, no banco da varanda.

Tio Emílio sabia que o homem tinha vindo expresso para entabular negócio. E, como o novilho era mesmo bonito, ele saiu um pouco, "para encomendar um cafezinho lá dentro"... e ordenou que campeassem o boieco e o trouxessem, discretamente, junto com outros, para o curral. Em seguida, voltou a atender o "visitante". E, mui molemente, tal como sói fazer a natureza, levou o assunto para os touros, e dos touros para as vacas, e das vacas aos bezerros, e dos bezerros aos garraios. Aí, "por falar em novilhos", se lembrou de que estava com falta dos ditos: tinha alguns, mas precisava de reformar as juntas dos carros... E até sentia pena, porque os poucos que possuía eram muito bem enraçados, primeira cruza de zebu gyr, cada qual melhor para reprodutor... Mentira pura, porquanto ele tinha mas era um excesso de bezerros curraleiros, tão vagabundos quão abundantes.

Aí, o outro contramentiu, dizendo que, felizmente, na ocasião, não tinha falta de bezerros.

Eu saí, andei, virei, mexi, e, quando voltei, duas horas depois, as negociações estavam quase que no mesmo pé em que eu as deixara.

Depois do almoço, idem. Pouco antes do jantar, ainda. Iam e vinham, na conversa mole, com intervalos de silêncio tabaqueado e diversões estratégicas por temas mui outros. De vez em quando, Tio Emílio se lembrava de perguntar por mais um parente longínquo do seu amigo, e o seu amigo perguntava por um célebre cavalo de Tio Emílio, falecido fazia três anos. E ambos corriam do assunto e voltavam ao assunto, e era bem como na estória da onça e do veado, que, alternadamente e com muita confiança em Deus, construíram uma casa, ignorando-se mutuamente a colaboração.

E o homem foi embora. E meu tio visitou o homem, dali a dois dias. E o homem voltou à fazenda do meu tio. E, no fim do mês, o vitelo foi vendido e comprado, sendo que, por pouco mais, teria chegado a velho boi.

Mas, agora, há-de-o! Quem te viu e quem te vê... Agora Tio Emílio é outro: rejuvenescido, transfigurado, de andar e olhar bem postos e bem sustentados, se bem que sempre calmão, fechadão. Logo depois do primeiro abraço, fiquei sabendo porquê: Tio Emílio está, em cheio, de corpo, alma e o resto, embrenhado na política.

Política sutilíssima, pois ele faz oposição à Presidência da Câmara no seu Município (nº 1), ao mesmo tempo que apoia, devotamente, o Presidente do Estado. Além disso, está aliado ao Presidente da Câmara do Município vizinho a leste (nº 2), cuja oposição trabalha coligada com a chefia oficial do município nº 1. Portanto, se é que bem o entendi, temos aqui duas enredadas correntes cívicas, que também disputam a amizade do situacionismo do grande município ao norte (nº 3). Dessa trapizonga, em estabilíssimo equilíbrio, resultarão vários deputados estaduais e outros federais, e, como as eleições estão próximas, tudo vai muito intenso e muito alegre, a maravilhas mil.

Agora, o que mais depressa aprendi foram os nomes dos diversos partidos. Aqui, temos: *João-de-Barro* — que faz a casa — e *Periquito* — que se apodera da casa, no caso em apreço o Governo municipal. No município nº 2, hostilizam-se: *Braúnas* — porque o respectivo chefe é um negociante de pele assaz pigmentada — e *Sucupiras* — por mera antinomia vegetal. Noutro lugar, zumbem: *Marimbondos* versus *Besouros.* E, no município nº 3, há *Soca-Fogo*, *Treme-Terra* e *Rompe-Racha* — intitulações terroríferas, com que cada um pretende intimidar os dois outros.

Mas, aqui neste nosso feudo, grande é o prestígio do meu grande Tio Emílio. Seu agrupamento domina a zona das fazendas de gado, e manda na metade da vila. Só o arraial é que ainda está indeciso, porque obedece ao médico, um doutor moço e solteiro, pessoa portanto sem nenhuma urgência, que tarda a se definir.

Tio Emílio não cessa de receber gente. Expede portadores, e, até fora d'horas na noite, costumam chegar emissários. O número de camaradas e agregados aumentou: na fazenda, atualmente, não se recusa trabalho, nem dinheiro, nem nada, a ninguém.

Há conciliábulos, longas conversas com sujeitos da vila, passeando na varanda. E daí eu esperar notáveis coisas para o depois.

Santana costuma dizer: — Raspe-se um pouco qualquer mineiro: por baixo, encontrar-se-á o político...

Para mim, não é bem isso. Tanto mais que ninguém raspou Tio Emílio. Mas, acontece que ele sempre gostou de caçar e de pescar. E, de tanto ver a paca apontar da espumarada do poço, bigoduda e ensaboada como um chinês em cadeira de barbeiro... E de se emocionar com a ascensão esplêndida da perdiz, levantada pelo perdigueiro, indo ar acima, quase numa reta, estridulante e volumosa, para se encastelar... E de descair o anzol iscado, e ficar caladinho, esperando o arranco irado da traíra ou os puxões pesados do bagre... Bem, afinal, pode ser que seja Santana quem tenha razão.

Tio Emílio tem duas filhas. A mais velha, Helena, está casada e não mora aqui. A outra, Maria Irma, não deixa de ser bastante bonita. Em outros tempos, fomos namorados. Desta vez me recebeu com ar de desconfiança. Mas é alarmantemente simpática. Principalmente graciosa. A própria pessoa da graça. Graciosíssima. O perfil é assim meio romano: camafeu em cornalina... Depois, cintura fina, abrangível; corpo triangular de princesinha egípcia... Mas a sua maior beleza está nos olhos: olhos grandes, pretíssimos, de fenda ampla e um tanto oblíqua, electromagnéticos, rasgados quasemente até às têmporas, um infinitesimalzinho irregulares; lindos! Tão lindos, que só podem ser os tais olhos Ásia-na-América de uma pernambucana — pelo menos de uma filha de pernambucanos, quando nada de meia ascendência chegada do Recife...

Não entendi, e indaguei do Tio Emílio. Não, todos os avós de Maria Irma são rigorosos mineiros, de ontem e de anteontem, da Monarquia, das Sesmarias.

Por igual, não me explico o fato de a minha deliciosa priminha, sendo assim tão "tão", continuar solteira... Bem, preciso de levar em conta que ela passou alguns anos no internato, de onde veio há apenas ano e meio, quando a minha santa Tia Eulália teve chegado o seu dia de morrer. Mesmo assim, sou capaz de jurar que Maria Irma já recusou mais de um pretendente. E quase chego a sentir pena por esses entes infelizes.

★★★

Tio Emílio pediu-me que redigisse um telegrama ao Secretário do Interior, solicitando a substituição do comandante do destacamento policial da vila, que, por sinal, já foi cambiado duas vezes, nestes seis meses derradeiros. Porque, lá na Capital, sabem montar à cossaca, em dois ginetes, e as duas facções são atendidas rotativa e relativamente. Enquanto isso, o tempo passa, o pau vai e vem, e folgam os filhos da sabedoria. Mas, às vezes, meu tio bate com o rebenque na bota, e fala em "compressão e suborno"; depois, suspira e comenta a degenerescência dos usos e a sua necessária regeneração.

Mal meu tio saiu, e Maria Irma aparecia. Veio vindo, com o ondular de pombo e o deslizar de bailarina, porque o dorso alto dos seus pezinhos é uma das dez mil belezas de Maria Irma.

Tolamente, fui empunhando a conversa. E o pior foi que minha prima me deixou discorrer, muito tempo, e eu procurava abaixar o nível do discurso, porque punha pouco preço no poder da sua compreensão. No fim, mui maldosa, com duas ou três respostas, deixou-me atônito. Tive ímpetos de gritar: — Priminha, o falado até aqui não vale! Vamos riscar a conversa e principiar tudo de novo!...

Mas, parece que eu deixei transparecer entusiasmo excessivo, porque Maria Irma, prestigiando o encanto radioativo dos olhos, com uma inclinação lateral da cabecinha, alteou a voz, para dizer que está quase noiva.

— Está mesmo? É sim? De quem?

— Não. Não sei. E depois? — e Maria Irma riu, com rimas claras.

— É ou não é, Maria Irma? Não mude de assunto...

— E depois? E depois? E depois?...

Depois, parece que eu fiquei um pouco decepcionado, até à hora do jantar. E reparei que os olhos de Maria Irma são negros de verdade, tais, que, para demarcar-lhes a pupila da íris, só o deus dos muçulmanos, que vê uma formiga preta pernejar no mármore preto, ou o gavião indaié, que, ao lusco-fusco e em voo beira nuvens, localiza um anú pousado imóvel em chão de queimada.

Estará ela mesmo comprometida?

Ainda bem... Ainda bem. Não vim aqui para a roça para amar ninguém.

***

Minha prima costurava no seu quarto. Tio Emílio fora à vila. Eu não quis ir. Também, não temos cerimônias. Choveu, com sossego, molemente; mas, de tarde, deu uma estiada firme, de mostrar um mundo lindo. Bento Porfírio me convidou para pescar. Fui.

O córrego, saindo da ipueira, é um rego fino e reto, dilatado aqui e ali em poços escuros, quase redondos, com o mato clássico a orlar-lhe as margens: de cá de longe, do alto, do ponto onde cavamos chão procurando minhocas para isca, víamos as águas e as frondes, justinho como um ramal de grimpa de jaboticabeira, com frutas maduras enfiadas em série comprida.

Os poços grandes são apenas três: o de cima serve de piscina para os camaradas; no do meio, de água limosa, mora um jacaré ermitão, de vida profunda, que deve ser verde e talvez nem exista; o último, aonde vamos, é o poção.

Ali, há uma gameleira, digna de drúidas e bardos, e, na coisa água, passante, correm girinos, que comem larvas de mosquitos, piabas taludas, que devem comer os girinos, timburés ruivos, que comem muitas piabinhas, e traíras e dourados, que brigam para poder comer tudo quanto é filhote de timburé. Boa sombra e bom pesqueiro. Descemos para lá, colhendo goiabas bichadas, pisando o capim com cautela — para evitar o bote de algum "bicho mau sem pernas" — e erguendo as varas, com jeito, para livrar os anzóis da ramaria baixa.

Bento Porfírio é um pescador diferente: conversa o tempo todo, sem receio de assustar os peixes. Tagarela de caniço em punho, e talvez tenha para isso poderosas razões. E tem mesmo. Está amando. Uma paixão da brava, isto é: da comum. Mas coisa muito séria, porque é uma mulher casada, e Bento Porfírio também é casado, com outra, já se vê.

A água vem ao poção por um túnel de verdura. Há um tronco velho, servindo de banco. Mas Bento Porfírio prefere sentar-se na raiz grossa da gameleira.

— Pode falar *nela*, Bento.

— P'ra que?... Essas artes a gente guarda... "Quem fala muito, dá bom-dia a cavalo"!...

Sabia: se o interpelo, susta logo as confidências. Mas, daí a minutos — mudei de assunto — ele vai falando, falando, sempre as mesmas coisas. E eu já estou cansado de saber que *ela* é boazinha, botininha, moreninha, engraçadinha, toda assim-assim, bisuim...

Bento Porfírio examina a chumbada, isca o anzolão de dourado, liberta a linha e dá de vara, açoitando a água com violência, "p'ra chamar a diabada desses peixes!"... Faço o mesmo, com o anzol pequeno, e Bento fica com um meio-riso, me espiando de esconso. Já sei: aqui eu não pesco é sobra nenhuma; as piabas não virão, porque, neste recôncavo escuro, sem correnteza, deve morar, numa loca, debaixo do tronco podre, uma traíra feroz. Como bom capiau, Bento Porfírio acha que ainda é cedo para me avisar. Guarda o pulo-de-gato. Mas não me importo. As linhas se estiram, levadas. Passam águas. Passa o tempo.

A história de Bento Porfírio é triste, e ele põe toda a culpa no "maldito vício" de pescar. No Pau Preto, nunca que acontece nada; mas, um dia, o Agripino, bom parente, convidou:

— Vamos ao arraial, para as missões, que é para você ficar conhecendo a minha filha, a de-Lourdes... Estou querendo ter vontade de arranjar o casamento de vocês dois...

E Bento Porfírio tratou que ia, mas roeu a corda, porque uma turma grande estava de saída para uma pescaria no Tou-no-Tombo, com mulher-da-vida, comeria, sanfona até. Companheirada certa. Não resistiu: se amadrinhou com eles, e ficaram uma semana por lá... O Agripino, rabicundo, foi sozinho para o arraial. Ô tristeza!

Oh, tristeza! Da gameleira ou do ingazeiro, desce um canto, de repente, triste, triste, que faz dó. É um sabiá. Tem quatro notas, sempre no mesmo, porque só ao fim da página é que ele dobra o pio. Quatro notas, em menor, a segunda e a última molhadas. Romântico.

Bento Porfírio se inquieta:

— Eu não gosto desse passarinho!... Não gosto de violão... De nada que põe saudades na gente.

Inútil nos defendermos, Bento! A tristeza já veio, já caiu aqui perto de nós. Eu estou pensando... Talvez, num lugar que não conheço, aonde nunca irei, more alguém que está à minha espera... E que jamais verei, jamais...

Bento ficou sério. Até mais simpático. E suspirou:

— Estou me alembrando da minha mãe... Morreu longe daqui. Ai, minha mãezinha, dando de comer às galinhas, na porta da cafua de beira da estrada, lá no Aporá!...

— E o resto da história, Bento?

— Pois o resto é que é o mais triste, o pior...

Quando Bento Porfírio veio a conhecer a prima de-Lourdes, ela já estava casada com o Alexandre. Foi só ver e ficar gostando. E ela também...

— Ai, que mundo triste é este, que a gente está mesmo nele só p'ra mor de errar!... E, quando a gente quer concertar, ainda erra mais... Maldito vício de gostar de pescaria!

O "concerto" do Bento foi casar, por sua vez, com a Bilica, só por pirraça e falta do que fazer. Mas a Bilica agora para nada conta. Tento admoestá-lo:

— Mas, você, casado como é, pai de família, não tem vergonha de andar com outra mulher?

— Uê! Pois então burro maniatado não pasta?!

***

Na hora do jantar, Maria Irma foi muito amável. Depois do doce — compota de mangabas de-vez, em verde calda crassa — fitou-me com um olhar novo, quase prometedor. Fiquei sério. Tomei meu café e vim fumar na varanda. Havia um recadeiro, de roupa amarela, com três cartas no bolso, disposto a esperar o regresso do meu tio. Puxei conversa. E falamos, — sobre porcos, e preços, e toucinhos, e formigas, formigueiros, formicidas, — até o escuro entrar e engrossar. Só então, fui dizer boa-noite a Maria Irma. Esquivo e seco. E, inesperadamente, ela me mirou, agora com um sorriso sério, dizendo:

— Você faz tudo como devia fazer... Só, às vezes, isso me dá raiva... Mas eu gosto que você seja mesmo assim...

Fechei-me no quarto. Pela janela aberta entrava um cheiro de mato misântropo. Debrucei-me. Noite sem lua, concha sem pérola. Só silhuetas de árvores. E um vagalume lanterneiro, que riscou um psiu de luz.

Por que será que Maria Irma mudou de maneira?... Não sei e nem quero saber. Uma mulher bonita, mesmo sendo prima, é uma ameaça. Tertuliano Tropeiro aconselha:

— Seu doutor, a gente não deve ficar adiante de boi, nem atrás de burro, nem perto de mulher! Nunca que dá certo...

Vou dormir.

Em noite de roça, tudo é canto e recanto. E há sempre um cachorro latindo longe, no fundo do mundo.

***

Horrível! Horrível o que hoje aconteceu. E quem convidou fui eu! Bento Porfírio bem que não queria ir. Eu era quem estava com saudade dos estranhos sussurros do poço.

Porque todos os córregos aqui são misteriosos — somem-se solo a dentro, de repente, em fendas de calcáreo, viajando, ora léguas, nos leitos subterrâneos, e apontando, muito adiante, num *arroto* ou numa cascata de *rasgão*. Mas o mais enigmático de todos é este ribeirão, que às vezes sobe de nível, sem chuvas, sem motivo anunciado, para minguar, de pronto, menos de uma hora depois. Há, contínuo, aqui ou acolá, um gluglú, um chupão líquido, água rolando n'água; lá embaixo, nas pedras, a corredeira se apressa ou amaina; mas o som nunca é o mesmo de dois instantes atrás.

Os mangues da outra margem jogam folhas vermelhas na corrente. Descem como canoinhas. Param um momento ali naquele remanso, perto das frutinhas pretas da tarumã. Olhos de Maria Irma... Bobagem, eu vou gostar mais de olhos castanhos, de olhos verdes... Suecas, húngaras, dinamarquesas... polonesas de olhos pardos...

O ribeirão mudou de tom. Você ouviu, Bento? Ronca. Está se enchendo outra vez, sem turvar a água... De repente, o sabiá! Veio molhar o pio no poço, que é um bom ressoador. E quer passar a sua tristeza para a gente.

Mas, agora, já sabemos nos defender. Podemos desmerecê-lo, quebrar-lhe a potência de acumulador de mágoas e espalhador de saudades. E, sem nenhuma combinação:

Eu disse:

— Gênero *turdus*... Um *flavipes* ou *rufiventris*...

E Bento berrou:

— Ô bicho enjoado! Vai chamar chuva noutra parte!... A modo e coisa que está botando ovo e veio comer minhoca de beira de córgo... Cruz!

E cantou, alto, para abafar os lamentos do outro:

"Ouvi um sabiá cantando
na beira do ribeirão...
Ô pássaro que canta triste!
Não me traz consolação..."

Então o sabiá calou o bico e foi-se embora, porque a cantiga do Bento ainda era mais melancolizante.

Agora é o córrego que parece triste. Trocou outra vez de toada... Deve ter uma lavadeira lavando roupa e chorando, lá longe, lá longe, lá para trás dos morros frios, onde há outras roças, outra gente, outro sabiá...

Afinal, quem é que é burro?! Que foi que nós viemos fazer aqui?... Os cigarros se acabaram. Vamos voltar para casa, Bento Porfírio?

— Já, já... É só o tempinho d'eu pegar aquele dourado dansante, que prancheou ali agorinha mesmo... Queixo esperto! Tabarão! Já comeu três iscas... Mas hoje é o dia dele! Cada qual tem o seu dia... E peixe é bicho besta, que morre pela boca...

Bento Porfírio volta a falar na amante: o marido, o Alexandre, não sabe que está sendo enganado... Mas aquilo não é pouca-vergonha, não: é amor sério... A de-Lourdes não tolera o marido, não dorme com ele, não beija, nem nada... Estão combinando fugir juntos... Braços morenos... (Maria Irma!)... lenço vermelho na cabeça... metade... agaranto... anto... ão... eu... é...

Não escuto mais. Estou namorando aquela praiazinha na sombra. Três palmos de areia molhada... Um mundo!... Que é aquilo? Uma concha de molusco. Uma valva lisa, quase vegetal. Carbonífero... Siluriano... Trilobitas... Poesia... Mas este é um bicho vivo, uma itã. No córrego tem muitos iguais...

Bento Porfírio suspira fundo. Continua falando alto:

— ...estava de branco... na vinda p'ra cá bateu a mão, saudando... O Alexandre é um bobo... ...a gente vai ser feliz... ...de-Lourdes... ...p'ra longe... ...nem não há...

Não há... Não há... Não ouço mais o Bento. Há qualquer coisa estranha aqui... Há mais alguém aqui! Alguém está escutando! Não tenho coragem para voltar o rosto.

Fui testemunha. Pode lá a gente ser mesmo testemunha? Não sei como foi: um grito de raiva, uma pancada, o *t'bum* n'água de uma queda pesada, como um pulo de anta.

Alexandre, o marido, de calças arregaçadas. Só as calças arregaçadas, os pés enormes, descalços na lama... Um ramo verde-maçã, a se agitar, em rendilha... Daí, a foice, na mão do Alexandre... O Alexandre, primeiro de cara fechada, depois com um ar de palerma... A foice, com sangue, ficou no chão. A água ensanguentada... O Alexandre vai indo embora. Já gastou a raiva. O morto não se vê. Está no fundo.

Agora me acalmo. Não me fizeram nada. Só estou é com a roupa molhada, do espirrão da água. Também, aqui não é de uso dar-se voz de prisão... E não posso pedir ao assassino que me ajude a tirar o Bento do poço. Corro para casa. No caminho, recupero parte da compostura.

Tio Emílio acabava de chegar da vila, e, sentado no banco do alpendre, labutava para descalçar as botas.

Fui falando, esbaforido, insofrido. Mas meu tio, cortando o jacto das minhas informações, disse:

— Espera um pouco.

Trabucou mais dois minutos. Afinal, conseguiu desfazer-se das botas e calçou os chinelos. Perguntou:

— Você tem certeza de que o Bento já está morto?

— Mortíssimo. Morreu em flagrante...

— Ah!...

E levantou-se calmamente, e calmamente pegou a andar na varanda, no vaivém de sempre, pensando, pensando. Nem me via. Sentei-me no banco, com raiva de tanta fleuma e querendo ver o que ele iria resolver. Por fim, parou e rosnou.

— Como é que o Xandrão Cabaça, tão sem ideia, foi descobrir a história lá deles? Boi sonso, marrada certa!

Chamou o Norberto, o capataz, e mandou que fosse ver o corpo. E que corresse alguém ao arraial, para chamar o subdelegado.

O capataz saiu, convocando os camaradas. Meu tio se chegou para o parapeito, e tirou o fumo mais o canivete.

Não me contive:

— Mas, Tio Emílio, o senhor que é tão justiceiro e correto, e que gostava tanto do Bento Porfírio, vai deixar isto assim? Não vai mandar, depressa, gente atrás do Alexandre, para ver se o prendem?

Tio Emílio, alisando a sua palha, e com o sorriso que um sábio teria para uma criança, olhou-me, e disse:

— Para os mortos... sepultura! Para os vivos... escapula!...

Humilhei meus pendões. Calei-me. Meu tio esfregava nas palmas das mãos o fumo picado. Enrolou o cigarro. De súbito, bateu na testa, e pulou:

— Não é que eu não sei onde é que eu estava mesmo com a cabeça?! Ô Gervásio, corre aqui!... Já perdi um voto, e, se o desgraçado fugir para longe, são dois que eu perco...

Tirou dinheiro do bolso e entregou ao mulato.

— Ajunta, depressa, uns homens, para campearem o Cabaça. Espera aí... Ele para o lado da vila não ia, com medo dos soldados... Para o Marimbo, também não, pois é onde que moram todos os parentes dele, e ele sabe que a gente havia de querer ir procurar lá... O Calambau era o melhor lugar para um se esconder, mas o Xandrão Cabaça é burro, não acertava de ter pensado nisso, não. Para os lados do Piáu?... Não, acho que também não ia, porque no Piáu vive o irmão do Bento... Nem para as Porteirinhas... Nem para os Tucanos... Ele foi mas é para o Bagre, com tenção de, de lá, esquipar para o sertão! Vocês cacem de ir atrás dele, passando pelo atalho das Moreiras. É segurar e trazer. Mas voltem por dentro, pelo caminho do mato, que é para ninguém ver e nem ficar sabendo... Levem o Cabaça para a tapera do Retiro. Expliquem bem a ele, que ele vai ficar lá garantido, escondido das autoridades, até a gente arrumar as coisas, os jurados e tal... O Cabaça é muito jumento e ignorante, e é capaz de não querer acreditar; se fizer barulho, vocês sojiguem, nem que seja peado e no tronco...

E tio Emílio se sentou na cadeira-de-pano. Acendeu o cigarro. Tirou uma fumaça e espiou para ela. De repente, se mobilizou em pé, com grande susto para mim, e gritou pelo Gervásio, que já ia longe. Falou só:

— Vão no Calambau! Foi para lá que o Cabaça foi.

E sentou-se outra vez, ora descansado, murmurando:

— É isso... Capivara, a primeira vez que bate um trilho, passa com jeito. Depois, vai-se acostumando com o caminho, e pega a relaxar... Foi assim que o Bento morreu. Agora a gente tem é de ver os jurados, para o júri do leso do Xandrão Cabaça...

Saí para os fundos da casa. Maria Irma estava dando água às latas de plantas: jurujuba, dinheiro-em-penca e beicinho-de-sinhá. Narrei-lhe a tragédia. Minha prima levantou os supercílios, e seus olhos formosos se arredondaram, descobrindo o branco por cima da íris; e foi apenas com isso que revelou algum espanto.

— Coitadinha da Bilica... e da mulher do Alexandre... — disse. — Por causa da falta de vergonha de um, e da doideira do outro, quem vai sofrer agora são as duas pobrezinhas...

Pororoca! Será que ninguém aqui pensa como eu?!...

Quero ir dormir, sem jantar, sem conversa de séde e siso.

***

Voltou a chover. O dia inteiro. Caiu um raio, na porteira do curral grande. Rega miúda, aborrecida. Só às vezes, sem aviso, se despenca um maço d'água mal amarrada, ou zoa uma chuva rajada, flechando o chão em feixe diagonal. Depois, estia devagar: já se escutam as goteiras. Ao pé da minha janela, a enxurrada desce para o bueiro, numa efêmera cascata suja, com inconveniências de cochicho e bochecho. E, quase que o dia inteiro, um sapo, sentado no barro, se perguntava como foi feito o mundo.

Passei todo o tempo no quarto, lendo, pensando. Imaginei mesmo um romance, do qual Bento Porfírio, bem vivo, seria o herói.

Mas, agora, estou com remorso, porque não acompanhei o enterro; malícia dum momento, o Bento indo por essas estradas, estúpidas de lama. Chovia, na verdade, porém, a chuva não impediu Maria Irma de sair, para visitar e confortar a viúva e a outra. Meu tio também se mostrou assaz generoso para com as duas. Minha gente é boa.

Houve o arco-da-velha no céu, num abrir de sol, mostrando as cores, com um pilar no mato e o outro no monte.

Mas, cataplasma! Já começa a chover outra vez.

***

Chove. Chuva. Moles massas. Tudo macio e escorregoso. Com o que proferiu Gotama Buddha, o pastor dos insones, sob outras bananeiras e mangueiras outras, longínquas:

> *"Aprende do rolar dos rios,*
> *dos regatos monteses, da queda das cascatas:*
> *tagarelante, ondeia o seu caudal —*
> *só o oceano é silêncio."*

Mas, do mudo fundo, despontam formas, se alongam. Anfitrites dormidas, na concha da minha mão, e anadiômenas a florirem da espuma.

Eu tinha cochilado na rede, depois de um almoço gostoso e pesado, enquanto Tio Emílio, na espreguiçadeira, lia sua pilha de jornais de uma semana. A varanda era uma praia de ilha, ao mar da chuva. Meu espírito fumaceou, por ares de minha só posse — e fui, por inglas de Inglaterras, e marcas de Dinamarcas, e landas de Holanda e Irlanda. Subi à visão de deusas, lentas apsaras de sabor de pétalas, lindas todas: Dária, da Circássia; Ragna e Aase; e Gúdrun, a de olhos cor dos fiordes; e Vívian, violeta; e Érika, sílfide loira; e Varvára, a de belos feros olhos verdes; e a princesa Vladislava, císnea e junoniana; e a princesinha Berengária, que vinha, sutil, ao meu encontro, no alternar esvoaçante dos tornozelos preciosos...

Quem veio foi Maria Irma, num vestido azul-marinho, um tanto corada e risonha.

— Sonhei. Sonhei demais, prima... Que é do tio?

— Foi dormir na cama, que é lugar mais quente.

— E você?...

— Queria perguntar uma coisa...

— Pergunte, Maria Irma.

— Não. Não sou curiosa.

— Então, eu sei o que é...

— Então?

— É a respeito... Bem, é sobre... Você quer saber se eu deixei algum amor, a esperar por mim?

— Se deixou, ou não, não me interessa...

— Então, por que você quis perguntar, prima?

— E por que foi que você adivinhou a pergunta, primo?

★★★

Manhã maravilha. Muito cedo ainda, depois de gritos de galos e berros de bezerros, ouvi alguém cantar. Fui para a varanda, onde adensavam o ar os perfumes mais próximos, de vegetais e couros vivos. Sob a roseira, de rosas carnudas e amarelas, encontrei Maria Irma. Perguntei se era ela a dona de tão lindo timbre. Respondeu-me:

— Que ideia! Se nem para falar direito eu não tenho voz...

— Diga, Maria Irma, você pensou em mim?

— Não tenho feito outra coisa.

— Então...

— Vamos tomar leite novo?

— Vamos!

....

— E agora?

— Vamos tomar café quente?

— Vamos e venhamos...

....

— Mas, Maria Irma...

— Vamos ver se a chuva estragou a horta?

Havia uma cachoeira no rego, com a bica de bambú para o tubo de borracha. Experimentei regar: uma delícia! Com um dedo, interceptava o jacto, esparzindo-o na trouxa verde meio aberta dos repolhos, nas flácidas couves oleosas, nos tufos arrepiados dos carurús, nos quebradiços tomateiros, nos cachos da couve-flor, granulosos, e nas folhas cloríneas, verde-aquarela, das alfaces, que davam um ruído gostoso de borrifo.

Maria Irma, ao meu lado, pôs-me a mão no braço. Do cabelo preto, ondulado, soltou-se uma madeixa, que lhe rolou para o rosto.

Eu apertava com força o tubo da mangueira, e o jorro, numa trajetória triunfal e libertada, ia golpear os recessos das plantinhas distantes. De repente, notei que estava com um pensamento mau: por que não namoraria a minha prima? Que adoráveis não seriam os seus beijos... E as mãos?!... Ter entre as minhas aquelas mãos morenas, um pouquinho longas, talvez em desacordo com a delicadeza do conjunto, mas que me atraíam perdidamente... Acariciar os seus braços bronzeados... Por que não?...

Súbito, notei que Maria Irma se ruborizava. E arrebatou-me a borracha, com rudeza quase:

— Não faz isso, que você está tirando a terra toda de redor dos pés de couve!

E, com um meio sorriso, querendo atenuar a repentina aspereza:

— Além disso, tem chovido, e ainda não é preciso regar a horta hoje...

E, afinal, com um sorriso todo:

— ...e, depois, faz mal molhar as plantas com sol quente. Vamos ver as galinhas?

— Pois vamos ver as galinhas, Maria Irma.

E acompanhei-a, namorando-lhe os tornozelos e o donairoso andar de digitígrado.

Pelo rego desciam bolas de lã sulfurina: eram os patinhos novos, que decerto tinham matado o tempo, dentro dos ovos, estudando a teoria da natação. E, no pátio, um turbilhão de asas e de bicos revoluteava e se embaralhava, rodeando a preta, que jogava os últimos punhados de milho, r-r-rolando e estalando com a língua:

— Prrr-tic-tic-tic!...

Um gordo galo pedrês, parecendo pintado de fresco com desenhos de labirinto de almanaque, sultaneava, dirigindo preferências a uma galinha ainda mais carijó e mais gorda, vestida de fichas de impressão digital. E veio de lá, ciumento e briguento, outro galo, esse branco, com chanfraduras e pontas na crista caída de lado. Barulho. E então a galinha choca, com cloqueios e passos graves, chamou os pintinhos para longe dali.

E havia suras, transilvânias, nanicas, topetudas, calçudas; e guinés convexas, aperuadas; e perúas acucadas; e um peru bronze-e-brasa, de brincos, carúnculas, boné e guardanapo, todo paramentado de framboesas; e patos, esparramados, marrecos mascotes e pombas de casa.

Mas, de supetão, uma espécie de frango esquisito, meio carijó, meio marrom, pulou no chão do terreiro e correu atrás da garnisé branquinha, que, espaventada, fugiu. O galo pedrês investiu, de porrete. Empavesado e batendo o monco, o peru grugulejou. A galinha choca saltou à frente das suas treze familiazinhas. E, aí, por causa do bico adunco, da extrema elegância e do exagero das garras, notei que o tal frango era mesmo um gavião. Não fugiu: deitou-se de costas, apoiado na cauda dobrada, e estendeu as patas, em guarda, grasnando ameaças com muitos erres. Para assustá-lo, o galo separou as penas do pescoço das do corpo, fazendo uma garbosa gola; avançou e saltou, como um combatente malaio, e lascou duas cacetadas, de sanco e esporão. Aí o gavião fez mais barulho, com o que o galo retrocedeu. E o gavião aproveitou a folga para voar para a cerca, enquanto o peru grugulejava outra vez, com vários engasgos.

— Nunca pensei que um gavião pudesse ser tão covarde e idiota... — eu disse.

Maria Irma riu.

— Mas este não é gavião do campo! É manso. É dos meninos do Norberto... Vem aqui no galinheiro, só porque gosta de confusão e algazarra. Nem come pinto, corre de qualquer galinha...

— Claro! Gavião civilizado...

— U'lalá... Perdeu duas penas...

O sorriso de Maria Irma era quase irônico. Não me zanguei, mas também não gostei.

***

Ontem, esteve aqui na fazenda um rapaz da vila. Bem vestido, simpático. Mas, logo que eu soube que ele viera quase somente para ver Maria Irma, tive-lhe ódio. E tive também o impulso de observar ao meu tio que os costumes da nossa terra estão progredindo demasiado depressa, e que quadravam melhor à casa as austeridades de antanho.

O rapaz trouxe livros para minha prima. Penso mesmo que ele os traz frequentemente, porque ouvi Maria Irma falar-lhe em restituir outros. Livros em francês... Nunca pensei que minha prima os lesse. Também, ela hoje está toda diferente, mais bonita; por ocasião da minha chegada não se enfeitou assim! Entre Maria Irma e esse moço há qualquer coisa. Exaspero-me. Detesto-os!

Ainda bem que um camarada veio dizer que estava passando, ao largo, uma grande boiada, vinda do poente. Pedi um cavalo e fui para a estrada, e mui me serviu galopar ao sol, metade do dia, porque coisa mais bonita do que uma boiada não existe, a não ser o pio do patativo--borrageiro, que é a tristeza punctiforme, ou a Lapa do Maquiné, onde a beleza reside.

Cheguei de volta em casa à noitinha. O outro, graças a Deus, já se fora. Maria Irma foi muito boazinha para mim. Incomodou-se por eu não querer jantar. Ofereceu-me compota de toranjas, e isso me pareceu peitamento. Com um esforço heroico, recusei: o doce tinha sido feito para o meu rival.

Maria Irma estranha os meus modos. Pergunta se estou doente. Então, bruscamente, a interpelo:

— Por que você nunca me disse que gostava de ler, Maria Irma?!

— Pois você nunca me perguntou...

— Esse rapaz é que é o seu noivo?

— Não, não é este... E, também, noiva eu não sou, você bem sabe!

— Não fique zangada comigo, prima...

— Não estou... Mas você não deve me olhar assim... Parece que quer me fotografar...

Recuo. O que eu queria era só apertá-la nos meus braços.

— Mas, quem é então aquele rapaz, Maria Irma?

— O Ramiro? É o noivo de Armanda, amiga minha...

— E quem é Armanda, Maria Irma? É bonita? Filha de fazendeiro? Mora aqui por perto?

— É muito bonita, foi educada com parentes no Rio, já esteve na Europa, é filha de fazendeira — porque o pai já morreu —, mora no Cedro... e você é que nem um padre, para especular!

— E que vem fazer aqui o noivo, se tem uma noiva assim?

— Vem visitar-nos, quando tem de passar por aqui... Há algum mal na nossa amizade?

— E a outra sabe? Consente?

— Ela quer o que quer, e tem confiança em Ramiro, e em mim, que sou sua amiga...

— Não sou bem dessa teoria... Quando é o casamento?

— Armanda ainda não quis marcar a data...

— Ela domina o teu amigo, pelo que vejo...

— Não diga isso, primo, é absurdo!

— Maria Irma, sabe de uma coisa? Você gosta do Ramiro e o Ramiro gosta é de você. Apenas...

— Há outra coisa também, que você não sabe...

— Que é, prima?

— É que você é um imbecil, primo!

***

Chegou hoje cedo a máquina-de-escrever, encomenda de Tio Emílio, que a desencaixotou, pressuroso, promovendo-nos a seus secretários —

Maria Irma e eu. É verdade que, a mim, de começo, ele nada pediu. Creio até que haja sorrido com malícia, ao ver a boa-vontade com que me ofereci para ajudar.

Mas, assim, pude passar o dia inteiro ao lado da minha prima. E juntos confeccionamos quase duas dezenas de cartas, na grande maioria destinadas a insignes analfabetos.

No correr das horas, rascunhando "Prezado amigo e distinto correligionário" e "amo. obro. ato. ador.", bem que eu projetei mais de uma investida, mas a coragem me faltou. Maria Irma agora não me fixava: espiava só para baixo, para o outro lado ou para a frente, se bem que eu às vezes lhe surpreendesse ligeiros olhares de viés.

À tarde, por fim, pus-me em brios, e me declarei, com veemência e transtorno.

Maria Irma escutou-me, séria. A boquinha era quase linear; os olhos tinham fundo, fogo, luz e mistério; e tonteava-me ainda mais o negrume encapelado dos cabelos. Quando eu ia repetir o meu amor pela terceira vez, ela, com voz tênue como cascata de orvalho, de folha em flor e flor em folha, respondeu-me:

— Em todos os outros que me disseram isso, eu acreditei... Só em você é que eu não posso, não consigo acreditar...

Protestei, perdendo o resto do aprumo, com larga gesticulação e atropelo de argumentos. Maria Irma sorriu:

— Gosto de ouvir você assim... Fica perfeitamente infantil...

Eu fora às cordas. Mas ainda reagi:

— Quem sabe você me toma por um bicho-papão, Mariairmazinha?

E ela, empertigando a cabecinha, quase num desafio:

— Isso mesmo! Você disse bem.

Mas, nisso, o juiz entrou no *ring*, isto é, surgiu meu tio, entusiasmadíssimo:

— Vamos escrever à Don'Ana do Janjão, da Panela-Cheia! Carta grande, palavreado escolhido. E outra para o bobo do marido... Mas não bota nada de que ele é bobo, aí, não, hein!?...

— Carta simples, Tio Emílio? Só para cumprimentar?

— Não. É avisando que eu troquei duas imagens para a capelinha do Retiro. Santa Ana e São João... E, como foi em honra deles dois, que são meus amigos, faço questão de que eles sejam os padrinhos!... Põe, na carta, que eu considero muita honra. Vou fazer festa: música, missa cantada, o diabo!

Maria Irma, sem pestanejar, me explica: Don'Ana do Janjão e Janjão da Don'Ana são respectivamente esposo e esposa, e, pois, coproprietários da fazenda da Panela-Cheia. Janjão da Don'Ana é um paspalhão, e não conta. Mas Don'Ana do Janjão é uma mulher-homem, que manda e desmanda, amansa cavalos, fuma cachimbo, anda armada de garrucha, e chefia eleitorado bem copioso, no município nº 3.

— Mas, meu tio, essa graciosa homenagem vai render-lhe pouco serviço... Os eleitores de Don'Ana do Janjão sendo de outro município...

— Ora, que ideia, meu sobrinho! Então você pensa que é só por interesse que a gente agrada as pessoas de quem a gente gosta?... E mesmo que fosse... Mesmo que fosse, tem muita gente, da banda de cá das divisas, que morre para obedecer à minha comadre Don'Ana...

— Comadre?

— Uê! Pois não vai ser?... Ela mais o marido, que é muito boa pessoa, não vão batizar as imagens que eu mandei vir para a capelinha? Pode escrever, pode pôr na carta: "Minha ilustríssima e prezada comadre..." e na outra: "querido e estimado compadre Coronel Janjão". Ele não é coronel nenhum, mas não faz mal... Muito distinta, a comadre Don'Ana... É capaz de querer fazer com a gente um trato por fora: ela manda o pessoal dela por aqui votar comigo, e eu faço o mesmo com o povinho que tenho por lá, no Piáu...

— Falo nisso, na carta, tio?

— Nada. Por enquanto, nada... Mas, capricha, mesmo... Pergunta como é que vai o Juquinha... Juquinha é o ai-jesus dela, é um menino que a minha comadre Don'Ana está criando.

***

Dormi mal, acordei de saudades, corri para junto de Maria Irma. Antes não o tivesse feito: quanto mais eu pelejava para assentar o idílio, mais minha prima se mostrava incomovível, impassível, sentimentalmente distante.

Não importa, no começo é assim mesmo — pensei. Devo mostrar-me caído, enamorado. Ceder terreno, para depois recuperá-lo. É boa tática... Um "gambito do peão da Dama", como Santana diria... Por onde andará Santana?

—Você não teve saudades de mim, Maria Irma?

— Que pergunta! Nós estamos na mesma casa, estivemos separados só nas horas de sono...

— Pois, para mim, já é demais, Maria Irma... Preciso da tua presença...

— Me diz outra coisa: você é ambicioso?

— Eu?

— Pois não é? Não é ambicioso?

— Não sei. Uma coisa, sim, eu ambiciono...

— Um automóvel?

— Maria Irma!

— Que cor de automóvel você prefere? Talvez o papai compre um...

Não ouvi o resto. Tudo saiu pior do que o pior que eu esperava! Maria Irma despreza a minha submissão. Tenho de jogar um "gambito do peão da Dama, recusado..."

***

No pastinho. Debaixo de um itapicuru, eu fumava, pensava, e apreciava a tropilha de cavalos, que retouçavam no gramado vasto. A cerca impedia que eles me vissem. E alguns estavam muito perto.

No meio da rasa relva verde-água, uma poldra: deitada sobre a sua sombra. Arranjou um jeito de ajuntar bem as patas, e os olhos e a cabeça são tristes e velhos, na elástica infantilidade do corpo. Mas, há uma longa sugestão de maciez, nos pelos felpos do pescoço.

O regato, acolá, azul claro, entre as margens de esmeralda, até parece abaulado. Para ele trota uma égua brilhantina — lisa e quente — que ao mover-se pega a desdobrar toalhas de carne, só músculos. Mas o poldrinho recém-nascido, ainda tão pernalta, vem pulando, atrás, aflito para mamar. Ao sumir o focinho sob o ventre e as coxas da mãe, todo o seu corpo é um alongar-se, de gula. A égua espera. Nunca ninguém soube dar com dignidade maior.

Aí, com o embornal e o cabresto, chegou o toquinho de gente preta de oito anos, que é o Moleque Nicanor.

— Que é que você veio fazer?

— Vim pegar o Vira-Saia, sim senhor, que patrão seu Emílio mandou...

— E você sabe?

— Pego, até sem precisar de milho nem de cabresto! O senhor quer ver?

— Se fizer, ganha dois mil-réis.

Moleque Nicanor arregalou os olhos, e eu pensei que ia ouvir as pancadas do seu coração. Deixou comigo a capanga e o sedenho; foi acolá, cortou um cipó, e ajuntou pedrinhas no chapéu de palha.

— É prata mesmo que o senhor falou, ou é duzentorréis?

— Prata. Olha aqui...

A cem metros de nós, os cavalos pastavam calmamente.

— Uh, Coringa! Ei! Ei!...

Fazendo declarações de amor, com vozinha blandiciosa, Moleque Nicanor vai andando devagarinho, em ziguezagues, não diretamente para os animais, mas para um ponto imaginário, vinte metros à esquerda do bando. Agora assovia e sacode o chapéu com as pedras. Coringa relincha. Vira-Saia levanta a cabeça. Moleque Nicanor para. Espera um pouco. Continua. Os cavalos se afastam, mais metros para oeste. Moleque Nicanor alcançou o ponto visado, mas a distância inicial de pouco diminuiu.

Moleque Nicanor recomeça a manobra. Aí, de repente, nitrindo, os animais desembestam a correr pela campina, de crinas abertas, em galope circular.

Moleque Nicanor não se precipita. Parece ter previsto este alarma. Deita-se no capim, e, bem no centro da circunferência, espera que os equinos se cansem e desistam de correr. Então, ele recomeça. Assoviando, andando, parando, falando, agitando as pedrinhas no chapéu. Ao fim de um quarto de hora, não sei bem o que ele fez, além de ter feito o pelo-sinal; mas a tropilha se fracionou. Os outros foram para longe, em dois grupos, para a borda da mata. Vira-Saia ficou sozinho.

O negrinho se endereça a ele, mas agora com requintes de suaviloquência. Já estão a menos de vinte passos um do outro. E decerto que

Vira-Saia está pensando que as pedrinhas do chapéu são mesmo milho debulhado, porque ele não sabe se quer correr ou se prefere esperar.

— Eh, meu irmãozinho! Eta beleza de cavalinho, só p'ra moça bonita montar!... Híu! Híu!... Vem cá, meu irmãozinho, chega p'r'aqui... Híu! Híu!...

A voz do Moleque Nicanor é uma comprida carícia. As pedrinhas chocalham. O cipó está bem escondido, debaixo do braço. Parou.

— Meu irmãozinho cavalinho... Híu! Híu!... Irmãozinho... Híu!...

A distância agora é mínima. Vira-Saia avançou, um quase nada. Moleque Nicanor já estava imóvel. Vira-Saia vem mais para perto... Mais... Pronto! Com viva rapidez e simulada displicência, Moleque Nicanor jogou o cipó no pescoço do animal. Vira-Saia estremeceu, mas queda quieto, porque pensa que já está mesmo prisioneiro. E, dócil, aceita que Moleque Nicanor lhe bata a mão num punhado de crina, e lhe passe o cipó na boca, abotoando-o em barbicacho e deitando uma volta furtada ao redor do focinho. Pula no lombo nú do cavalo, dando-lhe com os calcanhares nas costelas. E grita:

— Ei! Anda, égua magra! Piguancha!... Irmãozinho que nada! Já se viu cavalo nenhum ser irmão de gente?!...

Tenho de pagar os dois mil-réis. E mesmo mais outros dois, porque Moleque Nicanor arranjou a estória de um chicote que ele teria perdido no meio do capim, e de um dinheiro que prometeu às almas do Purgatório, a troco de que elas lhe ensinassem onde era que o chicote estava.

— E você é capaz de fazer isso com qualquer cavalo?

— Dos daqui, qualquer um, afora o Caraúna, por causa que ele é inteiro e vira fera, atôa, atôa: investe e amoita a gente a dente... Mas, se o senhor quiser mim dar outros dois mil-réis, eu vou ver se caço jeito de campear ele p'ra o senhor ver...

Recuso a proposta. E Moleque Nicanor, sempre montado em pelo, me toma a bênção e toca, a meio galope, sem nem ao menos fazer questão de substituir o cipó pelo cabresto.

E, nisto, fiquei sabendo, de repente, que tinha elaborado um plano. Tenho necessidade urgente de valorizar-me. Ah, Maria Irma!

Seo Juca Soares, da fazenda das Tranqueiras, a duas léguas daqui, sempre gostou de mim. "Periquito" fanático, portanto inimigo político de Tio Emílio. Mas tem a Alda, que está muito bonita, dizem, e que, em outros tempos, tal qual Maria Irma, foi minha namorada de brinquedo. Pois vou passear lá. Hoje mesmo. Vou passar o dia. Será que meu tio pode ficar zangado?

Nada, não se zangou; ao contrário:

— Eu acho até que não há mal nenhum em você ir... Vai, vai! Você vai já? Então, vamos juntos até no atalho da ponte, porque eu tenho de ir ver o Salvino, que vai ser do júri do Xandrão Cabaça...

Não esperava que fosse essa a reação do meu tio. Ficou quase entusiasmado com o meu projeto.

Simulando excesso de interesse pelo passeio, vim ver Maria Irma, que ficou imperturbável. Pergunto:

— É verdade que a Aldinha do Juca está uma moça encantadora?

— É. Está muito engraçadinha... Sempre foi...

Silêncio. Sorriso ingênuo de Maria Irma. Assoo o nariz.

— Então, para você, tanto faz que eu me interesse ou não por outra... Não é?

— Ninguém manda em coração...

— Me diz uma coisa, Maria Irma, você gosta um pouquinho de mim?

— Por que não? Gosto de todos os meus parentes... E você nunca me fez mal nenhum...

— Maria Irma!

— Olha, os cavalos já estão arreados... Lá vem papai. E você não deve se atrasar... Vai gostar da Alda... Só que você gostaria mais de Armanda...

— A noiva do teu Ramiro?

— Você é ridículo.

— Ele gosta de você. Você pensa que eu sou tolo?

— Eu, e só eu, sei quem gosta ou não de mim!

— Também pode ser que ele goste de vocês duas... Como é ela? É alta?

— Não. Da minha altura. Mais cheia de corpo... É bonita...

— Monta a cavalo?

— E guia automóvel, muito bem... É saída...

— Perdão, Maria Irma?

— É muito desembaraçada... Independente... Moderna...

— Deixemos esta conversa tola, Maria Irma...

— Deixemos. Até logo. Bom passeio!

Mordi os beiços e não gemi. Santana teria apenas classificado: partida empatada, por xeque perpétuo...

Vou passar o dia em casa do Juca Soares. E, conforme seja, amanhã lá volto, e mais todos os dias, e ainda mais dias, se preciso for! E onde é que anda esse Moleque Nicanor, mestre em tretas, para ganhar, atôa, atôa, mais dois mil-réis?!

Cavalgamos lado a lado, e Tio Emílio insiste no tema: que as coisas vão mal. Não tem confiança nos eleitores do São Tomé, nem nos do Marimbo... No Calambáu tudo ainda está pior... Mostra-se tão desfavorecido, que só falta garantir a derrota do seu partido "João-de-Barro"...

Diz isso e repete, cinco, seis vezes, enquanto eu vou remoendo comigo os meus insignes pesares de amor. Passada a ponte, separamo-nos.

Juca Soares recebeu-me muito bem. A Alda é bonita. Mas, tem olhos verdes... É clara demais, meio loura... Não se parece nada com Maria Irma... Não é Maria Irma!

Juca Soares também só fala da política: que tudo está correndo muito bem para os "Periquitos". A vitória é certa... O Governo dará apoio forte, vai mandar mais praças para o destacamento... E eu fico convencido da verdade de tudo isso.

Pouco demorei, conquanto muitos fossem os agrados. Em casa, Tio Emílio já me esperava, ansioso, via-se. Contei-lhe a conversa com o adversário. Pergunta:

— Que foi que você disse a ele?

— Não me lembro... Ah, sim: acho que disse que o senhor estava um pouco desanimado, que talvez aceitasse um acordo... Fiz mal?

Tio Emílio avança, de exultante:

— Fez muito bem, isto mesmo é que sapo queria! Eles agora vão pensar que é verdade, e vão amolecer um pouco... Estou desanimado, qual nada!... Mas você costurou certo. E agora é que tudo está mesmo bom, pois se o Juca Futrica contou prosa é porque as coisas para ele estão ruins... Você me rendeu um servição, meu sobrinho.

Oh, céus! Até a minha inocente ida ao Juca Soares foi explorada em favor das manobras políticas do meu tio... Corro por Maria Irma, que, frente ao espelho grande, acertava o comprimento de um vestido grená, estendendo-lhe as mangas em asas de ave e prendendo a gola com o mento. Sorriu, estendeu-me a mão, dobrou com cuidado o vestido.

— Que tal, a Aldinha? — perguntou.

— Que tal você e eu, Maria Irma?

— Um pouco tolos... Um pouco primos.

— Falo a sério, Maria Irma!

— Por que não avisou?

— Por favor, um armistício... Quero parlamentar...

— Guarda a bandeirinha branca. Vou servir café a você...

— Só depois.

— Então, senta e fuma...

— Escuta, Maria Irma: eu gosto de você... Eu te amo!

— Você pensa que gosta...

— Acredita que seja verdade. Por um momento, só...

— Fiz de conta. E depois?

— Então...

— Solta a minha mão!... Você já devia de me conhecer bem, para saber que eu não gosto disso.

— Uma palavra, apenas, Maria Irma... Posso esperar?

— Não.

— Diga, Maria Irma, por favor!

— Não.

— Pelo menos, fica sabendo que eu adoro você, que...

— Não sei...

— Então, devo ir-me embora?

— Sim... Vai...

— Vou, Maria Irma!

— Espera... Para onde você vai?

— Primeiro para as Três Barras, amanhã mesmo. De lá, à Vila, e às Tabocas, onde tomarei o trem...

— Espera... Não vá ainda... Fica mais uns dias...

— Por que, Maria Irma? Para que?

— É que... É que eu convidei Armanda para vir passar uns dias aqui, depois da eleição...

—Você é má, Maria Irma.

— Não sou. Fica... Você vai gostar...

— Que astúcia você tem na cabecinha, prima?

— Bem, é melhor que você vá. Você era capaz de pensar que é por minha causa que eu estou pedindo...

— Adeus, Maria Irma... Irma Maria...

— Tenho um retrato de Armanda... Você quer ver?

— Mostra ao Ramiro!

— Teimoso!

— Adeus, Maria Irma!

— Adeus, trapalhão!

***

E agora? Agora, vou-me embora para as Três Barras, onde mora o meu tio Ludovico, que não tem filha bonita nenhuma e não cuida de política. Vou, amanhã mesmo!

***

A Tio Emílio, aí que as eleições estavam beirando por pouco, custou concordar com a minha partida; falou em ingratidão, e amuou. Maria Irma foi clássica: não disse pau e nem pedra. E eu, confesso, quase chorei, no caminho. Mas estava em cima de um burro pardo, e, desse modo, chorar seria falta de pudor.

Nas Três Barras, o mundo era outro: muitos vaqueiros cantores; muitas violas; muitos passeios; muito sofri por causa de Maria Irma...

Pensava: será que agora, com a minha ausência, Maria Irma não estaria começando a gostar de mim? E penava com isso, que o amor, ao contrário de acontecer como a água em dois vasos estanques, deva gangorrar como pesos em conchas de balança. E desesperava, ao sentir que eu acumulara comigo tanto amor que estava inútil, sem ter onde pousar.

Mais sofri, todavia, porque lua havia, uma lua onde cabiam todos os devaneios e em que podia beber qualquer imaginação. Da varanda, eu espiava um pedaço, dado ao luar, de ar claro; as árvores ficavam tão quietas, que aquele campo parecia correr, como um vau de riacho raso, de transparência movente. As vacas, àquela hora, mugiam imenso, apartadas dos bezerros. Os dias me cansavam muito, mas eu não conseguia dormir. Pelas frinchas da janela, entrava o mato em insônia, com vozes que eu não entendia. E, às vezes, tarde da noite, ouvia, do curral, bruscos estrépitos — bufos, pisoteios, e um trafegar a esmo — excursões do gado sonambúlico.

E eu pensava, sempre em Maria Irma.

Mas o único acontecimento mesmo acabrunhante foi produzido por um papagaio, geral e caduco, já revertido ao silêncio, que cochilava em seu poleiro, mas que, um dia, lembrando-se de outrora, entortou a cabeça, me olhou com um olho, e, esganiçado, cantou:

"Cadê Mariquinha?
Foi passiá...
Entrou no balão
virou fogo do á!..."

— Gagá idiota! Deixa de cantar bobagens!

— *Fogo... Fogo!... Prrrr... Fogo!... Fogo do á!...*

Mas, aí, a negrinha Carmelinda chegou e explicou:

— É por causa que essa-uma é a cantiga que a gente ensina p'ra todos os papagaios... E é a derradeira que eles esquecem, quando já estão velhinhos...

Ri e deixei o purrutaco dormir. Melhorei.

E aí foi que tive notícia de que as eleições tinham corrido, com estrondoso triunfo do partido "João-de-Barro". E assim chegou também o dia em que apareceu nas Três Barras um camarada do Tio Emílio, trazendo duas cartas para mim.

Abri o primeiro envelope, com excessiva pressa: continha um recado, à máquina, do meu tio, celebrando a vitória e insistindo para que eu voltasse. Aquela folha de papel tinha passado pelas mãos, pelos dedos morenos de Maria Irma!

Mas, havia também o outro envelope, e eu abri, com preguiça, o outro envelope. Céus! Santana, outra vez!... Somente isto:

"Caríssimo, —

analisando a posição em que interrompemos aquela Zuckertort-Réti, na viagem a cavalo, verifiquei que o jogo não estava perdido para mim. Ao contrário!

Junto o diagrama, porque não confio muito na sua memória, desculpe. Mas, veja o avanço do cavalo preto a 5C, e, em seguida, B3D, e o outro bispo batendo a grande diagonal, e... veja, oh ajuizado moço Telêmaco, na quarta jogada, o tremendo ataque frontal dos peões negros, contra o roque branco. Indefendível! *Xeque-mate!*

Continuemos, por correspondência. Escreva para Pará-de-Minas.

Seu,

Santana."

Pulei do banco, e gritei de alegria. Os novilhos, que enchiam o curral esperando a marcação, pareceram-me um exército, aguardando ordens minhas para arremeterem em fileiras. O dia ficou, de repente, o mais bonito e bendito. Gritei mesmo:

— Saltem um cálice da branquinha potabilíssima de Januária que está com um naco de umburana macerando no fundo da garrafa!... E cavalo arreado, já, já, para eu voltar para o Saco-do-Sumidouro... Desistir, nem de ser idiota não convém! Viva Santana, com os seus peões! Viva o xeque-do-pastor! Viva qualquer coisa!... Volto! Vou lá.

E não adiantou a insistência do tio Ludovico:

— Amanhã cedo você vai... Espera ao menos a ferra dos garrotes, que é coisa bonita, de que você vai gostar...

E nem os sábios conselhos do Viriato, vaqueiro campeão da "derruba do boi pela seda" e mateiro meu confidente em assuntos de amor:

— O senhor não deve de ir, porque torna a ficar gostando... Isso de querer-bem da gente é que nem avenca-peluda, que murcha e, depois de tempo, tendo água outra vez, fica verde... E que nem galho grosso de timbaúba, que está seco, e, a gente fincando p'ra fazer cerca, brota logo e põe raiz!...

— Nada disso, Viriato! Eu tenho opinião. Não cedo!... Mas quero que ela saiba que eu não gosto dela mais... — expliquei, já afivelando as esporas.

E Viriato, curvando-se para me ajudar, abanou a cabeça e declamou:
— Flor de angico-verdadeiro, dura seis meses no pé...

***

Mas não era curta a viagem das Três Barras ao Saco-do-Sumidouro, tanto que houve tempo para pensar e sentir. Amplos campos navegantes; depois, o mato montano, onde pia o zabelê. Por aí, tive cansaço e vergonha de tudo o que antes eu dissera e fizera, e foram notáveis os meus pensamentos. O pio do zabelê é escandido e gemido. A estrada do amor, a gente já está mesmo nela, desde que não pergunte por direção nem destino. E a casa do amor — em cuja porta não se chama e não se espera — fica um pouco mais adiante.

— Éco! Éco! — gritavam os tucanos verdes.

— Óco! Óco! — ralhavam os tucano-açús.

***

Cheguei numa tarde assaz bonita e quente, porque era fim de janeiro com veranico.

Meu tio estava na varanda, deitado na rede, com um monte de cartas e telegramas ao alcance da mão. Achei-o um pouco abatido. Mais magro.

No alto da parede, os marimbondos tinham crescido novos cortiços oblongos. E as rosas amarelas floriam.

Tio Emílio me reteve abraçado, falando-me ao ouvido, com voz grossa e ronronante:

— Então, hein! Que arraso! Agora não há mais periquito para tomar casa que joão-de-barro fez!...

E, desprendendo-me, por fim:

— Olha o que o Presidente do Estado me mandou: que telegrama! Não pode haver mais periquito. É a-li! Tretou, relou, tijolo nas costas!...

Mas, justamente agora, que se afastara um pouco, era que Tio Emílio abaixava a voz:

— O pior foi que eu tive um prejuízo grande... Gastei para mais de uns oitenta contos... Um estrago!... Estou pensando em fazer um acordo na política, em desde que eu fique sendo o chefe...

E, numa onda brusca de carinho, Tio Emílio abraçou-me outra vez.

— Onde está Maria Irma? — perguntei.

Estava no jardim, e tinha mesmo de estar no jardim.

Mas não estava só.

Ruborizou-se. Ofegou. E apresentou-me à outra.

— Meu primo... Armanda...

Armanda tinha uma expressão severa, e foi muito inóspito o seu olhar. Quase uma zanga.

— Com cada um de vocês já falei muito do outro... — acrescentou Maria Irma.

Hesitei. Armanda recuara um passo, e fingiu olhar o jasmineiro. Murmurei:

— Então, Maria Irma, surpreendi você com a minha volta...

— Fico alegre...

— De verdade?

— Não começa outra vez. Você não compreende...

Alguém riu. Era Armanda, a de maravilhosa boca e olhos esplêndidos.

— Vou ver, papai chamou... Me esperem... — explicou Maria Irma, abrindo voo.

— Prefiro caminhar. Quer? — perguntou-me Armanda.

Quis. Andamos. Calados. Crescia em mim uma coisa definitiva, assim com a impressão de já conhecê-la, desde muito, muito tempo. Nossas mãos se encontraram, de repente, e eu senti que ela também estremeceu.

— Você está querendo tomar-me o pelo?!

— Que é isso, Armanda?

— Nada. Vamos!

Uma lavadeira cantava, lá na beira do rego:

"De madrugada,
quando a lua se escondia...
o sol raiava
na janela de Maria..."

Vinha um odor duro, das flores carminadas. Os aloendros, em fila, nos separavam do mundo. Pensamentos me agitavam. Queria...

—Você gosta de Maria Irma?

— Não...

— De quem?

— De você... Sempre gostei. Sempre! Antes de saber que você existia...

— É engraçado...

— É verdade.

— Não... Não é isso...

Armanda jogou fora o botão de bogari, e entrecruzou os dedos. E disse:

— É com você que eu vou casar.

— Comigo!?...

— Então, por que você não me beija? Porque aqui na roça não é uso?

***

E foi assim que fiquei noivo de Armanda, com quem me casei, no mês de maio, ainda antes do matrimônio da minha prima Maria Irma com o moço Ramiro Gouveia, dos Gouveias da fazenda da Brejaúba, no Todo-Fim-É-Bom.

"Eu vi um homem lá na grimpa do
[coqueiro, ai-ai,
não era homem, era um coco bem
[maduro, ôi-ôi.
Não era coco, era a creca de um
[macaco, ai-ai,
não era a creca, era o macaco todo
[inteiro, ôi-ôi."
(Cantiga de espantar males.)

São Marcos

NAQUELE TEMPO EU MORAVA no Calango-Frito e não acreditava em feiticeiros.

E o contra-senso mais avultava, porque, já então — e excluída quanta coisa-e-sousa de nós todos lá, e outras cismas corriqueiras tais: sal derramado; padre viajando com a gente no trem; não falar em raio: quando muito, e se o tempo está bom, "faísca"; nem dizer lepra; só o "mal"; passo de entrada com o pé esquerdo; ave do pescoço pelado; risada renga de suindara; cachorro, bode e galo, pretos; e, no principal, mulher feiosa, encontro sobre todos fatídico; — porque, já então, como ia dizendo, eu poderia confessar, num recenseio aproximado: doze tabus de não-uso próprio; oito regrinhas ortodoxas preventivas; vinte péssimos presságios; dezesseis casos de batida obrigatória na madeira; dez outros exigindo a figa digital napolitana, mas da legítima, ocultando bem a cabeça do polegar; e cinco ou seis indicações de ritual mais complicado; total: setenta e dois — noves fora, nada.

Além do falado, trazia comigo uma fórmula gráfica: treze consoantes alternadas com treze pontos, traslado feito em meia-noite de sexta-feira da Paixão, que garantia invulnerabilidade a picadas de ofídios: mesmo de uma cascavel em jejum, pisada na ladeira da antecauda, ou de uma jararaca-papuda, a correr mato em caça urgente. Dou de sério que não mandara confeccionar com o papelucho o escapulário em baeta vermelha, porque isso seria humilhante; usava-o dobrado, na carteira. Sem ele, porém, não me aventuraria jamais sob os cipós ou entre as moitas. E só hoje é que realizo que eu era assim o pior-de-todos, mesmo do que o Saturnino Pingapinga, capiau que — a história é antiga — errou de porta, dormiu com uma mulher que não era a sua, e se curou de um mal-de-engasgo, trazendo a receita médica no bolso, só porque não tinha dinheiro para a mandar aviar.

Mas, feiticeiros, não. E me ria dessa gente toda do mau milagre: de Nhá Tolentina, que estava ficando rica de vender no arraial pastéis de carne mexida com ossos de mão de anjinho; dos vinténs enterrados juntamente com mechas de cabelo, em frente das casas; do sapo com uma hóstia consagrada na boca, e a boca costurada para ele não cuspir fora a partícula, e depois batizado em pia de igreja, e, mais, polvilhado de terra de cemitério, e, ainda, pancada nele sapo até meio-morrer, para ser escondido finalmente no telhado de um sujeito; e do João Mangolô velho-de-guerra, voluntário do mato nos tempos do Paraguai, remanescente do "ano da fumaça", liturgista ilegal e orixá-pai de todos os metapsíquicos por-perto, da serra e da grota, e mestre em artes de despacho, atraso, telequinese, vidro moído, vuduísmo, amarramento e desamarração.

Bem... Bem que Sá Nhá Rita Preta cozinheira não cansava de me dizer:

— Se o senhor não aceita, é rei no seu; mas, abusar, não deve-de!

E eu abusava, todos os domingos, porque, para ir domingar no mato das Três Águas, o melhor atalho renteava o terreirinho de frente da cafua do Mangolô, de quem eu zombava já por prática. Com isso eu me crescia, mais mandando, e o preto até que se ria, acho que achando mesmo graça em mim.

Para escarmento, o melhor caso-exemplo de Sá Nhá Rita Preta minha criada era este: "...e a lavadeira então veio entrando, para ajuntar a roupa suja. De repente, deu um grito horrorendo e caiu sentada no chão, garrada com as duas mãos no pé (lá dela!)... A gente acudiu, mas não viu nada: não era topada, nem estrepe, nem sapecado de tatarana, nem ferroada de marimbondo, nem bicho-de-pé apostemado, nem mijacão, nem coisa de se ver... Não tinha cissura nenhuma, mas a mulher não parava de gritar, e... qu'é de remédio?! Nem angú quente, nem fomentação, nem bálsamo, nem emplastro de folha de fumo com azeite-doce, nem arnica, nem alcanfor!... Aí, ela se alembrou de desfeita que tinha feito para a Cesária velha, e mandou um portador às pressas, para pedir perdão. Pois foi o tempo do embaixador chegar lá, para a dor sarar, assim de voo... Porque a Cesária tornou a tirar fora a agulha do pé do calunga de cera, que tinha feito, aos pouquinhos, em sete voltas de meia-noite: "Estou fazendo fulana!... Estou fazendo fulana!...", e depois, com a agulha: "Estou espetando fulana!... Estou espetando fulana!..."

Uma barbaridade! Até os meninos faziam feitiço, no Calango-Frito. O mestre dava muito coque, e batia de régua, também; Deolindinho, de dez anos, inventou a revolta — e ele era mesmo um gênio, porque o sistema foi original, peça por peça somente seu: "Cada um fecha os olhos e apanha uma folha no bamburral!" Pronto. "Agora, cada um verte água dentro da lata com as folhas!" Feito. "Agora, algum vai esconder a *coisa* debaixo da cama de Seu Professor!..."

E foi a lata ir para debaixo da cama, e o professor para cima da cama, e da lata, e das folhas, e do resto, muito doente. Quase morreu: só não o conseguiu porque, não tendo os garotos sabido escolher um veículo inodoro, o bizarro composto, ao fim de dia e meio, denunciou-se por si.

Bem, ainda na data do que vai vir, e já eu de chapéu posto, Sá Nhá Rita Preta minha cozinheira, enquanto me costurava um rasgado na manga do paletó ("Coso a roupa e não coso o corpo, coso um molambo que está roto..."), recomendou-me que não enjerizasse o Mangolô.

Bobagens! No céu e na terra a manhã era espaçosa: alto azul, gláceo, emborcado; só na barra sul do horizonte estacionavam cúmulos, esfiapando sorvete de coco; e a leste subia o sol, crescido, oferecido — um massa-mel amarelo, com favos brilhantes no meio a mexer.

E eu levava boa matalotagem, na capanga, e também o binóculo. Somente o trambolho da espingarda pesava e empalhava. Mas cumpria com a lista, porque eu não podia deixar o povo saber que eu entrava no mato, e lá passava o dia inteiro, só para ver uma mudinha de cambuí a medrar da terra de-dentro de um buraco no tronco de um camboatã; para assistir à carga frontal das formigas-cabaças contra a pelugem farpada e eletrificada de uma tatarana lança-chamas; para namorar o namoro dos guaxes, pousados nos ramos compridos da aroeira; para saber ao certo se o meu xará joão-de-barro fecharia mesmo a sua olaria, guardando o descanso domingueiro; para apostar sozinho, no concurso de salto-à-vara entre os gafanhotos verdes e os gafanhões cinzentos; para estudar o treino de concentração do jaburu acromegálico; e para rir-me, à glória das aranhas-d'água, que vão corre-correndo, pernilongando sobre a casca de água do poço, pensando que aquilo é mesmo chão para se andar em cima.

Cachorro não é meu sócio. E nem! Com o programa, só iria servir para estorvar, puxando-me para o caminho de sua roça. Porque todos eles são mesmeiros despóticos: um cotó paqueiro pensa que no mundo só existem pacas, quando muito também tatus, cotias, capivaras, lontras; o veadeiro não sabe de coisa que não os esguios suassús das caatingas; e o perdigueiro desdenha o mundo implume, e mesmo tudo o que não for galináceo, fé do seu faro e gosto. Uma vez, no começo, trouxe comigo um desses ativistas orelhudos, de nariz destamanho. Não dei nem tiro, e ele estranhava, subindo para mim longos olhares de censura. Desprezou-me, sei; e eu me vexei e quase cedi. Nunca mais!

Mas, como eu contava ainda há pouco, eram sete horas, e eu ia indo pela estrada, com espingarda, matula, manhã bonita e tudo. Tão gostosos a claridade e o ar — morno cá fora, fresco nas narinas e feliz lá dentro — que eu ia do mais esquecido, tropica-e-cai levanta-e-sai, e levei um choque, quando gritaram, bem por detrasinho de mim:

— 'Guenta o relance, Izé!...

Estremeci e me voltei, porque, nesta estória, eu também me chamarei José. Mas não era comigo. Era com outro Zé, Zé-Prequeté, que, trinta metros adiante, se equilibrava em cima dos saltos arqueados de um pangaré neurastênico.

Justo no momento, o cavalicoque cobreou com o lombo, e, com um jeito de rins e depois um desjeito, deu com o meu homônimo no chão.

Mas isso não tinha maior importância, porque, mais poucos passos, e eu adotava um trilho afluente, muito batido e de chão limpo, mas estreito, porque vinha numerosa gente à consulta, mas sempre um só ou dois de cada vez. A casa do Mangolô ficava logo depois. Havia um relaxamento no aramado da cerca, bem ao lado da tranqueira de varas, porque o povo preferia se abaixar e passar entre os fios; e a tranqueira deixara de ter maior serventia, e os bons-dias trepavam-lhe os paus, neles se enroscando e deflagrando em campânulas variegadas, branco e púrpura.

A cafua — taipa e colmo, picumã e pau-a-pique — estava lá, bem na linha de queda da macaúba. Linha teórica, virtual, mas, um dia... Porque a sombra do coqueiro, mesmo sem ser na hora das sombras ficarem compridas, divide ao meio o sapé do teto; e a árvore cresce um metro por ano; e os feiticeiros sempre acabam mal; e um dia o pau cai, que não sempre...

Hora de missa, não havia pessoa esperando audiência, e João Mangolô, que estava à porta, como de sempre sorriu para mim. Preto; pixaim alto, branco amarelado; banguela; horrendo.

— Ó Mangolô!

— Senh'us'Cristo, Sinhô!

— Pensei que você era uma cabiúna de queimada...

— Isso é graça de Sinhô...

— ...Com um balaio de rama de mocó, por cima!...

— Ixe!

—Você deve conhecer os mandamentos do negro... Não sabe? "Primeiro: todo negro é cachaceiro..."

— Ôi, ôi!...

— "Segundo: todo negro é vagabundo."

—Virgem!

— "Terceiro: todo negro é feiticeiro..."

Aí, espetado em sua dor-de-dentes, ele passou do riso bobo à carranca de ódio, resmungou, se encolheu para dentro, como um caramujo à cocleia, e ainda bateu com a porta.

— Ó Mangolô!: "Negro na festa, pau na testa!..."

E fui, passando perto do chiqueiro — mais uma manga, de tão vasto, com seis capadões super-acolchoados, cegos de gordura, espapaçados, grunhindo, comodistas e educados malissimamente. Comer, comer, comem de tudo: até cobra — pois nem presa de surucucu-tapete não é capaz de transfixar-lhes os toucinhos. Mas, à meia-noite, não convém a gente entrar aqui, porque todo porco nessa hora vira fera, e até fica querendo sair para estraçalhar o dono ou outro qualquer cidadão.

No final do feijoal, a variante se bifurca; tomo o carreador da direita. Dos dois lados, abrem-se os gravatás, como aranhas de espinhentas patorras; mas traçam arcos melodiosos e se enfeitam de flores céu-azul.

Escuto o bater de alpercatas. É o Aurísio Manquitola.

—Você vem vindo do Mangolô, hein Aurísio?

—Tesconjuro!... 'Tou vindo mas é da missa. Não gosto de urubu... Se gostasse, pegava de anzol, e andava com uma penca debaixo do sovaco!...

Aurísio é um mameluco brancarano, cambota, anoso, asmático como um fole velho, e com supersenso de cor e casta.

— Mas você tem medo dele...

— Há-de-o!... Agora, abusar e arrastar mala, não faço. Não faço, porque não paga a pena... De primeiro, quando eu era moço, isso sim!... Já fui gente!, gente. Para ganhar aposta, já fui, de noite, foras d'hora, em cemitério... Acontecer, nunca me aconteceu nada; mas essas coisas são assim para rapaz. Quando a gente é novo, gosta de fazer bonito, gosta de se comparecer. Hoje, não: estou percurando é sossego... O senhor é servido em comer uma laranja-da-china?

E Aurísio Manquitola, que está com a capanga cheia delas, tira uma, corta a tampa, passando a fruta no gume da foice, aplica uma pranchada no fundo da sobredita, "para amolecer e dar o caldo", e chupa, sem cascar.

— Boa coisa é uma foice, hein, Aurísio? Serve para tudo... Agora, para tirar bicho-de-pé, serve não. Ou será que serve?...

— Não caçoa! Boa mesmo!... Eu cá não largo a minha. Arma de fogo viaja a mão da gente longe, mas cada garrucha tem seu nome com sua moda... Faca já é mais melhor, porque toda faca se chama catarina. Mas, foice?!: é arma de sustância — só faz conta de somar! Para foice não tem nem reza, moço...

— Nem as "sete ave-marias retornadas"? Nem "São Marcos"?

E comecei a recitar a oração sesga, milagrosa e proibida: — "Em nome de São Marcos e de São Manços, e do Anjo-Mau, seu e meu companheiro..."

— Úi! — Aurísio Manquitola pulou para a beira da estrada, bem para longe de mim, se persignando, e gritou:

— Para, creio-em-deus-padre! Isso é reza brava, e o senhor não sabe com o que é que está bulindo!... É melhor esquecer *as palavras*... Não benze pólvora com tição de fogo! Não brinca de fazer cócega debaixo de saia de mulher séria!...

— Bem, Aurísio... Não sabia que era assim tão grave. Me ensinaram e eu guardei, porque achei engraçado...

— Engraçado?! É é um perigo!... Para fazer bom efeito, tem que ser rezada à meia-noite, com um prato-fundo cheio de cachaça e uma faca nova em folha, que a gente espeta em tábua de mesa...

— Na passagem em que se invoca o nome do caboclo Gonzazabim Índico?

— Não fala, seu moço!... Só por a gente saber de cor, ela já dá muita desordem. O senhor, que é homem *estinctado*, de alta categoria e alta fé, não acredita em mão sem dedos, mas... Diz-se que um homem... Bom, o senhor conheceu o Gestal da Gaita, não conheceu? Figa faço que ele sabia a tal e rezava quando queria... Um dia, meu compadre Silivério, das Araras, teve de pernoitar com ele, no Viriato... Puseram os dois juntos, no quarto-da-sala... Compadre Silivério me contou: galo canta, passa hora, e nem que ele não podia segurar um sono mais explicado, por causa que o parceiro se mexia dormindo e falava enrolado, que meu compadre nem pela rama não entendeu coisa nenhuma.

— Eu sei, Aurísio:

"Da meia-noite p'r'o dia,
meu chapéu virou bacia..."

— O senhor vá escutando: o que houve foi que o meu compadre Silivério, que já estava meio arisco, dormindo com um olho só e outro não, viu o cabra vir para ele, de faca rompente, rosnando conversa em língua estranja... Foi o tempo de meu compadre Silivério destorcer da caxerenguengue e pular fora do jirau: ainda viu o outro subindo parede arriba, de pé em-pé! Aí, o homem acordou, quando bateu com a cabeça nos caibros, parece-que, e despencou de lá, estrondando... Fez um galo na creca, por prova, mas negou e negou que tinha subido em parede, perguntando ao meu compadre se ele não era que não sofria de pesadelo... Ara! ara! Para ver gente sonhar nesse esquerdo, ah eu fora de lá!...

— Medonho, Aurísio!

— Pois não foi?!... E o Tião Tranjão? Aquele meio leso, groteiro do Cala-a-Boca, que vem vender peixe-de-rio no arraial, em véspera de semana-santa... Está lembrado? Ele andou morando de-amigado com uma mulherzinha do Timbó, criatura feia e sem graça em si como nenhuma... Pois não é que achou gente ainda mais boba do que o Tião, para querer gostar dela na imoralidade?! O Cypriano, aquele carapina velho velhoso... Os dois começaram a desonrar o coió, e por amor de ficar sozinhos no bem-bom inventaram um embondo — eu acho que foram eles — que tinha sido o Tião quem tinha ofendido o Filipe Turco, que tinha levado umas porretadas no escuro sem saber da mão de quem... O pobre do Tião não sabia nem da falta de pouca-vergonha da mulher, nem de paulada em turco, nem de coisa nenhuma desta vida: só sabe até hoje é pescar, e nem isso ele não é capaz de fazer direito por si sozinho: é homem só de cercar pari no trecho estreito do rio, armar jiqui na saída de poço, e soltar catueira de oito anzóis na lagoa, para biscate de pegar os peixes mais tolos de todos...

— Dou dado!

— É mesmo. E aí foi que o Gestal da Gaita, que é sem preceito e ferrabraz, mas tem bom coração, vendo que o coitado do Tião estava mesmo filho sem pai, ficou com dó e quis ensinar a reza, para ajuda de ele ter alguma valença nos apertos. Pois foi um custo. O Tião trocava as palavras, errava, atrapalhava a brasa; nome entrava por aqui e saía por aqui; tossia e não repetia.

...Então, primeiro, o Gestal da Gaita, que nesse dia estava de veneta de ter paciência, disse assim:

— "Já sei como é que a gente põe escola para papagaio velho: bebe este copo de cachaça, todo!... Pronto. Vamos de-banda..." — E foi cantando a lição a eito, começada do começo. Mas melhor não foi, com a burrice do Tião.

...Aí o Gestal da Gaita assoou o nariz e xingou a mãe de alguém: — "Pois então, eu, só por fazer uma caridade, estou pelejando para te escorar em cima dos dois pés, e tu ou tem cera nos ouvidos ou essa cabeça é de galinha?!... Ao desta viagem, ou tu guarda o milho no paiol ou eu te soletro uma coça mestra, com sola de anta; e aí tu aprende ou fala por que é que não aprende!"

...E foi mesmo: por fim o Gestal da Gaita deu ar ao chicote, com mão dona, e o pobre do Tião Tranjão corria no contrapasso, seguro pela fralda da camisa, gritando mesa com teresa e querendo até enfiar a cabeça em cano de calça dos passantes... E foi o que prestou para clarear a ideia lá dele, paz que ele aí decorou tudo, num átimo, tintim por tintim!...

...E deu na conta: na hora em que o soldado chegou, Tião Tranjão, que sempre tinha tido um medo magro dos praças, foi perguntando, de pé atrás e fazendo ventania com o porrete:

— "Com ordem de quem?!"...

— "Com ordem de autoridade de seu Sebastião do Adriano, subdelegado de polícia lá no arraial e aqui também!"

— "Já sei, já sei! Volta p'ra trás! Volta p'ra trás, que eu vou sozinho, e é amanhã que eu vou. Falando manso, eu entendo; mas, por mal, vocês não me levam, e com soldado apertado é que eu não ando mesmo não!..."

Coisa que ele tinha quebrado o chapéu-de-palha na testa, e cuspiu para uma banda, porque estava mesmo dando para maludo, com as farrombas todas, mascarado de valentão. Mas o soldado logo viu que o assunto melhor era encabrestar e puxar o bobo pela ponta da bobice mesma. E falou assim:

— "Seu Tião Tranjão, o senhor tem sua razão particular, toda, porque é homem de brio; mas eu também tenho a minha, porque estou cumprindo dever de lei. Mas, onde está o homem, não morre homem!... E gente valente como nós dois devemos de ser amigos!... O mais certo é a gente ir pedir opinião ao seu Antonino, que é seu patrão e seu padrinho, e o que ele aconselhar nós vamos fazer."

...Tião Tranjão ficou batendo com o pé na poeira, até que encheu e respondeu:

— "Pois se o senhor acha mesmo que eu sou par p'ra outro, vamos lá. O que Padrinho Antonino disser, 'ta dissido!..."

...Aí seu Antonino falou na fé do falado, pelo direito, e mandou o Tião se entregar preso... — Aurísio interrompe a história, para colher e mastigar uma folha cheirã da erva-cidreira, que sobe em tufos na beira da estrada. (— Para desinfetar! — diz.) Depois continua:

— Diz-se que, lá na cadeia do arraial, os soldados fizeram graça... Diz-se quê, não! me arrependo: eles fazem mesmo, eu sei, porque também já estive lá, sem ter culpa de crime nenhum, bem entendido; e eles, na hora em que eu cheguei, foram me perguntando: — "Você matou? Ah, não matou não? Que pena!... Se tivesse matado, ia ficar morando aqui com a gente!..."

...Bom, eles trancaram o Tião. De certo que eles bateram também no Tião. Mas, e depois? seu moço?!...

...Ele deve de ter rezado a reza à meia-noite, da feição que o diabo pede, o senhor não acha? Pois, do contrário, me conte: quem foi que deu fuga ao preso, das grades, e carregou o cujo de volta para casa — quatro léguas —, que, de-madrugadinha, estava ele chegando lá, e depois na casa do outro, e entrando guerreiro e fazendo o pau desdar, na mulher, no carapina, nos trastes, nas panelas, em tudo quanto há...?! Entrou até embaixo de cama, para quebrar a vasilha!... E: olhe aqui: quando ele tinha chegado, caçou uma alavanca para abrir a porta, com cautela de economia, por não estragar... Pois, no fim da festa, acabou desmanchando a casa quase toda, no que era de recheio...

...Foi precisão de umas dez pessoas, para sujeitar o Tião, e se a gente não tonteasse o pobre... Bem, seu moço, se o senhor vai torar dessa banda de lá, nós temos de se desapartar, que o meu rumo é este aqui. Bom, até outro dia. Deus adiante, paz na guia!...

E o Aurísio Manquitola, se entranhando no mata-pasto e na maria--preta, some.

O meu caminho desce, contornando as moitas de assa-peixe e do unha-de-boi — esplêndido, com flores de imensas pétalas brancas, e folhas hirsutas, refulgindo. No chão, o joá-bravo defende, com excesso de espinhos, seus reles amarelos frutos. E, de vez em quando, há uma sumauveira na puberdade, arvoreta de esteio fino e cobertura convexa, pintalgada de flores rubras, como um para-sol de praia.

Entro na capoeira baixa... Saio do capoeirão alto. E acolá, em paliçadas compactas, formando arruamentos, arborescem os bambus.

Os bambus! Belos, como um mar suspenso, ondulado e parado. Lindos até nas folhas lanceoladas, nas espiguetas peludas, nas oblongas glumas... Muito poéticos e muito asiáticos, rumorejantes aos voos do vento.

Bem perto que está o bosquete, e eu me entorto de curiosidade; mas vai ser a última etapa: apenas na hora de ir-me embora é que passarei para ver os meus bambus. Meus? *Nossos*... Porque eles são a base de uma sub-estória, ainda incompleta.

Foi quase logo que eu cheguei no Calango-Frito, foi logo que eu me cheguei aos bambus. Os grandes colmos jaldes, envernizados, lisíssimos, pediam autógrafo; e alguém já gravara, a canivete ou ponta de faca, letras enormes, enchendo um entrenó:

"Teus olho tão singular
Dessas trançinhas tão preta
Qero morer eim teus braço
Ai fermosa marieta."

E eu, que vinha vivendo o visto mas vivando estrelas, e tinha um lápis na algibeira, escrevi também, logo abaixo:

Sargon
Assarhaddon
Assurbanipal
Teglattphalasar, Salmanassar
Nabonid, Nabopalassar, Nabucodonosor
Belsazar
Sanekherib.

E era para mim um poema esse rol de reis leoninos, agora despojados da vontade sanhuda e só representados na poesia. Não pelos cilindros de ouro e pedras, postos sobre as reais comas riçadas, nem pelas alargadas barbas, entremeadas de fios de ouro. Só, só por causa dos nomes.

Sim, que, à parte o sentido prisco, valia o ileso gume do vocábulo pouco visto e menos ainda ouvido, raramente usado, melhor fora se jamais usado. Porque, diante de um gravatá, selva moldada em jarro jônico, dizer-se apenas *drimirim* ou *amormeuzinho* é justo; e, ao descobrir, no meio da mata, um angelim que atira para cima cinquenta metros de tronco e fronde, quem não terá ímpeto de criar um vocativo absurdo e bradá-lo — Ó colossalidade! — na direção da altura?

E não é sem assim que as palavras têm canto e plumagem. E que o capiauzinho analfabeto Matutino Solferino Roberto da Silva existe, e, quando chega na bitácula, impõe: — "Me dá dez'tões de biscoito de *talxóts*!" — porque deseja mercadoria fina e pensa que "caixote" pelo jeitão plebeu deve ser termo deturpado. E que a gíria pede sempre roupa nova e escova. E que o meu parceiro Josué Cornetas conseguiu ampliar um tanto os limites mentais de um sujeito só bi-dimensional, por meio de ensinar-lhes estes nomes: intimismo, paralaxe, palimpsesto, sinclinal, palingenesia, prosopopese, amnemosínia, subliminal. E que a população do Calango-Frito não se edifica com os sermões do novel pároco Padre Geraldo ("Ara, todo o mundo entende...") e clama saudades das lengas arengas do defunto Padre Jerônimo, "que tinham muito mais latim"... E que a frase "*Sub lege libertas!*", proferida em comício de cidade grande, pôde abafar um motim potente, iminente. E que o menino Francisquinho levou susto e chorou, um dia, com medo da toada "patranha" — que ele repetira, alto, quinze ou doze vezes, por brincadeira boba, e, pois, se desusara por esse uso e voltara a ser selvagem. E que o comando "Abre-te Sésamo etc." fazia com que se escancarasse a porta da gruta-cofre... E que, como ia contando, escrevi no bambu.

Até aí, tudo em paz. Deu de ser, porém, que, no domingo seguinte, quando retornei ao bambual, vi que o outro (Quem será? — pensei), vi que o outro poeta antes de mim lá voltara. Cataplasma! E garatujara ele, sob o meu poema dos velhos reis de alabastro:

Língua de turco rabatacho dos infernos.

Mas também aceitara o floral desafio, já usando certeza e lápis, comigo igual, dessa feita:

Na viola do urubú
o sapo chegou no céu.
Quando pego na viola
o céu fica sendo meu.

O trovador se esmerara. Ou seria outro, um terceiro? Pouco vale: para mim, fica sendo um só: "Quem-será". E "Quem-Será" ficou sendo o meu melhor amigo, aqui no Calango-Frito. Mas, não tive dúvida; o mato era um menino dador de brinquedos; e fiz:

Tempo de festa no céu,
Deus pintou o surucuá:
com tinta azul e vermelha,
verde, cinzenta e lilá.
Porta de céu não se fecha:
surucuá fugiu pra cá.

E mais, por haver lugar:

Tem o teu e tem o meu
tem canhota e tem direita,
tem a terra e tem o céu —
escolha deve ser feita!

Eu mesmo não gostei. Mas a minha poesia viajara muito e agora estava bem depois do nascimento de Nosso Senhor Jesus Cristo. Isso me perturbou; escrevi:

Ou a perfeição, ou a pândega!

E esperei. No domingo imediato, encontrei no bambu contíguo, que no primeiro não mais havia internódio útil, a matéria-prima destes versos:

Chegando na encruzilhada
eu tive de resolver:
para a esquerda fui, contigo.
Coração soube escolher!

O tema se esgotara, com derrota minha e o triunfo de "Quem--Será". Me vinguei, lapisando outra qualquer quadra, começo de outro assunto. E nesse caminho estamos.

Não mais avisto os bambus. Agora apanho outra vez a estrada-mestra, que, enquanto isto tudo, contornou o saco-de-serra, esbanjando chão numa volta quilometrosa, somente para aproveitar a ponte grande e para passar no pé da porta da casa da fazenda do Seu Coronel Modestino Siqueira. Aqui ela é largo e longo socalco, talhado em tabatinga. E, do lado da encosta e do lado do vale, temos a mata: marmelinho, canela, jacarandá, jequitibá-rosa; a barriguda, armada de espinhos, de copa redonda; a mamica-de-porca — também de coluna bojuda, com outros espinhos; o sangue-de-andrade, que é "pau *dereito*"; o esqueleto de um deixa-falar, sem uma folha, guardada apenas a grade resseca; e os *jacarés* novos, absurdos, de folhinhas finas, em espiguilha, que nem folhas de sensitiva, enquanto a casca se eriça em tarjas, cristas, listéis e caneluras, como a crusta do dorso de um caimão.

E, nas ramas, rindo, cheirosos epidendros, com longos labelos marchetados de cores, com pétalas desconformes, franzidas, todas inimigas, encrespadas, torturadas, que lembram bichos do mar róseo-maculados, e roxos, e ambarinos — ou máscaras careteantes, esticando línguas de ametista.

Mas, as imbaúbas! As queridas imbaúbas jovens, que são toda uma paisagem!... Depuradas, esguias, femininas, sempre suportando o cipó-braçadeira, que lhes galga o corpo com espirais constrictas. De perto, na tectura sóbria — só três ou quatro esgalhos — as folhas são estrelas verdes, mãos verdes espalmadas; mais longe, levantam-se das grotas, como chaminés alvacentas; longe-longe, porém, pelo morro, estão moças cor de madrugada, encantadas, presas, no labirinto do mato.

Pelas frinchas, entre festões e franças, descortino, lá em baixo, as águas das Três-Águas. Três? Muitas mais! A lagoa grande, oval, tira do seu polo rombo dois córregos, enquanto entremete o fino da cauda na floresta. Mas, ao redor, há o brejo, imensa esponja onde tudo se confunde: trabéculas de canais, pontilhado de poços, e uma finlândia de lagoazinhas sem tampa.

E as superfícies cintilam, com raros jogos de espelho, com raios de sol, espirrando asterismos. E, nas ilhas, penínsulas, istmos e cabos, multicrescem taboqueiras, tabúas, taquaris, taquaras, taquariúbas, taquaratingas e taquarassús. Outras imbaúbas, mui tupis. E o buritizal: renques, aleias, arruados de buritis, que avançam pelo atoleiro, frondosos, flexuosos, abanando flabelos, espontando espiques; de todas as alturas e de todas as idades, famílias inteiras, muito unidas: buritis velhuscos, de palmas contorcionadas, buritis-senhoras, e, tocando ventarolas, buritis-meninos.

Agora, outro trilho, e desço, pisando a humilde guaxima. Duas árvores adiantadas, sentinelas: um cangalheiro, de copa trapezoidal, retaca; e uma cajazeira que oscila os brônquios verdes no alto das forquilhas superpostas. Transponho um tracto de pântano. Conheço três sendas dedalinas, que atravessam o tremedal, ora em linguetas no chão mole, ora em largas praças aterradas. Escolhi a trilha B.

Porque não é a esmo que se vem fazer uma visita: aqui, onde cada lugar tem indicação e nome, conforme o tempo que faz e o estado de alma do crente.

Hoje, vamos, primeiro, às Rendas da Yara, para escutar de próximo os sete rumores do riacho, que desliza em ebulição. Perto, no fresco da relva, na sombra da selva, no úmido dos minadouros que cantam, dormem as avencas de folhagem minuciosa: a avenca-dourada, recurvando em torno ao espique as folhas-centopeias; e o avencão-peludo, que jamais se molha, mesmo sob os respingos. Muitos musgos cloríneos. A delicadeza das samambaias. E os velhos samambaiussús.

Aqui, convém: meditar sobre as belezas da castidade, reconhecer a precariedade dos gozos da matéria, e ler a história dos Cavaleiros da Mesa Redonda e da mágica espada Excalibur. Mas não posso demorar. A frialdade do recanto é de gripar um cristão facilmente, e também paira no ar finíssima poeira de lapidação de esmeraldas, que deve ser asmatizante.

Agora vamos retroceder, para as três clareiras, com suas respectivas árvores tutelares; porque, em cada aberta do mato, há uma dona destacada, e creio mesmo que é por falta de sua licença que os outros paus ali não ousam medrar.

Primeiro, o "Venusberg" — onde impera a perpendicularidade excessiva de um jequitibá-vermelho, empenujado de liquens e roliço de fuste, que vai liso até vinte metros de altitude, para então reunir, em raqueta melhor que em guarda-chuva, os seus quadrangulares ramos. Tudo aqui manda pecar e peca — desde a cigana-do-mato e a mucuna, cipós libidinosos, de flores poliandras, até os cogumelos cinzentos, de aspirações mui terrenas, e a erótica catuaba, cujas folhas, por mais amarrotadas que sejam, sempre voltam, bruscas, a se retesar. Vou indo, vou indo, porque tenho pressa, mas ainda hei de mandar levantar aqui uma estatueta e um altar a Pan.

Um claro mais vasto, presidido pelo monumento perfumoso da colher-de-vaqueiro, faraônica, que mantém à distância cinco cambarás ruivos, magros escravos, obcônicos, e outro cambará, maior, que também vem afinando de cima para baixo. Puro Egito. Passo adiante.

Agora, sim! Chegamos ao sancto-dos-sanctos das Três-Águas. A suinã, grossa, com poucos espinhos, marca o meio da clareira. Muito mel, muita bojuí, jati, urussú, e toda raça de abelhas e vespas, esvoaçando; e formigas, muitas formigas marinhando tronco acima. A sombra é farta. E há os ramos, que trepam por outros ramos. E as flores rubras, em cachos extremos — vermelhíssimas, ofuscantes, queimando os olhos, escaldantes de vermelhas, cor de guelras de traíra, de sangue de ave, de boca e *bâton*.

Todos aqui são bons ou maus, mas tão estáveis e não-humanos, tão repousantes! Mesmo o cipó-quebrador, que aperta e faz estalarem os galhos de uma árvore anônima; mesmo o imbê-de-folha-rota, que vai pelas altas ramadas, rastilhando de copa em copa, por léguas, levando suas folhas perfuradas, picotadas, e sempre desprendendo raízes que irrompem de junto às folhas e descem como fios de aranha para segurar outros troncos ou afundar no chão. Mas a grande eritrina, além de bela, calma e não-humana, é boa, mui bondosa — com ninhos e cores, açúcares e flores, e cantos e amores — e é uma deusa, portanto.

— Uf! Aqui, posso descansar.

Tiro o paletó e me recosto na coraleira. Estou entre o começo do mato e um braço da lagoa, onde, além do retrato invertido de todas as plantas tomando um banho verde no fundo, já há muita movimentação. A face da lagoa em que bate o sol, toda esfarinhenta, com uma dansa de pétalas d'água, vê-se que vem avançando para a outra, a da sombra. E a lagoa parece dobrada em duas, e o diedro é perfeito.

— *Chuá*...

É a amerissagem de um pato bravo, que deve ter vindo de longe: tatalou e caiu, com onda espirrada e fragor de entrudo. O marrequinho de gravata é muito mais gentil: coincha no alto, escolhe o ponto, e aquatiza meigamente. Agora singra, rápido, puxando um enfivelamento de círculos e um triângulo. Bordejando, desvia-se para não abalroar as cairinas pesadas, que vão ondulando, de peito, e fazendo chapeleta grossa e esteira de espuma, como a mareta de um peixe. O marrequinho pousa tão próprio, aninhado e rodado, que a lagoa é que parece uma palma de mão, lisa e maternal, a conduzi-lo. O rabo é leme ótimo: só com um jeito lateral, e o bichinho trunca a rota. Para. Balouça. Sacode a cabeça n'água. Espicha um pezinho, para alimpar o pescoço. E vai juntar-se aos outros marrecos, que chegaram primeiro e derivam à bolina, ao gosto do vaivém da água, redondos, tersos, com uma pata preta sob a asa e a cabeça aninhada nas plumas, bico para trás cada qual.

Já os irerês descem primeiro na margem, e ficam algum tempo no meio dos caniços. Devem ter ovos lá. Os do frango-d'água eu sei onde estão, muito bem ocultos entre as tabúas.

As narcejas, há tempo que vieram, e se foram. Os paturis ainda estão por chegar. Vou esperá-los. Também pode ser que apareça alguma garça ou um jaburú, cegonhão seu compadre, ou que volte a vir aquele pássaro verde-mar com pintas brancas, do qual ninguém sabe o nome por aqui.

Agora, outra desconhecida, verde-escura esta, parecendo uma grande andorinha. Vem sempre. Tem voo largo, mas é má nadadora. E incontentável: toma seu banho de lagoa, vai lá adiante no brejo, e ainda tenta ligeira imersão no riacho.

E aquele? Ah, é o joão-grande. Não o tinha visto. Tão quieto... Mas, de vezinha — *i-tchungs!* — tchungou uma piabinha. E daqui a pouco ele vai pegar a descer e a subir o bico, uma porção de vezes, veloz como a agulha de uma máquina de costura, liquidando o cardume inteiro de piabas.

Corre o tempo.

A lagoa está toda florida e nevada de penugens usadas que os patos põem fora. E lá está o joão-grande, contemplativo, ao modo em que eu aqui estou, sob a minha corticeira de flores de crista de galo e coral. Só que eu acendo outro cigarro, por causa dos mil mosquitos, que são corja de demônios mirins.

Do mais do povinho miúdo, por enquanto, apenas o eterno cortejo das saúvas, que vão sob as folhas secas, levando bandeiras de pedacinhos de folhas verdes, e já resolveram todos os problemas do trânsito. Ligeira, escoteira, zanza também, de vez em quando, uma dessas formigas pretas caçadoras amarimbondadas, que dão ferroadas de doer três gritos. Mas aqui está outra, pior do que a preta corredora: esta formiga-onça rajada, que vem subindo pela minha polaina. Está com fome. Quer das provisões. Desço-a e ponho-lhe diante um grumo de geleia e alguns grãos de farinha. Não quis. Fugiu. Quem vai comer do meu farnel é todo o clã das quem-quem, esses trenzinhos serelepes, que têm ali perto a boca do seu formigueiro. Uma por uma, se atrevem; largam os glóbulos de terra, trocam sinais de antenas, circulam adoidadas e voltam para a cratera vermelha. Vou espalhar no chão mais comida, pois elas são sempre simpáticas: ora um menino que brinca, ora uma velhinha a rezar.

Como será o deus das formigas? Suponho-o terrível. Terrível como os que o louvam… E isto é também com o louva-a-deus, que, acolá, erecto, faz vergar a folha do junquilho. Ele está sempre rezando, rezando de mãos postas, com punhais cruzados. Mas, no domingo passado, este mesmo, ou um qualquer louva-a-deus outro, comeu o companheiro em oito minutos justos, medidos no relógio — deixou de lado apenas as rijas pernas-de-pau serrilhadas da vítima, e o seu respectivo colete… Foi-se.

E assim também o tempo foi indo — nada de novo no rabo da lagoa, e aqui em terra firme muito menos — e chegou um momento sonolento, em que me encostei para dormir.

Fiquei meio deitado, de lado. Passou ainda uma borboleta de páginas ilustradas, oscilando no voo puladinho e entrecortado das borboletas; mas se sumiu, logo, na orla das tarumãs prosternantes. Então, eu só podia ver o chão, os tufos de grama e o sem-sol dos galhos. Mas a brisa arageava, movendo mesmo aqui em baixo as carapinhas dos capins e as mãos de sombra. E o mulungu rei derribava flores suas na relva, como se atiram fichas ao feltro numa mesa de jogo.

Paz.

E, pois, foi aí que a coisa se deu, e foi de repente: como uma pancada preta, vertiginosa, mas batendo de grau em grau — um ponto, um grão, um besouro, um anú, um urubú, um golpe de noite… E escureceu tudo.

Nem houve a qualquer coisa que de regra se conserva sob as pálpebras, quando uma pessoa fecha os olhos: poento obumbramento róseo, de dia; tênue tecido alaranjado, passando em fundo preto, de noite, à luz. Mesmo no escuro de um foco que se apaga, remanescem seus vestígios, uma vaga via-láctea a escorrer; mas, no meu caso, nada havia.

Era a treva, pesando e comprimindo, absoluta. Como se eu estivesse preso no compacto de uma montanha, ou se muralha de fuligem prolongasse o meu corpo. Pior do que uma câmara-escura. Ainda pior do que o último salão de uma gruta, com os archotes mortos.

Devo ter perdido mais de um minuto, estuporado. Soergui-me. Tonteei. Apalpei o chão. Passei os dedos pelos olhos; repuxei a pele — para cima, para baixo, nas comissuras — e nada! Então, pensei em um eclipse totalitário, em cataclismos, no fim do mundo.

Continuava, porém, a debulha de trilos dos pássaros: o patativo, cantando clássico na borda da mata; mais longe, as pombas cinzentas, guaiando soluços; e, aqui ao lado, um araçari, que não musica: ensaia e reensaia discursos irônicos, que vai taquigrafando com esmero, de ponta de bico na casca da árvore, o pica-pau-chanchã. E esse eu estava adivinhando: rubro-verde, vertical, topetudo, grimpando pelo tronco da imbaúba, escorando-se na ponta do rabo também. Taquigrafa, sim, mas, para tempo não perder, vai comendo outrossim as formiguinhas tarús, que saem dos entrenós da imbaúba, aturdidas pelo rataplã.

E, pois, se todos continuavam trabalhando, bichinho nenhum tivera o seu susto. Portanto... Estaria eu... Cego?!... Assim de súbito, sem dor, sem causa, sem prévios sinais?...

Bem, até há pouco, estava uma pedra solta ali. Tacteio. Ei-la. Bato com a mão, à procura do tronco da minha coraleira. Sim: a ponta da lagoa fica mesmo à minha frente.

Tangi a pedra, e logo senti que pusera no ato notável excesso de força muscular. O projétil bateu musical na água, e deve ter caído bem no meio da flotilha de marrecos, que grasnaram: — *Quaquaràcuac!* O casal de patos nada disse, pois a voz das ipecas é só um sopro. Mas espadanaram, ruflaram e voaram embora.

Então, eu compreendi que a tragédia era negócio meu particular, e que, no meio de tantos olhos, só os meus tinham cegado; e, pois, só para mim as coisas estavam pretas. Horror!...

Não é sonho, não é; pesadelo não pode ser. Mas, quem diz que não seja coisa passageira, e que daqui a instante eu não irei tornar a enxergar? Louvado seja Deus, mais a minha boa Santa Luzia, que cuida dos olhos da gente!... "Santa Luzia passou por aqui, com o seu cavalinho comendo capim!..." Santa Luzia passou por... Não, não passa coisa nenhuma. Estou mesmo é envolvido e acuado pela má treva, por um escurão de transmundo, e sem atinar com o que fazer. Maldita hora! Mais momento, e vou chorar, me arrepelando, gritando e rolando no chão.

Mas, calma... calma... Um minuto só, por esforço. Esperar um pouco, sem nervoso, que para tudo há solução. E, com duas engatinhadas, busco maneira de encostar-me à árvore: cobrir bem a retaguarda, primeira coisa a organizar.

Tiro o relógio. Só o tique-taque, claro. Experimento um cigarro — não presta, não tem gosto, porque não posso ver a fumaça. Espera, há alguma coisa... Passos? Não. Vozes? Nem. Alguma coisa é; sinto. Mas, longe, longe... O coração está-me batendo forte. Chamado de ameaça, vaga na forma, mas séria: perigo premente. Capto-o. Sinto-o direto, pessoal. Vem do mato? Vem do sul. Todo o sul é o perigo. Abraço-me com a suinã. O coração ribomba. Quero correr.

Não adianta. Longe, no sul. Que será? "Quem será?"... É meu amigo, o poeta. Os bambus. Os reis, os velhos reis assírio-caldáicos, belos barbaças como reis de baralho, que gostavam de vazar os olhos de milhares de vencidos cativos? São meros mansos fantasmas, agora; são meus. Mas, então, qual será a realidade, perigosa, no sul? Não, não é perigosa. É amiga. Outro chamado. Uma ordem. Enérgica e aliada, profunda, aconselhando resistência:

— *'Guenta o relance, Izé!*

Respiro. Dilato-me. E grito:

— E aguento mesmo!...

Eco não houve, porque a minha clareira tem boa acústica. Mas o tom combativo da minha voz derramou em mim nova coragem. E, imediatamente, abri a tomar ar fundo, movendo as costelas todas, sem pedir licença a ninguém. Vamos ver!

Vamos ver o faz-não-faz. Estou aqui num lugar aonde ninguém mais costuma vir. Se tento regressar tacteando e tropeçando, posso cair fácil no brejo e atolar-me até dois ou cinco palmos para cima do couro-cabeludo; posso pisar perto de uma jararacussú matadora; posso entranhar-me demais pelo esconso, e ficar perdido de todo. Onças de-verdade não há por aqui; mas um maracajá faminto, ou uma maracajá mãe, notando-me assim mal-seguro, não darão dois prazos para me extinguir. Mau! Só agora é que vejo o ruim de se estar no mato sem cachorro.

De bom aviso é puxar a espingarda mais para perto de mim. Bem. E se eu der uns tiros? Inútil. Quem ouvir pensará que estou atirando aos nhambús, claro. Pois não vim caçar?... Agora, se eu não voltar a casa à hora normal, haverá alarme, virá gente à minha procura, acabarão por encontrar-me. É isto. Devo esperar, quieto.

Tempo assim estive, que deve ter sido longo. Ouvindo. Passara toda a minha atenção para os ouvidos. E então descobri que me era possível distinguir o guincho do paturi do coincho do ariri, e até dissociar as corridas das preás dos pulos das cotias, todas brincando nas folhas secas.

Escuto, tão longe, tão bem, que consigo perceber o pio labial do joão-pinto — que se empoleira sempre na sucupira grande. Agora, uma galinhola cloqueou, mais perto de mim, como uma franga no primeiro choco. Deve ter assestado o róstro por entre os juncos. Mas o joão-pinto, no posto, continua a dar o seu assovio de açúcar.

Tão claro e inteiro me falava o mundo, que, por um momento, pensei em poder sair dali, orientando-me pela escuta. Mas, mal que não sendo fixos os passarinhos, como pontos-de-referência prestavam muito pouco. E, além disso, os sons aumentavam, multiplicavam-se, chegando a assustar. Jamais tivera eu notícia de tanto silvo e chilro, e o mato cochichava, cheio de palavras polacas e de mil bichinhos tocando viola no oco do pau.

E — nisso, nisso — mexeu-se, sem meu querer, algum rodel, algum botão em minha cabeça, e, voltei a apanhar a emissora da ameaça. Perigo! Grande perigo! Não devo, não posso ficar parado aqui. Tenho, já, já, de correr, de me atirar pelo mato, seja como for!

Vamos! E por que não? Eu conheço o meu mato, não conheço? Seus pontos, seus troncos, cantos e recantos, e suas benditas árvores todas — como as palmas das minhas mãos. A ele vim por querer, é certo, mas agora vou precisar dos meus direitos, para defender o barato, e posso falar fala cheia, fora de devaneios, evasões, lembranças. Mesmo sem os olhos. Vamos!

Ando. Ando. Será que andei? Uma cigarra sissibila, para dizer que estou cômico. Fez-me bem. Mas, onde estarei eu, aonde foi que vim parar? Pior, pior. Perdi o amparo da grande suinã. Perdi os croticos das criações de pena da lagoa. E aqui? Este lugar é caminho de vento, e dos rumores que o vento traz: o sabrasil, à brisa, atrita as rendilhas das grimpas; as frondes do cangalheiro farfalham; as palmas da palmeira-leque aflam em papelada; e — *pá-pá-pá-pá* — o pau-bate-caixa, golpeado nas folhas elásticas, funciona eloquente.

Tomo nota: está soprando do sudoeste; mas, mal vale: daqui a um nadinha, mudará, sem explicar a razão.

E agora? Como chegar até à estrada? Quem sabe: se eu gritar, talvez alguém me escute, por milagre que seja. Grito. Grito. Grito. Nada. Que posso? Nada. E daí? Por mim mesmo, não sou homem para acertar com o rumo. Tomo fôlego. Rezo. Me enfezo. Lembro-me de "Quem-Será". E então?:

> *"para a esquerda fui, contigo.*
> *Coração soube escolher."*

Sim. Mas, e as aves, e os grilos? Os pombos de arribada, transpondo regiões estranhas, e os patos-do-mato, de lagoa em lagoa, e os machos e fêmeas de uma porção de amorosos, solitários bichinhos, todos se orientando tão bem, sem mapas, quando estão em seca e precisam de ir a meca?... O instinto. Posso experimentar. Posso. Vou experimentar. Ir. Sem tomar direção, sem saber do caminho. Pé por pé, pé por si. Deixarei que o caminho me escolha. Vamos!

Vamos. Os primeiros passos são os piores. Mãos esticadas para a frente, em escudo e reconhecimento. Não. Pé por pé, pé por si. Um cipó me dá no rosto, com mão de homem. Pulo para trás, pulso um murro no vácuo. Caio de nariz na serapilheira. Um trem qualquer tombou da capanga. O binóculo. Limpo-me das folhinhas secas. Para quê? Rio-me, de mim. Sigo. Pé por pé, pé por si. A folhagem vai-se espessando. Há, de repente, o gorjeio de um bicudo. Meus olhos o ouvem, também: cordel suspenso, em que se vão dando laços. Uma coisa me arranca, de puxão no ombro. Cipó-vem-cá, ou um tripa-de-porco. À estrada! Pé por pé, pé por si. Uma cigarra se esfrega e perfura. Cicia duas espirais doiradas. Ai! Uma testada em tronco. O choque foi rijo. Mas, a árvore? Casca enrugada, escamosa... Um pau-de-morcego? Um angico? Pé por pé... Vem alguém atrás de mim, outra pessoa chocalhando as folhas? Paro. Não é ninguém. Vamos. Outra esbarradela, agora contra um tamboril, garanto. Cipós espinhentos, cipós cortinas, cipós cobras, cipós chicotes, cipós braços humanos, cipós serpentinas — uma cordoalha que não se acaba mais. Pé por p... Outra árvore que não me vê, ai! É a colher-de-vaqueiro: este aroma, estes ramos densos, esta casca enverrugada de resinas — sei, como se estivesse vendo vista a sua profusão de flores rosadas. Vamos. Cheiro de musgo. Cheiro de húmus. Cheiro de água podre. Um largo, sem obstáculos. Lama no chão. Pés no fofo. De novo, as árvores. O réco-réco de um roedor qualquer. Estou indo muito ligeiro. Um canto arapongado, desconhecido: cai de muito alto, pesado, a prumo. De metal. Canso-me. Vou. Pé por pé, pé por si... Pèporpè, pèporsí... Pepp or pepp, epp or see... Pêpe orpèpe, heppe Orcy...

Mas, estremeço, praguejo, me horrorizo. O alhúm! O odor maciço, doce-ardido, do pau-d'alho! Reconheço o tronco. Deve haver uma aroeira nova, aqui ao lado. Está. Acerto com as folhas: esmagadas nos dedos, cheiram a manga. É ela, a aroeira. Sei desta aberta fria: tem sido o ponto extremo das minhas tentativas de penetração; além daqui, nunca me aventurei, nos passeios de mato a dentro.

Então, e por caminhos tantas vezes trilhados, o instinto soube guiar--me apenas na direção pior — para os fundões da mata, cheia de paludes de águas tapadas e de alçapões do barro comedor de pesos?!...

Ferido, moído, contuso de pancadas e picado de espinhos, aqui estou, ainda mais longe do meu destino, mais desamparado que nunca. Angustio-me, e chego a pique de chorar alto. Deus de todos! Oh... Diabos e diabos... Oh...

Nisso, calei-me.

Mas, aí, outra vez, chegou a ordem, o brado companheiro:

— "Guenta o relance, Izé"...

E, justo, não sei por que artes e partes, Aurísio Manquitola, um longínquo Aurísio Manquitola, brandindo enorme foice, gritou também:

— "Tesconjuro! Tesconjuro!"...

Dá desordem... Dá desordem... E, pronto, sem pensar, entrei a bramir a reza-brava de São Marcos. Minha voz mudou de som, lembro-me, ao proferir as palavras, as blasfêmias, que eu sabia de cor. Subiu-me uma vontade louca de derrubar, de esmagar, destruir... E então foi só a doideira e a zoeira, unidas a um pavor crescente. Corri.

Às vezes, eu sabia que estava correndo. Às vezes, parava — e o meu ofego me parecia o arquejar de uma grande fera, que houvesse estacado ao lado de mim.

E horror estranho riçava-me pele e pelos. A ameaça, o perigo, eu os apalpava, quase. Havia olhos maus, me espiando. Árvores saindo de detrás de outras árvores e tomando-me a dianteira. E eu corria.

Mas, num momento, cessou o mato. Um cavaleiro galopou, acolá, e o tinir das ferraduras nas pedras foi um tom de alívio.

Grunhos de porcos. Os porcos do João Mangolô. João Mangolô!

— Apanha, diabo! — esmurrei o ar, com formidável intenção.

Porque a ameaça vinha da casa do Mangolô. Minha fúria me empurrava para a casa do Mangolô. Eu queria, precisava de exterminar o João Mangolô!...

Pulei, sem que tivesse necessidade de ver o caminho. Dei, esbarrei no portal. Entrei. Mulheres consulentes havia, e gritaram. E ouvi logo o feiticeiro, que gemeu, choramingando:

— Espera, pelo amor de Deus, Sinhô! Não me mata!

Fui em cima da voz. Ele correu. Rolamos juntos, para o fundo da choupana. Mas, quando eu já o ia esganando, clareou tudo, de chofre. Luz! Luz tão forte, que cabeceei, e afrouxei a pegada.

Precipitei-me, porém, para ver o que o negro queria esconder atrás do jirau: um boneco, bruxa de pano, espécie de ex-voto, grosseiro manipanço.

— Conte direito o que você fez, demônio! — gritei, aplicando-lhe um trompaço.

— Pelo amor de Deus, Sinhô... Foi brincadeira... Eu costurei o retrato, p'ra explicar ao Sinhô...

— E que mais?! — Outro safanão, e Mangolô foi à parede e voltou de viagem, com movimentos de rotação e translação ao redor do sol, do qual recebe luz e calor.

— Não quis matar, não quis ofender... Amarrei só esta tirinha de pano preto nas vistas do retrato, p'ra Sinhô passar uns tempos sem poder enxergar... Olho que deve de ficar fechado, p'ra não precisar de ver negro feio...

Havia muita ruindade mansa no pajé espancado, e a minha raiva passara, quase por completo, tão glorioso eu estava. Assim, achei magnânimo entrar em acordo, e, com decência, estendi a bandeira branca: uma nota de dez mil-réis.

— Olha, Mangolô: você viu que não arranja nada contra mim, porque eu tenho anjo bom, santo bom e reza-brava... Em todo o caso, mais serve não termos briga... Guarda a pelega. Pronto!

Saí. As mulheres, que haviam debandado para longe, me espreitavam, espantadas, porque eu trazia a roupa em trapos, e sangue e esfoladuras em todos os possíveis pontos.

Mas recobrara a vista. E como era bom ver!

Na baixada, mato e campo eram concolores. No alto da colina, onde a luz andava à roda, debaixo do angelim verde, de vagens verdes, um boi branco, de cauda branca. E, ao longe, nas prateleiras dos morros cavalgavam-se três qualidades de azul.

"A barata diz que tem
sete saias de filó...
É mentira da barata:
ela tem é uma só."
(Cantiga de roda.)

Corpo fechado

JOSÉ BOI CAIU DE UM BARRANCO DE VINTE METROS; ficou com a cabeleira enterrada no chão e quebrou o pescoço. Mas, meio minuto antes, estava completamente bêbado e também no apogeu da carreira: era o "espanta--praças", porque tinha escaramuçado, uma vez, um cabo e dois soldados, que não puderam reagir, por serem apenas três. — Você o conheceu, Manuel Fulô?

— Mas muito!... Bom homem... Muito amigo meu. Só que ele andava sempre coçando a cabeça, e eu tenho um medo danado de piolho...

— Podia ser sinal de indecisão...

— Eu acompanhei até o enterro. Nunca vi defunto tão esticado de comprido... Caixão especial no tamanho: acho que levou mais de peça e meia de galão...

— E quem tomou o lugar dele?

— Lugar? O sujeito não tinha cobre nem p'ra um bom animal de sela... O que ganhava ia na pinga... Mão aberta...

— Mas, quem ficou sendo o valentão, depois que ele morreu?

— Ah, isso teve muitos: o Desidério...

— Cuéra?

— Cabaça... Só que era bruto como ele só, e os outros tinham medo dele. Cavalo coiceiro... Comigo nunca se engraçou!

— Como acabou?

— Acabou em casa de grades. Foi romper aleluia na cidade, e os soldados abotoaram o filho da mãe dele... Não voltou aqui, nunca mais...

— E o tal Dêjo?

— Esse foi depois... Antes teve o Miligido... E o nome daquele era Adejalma, nome bobo, que nem é de santo... Um peste. Muita prosa, muita farroma, mas eu virei o cujo do avesso! Me respeitou! Me respeitou, seu doutor!

— Briga, Manuel?

— Lhe conto, seu doutor. Foi na venda: eu estava comprando cadarço de roupa, coisa de paz... O homem já veio chegando enjoado, me olhando com cara de herege... Negaceou. Depois, virou p'ra o Pércio, que era caixeiro nesse tempo, e perguntou: "O senhor tem aí dessa raça de faca que entra na barriga e *murguêia*?" E olhou p'ra mim, outra vez, p'ra ver se eu estava com receio...

— E você, Manuel Fulô?

— Eu ia serrar de cima, mas nem não tive tempo, porque nessa horinha vinha entrando um tropeiro da Soledade, que era homem duro, e pensou que a ofensa era p'ra ele... E aquilo foi o tropeiro dando um murro no balcão, e tossindo, e perguntando também p'ra o Pércio: "Por falar nisso, o senhor não terá também dessa raça de bala que bate na testa e *chatêia*?!" Pois aí o Adejalma se riu de medo, e disse que estava era brincando...

— Mas, então, Manuel, como foi que você virou o Dêjo pelo avesso?

— Ara, ara, seu doutor! Se o tropeiro não tivesse entrado, eu fazia desordem, e fazia mesmo... Porque, depois, o cachorro do Adejalma ainda me perguntou, só por deboche, porque ele estava cansado de saber quem eu era: "Como é que você chama, rapaz?"...

— E você?

— Eu pus a mão na coronha da garrucha, e respondi: "Só eu perguntando p'r'a minha mãe"...

— E ele?

— Um desgraçado! Era só ele bulir, e eu mais o tropeiro mandávamos o corpo dele p'ra o quincumbim... Aquele sujo! Assassino! Tralha!

— Que raiva é essa, fora de hora, Manuel?

— Pois o senhor não imagina que, ao depois, o miserável desse Adejalma, só por medo da minha macheza, me convidou, mais o tropeiro, p'ra beber com ele e fazer companhia?... O tropeiro agradeceu e não aceitou, mas eu fui, porque não sou soberbo... Pois o senhor não acredita que o canalha foi encomendando despesas, e me elogiando e respeitando, até que eu fiquei assim meio escurecido, e aí ele foi-s'embora e me deixou sozinho p'ra eu ter de pagar tudo, por perto de uns quatro mil-réis?... É ou não é p'ra uma pessoa correta ter raiva? É ou não é?!... Cachorro! Morreu de erisipela na cara...

— E o Miligido?

— Esse era bom... Homem justo. O que ele era era preto... Mais preto do que os outros pretos, engomado de preto... Eu acho que ele era preto até por dentro! Mas foi meu amigo. Valentão valente, mesmo. Um dia ele me deu uma escova de dente, quase nova... Eu acho que ele encontrou a tal nalgum lugar e não sabia que serventia aquilo tinha...

— Matou muita gente, o Miligido?

— Quase nenhum, que eu esteja lembrado... Também, todo o mundo tinha medo dele... Cada um dizia amém antes de ele rezar o fim da reza... Está vivo, mas não é valentão mais. Muito velho... Deve de andar beirando uns setenta... Agora...

— Agora, o valentão é o Targino...

— Nem fala, seu doutor. Esse é ruim mesmo inteirado... Não respeita nem a honra das famílias! É um flagelo...

— Mas não parece...

— O quê?! Aquilo é cobra que pisca olho... Quando ele embirra, briga até com quem não quer brigar com ele... Nenhum dos outros não fazia essa maldade... O senhor acha que isso é regra de ser valentão? Eu sei que, por causa de uns assim, até o Governo devia era de mandar um quartel de soldados p'ra aqui p'ra a Laginha...

— Você tem raiva desse, também, Manuel?

— Não é raiva, não seu doutor: é gastura... Esse-um é maligno e está até excomungado... Ele é de uma turma de gente sem-que-fazer, que comeram carne e beberam cachaça na frente da igreja, em sexta-feira da Paixão, só p'ra pirraçar o padre e experimentar a paciência de Deus... Eles todos já foram castigados: o Roque se afogou numa água rasinha de enxurrada... ele estava de chifre cheio... Gervásio sumiu no mundo, sem deixar rasto... Laurindo, a mulher mesma torou a cabeça dele com um machado, uma noite... foi em janeiro do ano passado... Camilo Matias acabou com mal-de-lázaro... Só quem está sobrando mesmo é o Targino. E o castigo demora, mas não falta...

— Mas, nesta sobrança, ele é quem vai castigando os outros, por conta própria, Manuel Fulô...

— Deixa ele, seu doutor... P'ra cavalo ruim, Deus bambeia a rédea... Um dia ele encontra outro mais grosso... Eu já estou vendo o diabo, com defunto na cacunda!... Esse sujeitinho ainda vai ter de dansar de ceroula, seu doutor! Isto aqui é terra de gente brava...

—Verdade, Manuel?

— Pode aprovar, seu doutor. Até João Brandão, que foi patente no clavinote, deu volta, quando passou por aqui... Meu pai viu isso... João Brandão vinha vindo p'ra o norte, com os seus homens, diz-se que ia levando armas p'ra o povo de Antônio Conselheiro, mais de uns vinte burros, com as cangalhas encalcadas... Na passagem de onde hoje é a ponte da Quininha, tiveram um tiroteio com os soldados... Isto aqui é uma terra terrível, seu doutor... Eu mesmo... O senhor me vê mansinho deste jeito, mas eu fui batizado com água quente...

E assim falou Manuel Fulô.

José Boi, Desidério, Miligido, Dêjo... Só podia haver um valentão de cada vez. Mas o último, o Targino, tardava em ceder o lugar. *O challenger* não aparecia: rareavam os nascidos sob o signo de Marte, e Laginha estava, na ocasião, mal provida de bate-paus.

Havia, sim, os sub-valentões, sedentários de mão pronta e mau gênio, a quem, por garantia, todos gostavam de dar os filhos para batizar.

Os do-Quintiliano, por exemplo. Eram dois ou três irmãos, que mandavam na Vargem, espécie de arrabalde que prolongava o arraial para lá da linha férrea. Um dia, apareceu — papel pregado em árvore — um "pasquim", sátira anônima, desabafo de algum oprimido:

"A Sofia mais os filho é o lastro.
A Guilir é o trem.
João do Quintiliano prosa com o que não tem.
Cala a boca gente, que o Quintiliano envem!

Sebastiana mais a Lina passam bem.
Agora vira da outra banda.
Viva o povo da rua da Avenida,
Quem fez isto foi o Tonico da Rabada."

Antonico da Rabada protestou: por todos os santos e mais deus-do-céu, a luz que alumia, esta cruz, e a alma da sua mãe, que não tinha escrito nada. E se escondeu.

João do Quintiliano saiu furioso, recendendo a cachaça, brandindo as armas, gritando desaforos a esmo; esbarrou no moirão da portela, tinha a cara encruada de dor-de-dente, deu tiros para cima, levava uma flor amarela no peito, e, junto com os parentes, conflagrou a Vargem. Muita porretada, algumas facadas, e foi um dia-de-domingo no meio da semana, porque ninguém trabalhou. Os do-Quintiliano andavam, casa por casa, procurando o editor responsável. Então, alguém pensou, naturalmente, no Manuel Baptista, o Aretino do arraial. Foram atrás dele, para a satisfação, e encontraram-no no paiol do João Italiano, dando escola para os meninos do negociante.

Mas Manuel Baptista ficou bravo: vissem lá se ele era homem para andar pregando em árvore bobagens sem assinatura! E com tantos erros! Ele entendia de gramática, e seus pasquins, muito bem caprichados, sempre numa meia folha de papel almaço, só eram lidos por pessoas capazes de apreciá-los, e, mesmo assim, tendo cada um de solicitar a sua vez, com muito empenho! E, como prova, exibiu e leu, muito digno e neurastênico, a sua última produção, que debochava de muitas atualidades, terminando, como sempre, com o seu nome, bem rimado, no verso final:

"Essa história de phonetica
eu nunca pude entendê!
É tão feio se assigná
Manuel Batista, sem P!..."

João do Quintiliano ouviu, respeitoso, humilhado pelo poder da arte e da ciência. Pediu desculpas e veio reproduzindo, em sentido contrário, a peregrinação suburbana, dando pancada em todo o pessoal com quem antipatizava. E só de tardinha, esfalfado, suado, foi que achou de bom aviso pôr uma pedra em cima da questão.

Pois foi nesse tempo calamitoso que eu vim para Laginha, de morada, e fui tomando de tudo a devida nota.

O arraial era o mais monótono possível. Logo na chegada, ansioso por conversas à beira do fogo, desafios com viola, batuques e cavalhadas, procurei, procurei, e quebrei a foice. As noites, principalmente, impressionavam. Casas no escuro, rua deserta. Raro, o pataleio de um cavalo no cascalho. O responso pluralíssimo dos sapos. Um só latido, mágico, feito por muitos cachorros remotos. Grilos finfininhos e bezerros fonfonando. E pronto.

— Mas, gente, que é que vocês fazem de-noite?

— De noite, a gente lava os pés, come leite e dorme.

Agora, aos domingos, só aos domingos, gente como enchente. Cavalos, burros e ainda outros cavalos, amarrados em frente às casas — e aí foi que fiquei conhecendo o préstimo daqueles postes de guarantã ou de aroeira, cheios de argolas e plantados por toda a parte. Vinha povo extraído e exumado de tudo quanto era grota e biboca, num raio de légua e meia. Tocava o sino, reinava o divino. E, depois da missa, derramava-se pelas duas ruas a balbúrdia sarapintada das comadres, com o cortejo dos homens: olhando muito para as pontas das botinas, assim joão-gouveia-sapato--sem-meia, ou de meias e chinelos — mas só os que estavam de purgante.

Fastio. Há, neste mundo, muito tamanho de papo: pequi, pera, laranja, coco da Bahia. Um boi que tenha um chifre mais baixo que o outro é *bisco*, e o de cabeça negra com uma pinta branca na testa é *silveiro*. E os pretos vendem a vida pela festa do Congado, que, por sinal, leva três dias, mas exige ensaios que devem durar o ano inteiro.

Então foi que me mostraram o valentão Targino. Era magro, feio, de cara esverdeada. Usava botinas e meias, e ligas que prendiam as meias por cima dos canos das calças. E não ria, nunca. Era uma pessoa excedente. Não me interessou.

Agora, o Manuel Fulô, este, sim! Um sujeito pingadinho, quase menino — "pepino que encorujou desde pequeno" — cara de bobo de fazenda, do segundo tipo —; porque toda fazenda tem o seu bobo, que é, ou um velhote baixote, de barba rara no queixo, ou um eterno rapazola, meio surdo, gago, glabro e alvar. Mas gostava de fechar a cara e roncar voz, todo enfarruscado, para mostrar brabeza, e só por descuido sorria, um sorriso manhoso de dono de hotel. E, em suas feições de caburé insalubre, amigavam-se as marcas do sangue aimoré e do gálico herdado: cabelo preto, corrido, que boi lambeu; dentes de fio em meia-lua; malares pontudos; lobo da orelha aderente; testa curta, fugidia; olhinhos de viés e nariz peba, mongol.

Era de uma apócrifa e abundante família Véiga, de uma veiguíssima veigaria molambo-mazelenta, tribo de trapeiros fracassados, que se mexiam daqui p'r'ali, se queixando da lida e da vida: — *"Um maltírio"*... —; uns homens que trotavam léguas a bordo de uma égua magra, empilhados — um na garupa, um na sela, mais um meninote no arção — para virem vender no arraial um cacho de banana-ouro, meio saco de polvilho pubo, ou uma pele de raposão.

Mas, com o Manuel Véiga — vulgo Manuel Flor, melhormente Mané Fulô, às vezes Mané das Moças, ou ainda, quando xingado, Mané-minha-égua, — outros eram os acontecimentos e definitiva a ojeriza: não trabalhava mesmo, de jeito nenhum, e gostaria de saber quem foi que inventou o trabalho, para poder tirar vingança. Por isso, ou por qualquer outro motivo, acostumei-me a tratá-lo de Manuel Fulô, que não deixava de ser uma boa variante.

Começou por falar-me de um irmão seu, que tinha uma galinha-d'angola domesticada e ensinada, que dormia debaixo do jirau. Não acreditei. Mas pessoas respeitáveis afiançaram o fato, ajuntando que, além da cocar mansinha, o rapaz conservava um rato enjaulado, pretendendo obter que ele e um gato de rajas se fizessem amigos de infância. Tive de pedir desculpas ao Manuel. E, aí, ficamos ótimos amigos. Mais o admirei, contudo, ao saber que ele era o único no arraial a comer cogumelos, com carne, à moda de quiabos. Não um urupê qualquer do mato, nem esses fungos de formato obsceno, nem as orelhas-de-pau, nem os chapéus-de-sol-de-sapo, nem os micetos que crescem na espuma seca dos regos de enxurrada, não senhor! Só o tortulho amarelo do chão das queimadas, *"champignon"* gostoso, o simpático carapicum. Provei. Exultei. E a nossa amizade cresceu.

O meu amigo gostava de moças, de cachaça, e de conversar fiado. Mas tinha a Beija-Flor. Ah, essa era mesmo um motivo! Uma besta ruana, de cruz preta no dorso, lisa, vistosa e lustrosa, sábia e mansa — mas só para o dono. Tinha apenas um defeito: era nhata; e as maxilas erradas impediam-na de tosar os talos, já rentes à terra, da última relva da seca, e não deixavam que ela rasoirasse os brotos do primeiro capim das águas. Mas tinha custado mais de conto de réis, num tempo em que os animais não valiam quase nada, e era o orgulho do Manuel Fulô. Mais do que isso, era o seu complemento: juntos, centaurizavam gloriosamente.

Aos domingos, Manuel Fulô era infalível: — Vim p'r'a missa... — dizia. Mas chegava sempre atrasado, com o povo saindo da igreja; e então corria, um por um, todos os botequins e bitáculas, reclamador, difícil, mal-encarado, importante. Gostava, principal e fatalmente, de afirmar que era filho natural do Nhô Peixoto, o maior negociante do arraial; e isso, depois da posse da Beija-Flor, constituía a razão da sua importância.

De tardinha, na hora de pegar a estrada, tocavam, tardos: ele, tonto qual jamais outro, perdia logo a perpendicularidade, e se abraçava ao pescoço da mula, que se extremava em cuidados e atenções. Se a barrigueira estava frouxa e o arreio meio caindo, Beija-Flor estacava e ficava muito quieta. Sabia também abrir porteiras — e era por causa dessa e de mais outras habilidades que Manuel Fulô conseguia chegar em casa. "Nem minha mãe não cuidava melhor de mim, assim!"...

Mas, quando era para se mostrar no comércio, antes dos descalabros alcoólicos, o meu amigo caprichava em forçar a andadura da burra, fornecendo-lhe pouca rédea e fazendo-a pedalar, garbosa, crânio alto, bate crina, como um cavalo de esquadrão.

— Quando eu entro no arraial, amontado na minha mulinha formosa, que custou conto e trezentos na baixa, todos ficam gemendo de raiva de inveja, mas falam baixinho uns p'ra os outros: — "Lá vem Mané Fulô, na sua Beija-Fulô, aferrada dos quatro pés e das mãos também!"...

— E você, Manuel?

— Tenho pena deles...

— E as moças?

— Não falo nisso. Começa em olho e acaba em honra... E negócio de honra é na faca!...

Pois bem, Manuel Fulô dera para visitar-me, mais que diariamente. E, como a Beija-Fulô depressa aprendia as coisas, assustei-me bastante, numa tarde em que ela veio escoucear minha porta, com o seu proprietário escornado em cima do arreio, na mais concreta abstração. Beija-Fulô queria entrar, por força, talvez para despejar o Manuel em cima de algum catre. Então, eu esvaziei um jarro d'água na cabeça do cavaleiro, e depois perguntei aonde ele pretendia ir. Perene e solene, respondeu:

— Eu?!... Eu: Tões, Militões, Canindéis, Maquinéis!

Loucura, porque nem nunca que ele havia de poder chegar à fazenda do Tão, nem na do Militão, pior ainda no Canindé, nem nunca que nunca no Maquiné, principalmente com a Beija-Fulô assim disposta a arrombar portas e ir embocando no domicílio de gente importante.

Ora pois, um dia, um meio-dia de mormaço e modorra, gritaram "Ó de casa!" e eu gritei "Ó de fora!", e aí foi que a história começou. Bom, fui ver. Era uma rapariguinha risonha e redonda, peituda como uma perdiz. Bonita mesmo, e diversa, com sua pele muito clara e os olhos cor de chuchú. Pasmou parada, e virou pitanga, pois não contava decerto encontrar gente de cidade e gravata. Animei-a:

— Hã?

Então ela me disse que ia casar, e que por isso estava percorrendo o arraial, pedindo "adjutório". Dei, com prazer, o "adjutório", mas perguntei quem era o noivo. Era o Manuel!

— Fulô?

— Sim, senhor...

E lá se foi embora a noivinha ditosa, mais a dona idosa que a acompanhava. A bem dizer, eram cor de abóbora-d'água os seus olhos. Tinha até um respingo de sardas, eu vi.

— Com que, hein, seu Manuel Fulô, Mané das Moças, que vai casar!

Manuel Fulô viera ver-me, nessa mesma tarde, chamando-me de flor dos doutores e pedindo para beber cerveja p'ra eu pagar.

— Caso mesmo. É este sangue de Peixoto! Não tem outro jeito...

— Que você casa, já sei, e bem que podia, antes, ter-me participado. E você não é Peixoto, é Véiga, dos Véigas do São Thomé...

— Vou lhe contar, seu doutor: sou filho natural de Nhô Peixoto! O senhor não reparou que eu não sou branquelo nem perrengue como esses Véigas?... Meu pai é meu pai por cortesia, e eu respeito... Mas sou mesmo é Peixoto. Raça de gente braba! Eu cá sou assim: estou quieto, não bulo com ninguém... Mas, não venham mexer comigo! porque desfeita eu não levo p'ra casa, e p'ra desaforo grosso a minha Beija-Fulô não dá condução...

— Bom, Manuel Fulô Peixoto, sua noiva é bonita...

— Não caçoa, seu doutor. Isto eu sei que ela não é, por causa que eu ainda não estou cego. Mas, sacudidona, boazinha e trabalhadeira, ela é... O senhor não acha?

— Acho. Bem, Manuel, vamos tomar cerveja, para festejar o noivado!

Preferi fôssemos para a venda, porque sabia que Manuel Fulô gostava de exibir a nossa amizade. E, mal nos sentamos nas cadeiras dobradiças, fui perguntando:

— Me conta, Manuel, você gosta mesmo dela?

— Amo! Isso, lá, amo mesmo, seu doutor...

— Faz bem, Manuel, faz bem...

Então nos desolhamos, e pegamos a pensar, cada um para o seu lado, até que Manuel suspirou e explicou:

— É o jeito. Eu só queria treis coisas só: ter uma sela mexicana, p'ra arrear a Beija-Fulô... E ser boticário ou chefe de trem-de-ferro, fardado de boné! Mas isso mesmo é que ainda é mais impossível... A pois, estando vendo que não arranjo nem trem-de-ferro, nem farmácia, nem a sela, me caso... Me caso! seu doutor...

E Manuel Fulô babou cerveja queixo abaixo, mas seus olhos ficaram sérios.

— Mas você não gosta da moça, Manuel Fulô?

— Gosto sim. Já estamos criando amor. Ela é boazinha... Pobre como eu... Mas eu queria uma sela mexicana, um arreio de gaúcho, graúdo, com bordados no couro dos estribos, com topete adiante e cabide de prego p'ra o laço, no santantônio... Aí é que era! Aí é que era, seu doutorzinho meu amigo!...

— Chega de beber, Manuel Fulô Peixoto meu amigo...

— Eu cá não estou bêb'do *nenhuns-nada*! Estou é com raiva. Sangue de Peixoto não é brinquedo, esquenta atôa, atôa... Estou com ódio não é por mim, é por causa da minha Beija-Fulô...

— Boa mula...

— Boa?! Uma santa de beleza de besta é que ela é!... Aquilo nem dorme... Nunca vi a Beija-Fulô deitada, por Deus do céu!... Montaria assim supimpa, assim desse jeito, nunca me disseram que houve... E olha que isso de animal é minha comida: entendo disso direito, sei puxar uma matéria!

— Claro que você sabe, Manuel Fulô...

— E sei mesmo! Então, p'ra que foi que eu havia de andar dois anos amadrinhado com os ciganos, acompanhando aquele povo p'ra baixo e p'ra riba? Então?!...

— Você viveu com os ciganos, Manuel Fulô? Me conta como foi que foi...

— Foi por causa que eu estava sem gosto p'ra caçar serviço bruto, naquele tempo... Garrei a maginar: o que eu nasci mesmo p'ra saber fazer é negócio de negociar com animal. Mas eu queria ser o melhor de todos... E quem é que é mestre nessa mexida? Não é cigano? Pois então eu quis viajar no meio da ciganada, por amor de aprender as mamparras lá deles. Me ajustei com um bando...

— Boa vida, Manuel?

— Assim-assim... Que me importa!? Eu só queria era estudar as tretas todas dos *calões*... Dormia em barraca, comia quase que só repolho com cebola e carne de cabrito cozida... E tomei assunto, ligeiro, de um ror de coisas na língua disgramada que eles falam... Mas olha aqui: sou besta?... Fazia mas era de conta que não entendia nada! Ficava marombando... P'ra negócio de consertar fundo de tacho e de gramar no cabo do martelo p'ra fazer caldeirão, não vê que eu dava confiança!... Mas, ôpa! Que beleza de gente p'ra ser esperta!...

— Roubavam muito cavalo, heim?

— Ah, isso era só ter jeito de roubar, que estava roubado mesmo! E, ao depois, trabalhavam com os animais, p'ra botar eles bonitos, que nem cavalgadura de lei... Até pintar, p'ra ficar de cor diferente, eles pintavam... Muita vez nem o dono não era capaz de arreconhecer o bicho!... Pegavam num pangaré pelado, mexiam com ele daqui p'r'ali, repassavam, acertavam no freio, e depois era só chegar p'ra o *ganjão* e passar a perna nele, na barganha... E volta boa, em dinheiro, porque cigano só faz baldroca recebendo volta... Senão, também, como é que eles haviam de poder viver? Como é?!...

...Eles gostavam muito de mim, porque pensavam que eu era bobo de deveras... Mesmo, por fim, por eu dar jeito assim de bobo, eles mandavam que eu fosse negociar os animais com os pessoais... E falavam comigo em antes: "Tu pode conversar o que quiser, mas não deixa eles te empulharem, e só aceita negócio a troco da besta preta do padeiro, com volta de cem, ou por aquele cavalo bragado da mulher do homem do beco, com volta de sessentão..."

...Ô beleza!... Eu saía com a cavalhada, e era que nem artista de circo-de-cavalinho! Primeiro, fazia bonito na rua, repassando... Aquilo, eu caprichava comigo: p'ra animal murzelo, eu punha roupa preta, p'ra malhado, paletó d'uma cor, calça doutra... E fazia um negocião, porque todo o mundo pensavam que estavam me cinzando...

— E você gostou de alguma ciganinha, Manuel?

— É baixo! Não vê! Negócio é só negócio. E eu estava ali era feito menino de escola, só p'ra mór de aprender. Quando vi que tinha sabido tudo, vim membora... Bem que eles pediram p'ra eu ficar. Mas eu lá precisava mais de ciganada velhaca?!... Uma osga! P'r'aqui mais p'r'aqui que eu fiquei!... (E Manuel Fulô toca os cotovelos.)

...Já entendia de tudo quanto era manha de lidar com cavalo. Batia a mão num bicho de anca chata, cesto-de-urso, cambeta, de galope desunido, rasga-tapete, baixo de quartela, transcurvo ou boletado... Revirava com ele, fazia ele comer bastante milho, dava sal com enxofre, dava arsênico, dava outras coisas, que depois se o senhor quiser aprender eu lhe conto... Ajeitava um freio de-propósito, com bridão ou bocal de ferro, sojigando ou afrouxando a barbela, aconforme os casos... Acostumava o bruto, e aquilo ele ficava prontinho uma montada luxenta, de ginete, manteúdo p'ra troca, de galope espertado, batido do lado esquerdo... Só vendo!

...P'ra conhecer, então, não tinha mais ninguém p'ra poder comigo: era só deixar eu empurrar a mão fechada no peito de um macho, p'ra eu ir gritando: — Passa p'ra cá, que este é dos meus!...

...Ou então, indas que ele fosse vistoso e sacudido, de estampa: — Arrenego, que não presta! Não presta nem p'ra puxar pedra, por causa que é aberto de frente!...

...Passava o dedo na boca aberta de outra azêmula, e já sabia: — Barra com calo... queixudo... Aparta esse p'ra lá, que nem de graça que ele não serve p'ra mim não!...

...Agora, canjica, niquento, debruçado ou ajoelhado, pesado de frente que nem jumento, isso então era coisa corriqueira: eu chamava nas truvancas, e, em menos de uma semana, punha o tal num preceito, que quando saía comigo p'r'a rua o diabo vinha rebolando, todo repinicado, pegando andorinha no ar!

...Quando eu larguei a ciganagem, vim p'r'aqui p'r'o arraial, negociar por minha conta. Aí foi que eu ganhei um dinheirão! Merenguém bonito...

— Lesando os outros, Manuel?

— Não vê! A modo e coisa que, p'ra se fazer tratantagem, só mesmo quando a gente é andejo, porque não para em lugar nenhum, e, quando o crente dá fé de que levou manta, a gente já está longe, e custa muito p'ra voltar. Aí, enquanto isso, é o tempinho certo do tal-um esfriar a raiva, mas ficar querendo cobrar o logro... E, quando a gente volta, o freguês quer porque quer fazer outra berganha, p'ra tirar a forra... E aí a gente torna a jogar cinza nos olhos dele outra vez...

...Mas, morando aqui de sempre, eu não podia fazer esperteza, tinha de negociar direito... Ah, mas, também, isso eu garanto: p'ra ser honesto e honrado feito eu naquele tempo, não teve outro! Não havia!...

— Mas, Manuel, por que foi então que você deixou esse ramo?

— Ah, pois aí é que está! Isso mesmo é que eu ia condizendo... Foi tudo por causa do raio de uma bestagem que eu fiz... Calcule o senhor que, de vez em quando, eu pegava a pensar e tinha uma raiva danada dos ciganos terem me abusado, achando que eu era coió... E eu nunca fiquei por baixo! Não deixo rasto mal firmado! Tou de calça até dormindo!

...Cada vez, cada mês, a minha raiva era mais muita, e então eu arresolvi amostrar p'ra eles o quê que é gente que tem sangue de Peixoto! Imaginei, imaginei, e daí cacei dois sujeitinhos ordinários de cavalos, que eram mesmo o restolho da porcaria maior de tudo quanto é cavalo ruim que não presta...

— Que dois eram esses, Manuel?

— Um se chamava Furta-Moça. Só mesmo por graça, que nem velha coroca ele não era gente p'ra furtar! Era um alazão sopa-de-leite, com uma perna torta de defeito de nascença... Gázeo, remelento, que nem negro-aço, que não podia abrir os olhos p'r'a banda do sol...

Sem-andar, manco, tirador de cabresto... Tinha p'ra mais de uns vinte anos de idade... E *estirava*, quando a gente prendia o tal na estaca...

...O outro ainda era ainda mais pior, porque era doido, mesmo, doido feito gente doida! Estava com as canelas que eram isto, de sobrecanas... Se a gente punha o pobre num galope, era *só alcançando*, *arregaçando* ou *arrastando os pés*... No picado, *arpejava* e *acalentava*... Na andadura, era aquela feieza: *interrompia* o andar, com a gente escutando quatro batidas em vez de duas, em cada passada... Pois aquela sombração era um baio-lavado, chamado Ventarola... Cabeça chata... Até de travagem ele estava, e não podia mastigar!...

— Tanta coisa junta, Manuel?

— Verdade pura! Rico de rabo é que ele era, seu doutor!

— E, então...

— Então eu pus um perto do outro, e dei risada: pois há-de ser mesmo com estes mais mambembes que eu vou tochar uma certa naquela cambada!... Isso foi que eu falei sozinho, p'ra eu mesmo sozinho escutar e ficar ainda mais enjerizado com os ciganos. Porque, só de pensar em cigano, eu ficava tinindo de tiririca!...

...Foi uma campanha! Levei quase treis meses. Mas caprichei, porque eu estava todo determinado p'ra etcétera... E como eu sou mesmo opiniúdo, e quando entesto de fazer alguma coisa faço mesmo, nem comia nem dormia direito, só inventando outras papiatas p'ra compor com a minha junta de mulas-sem-cabeças de tirar vingança de cigano... Passei banha de jiboia no aleijão da perna do Furta-Moça, trabalhei de dentista, p'r'amór de retocar os dentes dos dois... Pelejei, pelejei!... Pintando de preto, só um pouco, ao redor dos olhos, Furta-Moça aguentava o sol... E, p'ra andar, eu ensinei postiço, que nem com bicho de circo: eu estando perto, e sendo curtas distâncias, eles faziam força e caminhavam correto... Quando queriam voltar outra vez p'r'as suas desordens, eu assobiava, e tornavam a tomar jeito de gente, com medo de entrar no couro, que se não eu chegava mesmo o pau! E eles concordaram com a minha regra, e cruzaram trato comigo, de andar direito o principiado dos minutos, eu acho que por causa que eles tinham bom coração...

...Eu sabia que na Semana Santa os tais tinham de vir no arraial. E vieram mesmo. Mas aí Ventarola e Furta-Moça já estavam no ponto.

Limpei as orelhas, tosei direito, escovei, lavei, pus bom freio, fantasiei a visagem deles… Fiz tudo!…

…A derradeira coisa, que eu aprontei, foi fazer — Deus que me perdoe sendo maldade — foi fazer um machucado nos beiços do Ventarola, porque, quando eles vissem que o pobre não podia comer direito, pensavam que era por via daquilo, e não iam espiar o céu-da-boca, p'ra mór de descobrir a travagem, não… E, aí então, chegou o dia!

…Tinha muita gente no largo de em frente da igreja, quando eu vim com os animais, no sábado-de-aleluia, de manhã. Vim passando, amontado no Furta-Moça, com Ventarola adestro, e fiz de conta que não sabia de nada de cigano ali, e que nem não estava campeando negócio. Mas seu Pachencho, que tinha sido meu patrão cigano, foi me vendo e esgoelando:

— "Eh, ganjão! Esses *granéis* são seus? Quer bater uma baldroca?"…

— Deus me livre, chefe! — arrespondi. — Tenho medo de levar manta… P'ra eu ficar molhando minhas costas, é? Eu não… Eu é que sei do meu respeito!

…Mas, aí por aí, o Cuntrino, um outro disgramado de cigano sem-vergonha, já estava examinando o Ventarola, e gritando:

— "Deixa de doença, amigo! Você não é nenhum *ganjão*… Você é mas é patrício, *calão* como nós… Vamos barganhar esses *gráis*!"… — Gráis é cavalo…

— Eu sei. E depois?

— Depois, então, eu fui deixando… Eles estudaram tudo, olharam, cheiraram, cansaram de olhar, montaram, desamontaram, tornaram a olhar, apalpando, passando a unha, abrindo a boca dos dois égua-velhas, puxando pelas cambas do freio, fazendo andarem de-fasto, tudo…

…Aí, tinha chegado também o Bertolameu, outro lá deles, que ficou espiando de longe, porque tem uns defeitos de cavalo que só mesmo de longe é que a gente pode ver… E aí foi que eu fiquei com uma despesa no estômago, porque eu estava cansado de saber que: um cigano sozinho, mesmo estando com os olhos fechados, já acerta com a metade dos defeitos de um animal; dois ciganos, juntos, são capazes de adivinhar o que é que o bicho comeu e está dentro da barriga dele; mas, treis ciganos, então, seu doutor, eles falam p'ra o senhor até qual é que foi o nome da égua mãe…

...E o Bertolameu juntou com seu Pachencho mais com o Cuntrino, e futricaram, um tempo todo, falando depressa na língua atrapalhada lá deles. Depois, vieram p'ra mim, e me ofereceram dois cavalinhos: um pica-pau assim héctico, tordilho, e um matungo ruço, passarinheiro e de duas crinas...

...Eu fui vendo logo que os animais deles não prestavam. O matungo, p'ra se deitar, ajoelhava que nem vaca, e a modo e coisa que era cego de um olho. Mas eu entendi que ele não era cego *nenhuns-nada*: era uma pelinha que tinha crescido tapando a vista — que, até, depois, seu Raymundo boticário tirou p'ra mim... O pica-pau parecia que não ia durar mais muito tempo vivo... Tinha sinal de duas sangraduras... Mau, mau! Mas depois eu farejei que o que ele precisava era só de descanso, porque os ciganos tinham viajado demais naqueles dois meses, e tinham vindo tocando muito ligeiro e maltratando a tropa deles, p'ra poderem chegar no arraial na Semana-Santa... Isso eu vi, porque as ferraduras dos cavalos estavam todas gastadas, e os cascos dos desferrados estavam desiguais de roídos, também...

...E tinham mais outros desmandos, mas eram muito mais p'ra o desconto do que os defeitos da parelha minha... Por isso eu fiz cara de quem não estava conhecendo as miserinhas dos deles... Ah, porque eu tinha de fazer de capim, p'ra comer o burro!... E até peguei a gabar: — Êta! Bonitinhos eles são... Mas, dinheiro p'ra volta é que eu não tenho, e até estou triste por não ter!...

...Aí, eles riram um p'ra o outro, e eu cá quieto, fazendo de conta que não estava vendo... Queriam-porque-queriam que eu chegasse vinte mil-réis. Mas eu sabia que cigano tem uma esganação medonha, mesmo que doença, p'ra baldrocar cavalos, e fiz fincapé, suspirando, mentindo que nem um botão de calça eu não podia voltar. Ai, seu doutor meu amigo, a cacunda do bobo é o poleiro do esperto!... Eles tinham que dar o beiço e cair o cacho!... E eu fiquei mesmando...

...Por fim, quando eu relanceei que eles já estavam meio querendo me aceitar, entrei de zápede, espadilha e treis: — Bom, mas vocês têm de me voltar dez'tões de lambugem, que é p'ra uma cachacinha, porque o dinheiro aqui na minha terra anda vasqueiro...

...Mentira pura! Eu queria volta era só por a-mór de desonrar a raça toda de ciganos, p'ra uma vez!...

...Seu Pachencho fechou a cara, mas o tal Cuntrino veio comigo: — "Dez'tões é nada... Eu dou..."

...Ai, meu pai! Não sei como é que eu não morri de alegria naquela hora!... Foi só a gente fechar o negócio, e eu peguei a dar viva, gritando que tinha embrulhado os ciganos, e chamando o povo p'ra escutar, e o povo querendo saber por quê, e eu mostrando os defeitos todos que eles não tinham sido gente p'ra descobrir! E até deitei no chão, com os pés p'ra cima, e gritei:

— *Rach' ou parta ô melodência!*, que por mim o mundo agora já pode se acabar!...

— E os ciganos, Manuel?

— Ficaram danados, eles, e me rogaram muita praga, e até queriam desmanchar a troca. Mas aí eu me alembrei do sangue que tenho, e falei minhas ordens. Mostrei só o biquinho da garrucha e dei um eco neles: — *Ti-ó-frade, Tió-fro!...* Fiquem sabendo que eu sou filho natural de Nhô Peixoto, e, já, já, vocês têm que desaparecer esses cavalos daqui!...

...E eles não fizeram nada, e foram-s'embora, porque, em qualquer parte em que cigano briga, seja lá com quem for, o povo todo do lugar se ajunta e todo o mundo aproveita p'ra dar pancada neles... Até eu não acho que seja direito...

...Mas, ôi, diabo! Até hoje eu ainda gosto mais de me alembrar disso do que de comer doce!...

— Foi bonito, Manuel...

— Pois não foi? Eu acho que a gente deve de fazer umas coisas assim, p'ra se consolar, mais tarde, com qualquer tristeza que tiver...

— Mais cerveja, Manuel?

— Eu cá nunca enjeito, seu doutor. Mas, lhe conto: o ruim foi depois: ninguém não queria fazer mais negócio comigo... Perdi a freguesia... E, eles, era ingratidão, porque eu nunca tinha feito velhacaria nenhuma com pessoa nenhuma do arraial. Não carrego rabo de palha... Mas, que-o--quê! Eles diziam: — "Qual, com você, não. Nunca mais! Sai p'ra lá, você embroma até cigano"...

...De formas que foi só por via disso mesmo que eu não fiquei rico, e que agora estou me coçando com um dedo só. E isso de se querer fazer bonito, seu doutor, é a pior coisa que tem. Nunca que dá certo!...

Basta só usar penacho uma vez, p'ra uma pessoa se emporcalhar toda ao despois. Um coice mal dado chega p'ra desmanchar a igrejinha da gente...

— Razão você tem, Manuel Fulô... Mas, vê se bebe mais devagar...

— Não estou bêb'do, nada. Estou é com raiva, já falei! Fico que não posso, de jeriza, quando magino que o Toniquinho das Pedras tem uma sela mexicana boa, encostada, porque ele não tem cavalo nenhum, nem besta!... Podia me vender aquela, barato, porque ele não precisa de arreio... Precisa algum? Só se for p'ra botar nas costas dele-lá-mesmo...! Mas não vende, nem por nada, e eu já peguei qual é a manha dele: é porque ele quer apanhar a minha Beija-Fulô! Desaforo!... Não pega a minha mulinha, nem a troco de uma mina de brilhante!... Nem se ela, Deus a livre guarde, morresse, o que não é bom falar, eu nem o couro não havia de vender p'r'aquele judeu!...

— Sossega, Manuel.

— Tenho ódio dele, tenho mesmo! É um sujeito sem préstimo, sem aquela-coisa na cara... É o pior pedreiro do arraial, não sabe nem plantar uma parede. Só sabe é fazer feitiço, vender garrafada de raiz do mato, e rezar reza brava. Tem partes com o porco-sujo... Não presta! Gente assim não devia de ter!...

— Mas tem muita, Manuelzinho Fulô.

— Não brinca, seu doutor! O senhor também devia mas é me ajudar a ter ódio do cachorro do Toniquinho das Águas... Ele vive desencaminhando o povo de ir se consultar com o senhor. Dizendo que o doutor-médico não cura nada, que ele sara os outros muito mais em-conta, baratinho... Ele quer plantar mato na sua roça e frigir ovo no seu fogão! O senhor não vê? Ele não faz receita no papel, só porque não conhece os símplices, e acho que não sabe escrever, e isso que nem o boticário não aviava nenhuns-nada... Mas benze, trata de tudo, e aconselha que a gente não deve de tomar remédio de botica, que deve de tomar é só *cordial*... Qualquer dia ele arruma uma coisa-feita, p'ra modo de fazer o senhor ir-s'embora daqui...

— Feitiço em mim não pega, Manuel...

— É, mas o senhor devia era de fazer medo nele, falando em mandar vir um tenente com os soldados, se ele não parar com esses embondos de feitiço, e se não quiser vender a sela mexicana p'ra mim!... O senhor porque é bom demais, e não vê que ele está mas é roubando o de-comer de seus filhos...

— Mas eu não tenho filhos, Manuel!

— Ara, que ideia! Não tem, mas podia ter, e é a mesma coisa que ter!... Não tem mas vai ter!... E, olha aqui, seu doutor, falando sério, o senhor agora vai me responder uma pergunta: se uma pessoa tem uma sela guardada, sem serventia... E outra pessoa tem uma besta de-primeira, mas mesmo, de que não há outra igual, manteúda e talentosa, andadeira e esperta que nem gente... E se o que tem a sela quer comprar a mula, e o da mula quer comprar a sela, e ainda por riba falou primeiro no negócio... Quem é que o senhor acha que deve de ter direito? Não é o da besta, o da Beija-Fulô?!...

— Mas, Manuel...

— Pois 'tá'í!... Qualquer um vê logo que eu estou com o certo. Mas o tralha não tem crisma, só senta perto do cacifre... E eu até fico com medo, porque a sela, com tanto tempo que passa, pode querer se estragar. E já pensei também que ele, sabendo que gente dos Peixotos é gente mesmo opiniúda, e que eu não vendo — nã-o ven-do! —, que ele queira pôr algum quebranto na minha Beija-Fulozinha, benza-a Deus!

— Benza-a Deus, Manuel!

— É, mas se ele fizer algum caborje, morre no meu pinguelo! Seis tiros!...

— Chega de beber, Manuel Fulô. Você já está ficando vesgo.

— Bom, vamos mesmo parar, que a despesa já está alta, com tanta garrafa aberta... Só queria lhe explicar ainda, seu doutor, que, eu...

E Manuel Fulô desceu cachoeira, narrando alicantinas, praga e ponto e ponto e praga, até que... Até que assomou à porta da venda — feio como um defunto vivo, gasturento como faca em nervo, esfriante como um sapo — Sua Excelência o Valentão dos Valentões, Targino e Tal. E foi então que de fato a história começou.

O tigrão derreou o ombro esquerdo, limpou os pés, e riscou reto para nós, com o ar de um criado que vem entregar qualquer coisa.

Manuel Fulô se escorregara para a beira da cadeira, meio querendo se levantar, meio curvado em mesura, visivelmente desorganizado. E eu me imobilizei, bastante digno mas com um susto por dentro, porque o ricto do fulano era mau mesmo mau.

Manuel Fulô nem esperou que o outro chegasse perto; foi cantando:

— Boa noite, seu Targino, com'passou?

— ...noite!... noite, seu doutor...

E eu impei, com o tom respeitoso e com a completa tirada de chapéu. Mas o homem foi lacônico:

— Mané Fulô, tenho um particular, com licença de seu doutor...

Pura formalidade, a convocação: Targino falou alto, ali à porta da venda, a três passos da minha pessoa. Manuel Fulô tremia nas pernas, e eu ouvi tudo. Peremptório e horrível:

— Escuta, Mané Fulô: a coisa é que eu gostei da das Dor, e venho visitar sua noiva, amanhã... Já mandei recado, avisando a ela... É um dia só, depois vocês podem se casar... Se você ficar quieto, não te faço nada... Se não... — E Targino, com o indicador da mão direita, deu um tiro mímico no meu pobre amigo, rindo, rindo, com a gelidez de um carrasco mandchú. Então, sem mais cortesias, virou-se e foi-se.

Eu perdi o peso do corpo, e estava frio. Me mexia todo, sem querer. Manuel Fulô oscilou para o balcão, mas não pôde segurar o copo; passou a mão no suor da testa:

— Eu... eu... eu...

Aí eu vi que já se ajuntara gente, todos falando por metades só:

— Coitado do Mané... Coitadinha dessa moça... Coitado do Mané Fulô...

Peguei-lhe do braço. Arrastei-o.

A rua já estava escura, e tropeçávamos na buraqueira. Subiu do chão, solerte, uma cabrita alvacenta. E, se o Manuel quisesse falar, cortava a língua, porque os seus dentes se mastigavam sem pausa.

Pus o amigo para dentro da minha casa:

—Você dorme aqui, Manuel. Eu vou agir...

Mas o infeliz, desmesurando os olhos, e numa vozinha aflita, que vinha de lá de mais baixo do que a cachaça, do que o gálico, do que a taba — voz que vinha de tempo fundo — suplicou:

— Não faz nada não, seu doutor... Ele é o demônio... Não respeita nada e não tem medo de ninguém...

— Mas, Manuel! É até uma vergonha você dizer isso...

— Eu... Eu?

— Não fazer nada seria uma infâmia... Temos de defender a das Dor! Há momentos em que qualquer um é obrigado a ser herói...

— Uma osga!

— E o amor, Manuel? Ela é a tua noiva! Esta história...

— Que história, que mané-história! O senhor está é caçoando comigo...

— Não, porque...

— Porque-isquê!

— A minha...

— Que-inha?

— Cala a boca!

— Que-ôca?

— Manuel, se você não dominar um pouco essa bebedeira, eu jogo um josé na rua!... Ah, melhorou, não é? Precisamos de pensar... Por que você não vai pedir proteção ao Nhô Peixoto?

— Ele é pirrônico... Não amarro cavalo com ele...

— Bem, mas se o sangue de Peixoto é bom mesmo para ferver, você vai preparar as armas, para enfrentar o Targino amanhã, na hora da baderna, não vai?

— Pois será que nem o senhor não é mais meu amigo? Está querendo ver a minha morte? Qualquer um outro eu escorava mesmo, mas o senhor não sabe que esse Targino é o valentão?!...

— Bom, Manuel Fulô, não iremos pela força... Mas, você, que logrou até os ciganos, vai me ajudar agora a inventar um estratagema, um modo de fintarmos o Targino?

Manuel Fulô abriu um riso feio — avançando os dentes amarelos e grandes, como fieiras de grãos numa espiga de milho — tal e qual um cavalo; depois disse:

— Ah, não tem jeito... Não tem prazo, seu doutor! Assim, de hoje p'r'amanhã, não adianta... Mal-e-mal eu estou podendo pensar o trivial...

Face ao inajeitável, me alvitrei que o melhor seria reforçar a anestesia, dar-lhe mais bebida. E dei.

Bebeu, arrotou, e suplicou:

— O senhor não esquece de mandar cuidar da minha Beija-Fulô?

— Oh, Manuel! Você gosta mais é da das Dor ou da Beija-Fulô?

— Me desculpe, seu doutor, mas isto é pergunta que se faça? Gosto das duas por igual, mas primeiro da das Dor!...

E dormiu.

De manhã, acordei cedo. Manuel Fulô curtia o epílogo da cachaceira. Fui providenciar.

Quando ia saindo, encontrei o meu amigo Vicente Sorrente sapateiro, com olhos amplos, me avisando:

— Não faça isso, doutor. Mande o Manuel embora. O Targino pode pensar que o senhor esteja se metendo...

Até chegar à casa do Coronel Melguério, ouvi, mais ou menos, essas mesmas palavras, umas quinze vezes. Porque a rua estava cheia dos habitantes de Laginha, assanhados que nem correição de saca-saia em véspera de mau tempo. Havia meses que o Targino não cometia alguma barbaridade, e forte era a sensação.

— Hoje é dia... É hoje!

O Coronel era boa pessoa, só que o chamavam de berda-Merguério. Ouviu, deu de ombros, e indeferiu:

— Se o senhor quiser, pode arranjar quem pegue o Targino à unha, que a autoridade aprova. Agora, gente p'ra isso é que não há por aqui... Ninguém não tem sopro p'ra esse homem...

Então, fui ao Vigário. O reverendo olhou para cima, com um jeito de virgem nua rojada à arena, e prometeu rezar; o que não recusei, porque: dinheiro, carinho e reza, nunca se despreza.

E, aí, eu comecei a temer por minha pele própria, e voltei, frouxo, aflito por que passasse o dia, tudo acabasse, e a gente pudesse ver o resto como ia ser. Manuel Fulô não tivera coragem de pôr o pé fora da porta. E a Veigaria toda, que, não sei como, tivera ciência do *ultimatum* e acorrera, enchia a minha morada.

Uma mulher Véiga se ajoelhou, de mãos postas:

— Não deixa acontecer nada com o Manezinho, que ele gosta muito do senhor!...

E um Véiga barbaçudo, com um pouquinho mais de reserva, explicou:

— Nós viemos aconselhar o Mané, p'ra ele não fazer nenhuma doideira... O senhor não acha que ele deve de entregar p'ra Deus e ficar quieto? A moça gosta dele... A gente esquece o que se deu, e eles casam...

Faz de conta que foi coisa que nem doença... É que nem a gente se casar com mulher viúva...

E aqueles parentes não viam que o Manuel estava mesmo o mais Véiga de todos, pedindo a Deus que o pusesse entrevado num momento, ou que abrisse o chão, em grota fofa, para ele se enfiar e afundar.

Mas, com a barafunda, não se sabia o que fazer, e mais, ainda, com tanta gente curiosa, querendo consulta ou fazendo visita, em hora tão matinal. E, logo, de cochicho em cochicho, formou-se uma corrente informativa:... o subdelegado saíra do arraial, de madrugadinha, para assunto urgente de capturar, a duas léguas do comércio, um ladrão de cavalos... Maria das Dores, na cafua, adoecera de pavor, e estava sozinha com a mãe, chamando pelo noivo... Targino ainda não saíra de casa.

— Quem sabe se ele não esqueceu ou desistiu?

— Ara, ara! Que esperança!

E, a que horas a Bela seria procurada pela Fera, não se podia saber.

Mas, de fato, cartas dadas, a história começa mesmo é aqui. Porque: era uma vez um pedreiro Antonico das Pedras ou Antonico das Águas, que tinha alma de pajé; e tinha também uma sela mexicana, encostada por falta de animal, e cobiçava ainda a Beija-Fulô, a qual, mesmo sendo nhata, custara um conto e trezentos, na baixa, e era o grande amor do meu amigo Manuel Fulô. Pois o Antônio curandeiro-feiticeiro, apesar de meu concorrente, lá me entrou de repente em casa, exigindo o Manuel Fulô a um canto — para assunto secretíssimo.

Nem eu pude ouvir. Isto é, escutava pouca coisa: Manuel Fulô dizia que não, gaguejava e relutava. E o outro falava pompeado, com grã viveza de gestos e calor para convencer.

O tempo passava. O povaréu falava, todo a uma vez, depois silenciava. Pesava demais a espera; e já era insuportável a situação.

Aí, de chofre, se abriu a porta do quarto-da-sala, onde os dois davam suas vozes, e o Antonico das Pedras surgiu, muito cínico e sacerdotal, requisitando agulha-e-linha, um prato fundo, cachaça e uma lata com brasas. E Manuel Fulô reapareceu também, muito mais amarelo do que antes, dizendo ao povo Véiga, funebremente:

— Podem entregar a minha Beija-Fulô p'ra o seu Toniquinho das Águas, que ela agora é dele...

Então eu me sobressaltei, e umas mulheres choramingaram, porque o dito equivalia a um perfeito legado testamentário. Mas os dois donos da Beija-Fulô tornaram a fechar-se no quarto, com o prato fundo, as brasas, a agulha-e-linha e a cachaça, e ainda outros aviamentos.

Houve um parado de próxima tempestade. Uma voz fina rezou o credo. Correram, na rua. E alguém, esbofado, entrou:

— Fechem as portas e as janelas, que seu Targino já vem vindo, e vai passar mesmo por aqui por frente da casa!...

O povo se mexeu, como água em assoalho.

— Entra p'ra dentro, Tibitíu! — gritou-se.

— Aí vem o homem!... — gritaram.

E, nisso, abriram outra vez a porta do quarto-da-sala, e Manuel Fulô saiu primeiro. Surgiu como uma surpresa, transmudado, teso, sonambúlico. Abrimos caminho, e ele passou, para a rua. Ia do jeito com que os carneiros investem para a ponta da faca do matador. Vi-lhe um brilho estricto, nos olhos. E só depois que ele saiu foi que a Véiga mãe de todos os Véigas se desapalermou e pôde gritar:

— Me valei-me agora, minha Nossa Senhora!

E vi também o Antonico das Pedras, lampeiro e fagueiro, perguntando pela Beija-Fulô. Mas ninguém lhe deu atenção. Só perguntaram:

— O-quê que o senhor foi fazer com o meu irmão, seu Toniquinho?

— Fechei o corpo dele. Não careçam de ter medo, que para arma de fogo eu garanto!...

— Jesus! Targino mata o Manezinho... Não levou nem garrucha nem nada, o pobre!

— Corre atrás dele, gente! Seu Toniquinho botou meu filho doido!

Mas ninguém transpôs a porta. O Targino já aparecera lá adiante. Vinha lento, mas com passadas largas. E de certo se admirou de ver Manuel Fulô caminhar. Naquela hora, a rua, ancha e comprida, só estava cabendo os dois. E eu pensei no trem-de-ferro colhendo e triturando um bezerro, na passagem de um corte.

Pronto! A dez metros do inimigo, Manuel Fulô parou, e rompeu numa voz, que de tão enérgica eu desconhecia, gritando uma inconveniência acerca da mãe do valentão.

Targino puxou o revólver. Eu me desdebrucei um pouco da janela. Cruzaram-se os insultos:

— Arreda daí, piolho! Sujeito idiota!...

— Atira, cachorro, carantonho! Filho sem pai! Cedo será, que eu estou rezado fechado, e a tua hora já chegou!...

E só aí foi que o Manuel mexeu na cintura. Tirou a faquinha, uma quicé quase canivete, e cresceu. Targino parara, desconhecendo o adversário. Hesitava? Hesitou.

Eu tirei a cara da janela, e só ouvi as balas, que assoviaram, cinco vezes, rua a fora, de enfiada, com o zunido de arames esticados que se soltam.

E, quando espiei outra vez, vi exato: Targino, fixo, como um manequim, e Manuel Fulô pulando nele e o esfaqueando, pela altura do peito — tudo com rara elegância e suma precisão. Targino girou na perna esquerda, ceifando o ar com a direita; capotou; e desviveu, num átimo. Seu rosto guardou um ar de temor salutar.

— Conheceu, diabo, o que é raça de Peixoto?!

E eis que isso foi ingratidão, em vista da lealdade dos Véigas, que agora enchiam o pedaço de rua. Pouco sério, também, foi ele ter dado mais uma porção de facadas no defunto, num assomo de raiva supérflua. E ainda cuspia e pontapeava, sujando-se todo de sangue. Mas grande era a sua desculpa, já que não é coisa vulgar a gente topar com um valentão na estrada da guerra, e extingui-lo a ferro frio.

Manuel Fulô fez festa um mês inteiro, e até adiou, por via disso, o casamento, porque o padre teimou que não matrimoniava gente bêbeda. Eu fui o padrinho.

E o melhor foi que meu afilhado conservou o título, porque, pouco depois, um destacamento policial veio para Laginha, e desapareceram os cabras possantes, com vocação para o disputar. Mas Manuel Fulô ficou sendo um valentão manso e decorativo, como mantença da tradição e para a glória do arraial. Só, de vez em longe, quando conseguia burlar a vigilância da esposa, ingeria um excesso de meia garrafa da branquinha, pedia a Beija-Fulô emprestada ao Antonico das Pedras-Águas, e dava trabalho ao povo, bloqueando a rua Direita, galopando e disparando, para cima, tiros de mentira ou de verdade, e gritando, até adormecer, abraçado à tábua-do-pescoço da mula:

— Conheceu, gente, o que é sangue de Peixoto?!...

"— Lá vai! Lá vai! Lá vai!...
— Queremos ver... Queremos ver...
— Lá vai o boi Cala-a-Boca
fazendo a terra tremer!..."
(Coro do boi-bumbá.)

Conversa de bois

Que já houve um tempo em que eles conversavam, entre si e com os homens, é certo e indiscutível, pois que bem comprovado nos livros das fadas carochas. Mas, hoje-em-dia, agora, agorinha mesmo, aqui, aí, ali, e em toda parte, poderão os bichos falar e serem entendidos, por você, por mim, por todo o mundo, por qualquer um filho de Deus?!

— Falam, sim senhor, falam!... — afirma o Manuel Timborna, das Porteirinhas, — filho do Timborna velho, pegador de passarinhos, e pai dessa infinidade de Timborninhas barrigudos, que arrastam calças compridas e simulam todos o mesmo tamanho, a mesma idade e o mesmo bom-parecer; — Manuel Timborna, que, em vez de caçar serviço para fazer, vive falando invenções só lá dele mesmo, coisas que as outras pessoas não sabem e nem querem escutar.

— Pode que seja, Timborna. Isso não é de hoje:... *"Visa sub obscurum noctis pecudesque locutae. Infandum!..."* Mas, e os bois? Os bois também?...

— Ora, ora!... Esses é que são os mais!... Boi fala o tempo todo. Eu até posso contar um caso acontecido que se deu.

— Só se eu tiver licença de recontar diferente, enfeitado e acrescentado ponto e pouco...

— Feito! Eu acho que assim até fica mais merecido, que não seja.

E começou o caso, na encruzilhada da Ibiúva, logo após a cava do Mata-Quatro, onde, com a palhada de milho e o algodoal de pompons frouxos, se truncam as derradeiras roças da Fazenda dos Caetanos e o mato de terra ruim começa dos dois lados; ali, uma irara rolava e rodopiava, acabando de tomar banho de sol e poeira — o primeiro dos quatro ou cinco que ela saracoteia cada manhã.

Seriam bem dez horas, e, de repente, começou a chegar — *nhein... nheinhein... renheinhein...* — do caminho da esquerda, a cantiga de um carro-de-bois.

O cachorrinho-do-mato, que agora lambia, uma a uma, as patinhas, entreparou. Solevou o focinho bigodudo e comprido, com os caninos de cima desbordando, e, de beiços cerrados, roncou o seu crepitar constante, ralado contra o céu-da-boca.

Mas o outro som foi aumentando, e o carro já estava muito perto.

Com um rabeio final, o papa-mel empoou-se e espoou-se nas costas, e andou à roda, muito ligeiro, porque é bem assim que fazem as iraras, para aclarar as ideias, quando apressa tomar qualquer resolução. Girou, corrupiou, pensou, acabou de pensar, e aí correu para a margem direita, sempre arrastando no solo os quartos traseiros, que pesam demais. E, urge, urge, antes de pegar toca, parou, e trouxe até à nuca, bem atrás de uma orelha, uma das patas de trás, para se coçar.

O rechinar, arranhento e fanhoso, enchia agora a estrada, estridente.

O bichinho mediu, com viva olhada, um arco de círculo, escolhendo o melhor esconderijo: ao pé do pé de farinha-seca, num emaranhado de curuás, balieiras e sangues-de-cristo. Com dois saltos e meio, e mais meia-volta, aninhou o corpo cor de hulha, demasiado indiscreto para a paisagem. Deixava apontar a cabeça e o pescoço, meio ruivos, mas as flores do curuá, em hissopes alaranjados, estavam camaradissimamente murchas, as folhas baixas da balieira eram rubras, e o resto a poeira fazia bistre, ocre, havana, siena, sujo e sépia. Somente os olhos poderosos de um gavião-pombo poderiam localizar a irarinha, e, mesmo assim, caso o gavião tivesse mergulhado o voo, em trajetória rasante.

Sim e mais, mascarava-se o perfume, sobrado de forte e coisa nenhuma agradável, inseparável do cãozinho silvestre: porque as frutas da trepadeira cheiravam maduramente a maçãs.

Por aí se vê que a irara era genial, às vezes; mas, no fundo, não passava de uma mulherzinha teimosa, sempre a suplicar: — Me deixem espiar um pouquinho, que depois eu vou-me embora...

Mal se amoitara, porém, e via surgir, na curva de trás da restinga, o menino guia, o Tiãozinho — um pedaço de gente, com a comprida vara no ombro, com o chapéu de palha furado, as calças arregaçadas, e a camisa grossa de riscado, aberta no peito e excedendo atrás em fraldas esvoaçantes.

Vinha triste, mas batia ligeiro as alpercatinhas, porque, a dois palmos da sua cabeça, avançavam os belfos babosos dos bois da guia — Buscapé, bi-amarelo, desdescendo entre mãos a grossa barbela plissada, e Namorado, caracú sapiranga, castanho vinagre tocado a vermelho — que, a cada momento, armavam modo de querer chifrar e pisar.

Segue-seguindo, a ativa junta do pé-da-guia: Capitão, salmilhado, mais em branco que em amarelo, dando a direita a Brabagato, mirim--malhado de branco e de preto: meio chitado, meio chumbado, assim cardim. Ambos maiores do que os da junta da guia.

Passo após, a junta, mestra, do pé-do-coice: Dansador, todo branco, zebuno cambraia, fazendo o cavalheiro; e, servindo-lhe de dama, Brilhante, de pelagem braúna, retinto, liso, concolor. Ainda maiores do que os seus dianteiros da contra-guia.

E, atrás — ladeando o cabeçalho — conformes, enormes, tão tamanhões o quanto bois podem ser, os sisudos sócios da junta do coice: Realejo, laranjo-botineiro, com polainas lã de brancas, e Canindé, bochechudo, de chifres semilunares, e, na cor, jaguanês.

Escangalhando o chão com as cintas ferradas das rodeiras, gemendo no eixo a sua cantilena, rolava, por último, a bárbara viatura, arrastada aos solavancos. E a irara virava a carinha para todas as bandas, tão séria e moça e graciosa, que se fosse mulher só se chamaria Risoleta.

Mas, aí, o carreiro, o Agenor Soronho, homenzão ruivo, de mãos sardentas, muito mal-encarado, passou rente ao papa-mel, que estremeceu, ao ver-se ao alcance do ferrão temperado da vara de carrear. Felizmente, o carro chiava e guinchava como nunca. Porque a cachorrinha-do-mato é sestrosa e não pode parar um instante de rosnear; e, além disso, estava como que hipnotizada, pela contemplação do bicho-homem e pelos estalidos chlape-chlape das alpercatas de couro cru.

Distanciava-se a complicada caravana. Então, a irara Risoleta fez o cálculo do tempo de que dispunha. Olhou para cima, espiou para o caminho da direita, a ver se também dali não surgia alguma coisa digna de observar-se, e, depois, numa coragem, correu empós a comitiva, vai que avançando espevitada, vem que desenxabida recuando, sumindo-se nas moitas, indo até lá adiante, namorar o guieiro, mas gostando maismente de se emparelhar com o churrião; não podia, nem jeito, admitir que os grandes buracos das rodas fossem os *óculos* de tirar barro, de dar passagem à lama nos atoladiços: eram, isso sim, ótimas janelas, por onde uma irara espreitar.

Maneira seja, pôde instruir-se de tudo, bem e bem. E, tempo mais tarde, quando Manuel Timborna a apanhou, — Manuel Timborna dormia à sombra do jatobá, e o bichinho veio bisbilhotar, de demasiado perto, acerca do bentinho azul que ele usa no pescoço, — ela só pôde recobrar a liberdade a troco da minuciosa narração.

Como aquele trecho da estrada fosse largo e nivelado, todos iam descuidosos, em sóbria satisfação: Agenor Soronho chupando o cigarro de palha; o carro com petulância, arengando; a poeira dansando no ar, entre as patas dos bois, entre as rodas do carro e em volta da altura e da feiura do Soronho; e os oito bovinos, sempre abanando as caudas para espantar a mosquitada, cabeceantes, remoendo e tresmoendo o capim comido de-manhã.

Só Tiãozinho era quem ia triste. Puxando a vanguarda, fungando o fio duplo que lhe escorria das narinas, e dando a direção e tenteando os bois.

E, por tudo assim sem história, caminharam um quilômetro ou mais.

Começou, porém, a esquentar fora de conta. Nem uma nuvem no céu, para adoçar o sol, que era, com pouco maio, quase um sol de setembro em começo: despalpebrado, em relevo, vermelho e fumegante.

Então, Brilhante — junta do contra-coice, lado direito — coçou calor, e aí teve certeza da sua própria existência. Fez descer à pança a última bola de massa verde, sempre vezes repassada, ampliou as ventas, e tugiu:

"Boi... Boi... Boi..."

Mas os outros não respondem: continuam a vassourar com as caudas e a projetar de um para o outro lado as mandíbulas, rilhando molares em muito bons atritos.

Dando-se que Brilhante fala dormindo, repisonga e se repete, em sonho de boi infeliz. Assim por assim, o pelame preto compacto põe-no por baixas vantagens, qual e tal, em quente de verão, comborço que envergasse fraque, entre povos no linho e brim branco. Que por isso, ele querer toda vez, no pasto, a sombra das árvores, à borda da mata, zona perigosa, onde mil muruanhas — tavãs e tavoas — tão moscas, voejam, campeando o mole e quente em que desovar. Também que lá, medo ao veneno, a gente tem de pastar com completa cautela: Tubarão, irmão de Brilhante e seu antigo par de junta, morreu, faz mês e meio, ervado de timbó. Coisando por tristes lembranças, decerto, bem faz que Brilhante já carregue luto de-sempre. Mas, perpetuamente às voltas com bernes, bichos, carrapichos, e morcegos, rodoleiros, bicheiras, só no avesso da vida, boas maneiras ele não pode ter.

Todavia, ninguém boi tem culpa de tanta má-sorte, e lá vai ele tirando, afrontado pela soalheira, com o frontispício abaixado, meio guilhotinado pela canga-de-cabeçada, gangorrando no cós da brocha de couro retorcido, que lhe corta em duas a barbela; pesando de-quina contra as mossas e os dentes dos canzís biselados; batendo os vazios; arfando ao ritmo do costelame, que se abre e fecha como um fole; e com o focinho, glabro, largo e engraxado, vazando baba e pingando gotas de suor. Rebufa e sopra:

"Nós somos bois... Bois-de-carro... Os outros, que vêm em manadas, para ficarem um tempo-das-águas pastando na invernada, sem trabalhar, só vivendo e pastando, e vão-se embora para deixar lugar aos novos que chegam magros, esses todos não são como nós..."

— Eles não sabem que são bois... — apoia enfim Brabagato, acenando a Capitão com um estição da orelha esquerda. — Há também o homem...

— É, tem também o *homem-do-pau-comprido-com-o-marimbondo--na-ponta*... — ajunta Dansador, que vem lerdo, mole-mole, negando o corpo. — O homem me chifrou agora mesmo com o pau...

— O homem é um bicho esmochado, que não devia haver. Nem convém espiar muito para o homem. É o único vulto que faz ficar zonzo, de se olhar muito. É comprido demais, para cima, e não cabe todo de uma vez, dentro dos olhos da gente.

— Mas eu já vi o *homem-do-pau-comprido* correr de uma vaca... De uma vaca. Eu vi.

— Quieto, Buscapé!... Sossega, meu boizinho bom... — clama o menino guia.

Não é atôa que Buscapé é um boi china, espantadiço e pois pernalongo, que avança distanciando muito as patas e costuma relar com os cascos brutos os calcanhares do guia. Mais ao jeito que ele é mogão e mal-armado, que, se tivesse bons estrepes, na parelha de testa um perigo seria.

Mas Agenor Soronho estranhou qualquer lance:

—Vigia aí, Tiãozinho! Vi um bicho raboso mexer no matinho... Alguma bisca de lobo, ou um jaguapé. Isso são criaturas p'ra vagarem de-noite, não sei o-quê que andam querendo a esta hora em beira de estrada, p'ra assustar os bois!

Brabagato curvou-se, chegando o focinho, com veneta de lamber o entre-chifres de Capitão:

— Um homem não é mais forte do que um boi... E nem todos os bois obedecem sempre ao homem...

— Eu já vi o *boi-grande* pegar um homem, uma vez... O homem tinha também um *pau-comprido*, e não correu... Mas ficou amassado no chão, todo chifrado e pisado... Eu vi!... Foi o *boi-grande-que-berra-feio-e-carrega--uma-cabaça-na-cacunda*...

— Ele é bonito, esse um... — profere Dansador, que por sinal dá retrato de zebuíno-nelorino: na cabeçorra quase de iaque — testa lomba, grãos de olhos, cara boba, mais focinho — e na meia giba da cruz; mas ajunta outro tanto de sangue sertanejo, e a mistura põe-lhe um pré-corpo entroncado, dilatado e corcovado, de bisão.

Acolá, longe adiante, onde as árvores dos dois lados se encontram e encartucham e o caminho se fecha aos olhos da gente, apontaram de repente uns cavaleiros. Vêm chegando. Para que eles possam passar, mesmo tendo de contornar o barranco, Tiãozinho detém os bois.

— Boas tarde, seu Agenor! Que é que vão carreando?

— Umas rapadurinhas pretas, mais um defunto... É o pai do meu guia, que morreu p'r'amanhecer hoje...

—Virgem Santa, seu Agenor! Imagina, só, que coisa triste... — Os homens se descobrem. — E de que foi mesmo que o pobre morreu, seu Agenor, ele que era tão amigo do senhor...?

— A gente não sabe... Da doença antiga lá dele... O coitado andava penando.

— Pobrezinho do menino!... — exclama a moça do silhão. E, a tais palavras, Tiãozinho, que já estava meio quase consolado, recebe inteira, de volta, sua grande tristeza outra vez.

Brabagato aproveitou a parada para se deitar. Desce o corpo, dobrando as quatro pernas, tudo muito complicado, e os joelhos como que se quebram completamente — parece que os garrões vão ao sovaco, cai a quartela na canela e bate o braço no boleto. Amontoa-se no fundo sulco da beira da estrada; e Capitão não reclama: sustenta a canga, inclinando o cogote, e descai as orelhas, enviesando olhos mornos. Mas Brabagato camba para o outro lado, depois de extrair a cauda, que, por afã e por engano, lhe ficara imprensada embaixo, e enxota as moscas passeantes pelo lombo e pelas ancas de montanha branca-e-preta.

Os cavaleiros se despedem. Mas, agora, a moça do silhão joga uma espiadela e murmura, enojada, qualquer coisa a respeito da falta de escrúpulos de se acondicionarem cadáveres em cima de rapaduras.

— Vamos'embora, vamos'embora...

— Vam', boi!...

Tiãozinho quase não tem fala, mas Soronho brande a vara e brada seu mau-humor. Brabagato se reajoelha e acaba de aprumar-se, em dois tempos e três ferroadas. Os outros rompem adiante, com pronta pressa. As tiradeiras se retesam, de argola a argola. E os bois todos batem cascos, acertando a normal locomoção.

— *Oung! Moung!* — bufa Canindé, monótono, arrepiando o fio branco do dorso, e repuxando, dos ilhais às primeiras costelas, a pelagem conjugada — de cada lado uma risca preta e uma risca vermelha, muito largas, salpicadas de branco, na descida do flanco e na corda do flanco, pois que é muito bonito um boi jaguanês. Bufa e fala, pé por pé para caminhar:

— Os bois soltos não pensam como o homem. Só nós, bois-de--carro, sabemos pensar como o homem!...

Mas Realejo, pendulando devagar fronte e chifres, entre os canzís de madeira esculpida, que lhe comprimem o pescoço como um colarinho duro, resmunga:

— Podemos pensar como o homem e como os bois. Mas é melhor não pensar como o homem...

— É porque temos de viver perto do homem, temos de trabalhar... Como os homens... Por que é que tivemos de aprender a pensar?...

— É engraçado: podemos espiar os homens, os bois outros...

— Pior, pior... Começamos a olhar o medo... o medo grande... e a pressa... O medo é uma pressa que vem de todos os lados, uma pressa sem caminho... É ruim ser boi-de-carro. É ruim viver perto dos homens... As coisas ruins são do homem: tristeza, fome, calor — tudo, pensado, é pior...

— Mas, pensar no capinzal, na água fresca, no sono à sombra, é bom... É melhor do que comer sem pensar. Quando voltarmos, de noite, no pasto, ainda haverá boas touceiras do roxo-miúdo, que não secaram... E mesmo o catingueiro-branco está com as moitas só comidas a meia altura... É bonito poder pensar, mas só nas coisas bonitas...

"É isso mesmo... Só o que é bonito... O que é manso e bonito... Eu até queria contar uma coisa... Sabia de uma coisa... Sabia, mas não sei mais"... As orelhas de Brilhante murcharam, e a cabeça sobe e desce. "Não encontro mais aquilo que eu sabia... Coisa velha... Também, vem tanta coisa para a gente pensar!... Vêm, como os mosquitos maus, da beira do mato... Perto do homem, só tem confusão..."

— Boi ôa, boi!... Dianho!... — grita seu Soronho.

Mais não foi que Brabagato, o chamurro pintado, que de-manhã pastou algum talo de capim-roseta, e agora talvez esteja sentindo dor qualquer, no terceiro ou no quarto estômago seu, e quer ruminar de focinho alto; e acontecido que Capitão é um couro-grosso mal mestiçado de franqueiro, que anda pesa-pendendo e cheirando chão, foi quebrado de desjeito, quando o companheiro de trela sungou a cabeça de repente. — *Moung?!* — *Hmoung-hum!...* — E badala o cincerro, do pescoço, porque Capitão vem de guampa afoita, oblíquo, querendo mesmo ferir.

E então, calmo, rediz Dansador, voz tão rouca, de azebuado, com tristeza no tutano:

— Não podemos mais deixar de pensar como o homem... Estamos todos pensando como o homem pensa...

Péssima dupla, esta da contra-guia: Brabagato, mal-castrado, tem muito brio e é fogoso; e Capitão é um boi sonso, e pois mau como uma vaca na menopausa. Por isso, e porque um e outro têm chifres verdes — se a gente furar, para pôr as argolas, darão sangue — prende-lhes os cangotes a soga rija, em vez das chifradeiras dos outros cingéis. Divergem as cabeças, e a junta se bifurca, o quanto permite o ajoujo, que essa é a única maneira de se darem as costas. Logo Brabagato recua o corpo, trazendo a canga até à base das hastes. Mas o cornil resiste. E já o carreiro, que vinha quase que só *determinando* coice e contra-coice, chega de lá, balanceando a vara.

— Capitão!... Brabagato!... — O ferrão cata lombos, palhetas e espáduas, e os bois dois se aquietam, com os flancos em marmelada, a sangrar.

Mas o caminho vai. E alongam-se para diante, na paisagem luminosa, as sombras songas dos bois.

— Estamos todos pensando que nem o homem?... Você, *o-que-gosta-de-pastar-à-beira-da-cerca-do-pasto-das-vacas*?!...

— Sou o boi Brabagato.

— E *o-que-deita-para-se-esconder-no-meio-do-meloso-alto*?

— Sou o boi Namorado.

— E o *boi-da-noite-que-saiu-do-mato*? Boi Brilhante, boi Brilhante?!... Que foi que ele disse?...

"Estou caçando e não acho... Mas não vamos pensar como o homem... Esperem... Ainda não encontrei aquilo..."

— O-quê?...

"Só o que for manso e o que for bonito... Também, assim, não posso... Não sei o que é que o carro diz, gritando tanto... Só os cavalos é que podem entender o carro..."

O sol agora está dois degraus mais alto. A poeira deixou de ser vermelha: é parda, parecendo cinza fina. Estão num baixadão de campo, de semi-arbustos, flechinha e capim-lanceta, todo encalombado de surujes de cupins.

Vem a voz de outro carreiro, gritando. Fazem a volta, acolá, outras juntas: seis parelhas, puxando um carretão, que arrasta imenso toro acorrentado — um tronco de tamboril, tal de metros de diâmetro, lavrado no mato.

Tiãozinho sorri para o menino-guia. Soronho saúda os carreiros. E os bois de cá espiam os bois do carretão: com outros, mal conhecidos: Tinhorão, Marechal, Cantagalo e Murici. Também deitam olhares, mas vão afanados, que o peso é pesado: debruçando os perfis cuneiformes; colgados nas jugulares das brochas; bijungidos, dois a dois paralelos, — anca a anca, chifre a chifre, pá a pá.

Passam. Passaram. Sumiram. O carro aqui rechina mais forte, outra vez.

— Esperta, boi!...

Agora, o carreiro, sim, que é homem maligno. O dia, para ele, amanheceu feliz, muito feliz. Mas, mesmo assim por assim, só porque está suando, não deixa de implicar:

— Tu Tião, diabo! Tu apertou demais o cocão!... Não vê que a gente carreando defunto-morto, com essa cantoria, até Deus castiga, siô?!... Não vê que é teu pai, demoninho?!... Fasta! Fasta, Canindé!... Ôa!... Ô-ôa!... Anda, fica novo, bocó-sem-sorte, cara de pari sem peixe!... Vai botar azeite no chumaço, que senão agorinha mesmo pega fogo no eixo, pega fogo em tudo, com o diabo p'r'ajudar!...

Tiãozinho veio no grito, mas se mexendo encolhido, com medo de que o homem desse nele com a vara-de-ferrão. Falta de justiça, ruindade só. Foi o carreiro mesmo quem apertou a chaveta da cantadeira, hoje cedo; e até estava enjerizado, na hora, falando que Tiãozinho era um preguiçoso, que não prestava nem para ajeitar o carro nem para encangar os bois.

Clamando, xingando, Agenor Soronho vem para a traseira, onde está pendurado o chifre de unto. Estende-o ao menino, e dá uma espiada lá para dentro. Atrás, o carro estava sem tampo: só com uns sedenhos, esticados a diferentes alturas, entre os muitos fueiros, para impedir que, a cada tranco, a carga se fosse derramando.

Em cima das rapaduras, o defunto.

Com os balanços, ele havia rolado para fora do esquife, e estava espichado, horrendo. O lenço de amparar o queixo, atado no alto da cabeça, não tinha valido de nada: da boca, dessorava um mingau pardo, que ia babujando e empestando tudo. E um ror de moscas, encantadas com o carregamento duplamente precioso, tinham vindo também.

Soronho volve depressa a cara e vai encostar-se à cheda do lado direito, onde a esteira de caniço, alta, o isola do fúnebre viajante.

Mas, acolá, nos encangamentos, prorrompe novo reboliço.

— Olha esses bois, aí, diabo!... Capitão! Brabagato!...

Treta e teima. Alguma mutuca voandeja passou e pinicou a orelha de Brabagato, que estava de olhos fechados e atribuiu a ofensa a Capitão. Virou, raivado. Entestam. Reentestam. E estralam as chifrancas.

Soronho fincou a aguilhada, e Tiãozinho correu, atarantado, sem saber se oleava o cocão ou se acalmava os dois da guia, que, ouvindo bulha lá atrás, pensavam que havia ordem para caminhar.

— Ôa!... — Dá de-prancha, com a vara, nos topetes dos bois, que desviam para fora os nós dos joelhos, e travam pausa, imóveis perfeitamente. Então o candieiro volta para azeitar o eixo, depois de deixar a vara apoiada no peito da canga — obstáculo esse que Buscapé e Namorado resguardam com respeito.

Mas Agenor Soronho olhou para o sol, enrugando a cara. Pisca, pisca, e mais se enfeza.

— Que martírio!... De vez que não acaba mais com isso, ou tu pensa que os outros vão ficar no arraial com o cemitério aberto, esperando a gente?!...

— Já vou, seu Soronho... Já vai...

— É, nheinhein?!... Ai, que sina, esta minha, trabalhando em sol e chuva, e inda tendo de aguentar este mamão-macho sem preceito!... Tu fala macio, mas p'ra trabalhar comigo tu não presta... Mais em antes eu queria um rapazinho carapuçudo e arapuado, que fosse malcriado mas com sustância que nem eu, p'ra trabucar... Que me importa, se a gente chega de noite no arraial?! O pai não é meu, não... O pai é seu mesmo... Só que tu não tem aquela-coisa na cara... Mas, agora, tu vai ver... Acabou-se a boa vida... Acabou-se o pagode!...

Chora-não-chora, Tiãozinho retoma seu posto. "O pai não é meu, não... O pai é seu mesmo..." Decerto. Ele bem que sabe, não precisa de dizer. É o seu pai quem está ali, morto, jogado para cima das rapaduras... Deixou de sofrer... Cego e entrevado, já de anos, no jirau... Tiãozinho nem se lembrava dele de outro jeito, nem enxergando nem andando... Às vezes ele chorava, de-noite, quando pensava que ninguém não estava escutando. Mas Tiãozinho, que dormia ali no chão, no mesmo cômodo da cafua, ouvia, e ficava querendo pegar no sono, depressa, para não escutar mais... Muitas vezes chegava a tapar os ouvidos, com as mãos. Malfeito! Devia de ter, nessas horas, puxado conversa com o pai, para consolar... Mas aquilo era penoso... Fazia medo, tristeza e vergonha, uma vergonha que ele não sabia bem por quê, mas que dava vontade na gente de querer pensar em outras coisas... E que impunha, até, ter raiva da mãe...

— Ôa!... Ôa, boi teimoso... Buscapé, demônio!

Ah, da mãe não gostava!... Era nova e bonita, mas antes não fosse... Mãe da gente devia de ser velha, rezando e sendo séria, de outro jeito... Que não tivesse mexida com outro homem nenhum... Como é que ele ia poder gostar direito da mãe?... Ela deixava até que o Agenor carreiro mandasse nele, xingasse, tomasse conta, batesse... Mandava que ele obedecesse ao Soronho, porque o homem era quem estava sustentando a família toda. Mas o carreiro não gostava de Tiãozinho... E era melhor, mesmo, porque ele também tinha ojeriza daquele capeta!... Ruço!... Entrão!... Malvado!... O demônio devia de ser assim, sem tirar e nem pôr... Vivia dentro da cafua... Só não embocava era no quartinho escuro, onde o pai ficava gemendo; mas não gemia enquanto o Soronho estava lá, sempre perto da mãe, cochichando os dois, fazendo dengos... Que ódio!...

O caminho, descurvo, vai liso para a frente. E, lá léguas, meão roxo, é o Morro Selado, onde mora um sujeito maluco, que tem ouro enterrado no chão.

Pobre do pai!... Tiãozinho tinha de levar a cuia com feijão, para comer junto com ele, porque nem que a mãe não tinha paciência de pôr comida na boca do paralítico... E ela, com seu Soronho, tinham, para comer, outras coisas, melhores... Deviam de ter... Mas, com isso, Tiãozinho não se importava... O que doía era o choro engasgado do pai, que não falava quase nunca... Mas Deus havia de castigar aquilo tudo. Não estava direito, não estava não!

— *Cristo! Cris-pim-cris-pim-cris-pim-crispim!*

Um par de joãos-de-barro arruou no caminho, pouco que aos pés de Tiãozinho. Galinhando aos pulos, abrem bico e papo, num esganiço de alarido, mesmo de propósito, com rompante. Arrepicam e voam embora, soprando penas. Marido e mulher.

— Ôa, Namorado!... — E Tiãozinho faz meia-volta e dá uma corrida de-costas, pelejando para conter os da guia, golpeando-lhes as testorras e picando-os com o ferrão. Foi Namorado, o boi vermelhengo, que tomou um repente e chegou a catucar o candieiro, com uma cornada de-través. Mas, agora, está pondo olhos mansos, em fito desconsolado, enquanto Buscapé se socorna.

Boi urubu é boi Brilhante, que afunda cachaço e cara, angular, para o chão da frente. Preto e movente, assombra, que nem estranho enorme bicho d'água, com óleo e lustro no pelo, esgueirando-se a custo, quase rampante. E boi Brilhante pensa falado:

"Estou andando e procurando... As coisas pequenas vêm vindo, lá de trás, na cabeça minha, mas não encontro as coisas grandes, não topo com aquilo, não..."

Ora caminhando de frente, ora aos recuões, Tiãozinho tem de ficar espertado, porque os bois agora deram para se agitar. Se o guia pega a pensar demais, se descuidando, logo se alerta com o bafo quente nas orelhas e a baba lhe respingando na nuca.

— Ôa, Namorado!...

Também, quem tem a culpa d'eles ficarem assim desinquietos é o carreiro, que vem picando os bois, atôa, atôa, sem precisão. É mau mesmo. "Mas, agora, tu vai ver!... Acabou-se a boa vida... Acabou-se o pagode!"... P'ra que falar isso?!... Seu Soronho sempre não xingou, não bateu, de cabresto, de vara-de-marmelo, de pau?!... E sem ter caso para mão brava, nem hora disso, pelo que ele lidava direito, o dia inteiro, capinando, tirando leite, buscando os bois no pasto, guiando, tudo... Mas Tiãozinho espera... Há-de chegar o dia!... Quando crescer, quando ficar homem, vai ensinar ao seu Agenor Soronho... Ah, isso vai!... Há-de tirar desforra boa, que Deus é grande!...

Um mandiocal. O cafezal: de cimo a chão, moita e folha. As bananeiras.

"Bhu! Muff"... De repente, boi Brilhante projetou a cabeça, que sai do enquadramento — canga, canzís e brocha — como o pescoço de um jaboti que se desencaixa para beber chuva. E fanha, e funga:

"Achei a coisa, aquilo!... Foi o boi que pensava de homem, *o-que-come-de-olho-aberto*..."

— Era o boi Rodapião...

"Era o boi Rodapião. E foi. Chegou, um dia, não se sabe..."

—Veio de-manhã...

"Pequeno ele, pouco chifre, vermelho café de-vez... Era quase como nós, aquele boi Rodapião... Só que espiava p'ra tudo, tudo queria ver... E nunca parava quieto, andava p'ra lá e pr'a cá..."

— Eu também pastei junto, com esse boi Rodapião...

Estão passando agora em frente à Fazenda do seu Gervásio. Os cachorros vêm fazer algazarra cá em baixo na estrada, só para assustar os bois. Agenor Soronho manda no que é seu: — Canindé, Realejo!... Ôa, Brabagato! Ô'r'vai!... —; e grita mais pelo Diabo, que "diabo" é o seu refrão.

A casa está aberta, mas não se vê ninguém. Todos foram ao canavial, pois é o começo do tempo de corte, marcar a cana caiana que vão moer amanhã de-manhã.

— Vamos, Buscapé!... Va-amos!...

O casarão avarandado já ficou para trás, com a latomia dos cachorros e as frondes do laranjal. Tiãozinho começa a cansar. Que calor!... E a poeira seca a goela da gente. Estará sentindo dor-por-dentro no pescoço? São Brás! São Brás!... Não quer penar como o Didico da Extrema, que caiu morto, na frente de seus bois...

Tinha só dez anos o Didico, menor do que Tiãozinho. Mas trabalhava muito, também. Foi num dia assim quente, de tanta poeira assim... Ele teve de ir carrear sozinho, porque era o carro pequeno, só com duas juntas e carga pouca, de balaios de algodão. Na hora de sair, se queixou: — "Estou com uma coisa me sufocando... Não posso tomar fôlego direito, nem engolir... E tenho uma dor aqui..." (Lá nele, Didico)...

Ninguém se importou; falaram até de ser manha, porque o Didico era gordinho e corado, parecendo um anjo de estampa, de olhinhos gaiteiros e azuis.

Mas estava custando muito a voltar. Nunca mais aparecia com o carro. E foram encontrá-lo, lá longe, na covanca da Abóbora-d'Água, já frio. Os bois haviam parado, para não pisar em cima, e estavam muito quietos, pois às vezes eles gostam de ficar assim. Menos os da guia, que tinham mascado e comido quase toda a roupinha do pobre do Didico... — São Brás!...

Vão por um tracto de campo ondulado, com pastagem áspera de capim-guiné verde-azul. Só aqui ou ali uma árvore: ou pau-doce ou pau-terra ou pau-santo, quase sempre com um ninho de guaxe pendurado de um galho, como enorme coador de café.

E aí, que todos estugam as passadas, boi Brilhante desdorme, em velho vezo de conversação:

..."Comigo, na mesma canga, prenderam o boi Rodapião... Chegou e quis espiar tudo, farejar e conhecer... Era tão esperto e tão estúrdio, que ninguém não podia com ele... Acho que tinha vivido muito tempo perto dos homens, longe de nós, outros bois... E ele não era capaz de fechar os olhos p'ra caminhar... Olhava e olhava, sem sossego. Um dia só, e foi a conta de se ver que ninguém achava jeito nele. Só falava artes compridas, ideia de homem, coisas que boi nunca conversou. Disse, logo: —Vocês não sabem o que é importante... Se vocês puserem atenção no que eu faço e no que eu falo, vocês vão aprendendo o que é que é importante... — Mas, por essas palavras mesmas, nós já começamos a ver que ele tinha ficado quase como um homem, meio maluco, pois não..."

— Ôa!

Estacam todos, bois e carro, no meio do chapadão. Foi o guia Tiãozinho, que teve de parar para segurar as calças, que lhe tinham caído de repente até aos pés. Depôs a vara no chão, depressa, porque estava até vermelho, só em camisão e perninhas magrelas, que vergonha. E agora está-lhe custando para amarrar a tira de pano na cintura e ficar composto outra vez.

Com o céu todo, vista longe e ar claro — da estrada suspensa no planalto — grandes horas do dia e horizonte: campo e terras, várzea, vale, árvores, lajeados, verde e cores, rotas sinuosas e manchas extensas de mato — o sem-fim da paisagem dentro do globo de um olho gigante, azul-espreitante, que esmiúça: posto no dorso da mão da serrania, um brinquedo feito, pequeno, pequeno: engenhoca minúscula de carro, recortado; e um palito de vara segura no corpo de um boneco homem-polegar, em pé, soldado-de-chumbo com lança, plantado, de um lado; e os boizinhos-de-carro de presépio, de caixa de festa. E o menino Tiãozinho, que cresce, na frente, por mágica. Pronto. As calças não vão cair mais!

Arre! que nunca foi tão penosa uma ida ao arraial. Também, com tudo tão triste, carreando o pai para a cova, coitado do pai... Mas, deve de ter subido para o Céu, direito, na mesma da hora... Na véspera de morrer, de-noite, ele ainda pedira para Tiãozinho tirar reza junto... E Tiãozinho puxara o terço, cochilando... Estava com muito sono, porque tinha ido, a pé, ao Marçal Velho, levar um recado... Depois da salve-rainha, o pai pôs nele a bênção, e ele deitou no enxergão, para dormir logo, esquentando os molambos... Também não adiantou nada estar dormindo no mesmo canto; só deu fé daquela tristeza toda foi quando viu a mãe, chorando, sacudindo-o para levantar. Aí, Tiãozinho tinha chorado também...

Mas, a mãe, por que é que ela havia de chorar?! por quê? Ela não gostava do pai... Tiãozinho pouco pudera ver, pelos buracos da parede de pau-a-pique, quando eles estavam lavando o corpo... A cafua se enchera, não cabendo, de gente... E seu Agenor Soronho estava muito galante com todos. Estava mesmo alegre, torcendo as pontas do bigode vermelho, mas fazendo de estar triste, às vezes, de repente... E até, quando Tiãozinho, zonzo de tanta confusão, se sentara na pedra que faz degrau na porta da cozinha, o carreiro tinha vindo consolar sua tristeza, dizendo que daí em diante ia tomar conta dele de verdade, ia ser que nem seu pai...

Os vizinhos bem que estavam às ordens, para carregar cristão defunto. Mas eram seis léguas apuradas, e, como seu Agenor estava mesmo para levar uma carga de rapadura do Major Fréxes, dispensou os préstimos para o cortejo, e atrelou quatro juntas, porque na volta ia trazer o carro cheio, com os rolos de arame farpado que estavam esperando por ele, na estação do arraial...

Não havia caixão: só o esquife tosco, entre padiola e escada, com as barras atadas com embira e cipó. Ajeitaram o morto em cima do ladrilhado das rapaduras. Tiãozinho, já pronto, esperava no seu lugar com muita pressa de sair, porque aquilo tudo estava sendo ruim demais... A mãe ficara na porta, chorando sempre, exclamando bobagens, escorada nas outras mulheres todas, que ajudavam a chorar... E o resto do povo tinham feito o pelo-sinal e virado as costas, porque faz mal a gente ficar espiando um enterro até ele se sumir.

O caminho-fundo corta uma floresta de terra boa, onde cansa à gente olhar para cima: árvores velhas, de todas as alturas — braçudas braúnas, jequitibás esmoitados, a colher-de-vaqueiro em pirâmides verdes, o lanço gigante de um angico-verdadeiro, timbaúbas de copas noturnas, e o paredão dos açoita-cavalos, escuros. Cheiro bom de baunilha, sombra muito fresca, cantos de juritis, gorjear de bicudos, o trilo batido da pomba--mineira, e, mais longe, mais dentro, na casa do mato, o pio tristonho do nhambu-chororó.

Tiãozinho atrasa o passo, para aproveitar. Mas ainda está triste. Não quer pensar no pai *depois* — tem medo de pôr a ideia no corpo que vem em-riba da pilha das rapaduras. Só aguenta pensar nele de-em-antes, na cafua... Pega a imaginar outras coisas. *Fala* os bois, sem precisão: — Buscapé!... Brabagato!... — Depois, faz força para se lembrar dos nomes das vacas todas do seu Major Gervásio: Espadilha... Bolívia... Azeitona... Mexerica é a turina. Porcelana é a toda branca, desmochada. Guiamina é a preta, de cinturão branco no cilhador...

Mas, o chapéu na cabeça? Não pode... Tira o chapeuzinho de palha, que também não tapa o sol e nem nada. Vai levar na mão. Também... Não quer pensar mais no pai em-antes. Mas não tem ideia para poder deixar de pensar... O pai gemendo... Rezando com ele... E se rezasse também agora?... Devia...

E começa a rezar, meio alto, só como sabe, enquanto a estrada sai do mato para o calorão do cerrado, com enfezadas arvorezinhas: muricis de pernas tortas, manquebas; mangabeiras pedidoras-de-esmola; barbatimãos de casca rugosa e ramos de ferrugem; e, no raro, um araticum teimoso, que conseguiu enfolhar e engordar.

Da garupa de Brabagato a cauda cai como uma cobra grossa, oscilando, e o pincel zurze o ar, quase nos chifres de Brilhante, que fechou de todo os olhos e vergou o toutiço.

..."Cada dia o boi Rodapião falava uma coisa mais difícil p'ra nós bois. Deste jeito: — Todo boi é bicho. Nós todos somos bois. Então, nós todos somos bichos!... Estúrdio...

"Quando a gente não saía com o carro, e ficava o dia no pasto, ele falava mais em-mais. Uma vez, ele disse: — Nós temos de pastar o capim, e depois beber água... Invês de ficar pastando o capim num lugar só em volta, longe do córrego, p'ra depois ir beber e voltar, é melhor a gente começar de longe, e ir pastando e caminhando, devagar, sempre em frente... Quando a gente tiver sede, já chegou bem na beira d'água, no lugar de beber; e assim a gente não cansa e tem folga p'ra se poder comer mais! — E ele foi logo fazendo assim, do jeito como tinha falado; mas nós nem podíamos pensar em fazer que nem ele. Porque a gente come o capim cada vez, onde o capinzal leva as patas e a boca da gente...

"Outra vez, boi Rodapião disse: — Quando o boi Carinhoso ficou parado, na beirada do valo do pasto, e não quis comer de jeito nenhum, o homem veio e levou o boi Carinhoso no curral, e pôs p'ra ele muito sal, no cocho… Se nós ficarmos também sem comer, todos, parados na beirada do valo, o homem nos dará milho e sal, no curral, no cocho grande… — E ele fez assim mesmo, e aquilo deu certo; e boi Rodapião comeu sal muito e ficou alegre. Nós, não."

O rangido do carro de novo se reforça. Brilhante dormiu. Veio um silêncio. E todos, de olhos quase fechados, ficam vivendo na cabeça coisas mais fundas que o pensamento e o sonho, e, assim, sem pressa, chegam ao vau do ribeirão.

Está um mormaço pesado, mas o ribeirão corre debaixo de árvores, no bem-bom. Tiãozinho entra, até os joelhos, na água, fria que faz cócegas. Molha os pulsos. O chapeuzinho furado é peneira para vazar. Então, ele abaixa as mãozinhas juntas, e bebe.

A junta da guia, com simetria perfeita, baixa os três arcos da canga, para trazer as belfas ao rés da correnteza; e, abrindo as fuças em conchas moles, os bois sorvem, demoradamente.

De eis, Buscapé, e depois Namorado, acabaram; sacodem o molhado das caras, lambem os beiços, devagar, e ficam espiando, à espera. Que santos de grandes, e cheirando forte a bondade, bois companheiros, que não fazem mal a ninguém; criação certa de Deus, olhando com os olhos quietos de pessoa amiga da gente!… E Tiãozinho corre os dedos pelo cenho de Buscapé, e passa também mão de mimo no pescoço de Namorado — imóveis, os dois.

Todos já beberam; mesmo Realejo não tem mais sede: mantém o focinho abaixado, só porque, no limo que se esfiapa das pedras do fundo, supõe talvez uma raça de capim de luxo, que deve de ser macio…

Aí é que Agenor Soronho está mesmo com o demo:

—Vam'bora, lerdeza! Tu é bobo e mole; tu é boi?!… Carece de ficar aí a vida inteira, feito estaca de dentro d'água, feito esteio de moinho?!… Vamos, Canindé!… Dansador! Vamos!…

Quando as rodas entram no córrego, Agenor Soronho não se molha, porque já está trepado, entre o pigarro e a chavelha, no cabeçalho, que avança como um talhamar. E fez bem, porque, depois da passagem, por metros, há um alagadiço perene: um tremembé atapetado de alvas florinhas de bem-casados e de longos botões fusiformes de lírios.

— Entra p'ra o lado de lá, que aí está embrejado fundo… Mais, dianho!… Mas não precisa de correr, que não é sangria desatada… Tu não vai tirar o pai da forca, vai?... Teu pai já está morto, tu não pode pôr vida nele outra vez!... Deus que me perdoe de falar isso, pelo mal de meus pecados, mas também a gente cansa de ter paciência com um guia assim, que não aprende a trabalhar... Ôi, seu mocinho, tu agora mesmo cai de nariz na lama!... — E Soronho ri, com estrépito e satisfação.

Tiãozinho olhou, assim meio torto. "Teu pai já morreu, tu não pode pôr vida nele outra vez..." Por que é que não foi seu Agenor Carreiro quem a morte veio buscar?! Havia de ter sido tão bom!...

Os bois tafulham as munhecas, com cloques sonoros; quando desatolam, para outra passada, a água suja escorre, chorrilhando, para encher os moldes dos cascos, e, no mais mole, as bainhas — as fundas cisternas cavadas pelos mocotós.

Enlameado até à cintura, Tiãozinho cresce de ódio. Se pudesse matar o carreiro... Deixa eu crescer!... Deixa eu ficar grande!... Hei de dar conta deste danisco... Se uma cobra picasse seu Soronho... Tem tanta cascavel nos pastos... Tanta urutú, perto de casa... Se uma onça comesse o carreiro, de noite... Um onção grande, da pintada... Que raiva!...

Mas os bois estão caminhando diferente. Começaram a prestar atenção, escutando a conversa de boi Brilhante.

..."Então, boi Rodapião ainda ficou mais engraçado de-todo. Falava: — A gente deve de pensar tudo certo, antes de fazer qualquer coisa. É preciso andar e olhar, p'ra conhecer o pasto bem. Eu conheço todos os lugares, sei onde o capim é mais verde, onde os talos ficam quase o dia inteiro molhados de orvalho, p'r'a gente poder pastar mais tempo sem ter sede. Sei onde é que não dá tanto mosquito, onde que a sombra, e o limpo do chão; e, pelo jeito do homem, sei muitas vezes o que é que ele vai fazer... Olho p'ra tudo, e sei, toda hora, o que é melhor... Não tenho nunca dor-de-barriga, porque não pasto por engano capim navalha-de--mico, no meio do jaraguá... Vocês não fazem como eu, só porque são bois bobos, que vivem no escuro e nunca sabem por que é que estão fazendo coisa e coisa. Tantas vezes quantas são as nossas patas, mais nossos chifres todos juntos, mais as orelhas nossas, e mais: é preciso pensar cada pedaço de cada coisa, antes de cada começo de cada dia...

"E nós não respondíamos nada, porque não sabemos falar desse jeito, e mesmo porque, cada horinha, as coisas pensam p'r'a gente...

"Mas boi Rodapião ia ficando sempre mais favorecido com suas artes; e era em longe o mais bonito e o mais gordo de nós todos. Até que chegou um dia..."

— Firme, Realejo!... Canindé, boi bom!...

Vão descer uma rampa de grande declive, e os bufalões destamanhos da junta do coice aguentam o peso do carro, *fazendo freio* e firmando no chão os cascos, fendidos como enormes grãos de café.

— Vamos!...

A traquitana continua a se afundar morro abaixo, agora uma ladeira mais calma, com as juntas da frente apressadas, as ferragens tinindo e toda a apeiragem fazendo balbúrdia, nas chapas e nos ganchos.

Mal o caminho se deita, Canindé solta uma interjeição bovina pouco amável: sim de orelhas, sopro frouxo e três oitavos de mugido; e Realejo faz qualquer monossílabo, com ironia também soprosa, de ventas dilatadas, contraídas as falsas-ventas. Mas, lá na guia, obliquando a carantonha, comenta Buscapé:

— As coisas corriam lisas, como um córrego... Passavam as touceiras do bengo, ligeiras... Passavam as moitas, subindo o morro... Corria o capim-angola, ainda em mais correnteza... Eu estou com fome. Não gosto de puxar o carro... Queria ficar pastando na malhada, sozinho... Sem os homens.

— Eu acho que nós, bois, — Dansador diz, com baba — assim como os cachorros, as pedras, as árvores, somos pessoas soltas, com beiradas, começo e fim. O homem, não: o homem pode se ajuntar com as coisas, se encostar nelas, crescer, mudar de forma e de jeito... O homem tem partes mágicas... São as mãos... Eu sei...

Mas já Brilhante endureceu as orelhas, soslaiando Dansador:

..."Chegou um dia, nós reparamos que já estava trecho demais sem chover. Tempo e tempo. Coisa como nunca em antes tinha sido. Quase que nem capim seco não tinha mais, e a gente comia gravetos, casca de árvores, e desenterrava raiz funda, p'ra pastar. Foi ruim...

"Então, os homens vieram, e chamaram todos os bois p'ra fora do pasto rapado, e foram levando a gente p'ra longe. Muitos dias, muito longe. Depois, chegamos... E puseram os bois nós todos num pasto diferente, desigual de todos os pastos, e que era todo num morro frio, serra a-pique, sem capim conhecido de nenhum de nós... Aí a gente pegou a comer, quase sem levantar as cabeças... Mas, o boi Rodapião..."

Lés a lés, de mato para mato, cruzou uma borboleta grande, uma panã-panã de céu e brilho, que, a cada vez redonda de abrir asas, parecia tornar a se recortar e desdobrar de um papel azul.

... "— O bebedouro fica longe, — disse o boi Rodapião. — Cansa muito ir até lá, p'ra beber... Vou pensar um jeito qualquer, mais fácil... Pensando, eu acho...

"Aí, nós nem respondemos. Aquilo era mesmo do boi Rodapião. Porque eu não tinha precisado de pensar, p'ra achar onde era que estava o bebedouro, lá em baixo, mais longe."

— Brilhante, vaca diabo!...

Lá vem seu Soronho, que nem um demônio, pernas e pernas, caminhando nas tiradeiras esticadas, pulando entremeio às juntas, e achando jeito para meter o aguilhão na cruz espessa de Realejo e na cernelha pontuda de Dansador.

Tiãozinho baixa a cabeça, e aperta a vara na mão, com mais força. Ó raio!... Bem que ele podia cair... Mas não cai. Agenor Soronho, na sua terra, é o melhor carreiro do mundo. Pisando nos paus e correntes, vai de cambão em cambão, como um imenso macaco; chega até cá na guia, para fazer colo, e então salta no chão, que nem um artista de circo-de--cavalinhos, mas zangando com Tiãozinho e caçoando dos bois.

— O que tu 'tá tretando aí, não me fala!...

Agora é preciso cuidado e lentidão de passo, pois a estrada tora entre despenhadeiro e barranco. — Ôa, boizinho, ôa! — avisou já Tiãozinho, olhando para cada um deles, assustado, quase que pedindo para passarem com modos, pelo-amor-de-deus: Buscapé, Namorado; Capitão, Brabagato. E Brilhante:

..."Mas boi Rodapião foi espiando tudo, sério, e falando: — Em todo lugar onde tem árvores juntas, mato comprido, tem água. Lá, lá em-riba, quase no topo do morro, estou vendo árvores, um comprido de mato. Naquele ponto tem água! — E ficou todo imponente, e falou grosso: —Vou pastar é lá, onde tem aguada perto do capim, na grota fresca!...

"Eu também olhei p'r'a ladeira, mas não precisei nem de pensar, p'ra saber que, dali de onde eu estava, tudo era lugar aonde boi não ir. Mas boi Rodapião falou como o homem: — Eu já sei que posso ir por lá, sem medo nenhum: a terra desses barrancos é dura, porque em ladeira assim parede, no tempo das águas, correu muita enxurrada, que levou a terra mole toda... Não tem perigo, o caminho é feio, mas é firme. Lá vou...

"Eu não disse nada, porque o sol estava esquentando demais. E boi Rodapião foi trepando degrau no barranco: deu uma andada e ficou grande; caminhou mais, ficou maior. Depois, foi subindo, e começou a ficar pequeno, já indo por lá, bem longe de mim..."

— E daí? E foi?

"Escutei o barulho dele: boi Rodapião vinha lá de cima, rolando poeira feia e chão solto... Bateu aqui em baixo e berrou triste, porque não pôde se levantar mais do lugar das suas costas..."

— E foi?

"Ajudar eu não podia e nem ninguém... Chamei os outros, que não vinham e não estavam de se ver... Aí, olhei p'ra o céu, e enxerguei coisa voando... E então espiei p'ra baixo e vi que já tinham chegado e estavam chegando desses urubus, uns e muitos... E fui-m'embora, por não gostar de tantos bichos pretos, que ficaram rodeando aquele boi Rodapião."

— E nunca se soube se tinha água no alto do morro, então?

"Contei minha história, agora vou cochilar... Sei não."

Mas, agora, está ali defronte um carro quebrado, e as juntas de bois, folgando em ordem, mais no alto, na escarpa.

— Ôi Tiãozinho, vamos devagar e para aí mais adiante. É o carro da Estiva, com João Bala carreando... Eh, espandongado... Diabo! Despencou morro-abaixo, vamos ver só o que foi... A modo e coisa que... 'Ta'í! O que é que adianta esse gosto bobo de ter todos os bois laranjos, de uma cor só?... Ah, esta subidinha ladeira do Morro-do-Sabão não é brinquedo cujo p'ra qualquer um não!... Eu sempre falo: p'ra carrear fazendo zoeira, e dando ferroadas, e gritando, todo-o-mundo é fácil... Mas não tem muita gente capaz de saber *falar o gado* direito, nem *determinar* o coice na descida, nem *espertar* a guia e *zelar* a contra-guia na subida, nem fazer um *colo* bem feito, nem *repartir o movimento* com lição...

— Ôa, Dansador!... Ôa... Espera aí, Tiãozinho, que eu vou lá ver o Bala, que está com cara de cachorro que quebrou panela, todo amontado no sem-jeito...

Mal que prosa de carreiro é coisa de si por si engraçada, pois estão sempre arrumando a voz, por traquejo de fazer a fala, e só no sestro de esticar olho para os dois lados da frente, que nem vigiando seus bois; mas, desta vez, Agenor Soronho está olhando mesmo de-propósito, todo de-luxo com os estragos do carro do outro:

— Oh, seu João Bala!... Que pouca sorte da nenhuma foi isso por aí com o senhor?...

— O que foi, foi o que o senhor está vendo, seu *Angenor*!...

— Chí-i... Partiu a cheda, o cabeçalho, no encontro... Ví-i!... O chazeiro do outro lado não teve nada, mas rachou o tabuleiro também... Vai ser um despesão, muito mais do que uns seiscentos e cinquenta mil-réis ou o dobro, só p'ra poder mandar consertar uma má metade dos estragos... E tinha muita coisa dentro?

— Só tinha, graças-a-deus, aqueles dois pipotes de cachaça, porque eu ia era buscar a família do patrão no arraial...

—Vigia só como é que espatifou tudo! São coisas que acontecem com qualquer um de nós; nenhum carreiro mestre, com certeza de mão, não está livre disto... Inda tem cachaça ali um pouquinho, p'ra se aproveitar... Mas, como é que o desmando se deu, seu João Bala?

— Com'é? Ora, seu *Angenor*, como é que havia de poder ter sido?!... O senhor, carreiro velho, calejado, não está vendo a sola e a sovela? Não foi vergonha nenhuma p'ra mim. A gente aí vinha subindo o morro... Tudo ia indo direito. Eu estava dentro do carro, mesmando... Mas, de repente, quando eu vi, foi a coisada toda desandando morro abaixo: primeiro, foi um estralo... E eu vi que tinha rebentado o rabo da tiradeira do contra-coice...

— Ô diabo!

— Ficou feio, seu Soronho! Ficou feio. Deus e demo, que o carro descambava p'ra trás, feito doido, tinindo e arrastando a junta do coice, que foi a única que ficou presa, com os bois enforcados quase. Aquilo eles vinham que vinham mesmo, ajuntando o capim nos cascos e arrastando o capim p'ra trás!...

— Credo!

— Mas, aí, quando eu vi que estava ali estava morto sem santos--óleos, clamei o nome de Nossa Senhora, porque pular é que eu não podia pular mais... Então, me deu um repente, e eu fiquei brabo e gritei ordens: — Segura, Camurça! Segura, Melindre!... — Ai, meus boizinhos da minha junta do coice, boizinhos bons, de peso e sujeição!...

— Sei deles... Bois de lei...

— Ara, se ara!... Abaixo de Deus, eu tiro o chapéu p'ra eles dois, porque foram que me salvaram!... Só eu gritar, e eles estacando e estribando, e não arredaram mais. Foi mesmo no lugar da ladeira a pique, ali no meio do escorregador da descida... Sem *desageração*, mas era só o carro fazendo peso p'ra descer, e cortando, sem licença de aluir do lugar, porque Melindre mais Camurça sojigavam o chão com os cascos, mas não entregavam o corpo!... Eu mesmo nunca vi bois p'ra terem tanto poder desse jeito: aquilo eles garraram a sapatear, virando roda, e ficaram tremendo assim:...!...

— E pois?

— Aí eu aproveitei, e torei fora... Se tivesse demorado um tiquinho mais p'ra saltar, estava moído: porque foi só mais outro estralo, e partiram os tamoeiros e o resto, e os bois ficaram soltos, e até garraram a subir o morro todo, numa corrida como se tivessem ficado malucos só nessa hora, e então foi que o carro tiniu direito, saindo p'ra banda de fora da estrada e dando de-rabo por essas pirambeiras... Foi tudo num relance tão ligeiro, que só depois é que eu vi que tinha visto...

...Mas, bonito, foi! Foi bonito!... O diabo espatifou lá em baixo, e as pipas de cachaça ele tangeu p'ra longe. 'Magina, se não fossem os meus boizinhos abençoados!... Olha só como é que estão lá em-riba me esperando... Ei, Camurça mais Melindre, ensinadinhos, certos de fala, bons de ouvido... Em qualquer descida mais pior, era só eu mostrar a vara p'ra os dois, e eles, que são bois-mestres de coice, iam sentando, e a canga jogando a junta p'ra riba! Por mesmo que as outras relaxassem, estava tudo firme em casa...

...Agora, o material é que não prestou paga: nem um apeiro p'ra ter valia. Só essas tiradeiras de pau, sem um palmo de corrente p'ra reforçar... Tinha de dar no que deu! O que é que eu podia fazer, seu *Angenor,* de melhor?!

— Ah, pois, decerto, seu João Bala! Até, se alguém me perguntar, vou dizer isto mesmo, p'ra todo-o-mundo... Mas, por falar nisso, olhe aqui, que eu me vou indo, em-desde que não posso ajudar em nada, porque estou levando ali defunto-morto p'ra se enterrar no arraial...

— Virgem!... Quem é o tal, seu *Angenor*?... Ah, é o pobre do seu Jenuário?!... Pois vá com Deus, companheiro, que por ora eu não preciso mesmo de adjutório, porque mandei o meu guia ir buscar gente no Monjolo, que graça-a-deus não é longe... Até, enquanto isso, eu vou ficar rezando um padre-nosso e umas três ave-marias, por alma do pobre do falecido... A gente deve dẹ se consolar é com uns assim, no pior do que nós, o senhor não acha? Agora, vou ver algum resto daquela cachacinha, só p'ra não deixar desperdiçar. O senhor não quer? Bom, p'ra o fígado e p'ra estômago ruim, não é mesmo muito bom, não. Té outro dia, seu *Angenor*!...

Agenor Soronho volta para o seu carro, abanando o corpo de sorridente. Foi tapar a traseira.

— Bestagem!... Patranha de violeiro ruim, que põe a culpa na viola. Tião, esperta, que eu quero mostrar p'ra esse João Bala como é que a gente sobe o Morro-do-Sabão!... E vou em pé no cabeçalho, que é só p'ra ele ver como é que carreiro de verdade não conhece medo, não!... Vamos, Brabagato!... Namorado!... Realejo!... Vamos!...

Vai Tiãozinho, vão os bois, vai o carro, que empina para entrar na subida, rangendo a cantoria rezinguenta.

— Va-amos!... — As jugadas avançam, dansando as cangas nos cangotes, e Soronho grita e se mexe, curvando e levantando o busto, com os braços abertos e segurando com as duas mãos a vara, na horizontal: — Olha aí, Tiãozinho, tu que é também um guia brioso, conversa por mim com esses bois!... Vamos bonito, Dansador! Brabagato, boi meu!...

— Ôô-a!...

A subida brava acabou, com fadiga para todos e glória para Agenor Soronho.

— *Uf! Pfú*... — sopra Brilhante.

— *Muh!Muung!*... — tuge Brabagato.

— *Oon! Oung!*... — bufa Buscapé.

E desde que o carro acaba de virar para trás das rodas a dobra do espigão, até alcançar a chapada de terra vermelha, são trezentos e cinquenta metros de silêncio, antes de Dansador voltar a cara, espiando, e de Capitão perguntar:

— Que é que está fazendo o carro?

— O carro vem andando, sempre atrás de nós.

— Onde está o homem-do-pau-comprido?

— O homem-do-pau-comprido-com-o-marimbondo-na-ponta está trepado no chifre do carro...

— E o bezerro-de-homem-que-caminha-sempre-na-frente-dos-bois?

— O bezerro-de-homem-que-caminha-adiante vai caminhando devagar... Ele está babando água dos olhos...

Aqui, no tabuleiro, o caminho está ainda pior que ruim, com o *facão* alto e escorregoso, no meio, separando as regueiras feitas pelas enxurradas e pelas rodeiras de outros carros e carretões. Os bois avançam de sobremão. Calados. Só tilinta o cincerro, quando Brabagato cabeceia. Aí, de coice a guia, por via cruzada, vem outra informação:

— O homem está dormindo, assentado bem na ponta do carro... O pau-comprido-com-o-marimbondo-na-ponta também está dormindo... Por isso é que ele parou de picar a gente.

Pela mesma rota — Namorado a Capitão, Brabagato a Dansador, Brilhante a Realejo — viaja a conversa dos bois dianteiros:

— O bezerro-de-homem está andando mais devagar ainda. Ele também está dormindo. Dorme caminhando, como nós sabemos fazer. Daqui a pouco ele vai deixar cair o seu pau-comprido, que nem um pedaço quebrado de canga... Já babou muita água dos olhos... Muita...

Os guardas do cabeçalho devolvem a fala:

— O homem está escorregando do chifre-do-carro!... Vai muito pouco de cada vez, mas nós temos a certeza: o homem está pendendo para fora do chifre-do-carro... Se ele cair, morre...

Outra vez, pelo itinerário alternado, de focinho a focinho, é transmitida a visão da guia:

— O bezerro-de-homem quase cai nos buracos... Ele está mesmo dormindo... Daqui a pouco, ele cai... Se ele cair, morre...

Mesmo meio no sono está Tiãozinho. Mais de meio: tão só uma pequena porção dele vigie, talvez. O resto flutua em lugares estranhos. Em outra parte... E a pequenina porção alerta em Tiãozinho está alegre, muito alegre e leve... Não sente mais raiva... O dia desesquentou, refrescou, mesmo.

— *Mmuh*... — Boi Canindé sacudiu o perigalho, e engrolou: — Que é o que está dizendo o boi Dansador?

— Que nós, os bois-de-carro, temos de obedecer ao homem, às vezes...

— O homem não sabe.

— O bezerro-de-homem não sabe... O nosso pensamento de bois é grande e quieto... Tem o céu e o canto do carro... O homem caminha por fora. No nosso mato-escuro não há dentro e nem fora...

— É como o dia e a noite... O dia é barulhento, apressado... A noite é enorme...

— O bezerro-de-homem sabe mais, às vezes... Ele vive muito perto de nós, e ainda é bezerro... Tem horas em que ele fica ainda mais perto de nós... Quando está meio dormindo, pensa quase como nós bois... Ele está lá adiante, e de repente vem até aqui... Se encosta em nós, no escuro... No mato-escuro-de-todos-os-bois... Tenho medo de que ele entenda a nossa conversa...

— É como o dia e a noite... A noite é enorme.

— Olha! Escuta!... Escuta, boi Brabagato; escuta, boi Dansador!

— Que foi? Que há, boi Buscapé?

— É o boi Capitão! É o boi Capitão! Que é que está dizendo o boi Capitão?!

— *Mhú! Hmoung!*... Boi... Bezerro-de-homem... Mas, eu sou o boi Capitão!... *Moung!*... Não há nenhum boi Capitão... Mas, todos os bois... Não há bezerro-de-homem!... Todos... Tudo... Tudo é enorme... Eu sou enorme!... Sou grande e forte... Mais do que seu Agenor Soronho!... Posso vingar meu pai... Meu pai era bom. Ele está morto dentro do carro... Seu Agenor Soronho é o diabo grande... Bate em todos os meninos do mundo... Mas eu sou enorme... *Hmou! Hung!*... Mas, não há Tiãozinho! Sou aquele-que-tem-um-anel-branco-ao-redor-das-ventas!... Não, não, sou o bezerro-de-homem!... Sou maior do que todos os bois e homens juntos.

— *Mû-ûh*... *Mû-ûh!*... Sim, sou forte... Somos fortes... Não há bois... Tudo... Todos... A noite é enorme... Não há bois-de-carro... Não há mais nenhum boi Namorado...

— Boi Brabagato, boi Brabagato!... Escuta o que os outros bois estão falando. Estão doidos?!...

— *Bhúh!*... Não me chamem, não sou mais... Não existe boi Brabagato!... Tudo é forte. Grande e forte... Escuro, enorme e brilhante... Escuro-brilhante... Posso mais do que seu Agenor Soronho!...

— Que estão falando, todos? Estão loucos?!... Eu sou o boi Dansador... Boi Dansador... Mas, não há nenhum boi Dansador!... Não há o-que-tem-cabeça-grande-e-murundú-nas-costas... Sou mais forte do que todos... Não há bois, não há homem... Somos fortes... Sou muito forte... Posso bater para todos os lados... Bato no seu Agenor Soronho!... Bato no seu Soronho, de cabresto, de vara de marmelo, de pau... Até tirar sangue... E ainda fico mais forte... Sou Tião... Tiãozinho!... Matei seu Agenor Soronho... Torno a matar!... Está morto esse carreiro do diabo!... Morto matado... Picado... Não pode entrar mais na nossa cafua. Não deixo!... Sou Tiãozinho... Se ele quiser embocar, mato outra vez... Mil vezes!... Se a minha mãe quiser chorar por causa dele, eu também não deixo... Ralho com a minha mãe... Ela só pode chorar é pela morte do meu pai... Tem de cuspir no seu Soronho morto... Tem de ajoelhar e rezar o terço comigo, por alma do meu pai... Quem manda agora na nossa cafua sou eu... Eu, Tiãozinho!... Sou grande, sou dono de muitas terras, com muitos carros de bois, com muitas juntas... Ninguém pode mais nem falar no nome do seu Soronho... Não deixo!... Sou o mais forte de todos... Ninguém pode mandar em mim!... Tiãozão... Tiãozão!... *Oung... Hmong... Mûh!...*

Tranco... tranco... Bate o carro, em traquetreio e solavanco. Mas, no caminho escabroso, com brocotós e buracos por todos os lados, Tiãozinho não cai nem escorrega, porque não está de-todo adormecido nem de-todo vigilante. Dormir é com o *Seu* Soronho, escanchado beato, logo atrás do pigarro.

De lá do coice, voz nasal, cavernosa, rosna Realejo. E todos falam.

— Se o carro desse um abalo maior...

— Se nós todos corrêssemos, ao mesmo tempo...

— O homem-do-pau-comprido rolaria para o chão.

— Ele está na beirada...

— Está cai-não-cai, na beiradinha...

— Se o bezerro, lá na frente, de repente gritasse, nós teríamos de correr, sem pensar, de supetão...

— E o homem cairia...

— Daqui a pouco... Daqui a pouco...

— Cairia... Cairia...

— Agora! Agora!

— *Mûung! Mûng!*

— ...rolaria para o chão.

— Namorado, vamos!!!... — Tiãozinho deu um grito e um salto para o lado, e a vara assobiou no ar... E os oito bois das quatro juntas se jogaram para diante, de uma vez... E o carro pulou forte, e craquejou, estrambelhado, com um guincho do cocão.

— Virgem, minha Nossa Senhora!... Ôa, ôa, boi!... Ôa, meu Deus do céu!...

Agenor Soronho tinha o sono sereno, a roda esquerda lhe colhera mesmo o pescoço, e a algazarra não deixou que se ouvisse xingo ou praga — assim não se pôde saber ao certo se o carreiro despertou ou não, antes de desencarnar. Tanto mais que, do cabeçalho ao chão, a distância é pequena; e uma rodeira de carro, bem ferrada, chapeada nas bandejas e com o aro ondulado de gomos metálicos, pesa no mínimo setenta quilos, mormente se, para cantar direito, foi feita de madeira de jacaré ou de peroba-da-miúda, tirada no espigão...

— *Mô-oung!...* Que é que estão falando os bois de trás?

— Que tudo o que se ajunta espalha...

— Que tudo o que se ajunta espalha.

— *Mû-û?...* Que é que estão dizendo os bois da guia?

— Nenhum não sabe.

Arrepelando-se todo. Chorando. Como um doido. Tiãozinho. — "Meu Deus! Como é que foi isto?!... Minha Nossa Senhora!..." — Sentado na beira dum buraco. Com os pés dentro do buraco. — "Eu tive a culpa... Mas eu estava meio cochilando... Sonhei... Sonhei e gritei... Nem sei o que foi que me assustou..." — Com os bois olhando. Olhando e esperando. Calmos. Bons. Mansos. Bois de paz. E sem atinar com o que fazer. — "Minha Virgem Santíssima que me perdoe!... Meus boizinhos bonitos que me perdoem!... Coitado do seu Agenor! Quem sabe se ele ainda pode estar vivo?!..." — Fazer promessa. Todos os santos. Rezar depressa. E gente chegando. Os dois cavaleiros. — Sossega, meu filho! Nem um gole d'água, p'ra dar a este menino. Sem água para a goela seca. Ajuda aqui, Nhô Alcides! Goela seca. Tremor. Já é de-tardinha. Desentala o corpo!... Quase degolado, o pobre do carreiro. Não quero ver. Chorando outra vez. — "Coitado do seu Agenor!... Era brabo, mas não era mesmo mau-de-todo, não... Tinha coração bom... Mas, não foi por meu querer... Juro, meu Nosso Senhor!..." — Com jeito, seu Quirino! Credo, nhô Alcides, já tinha outro defunto aqui dentro!... Meu pai. Não tem culpa. Tristeza. Frio. O sol foi-s'embora. Mas é preciso ajudar. Estou bem, não tive nada. Negócio urgente de Nhô Alcides. Seu Quirino carreia. A cavalo mesmo. Os bois querem caminhar. — "Vamos, Buscapé! Namorado, va-âmos!..."

E logo agora, que a irara Risoleta se lembrou de que tem um sério encontro marcado, duas horas e duas léguas para trás, é que o caminho melhorou. Tiãozinho — nunca houve melhor menino candieiro — vai em corridinha, maneiro, porque os bois, com a fresca, aceleram. E talvez dois defuntos deem mais para a viagem, pois até o carro está contente — *renhein... nhein...* — e abre a goela do chumaço, numa toada triunfal.

"Eu sou pobre, pobre, pobre,
vou-me embora, vou-me embora
....
Eu sou rica, rica, rica,
vou-me embora, daqui!..."
(Cantiga antiga.)

"Sapo não pula por boniteza,
mas porém por percisão."
(Provérbio capiau.)

A hora e vez de Augusto Matraga

MATRAGA NÃO É MATRAGA, NÃO É NADA. Matraga é Estêves. Augusto Estêves, filho do Coronel Afonsão Estêves, das Pindaíbas e do Saco-da-Embira. Ou Nhô Augusto — o homem — nessa noitinha de novena, num leilão de atrás da igreja, no arraial da Virgem Nossa Senhora das Dores do Córrego do Murici.

Procissão entrou, reza acabou. E o leilão andou depressa e se extinguiu, sem graça, porque a gente direita foi saindo embora, quase toda de uma vez.

Mas o leiloeiro ficara na barraca, comendo amêndoas de cartucho e pigarreando de rouco, bloqueado por uma multidão encachaçada de fim de festa.

E, na primeira fila, apertadas contra o balcãozinho, bem iluminadas pelas candeias de meia-laranja, as duas mulheres-atôa estavam achando em tudo um espírito enorme, porque eram só duas e pois muito disputadas, todo-o-mundo com elas querendo ficar.

Beleza não tinham: Angélica era preta e mais ou menos capenga, e só a outra servia. Mas, perto, encostado nela outra, um capiau de cara romântica subia todo no sem-jeito; eles estavam se gostando, e, por isso, aquele povo encapetado não tinha — pelo menos para o pobre namorado — nenhuma razão de existir. E a cada momento as coisas para ele pioravam, com o pessoal aos gritos:

— Quem vai arrematar a Sariema? Anda, Tião! Bota a Sariema no leilão!...

— Bota no leilão! Bota no leilão...

A das duas raparigas que era branca — e que tinha pescoço fino e pernas finas, e passou a chamar-se, imediatamente, Sariema — pareceu se assustar. O capiau apaixonado deixou fuchicar, de cansaço, o meio-riso que trazia pendurado. E o leiloeiro pedia que houvesse juízo; mas ninguém queria atender.

— Dou cinco mil-réis!...

— Sariema! Sariema!

E, aí, de repente, houve um deslocamento de gentes, e Nhô Augusto, alteado, peito largo, vestido de luto, pisando pé dos outros e com os braços em tenso, angulando os cotovelos, varou a frente da massa, se encarou com a Sariema, e pôs-lhe o dedo no queixo. Depois, com voz de meio-dia, berrou para o leiloeiro Tião:

— Cinquenta mil-réis!...

Ficou de mãos na cintura, sem dar rosto ao povo, mas pausando para os aplausos.

— Nhô Augusto! Nhô Augusto!

E insistiu fala mais forte:

— Cinquenta mil-réis, já disse! Dou-lhe uma! dou-lhe duas! Dou-lhe duas — dou-lhe três!...

Mas, nisso, puxaram para trás a outra — a Angélica preta se rindo, senvergonha e dengosa — que se soverteu na montoeira, de braço em braço, de rolo em rolo, pegada, manuseada, beliscada e cacarejante:

—Virgem Maria Puríssima! Úi, pessoal!

E só então o Tião leiloeiro achou coragem para se impor:

— Respeito, gente, que o leilão é de santo!...

— Bau-bau!

— Me desprezo! Me desprezo desse herege!... Vão coçar suas costas em parede!... Coisa de igreja tem castigo, não é brinquedo... Deix'passar!... Dá enxame, gente! Dá enxame!...

Alguns quiseram continuar vaia, mas o próprio Nhô Augusto abafou a arrelia:

— Sino e santo não é pagode, povo! Vou no certo... Abre, abre, deixa o Tião passar!

Então, surpresos, deram caminho, e o capiau amoroso quis ir também:

— Vamos embora, Tomázia, aproveitando a confusão...

E sua voz baixava, humilde, porque para ele ela não era a Sariema. Pôs três dedos no seu braço, e bem que ela o quis acompanhar. Mas Nhô Augusto separou-os, com uma pranchada de mão:

— Não vai, não!

E, atrás, deram apoio os quatro guarda-costas:

— Tem areia! Tem areia! Não vai, não!

— É do Nhô Augusto... Nhô Augusto leva a rapariga! — gritava o povo, por ser barato. E uma voz bem entoada cantou de lá, por cantar:

Mariquinha é como a chuva:
boa é, p'ra quem quer bem!
Ela vem sempre de graça,
só não sei quando ela vem...

Aí o povaréu aclamou, com disciplina e cadência:

— Nhô Augusto leva a Sariema! Nhô Augusto leva a Sariema!

O capiauzinho ficou mais amarelo. A Sariema começou a querer chorar. Mas Nhô Augusto, rompente, alargou no tal três pescoções:

— Toma! Toma! E toma!... Está querendo?...

Ferveram faces.

— Que foi? Que foi?...

— Deix'eu ver!...

— Não me esbarra, filho-da-mãe!

E a agitação partiu povos, porque a maioria tinha perdido a cena, apreciando, como estavam, uma falta-de-lugar, que se dera entre um velho — "Cai n'água, barbado!" — e o sacristão, no quadrante noroeste da massa. E também no setor sul estalara, pouco antes, um mal-entendido, de um sujeito com a correia desafivelada — lept!... lept!... —, com um outro pedindo espaço, para poder fazer sarilho com o pau.

— Que foi, hein?... Que foi?

Foi o capiauzinho apanhando, estapeado pelos quatro cacundeiros de Nhô Augusto, e empurrado para o denso do povo, que também queria estapear.

—Viva Nhô Augusto!...

—Te apessoa para cá, do meu lado! — e Nhô Augusto deu o braço à rapariga, que parou de lacrimejar.

—Vamos andando.

Passaram entre alas e aclamações dos outros, que, aí, como não havia mais mulheres, nem brigas, pegaram a debandar ou a cantar:

"Ei, compadre, chegadinho, chegou...
Ei, compadre, chega mais um bocadinho!..."

Nhô Augusto apertava o braço da Sariema, como quem não tivesse tido prazo para utilizar no capiau todos os seus ímpetos:

— E é, hein?... A senhora dona queria ficar com aquele, hein?!

— Foi, mas agora eu gosto é de você... O outro eu mal-e-mal conheci...

Caminharam para casa. Mas para a casa do Beco do Sem-Ceroula, onde só há três prédios — cada um deles com gramofone tocando, de cornetão à janela — e onde gente séria entra mas não passa.

Nisso, porém, transpunham o adro, e Nhô Augusto parou, tirando o chapéu e fazendo o em-nome-do-padre, para saudar a porta da igreja. Mas o lugar estava bem alumiado, com lanterninhas e muita luz de azeite, pendentes dos arcos de bambu. E Nhô Augusto olhou a mulher.

— Que é?!... Você tem perna de manuel-fonseca, uma fina e outra seca! E está que é só osso, peixe cozido sem tempero... Capim p'ra mim, com uma sombração dessas!... Vá-se embora, frango-d'água! Some daqui!

E, empurrando a rapariga, que abriu a chorar o choro mais sentido da sua vida, Nhô Augusto desceu a ladeira sozinho — uma ladeira que a gente tinha de descer quase correndo, porque era só cristal e pedra solta.

Lá em baixo, esbarrou com o camarada, que trazia recado de Dona Dionóra: que Nhô Augusto voltasse, ou ao menos desse um pulo até lá — à casa dele, de verdade, na Rua de Cima, — porque ainda havia muito arranjo a ultimar para a viagem, e ela — a mulher, a esposa — tinha uma ou duas coisas por perguntar...

Mas Nhô Augusto nem deixou o mensageiro acabar de acabar:

— Desvira, Quim, e dá o recado pelo avesso: eu lá não vou!... Você apronta os animais, para voltar amanhã com Siá Dionóra mais a menina, para o Morro Azul. Mas, em antes, você sobe por aqui, e vai avisar aos meus homens que eu hoje não preciso deles, não.

E o Quim Recadeiro correu, com o recado, enquanto Nhô Augusto ia indo em busca de qualquer luz em porta aberta, aonde houvesse assombros de homens, para entrar no meio ou desapartar.

Era fim de outubro, em ano resseco. Um cachorro soletrava, longe, um mesmo nome, sem sentido. E ia, no alto do mato, a lentidão da lua.

Dona Dionóra, que tinha belos cabelos e olhos sérios, escutou aquela resposta, e não deu ar de seus pensamentos ao pobre camarada Quim. Mas muitos que eles eram, a rodar por lados contrários e a atormentar-lhe a cabeça, e ela estava cansada, pelo que, dali a pouco, teve vontade de chorar. E até a Mimita, que tinha só dez anos e já estava na cama, sorriu para dizer:

— Eu gosto, minha mãe, de voltar para o Morro Azul...

E então Dona Dionóra enxugou os olhos e também sorriu, sem palavra para dizer. De voltar para o retiro, sem a companhia do marido, só tinha por que se alegrar. Sentia, pelo desdeixo. Mas até era bom sair do comércio, onde todo o mundo devia estar falando da desdita sua e do pouco-caso, que não merecia.

E ela conhecia e temia os repentes de Nhô Augusto. Duro, doido e sem detença, como um bicho grande do mato. E, em casa, sempre fechado em si. Nem com a menina se importava. Dela, Dionóra, gostava, às vezes; da sua boca, das suas carnes. Só. No mais, sempre com os capangas, com mulheres perdidas, com o que houvesse de pior. Na fazenda — no Saco-da-Embira, nas Pindaíbas, ou no retiro do Morro Azul — ele tinha outros prazeres, outras mulheres, o jogo do truque e as caçadas. E sem efeito eram sempre as orações e promessas, com que ela o pretendera trazer, pelo menos, até a meio caminho direito.

Fora assim desde menino, uma meninice à louca e à larga, de filho único de pai pancrácio. E ela, Dionóra, tivera culpa, por haver contrariado e desafiado a família toda, para se casar.

Agora, com a morte do Coronel Afonsão, tudo piorara, ainda mais. Nem pensar. Mais estúrdio, estouvado e sem regra, estava ficando Nhô

Augusto. E com dívidas enormes, política do lado que perde, falta de crédito, as terras no desmando, as fazendas escritas por paga, e tudo de fazer ânsia por diante, sem portas, como parede branca.

Dionóra amara-o três anos, dois anos dera-os às dúvidas, e o suportara os demais. Agora, porém, tinha aparecido outro. Não, só de pôr aquilo na ideia, já sentia medo... Por si e pela filha... Um medo imenso.

Se fosse, se aceitasse de ir com o outro, Nhô Augusto era capaz de matá-la. Para isso, sim, ele prestava muito. Matava, mesmo, como dera conta do homem da foice, pago por vingança de algum ofendido. Mas, quem sabe se não era melhor se entregar à sina, com a proteção de Deus, se não fosse pecado... Fechar os olhos.

E o outro era diferente! Gostava dela, muito... Mais do que ele mesmo dizia, mais do que ele mesmo sabia, da maneira de que a gente deve gostar. E tinha uma força grande, de amor calado, e uma paciência quente, cantada, para chamar pelo seu nome: ...Dionóra... "Dionóra, vem comigo, vem comigo e traz a menina, que ninguém não toma vocês de mim!..." Bom... Como um sonho... Como um sono...

Dormiu.

E, assim, mal madrugadinha escassa, partiram as duas — Dona Dionóra, no cavalo de silhão, e a Mimita, mofina e franzina, carregada à frente da sela do camarada Quim.

Pernoitaram no Pau Alto, no sítio de um tio nervoso, que riscava a mesa com as unhas e não se cansava de resmungar:

— Fosse eu, fosse eu... Uma filha custa sangue, filha é o que tem de mais valia...

— Sorte minha, meu tio...

— Sorte nunca é de um só, é de dois, é de todos... Sorte nasce cada manhã, e já está velha ao meio-dia...

— Culpa eu tive, meu tio...

— Quem não tem, quem não teve? Culpa muita, minha filha... Mãe do Nhô Augusto morreu, com ele ainda pequeno... Teu sogro era um leso, não era p'ra chefe de família... Pai era como que Nhô Augusto não tivesse... Um tio era criminoso, de mais de uma morte, que vivia escondido, lá no Saco-da-Embira... Quem criou Nhô Augusto foi a avó... Queria o menino p'ra padre... Rezar, rezar, o tempo todo, santimônia e ladainha...

De manhã, com o sol nascendo, retomaram a andadura. E, quando o sol esteve mais dono de tudo, e a poeira era mais seca, Mimita começou a gemer, com uma dor de pontada, e pedia água. E, depois, com um sorriso tristinho, perguntava:

— Por que é que o pai não gosta de nós, mãe?

E o Quim Recadeiro ficava a bater a cabeça, vez e vez, com muita circunspecção tola, em universal assentimento.

Mas, na passagem do brechão do Bugre, lá estava seu Ovídio Moura, que tinha sabido, decerto, dessa viagem de regresso.

— Dionóra, você vem comigo... Ou eu saio sozinho por esse mundo, e nunca mais você há-de me ver!...

Mas Dona Dionóra foi tão pronta, que ele mesmo se espantou.

— Nhô Augusto é capaz de matar a gente, seu Ovídio... Mas eu vou com o senhor, e fico, enquanto Deus nos proteger...

Seu Ovídio pegou a menina do colo do Quim, que nada escutara ou entendera e passou a cavalgar bem atrás. E, quando chegaram no pilão-d'água do Mendonça, onde tem uma encruzilhada, e o camarada viu que os outros iam tomando o caminho da direita, estugou o cavalo e ainda gritou, para corrigir:

—Volta para trás, minha patroa, que o caminho por aí é outro!

Mas seu Ovídio se virou, positivo:

—Volta você, e fala com o seu patrão que Siá Dona Dionóra não quer viver mais com ele, e que ela de agora por diante vai viver comigo, com o querer dos meus parentes todos e com a bênção de Deus!

Quim Recadeiro, no primeiro passo, ainda levou a mão ao chapéu de palha, cumprimentando:

— Pois sim, seu Ovídio... Eu dou o recado...

Ficou parado, limpando suor dos cabelos, sem se resolver. Mas, fim no fim, num achamento, se retesou nos estribos, e gritou:

— Homem sujo!... Tomara que uma coruja ache graça na tua porta!...

Jogou fora, e cuspiu em cima. E tocou para trás, em galope doido, dando poeira ao vento. Ia dizer a Nhô Augusto que a casa estava caindo.

Quando chega o dia da casa cair — que, com ou sem terremotos, é um dia de chegada infalível, — o dono pode estar: de dentro, ou de fora.

É melhor de fora. E é a só coisa que um qualquer-um está no poder de fazer. Mesmo estando de dentro, mais vale todo vestido e perto da porta da rua. Mas, Nhô Augusto, não: estava deitado na cama — o pior lugar que há para se receber uma surpresa má.

E o camarada Quim sabia disso, tanto que foi se encostando de medo que ele entrou. Tinha poeira até na boca. Tossiu.

— Levanta e veste a roupa, meu patrão Nhô Augusto, que eu tenho uma novidade meia ruim, p'ra lhe contar.

E tremeu mais, porque Nhô Augusto se erguia de um pulo e num átimo se vestia. Só depois de meter na cintura o revólver, foi que interpelou, dente em dente:

— Fala tudo!

Quim Recadeiro gaguejou suas palavras poucas, e ainda pôde acrescentar:

— ...Eu podia ter arresistido, mas era negócio de honra, com sangue só p'ra o dono, e pensei que o senhor podia não gostar...

— Fez na regra, e feito! Chama os meus homens!

Dali a pouco, porém, tornava o Quim, com nova desolação: os bate-paus não vinham... Não queriam ficar mais com Nhô Augusto... O Major Consilva tinha ajustado, um e mais um, os quatro, para seus capangas, pagando bem. Não vinham, mesmo. O mais merecido, o cabeça, até mandara dizer, faltando ao respeito: — Fala com Nhô Augusto que sol de cima é dinheiro!... P'ra ele pagar o que está nos devendo... E é mandar por portador calado, que nós não podemos escutar prosa de outro, que seu Major disse que não quer.

— Cachorrada!... Só de pique... Onde é que eles estão?

— Indo de mudados, p'ra a chácara do Major...

— Major de borra! Só de pique, porque era inimigo do meu pai!... Vou lá!

— Mal em mim não veja, meu patrão Nhô Augusto, mas todos no lugar estão falando que o senhor não possui mais nada, que perdeu suas fazendas e riquezas, e que vai ficar pobre, no já-já... E estão conversando, o Major mais outros grandes, querendo pegar o senhor à traição. Estão espalhando... — o senhor dê o perdão p'r'a minha boca que eu só falo o que é perciso — estão dizendo que o senhor nunca respeitou filha dos outros nem mulher casada, e mais que é que nem cobra má, que quem vê tem de matar por obrigação... Estou lhe contando p'ra modo de o senhor não querer facilitar. Carece de achar outros companheiros bons, p'ra o senhor não ir sozinho... Eu, não, porque sou medroso. Eu cá pouco presto... Mas, se o senhor mandar, também vou junto.

Mas Nhô Augusto se mordia, já no meio da sua missa, vermelho e feroz. Montou e galopou, teso para trás, rei na sela, enquanto o Quim Recadeiro ia lá dentro, caçar um gole d'água para beber. Assim.

Assim, quase qualquer um capiau outro, sem ser Augusto Estêves, naqueles dois contratempos teria percebido a chegada do azar, da unhaca, e passaria umas rodadas sem jogar, fazendo umas férias na vida: viagem, mudança, ou qualquer coisa ensossa, para esperar o cumprimento do ditado: "Cada um tem seus seis meses..."

Mas Nhô Augusto era couro ainda por curtir, e para quem não sai, em tempo, de cima da linha, até apito de trem é mau agouro. Demais, quando um tem que pagar o gasto, desembesta até ao fim. E, desse jeito, achou que não era hora para ponderados pensamentos.

Nele, mal-e-mal, por debaixo da raiva, uma ideia resolveu por si: que antes de ir à Mombuca, para matar o Ovídio e a Dionóra, precisava de cair com o Major Consilva e os capangas. Se não, se deixasse rasto por acertar, perdia a força. E foi.

Cresceu poeira, de peneira. A estrada ficou reta, cheia de gente com cautela. Chegou à chácara do Major.

Mas nem descavalgou, sem tempo. Do tope da escada, o dono da casa foi falando alto, risonho de ruim:

— Tempo do bem-bom se acabou, cachorro de Estêves!...

O cavalo de Nhô Augusto obedeceu para diante; as ferraduras tiniram e deram fogo no lajedo; e o cavaleiro, em pé nos estribos, trouxe a taca no ar, querendo a figura do velho. Mas o Major piscou, apenas, e encolheu a cabeça, porque mais não era preciso, e os capangas pulavam de cada beirada, e eram só pernas e braços.

— Frecha, povo! Desmancha!

Já os porretes caíam em cima do cavaleiro, que nem pinotes de matrinchãs na rede. Pauladas na cabeça, nos ombros, nas coxas. Nhô Augusto desdeu o corpo e caiu. Ainda se ajoelhou em terra, querendo firmar-se nas mãos, mas isso só lhe serviu para poder ver as caras horríveis dos seus próprios bate-paus, e, no meio deles, o capiauzinho mongo que amava a mulher-atôa Sariema.

E Nhô Augusto fechou os olhos, de gastura, porque ele sabia que capiau de testa peluda, com o cabelo quase nos olhos, é uma raça de homem capaz de guardar o passado em casa, em lugar fresco perto do pote, e ir buscar da rua outras raivas pequenas, tudo para ajuntar à massa-mãe do ódio grande, até chegar o dia de tirar vingança.

Mas, aí, pachorrenta e cuspida, ressoou a voz do Major:

— Arrastem p'ra longe, para fora das minhas terras... Marquem a ferro, depois matem.

Nhô Augusto se alteou e estendeu o braço direito, agarrando o ar com os cinco dedos:

— Cá p'ra perto, carrasco!... Só mesmo assim desse jeito, p'ra sojigar Nhô Augusto Estêves!...

E, seguro por mãos e pés, torcido aos pulsos dos capangas, urrava e berrava, e estrebuchava tanto, que a roupa se estraçalhava, e o corpo parecia querer partir-se em dois, pela metade da barriga. Desprendeu-se, por uma vez. Mas outros dos homens desceram os porretes. Nhô Augusto ficou estendido, de-bruços, com a cara encostada no chão.

— Traz água fria, companheiro!

O capiauzinho da testa peluda cantou, mal-entoado:

Sou como a ema,
Que tem penas e não voa...

Os outros começaram a ficar de cócoras.

Mas, quando Nhô Augusto estremeceu e tornou a solevar a cabeça, o Major, lá da varanda, apertando muito os olhos, para espiar, e se abanando com o chapéu, tirou ladainha:

— Não tem mais nenhum Nhô Augusto Estêves, das Pindaíbas, minha gente?!...

E os cacundeiros, em coro:

— Não tem não! Tem mais não!...

Puxaram e arrastaram Nhô Augusto, pelo atalho do rancho do Barranco, que ficou sendo um caminho de pragas e judiação.

E, quando chegaram ao rancho do Barranco, ao fim de légua, o Nhô Augusto já vinha quase que só carregado, meio nu, todo picado de faca, quebrado de pancadas e enlameado grosso, poeira com sangue. Empurraram-no para o chão, e ele nem se moveu.

— É aqui mesmo, companheiros. Depois, é só jogar lá para baixo, p'ra nem a alma se salvar...

Os jagunços veteranos da chácara do Major Consilva acenderam seus cigarros, com descanso, mal interessados na execução. Mas os quatro que tinham sido bate-paus de Nhô Augusto mostravam maior entusiasmo, enquanto o capiauzinho sem testa, diligente e contente, ia ajuntar lenha para fazer fogo.

E, aí, quando tudo esteve a ponto, abrasaram o ferro com a marca do gado do Major — que soía ser um triângulo inscrito numa circunferência —, e imprimiram-na, com chiado, chamusco e fumaça, na polpa glútea direita de Nhô Augusto. Mas recuaram todos, num susto, porque Nhô Augusto viveu-se, com um berro e um salto, medonhos.

— Segura!

Mas já ele alcançara a borda do barranco, e pulara no espaço. Era uma altura. O corpo rolou, lá em baixo, nas moitas, se sumindo.

— Por onde é que a gente passa, p'ra poder ir ver se ele morreu?

Mas um dos capangas mais velhos disse melhor:

— Arma uma cruz aqui mesmo, Orósio, para de noite ele não vir puxar teus pés...

E deram as costas, regressando, sob um sol mais próximo e maior.

Mas o preto que morava na boca do brejo, quando calculou que os outros já teriam ido embora, saiu do seu esconso, entre as taboas, e subiu aos degraus de mato do pé do barranco. Chegou-se. Encontrou vida funda no corpo tão maltratado do homem branco; chamou a preta, mulher do preto que morava na boca do brejo, e juntos carregaram Nhô Augusto para o casebre dos dois, que era um cofo de barro seco, sob um tufo de capim podre, mal erguido e mal avistado, no meio das árvores, como um ninho de maranhões.

E o preto foi cortar padieiras e travessas, para um esquife, enquanto a preta procurava um coto de vela benta, para ser posta na mão do homem, na hora do "Diga Jesus comigo, irmão"...

Mas, nessa espera, por surpresa, deu-se que Nhô Augusto pôs sua pessoa nos olhos, e gemeu:

— Me matem de uma vez, por caridade, pelas chagas de Nosso Senhor...

Depois, falou coisas sem juízo, para gente ausente, pois estava lavorando de quente e tinha mesmo de delirar.

— Deus que me perdoe, — resmungou a preta, — mas este homem deve de ser ruim feito cascavel barreada em buraco, porque está variando que faz e acontece, e é só braveza de matar e sangrar... E ele chama por Deus, na hora da dor forte, e Deus não atende, nem para um fôlego, assim num desamparo como eu nunca vi!

Mas o negro só disse:

— Os outros não vão vir aqui, para campear defunto, porque a pirambeira não tem descida, só dando muita volta por longe. E, como tem um bezerro morto, na biboca, lá de cima vão pensar que os urubus vieram por causa do que eles estão pensando...

Deitado na esteira, no meio de molambos, no canto escuro da choça de chão de terra, Nhô Augusto, dias depois, quando voltou a ter noção das coisas, viu que tinha as pernas metidas em toscas talas de taboca e acomodadas em regos de telhas, porque a esquerda estava partida em dois lugares, e a direita num só, mas com ferida aberta. As moscas esvoaçavam e pousavam, e o corpo todo lhe doía, com costelas também partidas, e mais um braço, e um sofrimento de machucaduras e cortes, e a queimadura da marca de ferro, como se o seu pobre corpo tivesse ficado imenso.

Mesmo assim, com isso tudo, ele disse a si que era melhor viver. Bebeu mingau ralo de fubá, e a preta enrolou para ele um cigarro de palha. Em sua procura não aparecera ninguém. Podia sarar. Podia pensar.

Mas, de tardinha, chegou a hora da tristeza; com grunhidos de porcos, ouvidos através das fendas da parede, e os ruflos das galinhas, procurando poleiro nos galhos, e a negra, lá fora, lavando as panelas e a cantar:

As árvores do Mato Bento
deitam no chão p'ra dormir...

E havia também, quando a preta parava, as cantigas miúdas dos bichinhos mateiros e os sons dos primeiros sapos.

Esfriou o tempo, antes do anoitecer. As dores melhoraram. E, aí, Nhô Augusto se lembrou da mulher e da filha. Sem raiva, sem sofrimento, mesmo, só com uma falta de ar enorme, sufocando. Respirava aos arrancos, e teve até medo, porque não podia ter tento nessa desordem toda, e era como se o corpo não fosse mais seu. Até que pôde chorar, e chorou muito, um choro solto, sem vergonha nenhuma, de menino ao abandono. E, sem saber e sem poder, chamou alto soluçando:

— Mãe... Mãe...

O preto, que estava sentado, pondo chumbada no anzol, no pé da porta de casa, ouviu e ficou atrapalhado; chamou a preta, que veio ligeira e se enterneceu:

— Não faz assim, seu moço, não desespera. Reza, que Deus endireita tudo... P'ra tudo Deus dá o jeito!

E a preta acendeu a candeia, e trouxe uma estampa de Nossa Senhora do Rosário, e o terço.

Agora, parado o pranto, a tristeza tomou conta de Nhô Augusto. Uma tristeza mansa, com muita saudade da mulher e da filha, e com um dó imenso de si mesmo. Tudo perdido! O resto, ainda podia... Mas, ter a sua família, direito, outra vez, nunca. Nem a filha... Para sempre... E era como se tivesse caído num fundo de abismo, em outro mundo distante.

E ele teve uma vontade virgem, uma precisão de contar a sua desgraça, de repassar as misérias da sua vida. Mas mordeu a fala e não desabafou. Também não rezou. Porém a luzinha da candeia era o pavio, a tremer, com brilhos bonitos no poço de azeite, contando histórias da infância de Nhô Augusto, histórias mal lembradas, mas todas de bom e bonito final. Fechou os olhos. Suas mãos, uma na outra, estavam frias. Deu-se ao cansaço. Dormiu.

E desse modo ele se doeu no enxergão, muitos meses, porque os ossos tomavam tempo para se ajuntar, e a fratura exposta criara bicheira. Mas os pretos cuidavam muito dele, não arrefecendo na dedicação.

— Se eu pudesse ao menos ter absolvição dos meus pecados!...

Então eles trouxeram, uma noite, muito à escondida, o padre, que o confessou e conversou com ele, muito tempo, dando-lhe conselhos que o faziam chorar.

— Mas, será que Deus vai ter pena de mim, com tanta ruindade que fiz, e tendo nas costas tanto pecado mortal?!

— Tem, meu filho. Deus mede a espora pela rédea, e não tira o estribo do pé de arrependido nenhum...

E por aí a fora foi, com um sermão comprido, que acabou depondo o doente num desvencido torpor.

— Eu acho boa essa ideia de se mudar para longe, meu filho. Você não deve pensar mais na mulher, nem em vinganças. Entregue para Deus, e faça penitência. Sua vida foi entortada no verde, mas não fique triste, de modo nenhum, porque a tristeza é aboio de chamar o demônio, e o Reino do Céu, que é o que vale, ninguém tira de sua algibeira, desde que você esteja com a graça de Deus, que ele não regateia a nenhum coração contrito!

— Fé eu tenho, fé eu peço, Padre...

— Você nunca trabalhou, não é? Pois, agora, por diante, cada dia de Deus você deve trabalhar por três, e ajudar os outros, sempre que puder. Modere esse mau gênio: faça de conta que ele é um poldro bravo, e que você é mais mandante do que ele... Peça a Deus assim, com esta jaculatória: "Jesus, manso e humilde de coração, fazei meu coração semelhante ao vosso..."

E, páginas adiante, o padre se portou ainda mais excelentemente, porque era mesmo uma brava criatura. Tanto assim, que, na despedida, insistiu:

— Reze e trabalhe, fazendo de conta que esta vida é um dia de capina com sol quente, que às vezes custa muito a passar, mas sempre passa. E você ainda pode ter muito pedaço bom de alegria... Cada um tem a sua hora e a sua vez: você há de ter a sua.

E, lá fora, ainda achou de ensinar à preta um enxofre e tal para o gôgo dos frangos, e aconselhou o preto a pincelar água de cal no limoeiro, e a plantar tomateiros e pés de mamão.

Meses não são dias, e a vida era aquela, no chão da choupana. Nhô Augusto comia, fumava, pensava e dormia. E tinha pequenas esperanças: de amanhã em diante, o lado de cá vai doer menos, se Deus quiser... — E voltou a recordar todas as rezas aprendidas na meninice, com a avó. Todas e muitas mais, mesmo as mais bobas de tanta deformação e mistura: as que o preto engrolava, ao lavar-lhe com creolina a ferida da perna, e as que a preta murmurava, benzendo a cuia d'água, ao lhe dar de beber.

E somente essas coisas o ocupavam, porque para ele, féria feita, a vida já se acabara, e só esperava era a salvação da sua alma e a misericórdia de Deus Nosso Senhor. Nunca mais seria gente! O corpo estava estragado, por dentro, e mais ainda a ideia. E tomara um tão grande horror às suas maldades e aos seus malfeitos passados, que nem podia se lembrar; e só mesmo rezando.

Espantava as ideias tristes, e, com o passar do tempo, tudo isso lhe foi dando uma espécie nova e mui serena de alegria. Esteve resignado, e fazia compridos progressos na senda da conversão.

Quando ficou bom para andar, escorando-se nas muletas que o preto fabricara, já tinha os seus planos, menos maus, cujo ponto de início consistia em ir para longe, para o sitiozinho perdido no sertão mais longínquo — uma data de dez alqueires, que ele não conhecia nem pensara jamais que teria de ver, mas que era agora a única coisa que possuía de seu. Antes de partir, teve com o padre uma derradeira conversa, muito edificante e vasta. E, junto com o casal de pretos samaritanos, que, ao hábito de se desvelarem, agora não o podiam deixar nem por nada, pegou chão, sem paixão.

Largaram à noite, porque o começo da viagem teria de ser uma verdadeira escapada. E, ao sair, Nhô Augusto se ajoelhou, no meio da estrada, abriu os braços em cruz, e jurou:

— Eu vou p'ra o céu, e vou mesmo, por bem ou por mal!... E a minha vez há de chegar... P'ra o céu eu vou, nem que seja a porrete!... E os negros aplaudiram, e a turminha pegou o passo, a caminho do sertão.

Foram norte a fora, na derrota dos criminosos fugidos, dormindo de dia e viajando de noite, como cativos amocambados, de quilombo a quilombo. Para além do Bacupari, do Boqueirão, da Broa, da Vaca e da Vacaria, do Peixe-Bravo, dos Tachos, do Tamanduá, da Serra-Fria, e de todos os muitos arraiais jazentes na reta das léguas, ao pé dos verdes morros e dos morros de cristais brilhantes, entre as varjarias e os cordões-de-mato. E deixavam de lado moendas e fazendas, e as estradas com cancelas, e roçarias e sítios de monjolos, e os currais do Fonseca, e a pedra quadrada dos irmãos Trancoso; e mesmo as grandes casas velhas, sem gente mais morando, vazias como os seus currais. E dormiam nas brenhas, ou sob as árvores de sombra das caatingas, ou em ranchos de que todos são donos, à beira das lagoas com patos e das lagoas cobertas de mato. Atravessaram o Rio das Rãs e o Rio do Sapo. E vieram, por picadas penhascosas e sendas de pedregulho, contra as serras azuis e as serras amarelas, sempre. Depois, por baixadas, com outeiros, terras mansas. E em paragens ripuárias, mas evitando a linha dos vaus, sob o voo das garças, — os caminhos por onde as boiadas vêm, beirando os rios.

E assim se deu que, lá no povoado do Tombador, — onde, às vezes, pouco às vezes e somente quando transviados da boa rota, passavam uns bruaqueiros tangendo tropa, ou uns baianos corajosos migrando rumo sul, — apareceu, um dia, um homem esquisito, que ninguém não podia entender.

Mas todos gostaram logo dele, porque era meio doido e meio santo; e compreender deixaram para depois.

Trabalhava que nem um afadigado por dinheiro, mas, no feito, não tinha nenhuma ganância e nem se importava com acrescentes: o que vivia era querendo ajudar os outros. Capinava para si e para os vizinhos do seu fogo, no querer de repartir, dando de amor o que possuísse. E só pedia, pois, serviço para fazer, e pouca ou nenhuma conversa.

O casal de pretos, que moravam junto com ele, era quem mandava e desmandava na casa, não trabalhando um nada e vivendo no estadão. Mas, ele, tinham-no visto mourejar até dentro da noite de Deus, quando havia luar claro.

Nos domingos, tinha o seu gosto de tomar descanso: batendo mato, o dia inteiro, sem sossego, sem espingarda nenhuma e nem nenhuma arma para caçar; e, de tardinha, fazendo parte com as velhas corocas que rezavam o terço ou os meses dos santos. Mas fugia às léguas de viola ou sanfona, ou de qualquer outra qualidade de música que escuma tristezas no coração.

Quase sempre estava conversando sozinho, e isso também era de maluco, diziam; porque eles ignoravam que o que fazia era apenas repetir, sempre que achava preciso, a fala final do padre: — "Cada um tem a sua hora e a sua vez: você há-de ter a sua". — E era só.

E assim se passaram pelo menos seis ou seis anos e meio, direitinho deste jeito, sem tirar e nem pôr, sem mentira nenhuma, porque esta aqui é uma estória inventada, e não é um caso acontecido, não senhor.

Quem quisesse, porém, durante esse tempo, ter dó de Nhô Augusto, faria grossa bobagem, porquanto ele não tinha tentações, nada desejava, cansava o corpo no pesado e dava rezas para a sua alma, tudo isso sem esforço nenhum, como os cupins que levantam no pasto murundus vermelhos, ou como os tico-ticos, que penam sem cessar para levar comida ao filhote de pássaro-preto — bico aberto, no alto do mamoeiro, a pedir mais.

Esta última lembrança era do povo do Tombador, já que em toda a parte os outros implicam com os que deles se desinteressam, e que o pessoal nada sabia das alheias águas passadas, e nem que o negro e a negra eram agora pai e mãe de Nhô Augusto.

Também, não fumava mais, não bebia, não olhava para o bom-parecer das mulheres, não falava junto em discussão. Só o que ele não podia era se lembrar da sua vergonha; mas, ali, naquela biboca perdida, fim-de--mundo, cada dia que descia ajudava a esquecer.

Mas, como tudo é mesmo muito pequeno, e o sertão ainda é menor, houve que passou por lá um conhecido velho de Nhô Augusto — o Tião da Thereza — à procura de trezentas reses de uma boiada brava, que se desmanchara nos gerais do alto Urucúia, estourando pelos cem caminhos sem fim do chapadão.

Tião da Thereza ficou bobo de ver Nhô Augusto. E, como era casca-grossa, foi logo dando as notícias que ninguém não tinha pedido: a mulher, Dona Dionóra, continuava amigada com seu Ovídio, muito de-bem os dois, com tenção até em casamento de igreja, por pensarem que ela estava desimpedida de marido; com a filha, sim, é que fora uma tristeza: crescera sã e se encorpara uma mocinha muito linda, mas tinha caído na vida, seduzida por um cometa, que a levara do arraial, para onde não se sabia... O Major Consilva prosseguia mandando no Muricí, e arrematara as duas fazendas de Nhô Augusto... Mas o mais mal-arrumado tinha sido com o Quim, seu antigo camarada, o pobre do Quim Recadeiro — "Se alembra?" — Pois o Quim tinha morrido de morte-matada, com mais de vinte balas no corpo, por causa dele, Nhô Augusto: quando soube que seu patrão tinha sido assassinado, de mando do Major, não tivera dúvida: ...jurou desforra, beijando a garrucha, e não esperou café coado! Foi cuspir no cangussú detrás da moita, e ficou morto, mas já dentro da sala-de-jantar do Major, e depois de matar dois capangas e ferir mais um...

— Para, chega, Tião!... Não quero saber de mais coisa nenhuma! Só te peço é para fazer de conta que não me viu, e não contar p'ra ninguém, pelo amor de Deus, por amor de sua mulher, de seus filhos e de tudo o que para você tem valor!... Não é mentira muita, porque é a mesma coisa em como se eu tivesse morrido mesmo... Não tem mais nenhum Nhô Augusto Estêves, das Pindaíbas, Tião...

— Estou vendo, mesmo. Estou vendo...

E Tião da Thereza pôs, nos olhos, na voz e no meio-aberto da boca, tanto nojo e desprezo, que Nhô Augusto abaixou o queixo; e nem adiantou repetir para si mesmo a jaculatória do coração manso e humilde: teve foi de sair, para trás das bananeiras, onde se ajoelhou e rejurou: — P'ra o céu eu vou, nem que seja a porrete!...

E foi bom passo que nesse dia um homem chamado Romualdo, morador à beira da cava, precisou de ajuda para tirar uma égua do atoleiro, e Nhô Augusto teve trabalho até tarde da noite, com fogueira acesa e tocha na mão.

Mas, daí em seguida, ele não guardou mais poder para espantar a tristeza. E, com a tristeza, uma vontade doente de fazer coisas mal-feitas, uma vontade sem calor no corpo, só pensada: como que, se bebesse e cigarrasse, e ficasse sem trabalhar nem rezar, haveria de recuperar sua força de homem e seu acerto de outro tempo, junto com a pressa das coisas, como os outros sabiam viver.

Mas, a vergonheira atrasada? E o castigo? O padre bem que tinha falado:

— "Você, em toda sua vida, não tem feito senão pecados muito graves, e Deus mandou estes sofrimentos só para um pecador poder ter a ideia do que o fogo do inferno é!..."

Sim, era melhor rezar mais, trabalhar mais e escorar firme, para poder alcançar o reino-do-céu. Mas o mais terrível era que o desmazelo de alma em que se achava não lhe deixava esperança nenhuma do jeito de que o Céu podia ser.

— Desonrado, desmerecido, marcado a ferro feito rês, mãe Quitéria, e assim tão mole, tão sem homência, será que eu posso mesmo entrar no céu?!...

— Não fala fácil, meu filho!... Dei'stá: debaixo do angu tem molho, e atrás de morro tem morro.

— Isso sim... Cada um tem a sua vez, e a minha hora há-de chegar!...

E, enquanto isso tudo, Nhô Augusto estava no escuro e sozinho, cercado de capiaus descalços, vestidos de riscado e seriguilha tinta, sem padre nenhum com quem falar. E essa era a consequência de um estouro de boiada na vastidão do planalto, por motivo de uma picada de vespa na orelha de um marruaz bravio, combinada com a existência, neste mundo, do Tião da Thereza. E tudo foi bem assim, porque tinha de ser, já que assim foi.

Apenas, Nhô Augusto se confessou aos seus pretos tutelares, longamente, humanamente, e foi essa a primeira vez. E, no fim, desabafou: que era demais o que estava purgando pelos seus pecados, e que Nosso Senhor se tinha esquecido dele! A mulher, feliz, morando com outro... A filha, tão nova, e já na mão de todos, rolando por este mundo, ao deus-dará... E o Quim, o Quim Recadeiro — um rapazinho miúdo, tão no desamparo — e morrendo como homem, por causa do patrão... um patrão de borra, que estava p'r'ali no escondido, encostado, que nem como se tivesse virado mulher!...

— O resto é peso p'ra dia, mãe Quitéria... Mas, como é? Como é que eu vou me encontrar com o Quim lá com Deus, com que cara?!... E eu já fui zápede, já pus fama em feira, mãe Quitéria! Na festa do Rosário, na Tapera... E um dia em que enfrentei uns dez, fazendo todo-o-mundo correr... Desarmei e dei pancada, no Sergipão Congo, mãe Quitéria, que era mão que desce, mesmo monstro matador!... E a briga, com a família inteira, pai, irmão, tio, da moça que eu tirei de casa, semana em antes de se casar?!...

— Vira o demônio de costas, meu filho... Faz o que o seu padre mandou!

— E é o diabo mesmo, mãe Quitéria... Eu sei... Ou então é castigo, porque eu vou me lembrar dessas coisas logo agora, que o meu corpo não está valendo, nem que eu queira, nem p'ra brigar com homem e nem p'ra gostar de mulher...

— Rezo o credo!

Mas Nhô Augusto, que estava de cócoras, sentou-se no chão e continuou:

— Tem horas em que fico pensando que, ao menos por honrar o Quim, que morreu por minha causa, eu tinha ordem de fazer alguma vantagem... Mas eu tenho medo... Já sei como é que o inferno é, mãe Quitéria... Podia ir procurar a coitadinha da minha filha, que talvez esteja sofrendo, precisando de mim... Mas eu sei que isso não é eito meu, não é não. Tenho é de ficar pagando minhas culpas, penando aqui mesmo, no sozinho. Já fiz penitência estes anos todos, e não posso ter prejuízo deles! Se eu quisesse esperdiçar essa penitência feita, ficava sem uma coisa e sem outra... Sou um desgraçado, mãe Quitéria, mas o meu dia há-de chegar!... A minha vez...

E assim nesse parado Nhô Augusto foi indo muito tempo, se acostumando com os novos sofrimentos, mais meses. Mas sempre saía para servir aos outros, quando precisavam, ajudava a carregar defuntos, visitava e assistia gente doente, e fazia tudo com uma tristeza bondosa, a mais não ser.

Até que, pouco a pouco, devagarinho, imperceptível, alguma cousa pegou a querer voltar para ele, a crescer-lhe do fundo para fora, sorrateira como a chegada do tempo das águas, que vinha vindo paralela: com o calor dos dias aumentando, e os dias cada vez maiores, e o joão-de-barro construindo casa nova, e as sementinhas, que hibernavam na poeira, esperando na poeira, em misteriosas incubações. Nhô Augusto agora tinha muita fome e muito sono. O trabalho entusiasmava e era leve. Não tinha precisão de enxotar as tristezas. Não pensava nada... E as mariposas e os cupins-de-asas vinham voar ao redor da lamparina... Círculo rodeando a lua cheia, sem se encostar... E começaram os cantos. Primeiro, os sapos: — "Sapo na seca coaxando, chuva beirando", mãe Quitéria!... — Apareceu uma jia na horta, e pererecas dentro de casa, pelas paredes... E os escorpiões e as minhocas pulavam no terreiro, perseguidos pela correição das lava-pés, em préstitos atarefados e compridos... No céu sul, houve nuvens maiores, mais escuras. Aí, o peixe-frito pegou a cantar de noite. A casca de lua, de bico para baixo, "despejando"... Um vento frio, no fim do calor do dia... Na orilha do atoleiro, a saracura fêmea gritou, pedindo três potes, três potes, três potes para apanhar água... Choveu.

Então, tudo estava mesmo muito mudado, e Nhô Augusto, de repente, pensou com a ideia muito fácil, e o corpo muito bom. Quis se assustar, mas se riu:

— Deus está tirando o saco das minhas costas, mãe Quitéria! Agora eu sei que ele está se lembrando de mim...

— Louvor ao Divino, meu filho!

E, uma vez, manhã, Nhô Augusto acordou sem saber por que era que ele estava com muita vontade de ficar o dia inteiro deitado, e achando, ao mesmo tempo, muito bom se levantar. Então, depois do café, saiu para a horta cheirosa, cheia de passarinhos e de verdes, e fez uma descoberta: por que não pitava?!... Não era pecado... Devia ficar alegre, sempre alegre, e esse era um gosto inocente, que ajudava a gente a se alegrar...

E isso foi pensado muito ligeiro, porque já ele enrolava a palha, com uma pressa medonha, como se não tivesse curtido tantos anos de abstenção. Tirou tragadas, soltou muitas fumaças, e sentiu o corpo se desmanchar, dando na fraqueza, mas com uma tremura gostosa, que vinha até ao mais dentro, parecendo que a gente ia virar uma chuvinha fina.

Não, não era pecado!... E agora rezava até muito melhor e podia esperar melhor, mais sem pressa, a hora da libertação.

E, pois, foi aí por aí, dias depois, que aconteceu uma coisa até então jamais vista, e té hoje mui lembrada pelo povinho do Tombador.

Vindos do norte, da fronteira velha-de-guerra, bem montados, bem enroupados, bem apessoados, chegaram uns oito homens, que de longe se via que eram valentões: primeiro surgiu um, dianteiro, escoteiro, que percorreu, de ponta a ponta, o povoado, pedindo água à porta de uma casa, pedindo pousada em outra, espiando muito para tudo e fazendo pergunta e pergunta; depois, então, apareceram os outros, equipados com um despropósito de armas — carabinas, novinhas quase; garruchas, de um e de dois canos; revólveres de boas marcas; facas, punhais, quicés de cabos esculpidos; porretes e facões, — e transportando um excesso de breves nos pescoços.

O bando desfilou em formação espaçada, o chefe no meio. E o chefe — o mais forte e o mais alto de todos, com um lenço azul enrolado no chapéu de couro, com dentes brancos limados em acume, de olhar dominador e tosse rosnada, mas sorriso bonito e mansinho de moça — era o homem mais afamado dos dois sertões do rio: célebre do Jequitinhonha à Serra das Araras, da beira do Jequitaí à barra do Verde Grande, do Rio Gavião até nos Montes Claros, de Carinhanha até Paracatú; maior do que Antônio Dó ou Indalécio; o arranca-toco, o treme-terra, o come-brasa, o pega-à-unha, o fecha-treta, o tira-prosa, o parte-ferro, o rompe-racha, o rompe-e-arrasa: Seu Joãozinho Bem-Bem.

O povo não se mexia, apavorado, com medo de fechar as portas, com medo de ficar na rua, com medo de falar e de ficar calado, com medo de existir. Mas Nhô Augusto, que vinha de vir do mato, carregando um feixe de lenha para um homem chamado Tobias da Venda, quando soube do que havia, jogou a carga no chão e correu ao encontro dos recém-chegados.

Então o bandido Flosino Capeta, um sujeito cabeça-de-canoa, que nunca se apartava do chefe, caçoou:

— Que suplicante mais estúrdio será esse, que vem vindo ali, feito sombração?!

Mas seu Joãozinho Bem-Bem fez o cavalo avançar duas passadas, e disse:

— Não debocha, companheiro, que eu estou gostando do jeito deste homem caminhar!

E Flosino Capeta pasmou deveras, porque era a coisa mais custosa deste mundo seu Joãozinho Bem-Bem se agradar de alguém ao primeiro olhar.

Mas Nhô Augusto, parecendo não ver os demais, veio direito ao chefe, encarando-o firme e perguntando:

— O senhor, de sua graça, é que é mesmo o seu Joãozinho Bem-Bem, pois não é?

— P'ra lhe servir, meu senhor.

— A pois, se o senhor não se acanha de entrar em casa de pobre, eu lhe convido para passar mal e se arranchar comigo, enquanto for o tempo de querer ficar por aqui... E de armar sua rede debaixo do meu telhado, que vai me dar muita satisfação!

— Eu aceito sua bondade, mano velho. Agora, preciso é de ver quem é mais, desse povinho assustado, que quer agasalhar o resto da minha gente...

— Pois eu gostava era que viessem todos juntos para o meu rancho...

— Não será abuso, mano velho?

— É não... É de coração.

— Pois então, vamos, que Deus lhe pagará!

E seu Joãozinho Bem-Bem, que, com o rabo-do-olho, não deixava de vigiar tudo em volta, virou-se, rápido, para o Epifânio, que mexia com a winchester:

— Guarda a arma, companheiro, que eu já disse que não quero essa moda de brincar de dar tiro atôa, atôa, só por amor de espantar os moradores do lugar!... Vamos chegando! Guia a gente, mano velho.

E aí o casal de pretos, em grande susto, teve de se afanar, num corre--corre de depenar galinhas, matar leitoa, procurar ovos e fazer doces. E Nhô Augusto, depois de buscar ajuda para tratar dos cavalos, andou de casa em casa, arrecadando aluá, frutas, quitandas, fumo cheiroso, muita cachaça, e tudo o mais que de fino houvesse, para os convidados. E os seus convidados achavam imensa graça naquele homem, que se atarefava em servi-los, cheio de atenções, quase de carinhos, com cujo motivo eles não topavam atinar. Tinham armado as redes de fibra nas árvores do quintal, e repousavam, cada qual com o complicado arsenal bem ao alcance da mão. Então seu Joãozinho Bem-Bem contou a Nhô Augusto: estava de passagem, com uma pequena parte do seu bando, para o sul, para o arraial das Taquaras, na nascença do Mandurí, a chamado de seu amigo Nicolau Cardoso, atacado por um mandão fazendeiro, de injustiça. E Flosino Capeta acrescentou:

— Diz'que o tal tomou reforço, com três tropas de serranos, mas é só a gente chegar lá, para não se ver ninguém mais... Eles têm que "dar o beiço e cair o cacho", seu moço!... Mas a gente nem pode mais ter o gosto de brigar, porque o pessoal não aparece, no falar de entrar no meio o seu Joãozinho Bem-Bem...

Mas seu Joãozinho Bem-Bem interrompeu o outro:

— Prosa minha não carece de contar, companheiro, que todo o mundo já sabe.

Nhô Augusto passeava com os olhos, que nunca ninguém tinha visto tão grandes nem tão redondos, mostrando todo o branco ao redor. Seu Joãozinho Bem-Bem ria um riso descansado, e os outros riam também, circundando-o, obedientes.

— A gente não ia passar, porque eu nem sabia que aqui tinha este comercinho... Nosso caminho era outro. Mas de uma banda do rio tinha a maleita, e da outra está reinando bexiga da brava... E falaram também numa soldadesca, que vem lá da Diamantina... Por isso a gente deu tanta volta.

Os pretos trouxeram a janta, para o meio do pátio. Era um banquete. E quando a turma se pôs em roda, para começar a comer, o anfitrião fez o sinal da cruz e rezou alto; e os outros o acompanharam, com o que Nhô Augusto deu mostras de exultar.

— O senhor, que é o dono da casa, venha comer aqui perto de mim, mano velho... — pediu seu Joãozinho Bem-Bem. — Mas, que é que o senhor está gostando tanto assim de apreciar? Ah, é o Tim?... Isso é morrinha de quartel... Ele é reiúno...

Nhô Augusto namorava o Tim Tatu-tá-te-vendo, desertor do Exército e de três milícias estaduais, e que, por isso mesmo e sem querer, caminhava marchando, e, para falar com alguém, se botava de sentido, em estricta posição.

— Esta guarda guerreira acompanha o senhor há muito tempo, seu Joãozinho Bem-Bem?

O chefe acertou a sujigola e tossiu, para responder:

— Alguns. É tudo gente limpa... Mocorongo eu não aceito comigo! Homem que atira de trás do toco não me serve... Gente minha só mata as mortes que eu mando, e morte que eu mando é só morte legal!

— Êpa, ferro!... — exclamou Nhô Augusto, balançando o corpo. Seu Joãozinho Bem-Bem continuou:

— Povo sarado e escovado... Mas eles todos me dão trabalho... Este aqui é baiano, fala mestre... Cabeça-chata é outro, porque eles avançam antes da hora... Não é gente fácil... Nem goiano, porque não é andejo... E nem mineiro, porque eles andam sempre com a raiva fora-de-hora, e não gostam de parar mais, quando começam a brigar... Mas, pessoal igual ao meu, não tem!

— E o senhor também não é mineiro, seu Joãozinho Bem-Bem?

— Isso sim, que sou... Sou da beira do rio... Sei lá de onde é que eu sou?!... Mas, por me lembrar, mano velho, não leve a mal o que eu vou lhe pedir: sua janta está de primeira, está boa até de regalo... mas eu ando muito escandecido e meu estômago não presta p'ra mais... Se for coisa de pouco incômodo, o que eu queria era que o senhor mandasse aprontar para mim uma jacuba quente, com a rapadura bem preta e a farinha bem fina, e com umas folhinhas de laranja-da-terra no meio... Será que pode?

— Já, já... Vou ver.

— Deus lhe ajude, mano velho.

Enquanto isso, os outros devoravam, com muita esganação e lambança. E, quando Nhô Augusto chegou com a jacuba, interpelou-o o Zeferino, que multiplicava as sílabas, com esforço, e, como tartamudo teimoso, jogava, a cada sílaba, a cabeça para trás:

— Pois eu... eu est-t-tou m'me-espan-t-tando é de uma c'coisa, meu senhor: é de, neste jantar, com t-t-tantas c'comerias finas, não haver d-d-duas delas, das mais principais!

— Que é que está fazendo falta, amigo?

— É o m'molho da sa-mam-baia e a so-p-p'pa da c'c'anjiquinha!

Nhô Augusto sorriu:

— Eu agaranto que, na hora da zoeira, tu no pinguelo não gagueja!

— Que nada! — apoiou seu Joãozinho Bem-Bem. — Isto é cabra macho e remacheado, que dá pulo em-cruz...

Já Nhô Augusto, incansável, sem querer esperdiçar detalhe, apalpava os braços do Epifânio, mulato enorme, de musculatura embatumada, de bicipitalidade maciça. E se voltava para o Juruminho, caboclo franzino, vivo no menor movimento, ágil até no manejo do garfo, que em sua mão ia e vinha como agulha de coser:

— Você, compadre, está-se vendo que deve de ser um corisco de chegador!...

E o Juruminho, gostando.

— Chego até em porco-espinho e em tatarana-rata, e em homem de vinte braços, com vinte foices para sarilhar!... Deito em ponta de chifre, durmo em ponta de faca, e amanheço em riba do meu colchão!... Está aí nosso chefe, que diga... E mais isto aqui...

E mostrou a palma da mão direita, lanhada de cicatrizes, de pegar punhais pelo pico, para desarmar gente em agressão.

Nhô Augusto se levantara, excitado:

— Ôpa! Ôi-ai!... A gente botar você, mais você, de longe, com as clavinas... E você outro, aí, mais este compadre de cara séria, p'ra voltearem... E este companheirinho chegador, para chegar na frente, e não dizer até-logo!... E depois chover sem chuva, com o pau escrevendo e lendo, e arma-de-fogo debulhando, e homem mudo gritando, e os do-lado-de-lá correndo e pedindo perdão!...

Mas, aí, Nhô Augusto calou, com o peito cheio; tomou um ar de acanhamento; suspirou e perguntou:

— Mais galinha, um pedaço, amigo?

— 'Tou feito.

— E você, seu barra?

— Agradecido... 'Tou encalcado... 'Tou cheio até à tampa!

Enquanto isso, seu Joãozinho Bem-Bem, de cabeça entornada, não tirava os olhos de cima de Nhô Augusto. E Nhô Augusto, depois de servir a cachaça, bebeu também, dois goles, e pediu uma das *papo-amarelo*, para ver:

— Não faz conta de balas, amigo? Isto é arma que cursa longe...

— Pode gastar as óito. Experimenta naquele pássaro ali, na pitangueira...

— Deixa a criaçãozinha de Deus. Vou ver só se corto o galho... Se errar, vocês não reparem, porque faz tempo que eu não puxo dedo em gatilho...

Fez fogo.

— Mão mandona, mano velho. Errou o primeiro, mas acertou um em dois... Ferrugem em bom ferro!

Mas, nesse tento, Nhô Augusto tornou a fazer o pelo-sinal e entrou num desânimo, que o não largou mais. Continuou, porém, a cuidar bem dos seus hóspedes, e, como o pessoal se acomodara ali mesmo, nas redes, ao relento, com uma fogueira acesa no meio do terreiro, ele só foi dormir tarde da noite, quando não houve mais nem um para contar histórias de conflitos, assaltos e duelos de exterminação.

Cedinho na manhã seguinte, o grupo se despediu. Joãozinho Bem-Bem agradeceu muito o agasalho, e terminou:

— O senhor, mano velho, a modo e coisa que é assim meio diferente, mas eu estou lhe prestando atenção, este tempo todo, e agora eu acho, pesado e pago, que o senhor é mas é pessoa boa mesmo, por ser. Nossos anjos-da-guarda combinaram, e isso para mim é o sinal que serve. A pois, se precisar de alguma coisa, se tem um recado ruim para mandar para alguém... Tiver algum inimigo alegre, por aí, é só dizer o nome e onde mora. Tem não? Pois, 'tá bom. Deus lhe pague suas bondades.

— Vão com Deus! Até à volta, vocês todos. 'Té a volta, seu Joãozinho Bem-Bem!

Mas, depois de montado, o chefe ainda chamou Nhô Augusto, para dizer:

— Mano velho, o senhor gosta de brigar, e entende. Está-se vendo que não viveu sempre aqui nesta grota, capinando roça e cortando lenha... Não quero especular coisa de sua vida p'ra trás, nem se está se escondendo de algum crime. Mas, comigo é que o senhor havia de dar sorte! Quer se amadrinhar com meu povo? Quer vir junto?

— Ah, não posso! Não me tenta, que eu não posso, seu Joãozinho Bem-Bem...

— Pois então, mano velho, paciência.

— Mas nunca que eu hei de me esquecer dessa sua bizarria, meu amigo, meu parente, seu Joãozinho Bem-Bem!

Aí, o Juruminho, que tinha ficado mais para trás, de propósito, se curvou para Nhô Augusto e pediu, num cochicho ligeiro, para que os outros não escutassem:

— Amigo, reza por uma irmãzinha que eu tenho, que sofre de doença com muitas dores e vive na cama entrevada, lá no arraial do Urubú...

E o bando entrou na estrada, com o Tim Tatu-tá-te-vendo puxando uma cantiga brava, de tempo de revolução:

"O terreiro lá de casa
não se varre com vassoura:
Varre com ponta de sabre,
bala de metralhadora..."

Nhô Augusto não tirou os olhos, até que desaparecessem. E depois se esparramou em si, pensando forte. Aqueles, sim, que estavam no bom, porque não tinham de pensar em coisa nenhuma de salvação de alma, e podiam andar no mundo, de cabeça em-pé... Só ele, Nhô Augusto, era quem estava de todo desonrado, porque, mesmo lá, na sua terra, se alguém se lembrava ainda do seu nome, havia de ser para arrastá-lo pela rua-da-amargura...

O convite de seu Joãozinho Bem-Bem, isso, tinha de dizer, é que era cachaça em copo grande! Ah, que vontade de aceitar e ir também...

E o oferecimento? Era só falar! Era só bulir com a boca, que seu Joãozinho Bem-Bem, e o Tim, e o Juruminho, e o Epifânio — e todos

— rebentavam com o Major Consilva, com o Ovídio, com a mulher, com todo-o-mundo que tivesse tido mão ou fala na sua desgarração. Eh, mundo velho de bambaruê e bambaruá!... Eh, ferragem!...

E Nhô Augusto cuspiu e riu, cerrando os dentes.

Mas, qual, aí era que se perdia, mesmo, que Deus o castigava com mão mais dura...

E só então foi que ele soube de que jeito estava pegado à sua penitência, e entendeu que essa história de se navegar com religião, e de querer tirar sua alma da boca do demônio, era a mesma coisa que entrar num brejão, que, para a frente, para trás e para os lados, é sempre dificultoso e atola sempre mais.

Recorreu ao rompante:

— Agora que eu principiei e já andei um caminho tão grande, ninguém não me faz virar e nem andar de-fasto!

E, à noite, tomou um trago sem ser por regra, o que foi bem bom, porque ele já viajou, do acordado para o sono, montado num sonho bonito, no qual havia um Deus valentão, o mais solerte de todos os valentões, assim parecido com seu Joãozinho Bem-Bem, e que o mandava ir brigar, só para lhe experimentar a força, pois que ficava lá em-cima, sem descuido, garantindo tudo.

E, assim, dormiram as coisas.

Deu uma invernada brava, mas para Nhô Augusto não foi nada: passava os dias debaixo da chuva, limpando o terreiro, sem precisão nenhuma. Depois, entestou de pôr abaixo o mato, que conduzia até à beira do córrego os angicos de casca encoscorada e os jacarandás anosos, da primeira geração. E era cada machadada bruta, com ele golpeando os troncos, e gritando. E os pretos, que se estavam dando muito bem com o sistema, traziam-lhe de vez em quando um golinho, para que ele não apanhasse resfriado; e, como para chegarem até lá também se molhavam, tomavam cuidado de se defender, igualmente, contra os seus resfriados possíveis.

E ainda outras coisas tinham acontecido, e a primeira delas era que, agora, Nhô Augusto sentia saudades de mulheres. E a força da vida nele latejava, em ondas largas, numa tensão confortante, que era um regresso e um ressurgimento. Assim, sim, que era bom fazer penitência, com a tentação estimulando, com o rasto no terreno conquistado, com o perigo e tudo. Nem pensou mais em morte, nem em ir para o céu; e mesmo a lembrança de sua desdita e reveses parou de atormentá-lo, como a fome depois de um almoço cheio. Bastava-lhe rezar e aguentar firme, com o diabo ali perto, subjugado e apanhando de rijo, que era um prazer. E somente por hábito, quase, era que ia repetindo:

— Cada um tem a sua hora, e há-de chegar a minha vez!

Tanto assim, que nem escolhia, para dizer isso, as horas certas, as três horas fortes do dia, em que os anjos escutam e dizem amém...

Mas, afinal, as chuvas cessaram, e deu uma manhã em que Nhô Augusto saiu para o terreiro e desconheceu o mundo: um sol, talqualzinho a bola de enxofre do fundo do pote, marinhava céu acima, num azul de água sem praias, com luz jogada de um para o outro lado, e um desperdício de verdes cá em baixo — a manhã mais bonita que ele já pudera ver.

Estava capinando, na beira do rego.

De repente, na altura, a manhã gargalhou: um bando de maitacas passava, tinindo guizos, partindo vidros, estralejando de rir. E outro. Mais outro. E ainda outro, mais baixo, com as maitacas verdinhas, grulhantes, gralhantes, incapazes de acertarem as vozes na disciplina de um coro.

Depois, um grupo verde-azulado, mais sóbrio de gritos e em fileiras mais juntas.

— Uai! Até as maracanãs!

E mais maitacas. E outra vez as maracanãs fanhosas. E não se acabavam mais. Quase sem folga: era uma revoada estrilando bem por cima da gente, e outra brotando ao norte, como pontozinho preto, e outra — grão de verdura — se sumindo no sul.

— Levou o diabo, que eu nunca pensei que tinha tantos!

E agora os periquitos, os periquitinhos de guinchos timpânicos, uma esquadrilha sobrevoando outra... E mesmo, de vez em quando, discutindo, brigando, um casal de papagaios ciumentos. Todos tinham muita pressa: os únicos que interromperam, por momentos, a viagem, foram os alegres tuins, os minúsculos tuins de cabecinhas amarelas, que não levam nada a sério, e que choveram nos pés de mamão e fizeram recreio, aos pares, sem sustar o alarido — *rrrl-rrril!rrrl-rrril!...*

Mas o que não se interrompia era o trânsito das gárrulas maitacas. Um bando grazinava alto, risonho, para o que ia na frente: — Me espera!...

Me espera!... — E o grito tremia e ficava nos ares, para o outro escalão, que avançava lá atrás.

—Virgem! Estão todas assanhadas, pensando que já tem milho nas roças... Mas, também, como é que podia haver um de-manhã mesmo bonito, sem as maitacas?!...

O sol ia subindo, por cima do voo verde das aves itinerantes. Do outro lado da cerca, passou uma rapariga. Bonita! Todas as mulheres eram bonitas. Todo anjo do céu devia de ser mulher.

E Nhô Augusto pegou a cantar a cantiga, muito velha, do capiau exilado:

> *"Eu quero ver a moreninha tabaroa,*
> *arregaçada, enchendo o pote na lagoa..."*

Cantou, longo tempo. Até que todas as asas saíssem do céu.

— Não passam mais... Ô papagaiada vagabunda! Já devem de estar longe daqui...

Longe, onde?

> *"Como corisca, como ronca a trovoada,*
> *no meu sertão, na minha terra abençoada..."*

Longe, onde?

> *"Quero ir namorar com as pequenas,*
> *com as morenas do Norte de Minas..."*

Mas, ali mesmo, no sertão do Norte, Nhô Augusto estava. Longe onde, então?

Quando ele encostou a enxada e veio andando para a porta da cozinha, ainda não possuía ideia alguma do que ia fazer. Mas, dali a pouco, nada adiantavam, para retê-lo, os rogos reunidos de mãe preta Quitéria e de pai preto Serapião.

— Adeus, minha gente, que aqui é que mais não fico, porque a minha vez vai chegar, e eu tenho que estar por ela em outras partes!

— Espera o fim das chuvas, meu filho! Espera a vazante...

— Não posso, mãe Quitéria. Quando coração está mandando, todo tempo é tempo!... E, se eu não voltar mais, tudo o que era de meu fica sendo para vocês.

Rodolpho Merêncio quis emprestar-lhe um jegue.

— Que nada! Lhe agradeço o bom desejo, mas não preciso de montada, porque eu vou é mesmo a pé...

Mas, depois, aceitou, porque mãe Quitéria lhe recordou ser o jumento um animalzinho assim meio sagrado, muito misturado às passagens da vida de Jesus.

E todos sentiram muito a sua partida. Mas ele estava madurinho de não ficar mais, e, quando chegou no sozinho, espiou só para a frente, e logo entoou uma das letras que ouvira aos guerreiros de seu Joãozinho Bem-Bem:

"A roupa lá de casa
não se lava com sabão:
lava com ponta de sabre
e com bala de canhão..."

Cantar, só, não fazia mal, não era pecado. As estradas cantavam. E ele achava muitas coisas bonitas, e tudo era mesmo bonito, como são todas as coisas, nos caminhos do sertão.

Parou, para espiar um buraco de tatu, escavado no barranco; para descascar um ananás selvagem, de ouro mouro, com cheiro de presépio; para tirar mel da caixa comprida da abelha borá; para rezar perto de um pau-d'arco florido e de um solene pau-d'óleo, que ambos conservavam, muito de-fresco, os sinais da mão de Deus. E, uma vez, teve de se escapar, depressa, para a meia-encosta, e ficou a contemplar, do alto, o caminho, belo como um rio, reboante ao tropel de uma boiada de duas mil cabeças, que rolava para o Itacambira, com a vaqueirama encourada — piquete de cinco na testa, em cada talão sete ou oito, e, atrás, todo um esquadrão de ulanos morenos, cantando cantigas do alto sertão.

E também fez, um dia, o jerico avançar atrás de um urubu reumático, que claudicava estrada a fora, um pedaço, antes de querer voar. E bebia, aparada nas mãos, a água das frias cascatas véus-de-noivas dos morros, que caem com tom de abundância e abandono. Pela primeira vez na sua vida, se extasiou com as pinturas do poente, com os três coqueiros subindo da linha da montanha para se recortarem num fundo alaranjado, onde, na descida do sol, muitas nuvens pegam fogo. E viu voar, do mulungu, vermelho, um tié-piranga, ainda mais vermelho — e o tié-piranga pousou num ramo do barbatimão sem flores, e Nhô Augusto sentiu que o barbatimão todo se alegrava, porque tinha agora um ramo que era de mulungu.

Viajou nas paragens dos mangabeiros, que lhe davam dormida nas malocas, de tecto e paredes de palmas de buriti. Retornou à beira do rio, onde os barranqueiros lhe davam comida, de pirão com pimenta e peixe. Depois, seguiu.

Uma tarde, cruzou, em pleno chapadão, com um bode amarelo e preto, preso por uma corda e puxando, na ponta da corda, um cego, esguio e meio maluco. Parou, e o cego foi declamando lenta e mole melopeia:

"Eu já vi um gato ler
e um grilo sentar escola,
nas asas de uma ema
jogar-se o jogo da bola,
dar louvores ao macaco.
Só me falta ver agora
acender vela sem pavio,
correr p'ra cima a água do rio,
o sol a tremer com frio
e a lûa *tomar tabaco!..."*

— Eh, zoeira! 'Tou também!... — aplaudiu Nhô Augusto.

Já o cego estendia a mão, com a sacola:

— "Estou misturando aqui o dinheirinho de todos"...

Mas mudou de projeto, enquanto Nhô Augusto caçava qualquer cobre na algibeira:

— Tem algum de-comer, aí, irmão? Dinheiro quero menos, que por aqui por estes trechos a gente custa muito a encontrar qualquer povoado, e até as cafuas mesmo são vasqueiras...

E explicou: tinha um menino-guia, mas esse-um havia mais de um mês que escapulira; e teria roubado também o bode, se o bode não tivesse berrado e ele não investisse de porrete. Agora, era aquele bicho de duas cores quem escolhia o caminho... Sabia, sim, sabia tudo! Ótimo para guiar... Companheiro de lei, que nem gente, que nem pessoa de sua família...

Se despediu. Achava a vida muito boa, e ia para a Bahia, de volta para o Caitité, porque quando era menino tinha nascido lá.

— Pois eu estou indo para a banda de onde você veio... Em todo o caso, meu compadre cego por destino de Deus, em todo o caso, dá lembrança minha a todos do povo da sua terra, toda essa gente certa, que eu não tenho ocasião de conhecer!

E aí o jumento andou, e Nhô Augusto ainda deu um eco, para o cerrado ouvir:

— "Qualquer paixão me adiverte..." Oh coisa boa a gente andar solto, sem obrigação nenhuma e bem com Deus!...

E quando o jegue empacava — porque, como todo jumento, ele era terrível de queixo-duro, e tanto tinha de orelhas quanto de preconceitos, — Nhô Augusto ficava em cima, mui concorde, rezando o terço, até que o jerico se decidisse a caminhar outra vez. E também, nas encruzilhadas, deixava que o bendito asno escolhesse o caminho, bulindo com as conchas dos ouvidos e ornejando. E bastava batesse no campo o pio de uma perdiz magoada, ou viesse do mato a lália lamúria dos tucanos, para o jumento mudar de rota, pendendo à esquerda ou se empescoçando para a direita; e, por via de um gavião casaco-de-couro cruzar-lhe à frente, já ele estacava, em concentrado prazo de irresolução.

Mas, somadas as léguas e deduzidos os desvios, vinham eles sempre para o sul, na direção das maitacas viajoras. Agora, amiudava-se o aparecimento de pessoas — mais ranchos, mais casas, povoados, fazendas; depois, arraiais, brotando do chão. E então, de repente, estiveram a muito pouca distância do arraial do Muricí.

— Não me importo! Aonde o jegue quiser me levar, nós vamos, porque estamos indo é com Deus!...

E assim entraram os dois no arraial do Rala-Coco, onde havia, no momento, uma agitação assustada no povo.

Mas, quando responderam a Nhô Augusto: "— É a jagunçada de seu Joãozinho Bem-Bem, que está descendo para a Bahia..." — ele, de alegre, não se pôde conter:

— Agora sim! Cantou p'ra mim, passarim!... Mas, onde é que eles estão?

Estavam aboletados, bem no centro do arraial, numa casa de fazendeiro, onde seu Joãozinho Bem-Bem recebeu Nhô Augusto, com muita satisfação.

Nhô Augusto caçoou:

— "Boi andando no pasto, p'ra lá e p'ra cá, capim que acabou ou está para acabar..."

— É isso, mano velho... Livrei meu compadre Nicolau Cardoso, bom homem... E agora vou ajuntar o resto do meu pessoal, porque tive recado de que a política se apostemou, do lado de lá das divisas, e estou indo de rota batida para o Pilão Arcado, que o meu amigo Franquilim de Albuquerque é capaz de precisar de mim...

Fitava Nhô Augusto com olhos alegres, e tinha no rosto um ar paternal. Mas, na testa, havia o resto de uma ruga.

— Está vendo, mano velho? Quem é que não se encontra, neste mundo?... Fico prazido, por lhe ver. E agora o senhor é quem está em minha casa... Vai se arranchar comigo. Se abanque, mano velho, se abanque!... Arranja um café aqui p'ra o parente, Flosino!

— Não queria empalhar... O senhor está com pouco prazo...

— Que nada, mano velho! Nós estamos de saída, mas ainda falta ajustar um devido, para não se deixar rabo para trás... Depois lhe conto. O senhor mesmo vai ver, daqui a pouco... Come com gosto, mano velho.

Nhô Augusto mordia o pão de broa, e espiava, inocente, para ver se já vinha o café.

— Tem chá de congonha, requentado, mano velho...

— Aceito também, amigo. Estou com fome de tropeiro... Mas, qu'é de o Juruminho?

— Ah, o senhor guardou o nome, e, a pois, gostou dele, do menino... Pois foi logo com o pobre do Juruminho, que era um dos mais melhores que eu tinha...

— Não diga...

O rosto de seu Joãozinho Bem-Bem foi ficando sombrio.

— O matador — foi à traição, — caiu no mundo, campou no pé... Mas a família vai pagar tudo, direito!

Seu Joãozinho Bem-Bem, sentado em cima da beirada da mesa, brincava com os três bentinhos do pescoço, e batia, muito ligeiro, os calcanhares, um no outro. Nhô Augusto, parando de limpar os dentes com o dedo, lastimou:

— Coitado do Juruminho, tão destorcido e de tão bom parecer... Deixa eu rezar por alma dele...

Seu Joãozinho Bem-Bem desceu da mesa e caminhou pela sala, calado. Nhô Augusto, cabeça baixa, sempre sentado num selim velho, dava o ar de quem estivesse com a mente muito longe.

— Escuta, mano velho...

Seu Joãozinho Bem-Bem parou em frente de Nhô Augusto, e continuou:

— ...eu gostei da sua pessoa, em-desde a primeira hora, quando o senhor caminhou para mim, na rua daquele lugarejo... Já lhe disse, da outra vez, na sua casa: o senhor não me contou coisa nenhuma de sua vida, mas eu sei que já deve de ter sido brigador de ofício. Olha: eu, até de longe, com os olhos fechados, o senhor não me engana: juro como não há outro homem p'ra ser mais sem medo e disposto para tudo. É só o senhor mesmo querer...

— Sou um pobre pecador, seu Joãozinho Bem-Bem...

— Que-o-quê! Essa mania de rezar é que está lhe perdendo... O senhor não é padre nem frade, p'ra isso; é algum?... Cantoria de igreja, dando em cabeça fraca, desgoverna qualquer valente... Bobajada!...

— Bate na boca, seu Joãozinho Bem-Bem meu amigo, que Deus pode castigar!

— Não se ofenda, mano velho, deixe eu dizer: eu havia de gostar, se o senhor quisesse vir comigo, para o norte... Já lhe falei e torno a falar: é convite como nunca fiz a outro, e o senhor não vai se arrepender! Olha: as armas do Juruminho estão aí, querendo dono novo...

— Deixa eu ver...

Nhô Augusto bateu a mão na winchester, do jeito com que um gato poria a pata num passarinho. Alisou coronha e cano. E os seus dedos tremiam, porque essa estava sendo a maior das suas tentações.

Fazer parte do bando de seu Joãozinho Bem-Bem! Mas os lábios se moviam — talvez ele estivesse proferindo entre dentes o creio-em-deus--padre — e, por fim, negou com a cabeça, muitas vezes:

— Não posso, meu amigo seu Joãozinho Bem-Bem!… Depois de tantos anos… Fico muito agradecido, mas não posso, não me fale nisso mais…

E ria para o chefe dos guerreiros, e também por dentro se ria, e era o riso do capiau ao passar a perna em alguém, no fazer qualquer negócio.

— Está direito, lhe obrigar não posso… Mas, pena é…

Nisso, fizeram um estardalhaço, à entrada.

— Quem é?

— É o tal velho caduco, chefe.

— Deixa ele entrar. Vem cá, velho.

O velhote chorava e tremia, e se desacertou, frente às pessoas. Afinal, conseguiu ajoelhar-se aos pés de seu Joãozinho Bem-Bem.

— Ai, meu senhor que manda em todos… Ai, seu Joãozinho Bem-Bem, tem pena!… Tem pena do meu povinho miúdo… Não corta o coração de um pobre pai…

— Levanta, velho…

— O senhor é poderoso, é dono do choro dos outros… Mas a Virgem Santíssima lhe dará o pago por não pisar em formiguinha do chão… Tem piedade de nós todos, seu Joãozinho Bem-Bem!…

— Levanta, velho! Quem é que teve piedade do Juruminho, baleado por detrás?

— Ai, seu Joãozinho Bem-Bem, então lhe peço, pelo amor da senhora sua mãe, que o teve e lhe deu de mamar, eu lhe peço que dê ordem de matarem só este velho, que não presta para mais nada… Mas que não mande judiar com os pobrezinhos dos meus filhos e minhas filhas, que estão lá em casa sofrendo, adoecendo de medo, e que não têm culpa nenhuma do que fez o irmão… Pelo sangue de Jesus Cristo e pelas lágrimas da Virgem Maria!…

E o velho tapou a cara com as mãos, sempre ajoelhado, curvado, soluçando e arquejando.

Seu Joãozinho Bem-Bem pigarreou, e falou:

— Lhe atender não posso, e com o senhor não quero nada, velho. É a regra… Senão, até quem é mais que havia de querer obedecer a um homem que não vinga gente sua, morta de traição?… É a regra. Posso até livrar de *sebaça*, às vezes, mas não posso perdoar isto não... Um dos dois rapazinhos seus filhos tem de morrer, de tiro ou à faca, e o senhor pode é escolher qual deles é que deve de pagar pelo crime do irmão. E as moças... Para mim não quero nenhuma, que mulher não me enfraquece: as mocinhas são para os meus homens...

— Perdão, para nós todos, seu Joãozinho Bem-Bem... Pelo corpo de Cristo na Sexta-Feira da Paixão!

— Cala a boca, velho. Vamos logo cumprir a nossa obrigação...

Mas, aí, o velho, sem se levantar, inteiriçou-se, distendeu o busto para cima, como uma caninana enfuriada, e pareceu que ia chegar com a cara até em frente à de seu Joãozinho Bem-Bem. Hirto, cordoveias retesas, mastigando os dentes e cuspindo baba, urrou:

— Pois então, satanás, eu chamo a força de Deus p'ra ajudar a minha fraqueza no ferro da tua força maldita!...

Houve um silêncio. E, aí:

— Não faz isso, meu amigo seu Joãozinho Bem-Bem, que o desgraçado do velho está pedindo em nome de Nosso Senhor e da Virgem Maria! E o que vocês estão querendo fazer em casa dele é coisa que nem Deus não manda e nem o diabo não faz!

Nhô Augusto tinha falado; e a sua mão esquerda acariciava a lâmina da lapiana, enquanto a direita pousava, despreocupada, no pescoço da carabina. Dera tom calmo às palavras, mas puxava forte respiração soprosa, que quase o levantava do selim e o punha no assento outra vez. Os olhos cresciam, todo ele crescia, como um touro que acha os vaqueiros excessivamente abundantes e cisma de ficar sozinho no meio do curral.

— Você está caçoando com a gente, mano velho?

— Estou não. Estou pedindo como amigo, mas a conversa é no sério, meu amigo, meu parente, seu Joãozinho Bem-Bem.

— Pois pedido nenhum desse atrevimento eu até hoje nunca que ouvi nem atendi!...

O velho engatinhou, ligeiro, para se encostar na parede. No calor da sala, uma mosca esvoaçou.

— Pois então... — e Nhô Augusto riu, como quem vai contar uma grande anedota — ...Pois então, meu amigo seu Joãozinho Bem-Bem, é fácil... Mas tem que passar primeiro por riba de eu defunto...

Joãozinho Bem-Bem se sentia preso a Nhô Augusto por uma simpatia poderosa, e ele nesse ponto era bem-assistido, sabendo prever a viragem dos climas e conhecendo por instinto as grandes coisas. Mas Teófilo Sussuarana era bronco excessivamente bronco, e caminhou para cima de Nhô Augusto. Na sua voz:

— Epa! Nomopadrofilhospritossantamêin! Avança, cambada de filhos-da-mãe, que chegou minha vez!...

E a casa matraqueou que nem panela de assar pipocas, escurecida à fumaça dos tiros, com os cabras saltando e miando de maracajás, e Nhô Augusto gritando qual um demônio preso e pulando como dez demônios soltos.

— Ô gostosura de fim-de-mundo!...

E garrou a gritar as palavras feias todas e os nomes imorais que aprendera em sua farta existência, e que havia muitos anos não proferia. E atroava, também, a voz de seu Joãozinho Bem-Bem:

— Sai, Cangussú! Foge, daí, Epifânio! Deixa nós dois brigar sozinhos!

A coronha do rifle, no pé-do-ouvido... Outro pulo... Outro tiro...

Três dos cabras correram, porque outros três estavam mortos, ou quase, ou fingindo.

E aí o povo encheu a rua, à distância, para ver. Porque não havia mais balas, e seu Joãozinho Bem-Bem mais o Homem do Jumento tinham rodado cá para fora da casa, só em sangue e em molambos de roupas pendentes. E eles negaceavam e pulavam, numa dansa ligeira, de sorriso na boca e de faca na mão.

— Se entregue, mano velho, que eu não quero lhe matar...

— Joga a faca fora, dá viva a Deus, e corre, seu Joãozinho Bem-Bem...

— Mano velho! Agora é que tu vai dizer: quantos palmos é que tem, do calcanhar ao cotovelo!...

— Se arrepende dos pecados, que senão vai sem contrição, e vai direitinho p'ra o inferno, meu parente seu Joãozinho Bem-Bem!...

— Úi, estou morto...

A lâmina de Nhô Augusto talhara de baixo para cima, do púbis à boca-do-estômago, e um mundo de cobras sangrentas saltou para o ar livre, enquanto seu Joãozinho Bem-Bem caía ajoelhado, recolhendo os seus recheios nas mãos.

Aí, o povo quis amparar Nhô Augusto, que punha sangue por todas as partes, até do nariz e da boca, e que devia de estar pesando demais, de tanto chumbo e bala. Mas tinha fogo nos olhos de gato-do-mato, e o busto, especado, não vergava para o chão.

— Espera aí, minha gente, ajudem o meu parente ali, que vai morrer mais primeiro... Depois, então, eu posso me deitar.

— Estou no quase, mano velho... Morro, mas morro na faca do homem mais maneiro de junta e de mais coragem que eu já conheci!... Eu sempre lhe disse quem era bom mesmo, mano velho... É só assim que gente como eu tem licença de morrer... Quero acabar sendo amigos...

— Feito, meu parente, seu Joãozinho Bem-Bem. Mas, agora, se arrepende dos pecados, e morre logo como um cristão, que é para a gente poder ir juntos...

Mas, seu Joãozinho Bem-Bem, quando respirava, as rodilhas dos intestinos subiam e desciam. Pegou a gemer. Estava no estorcer do fim. E, como teimava em conversar, apressou ainda mais a despedida. E foi mesmo.

Alguém gritou: — "Eh, seu Joãozinho Bem-Bem já bateu com o rabo na cerca! Não tem mais!"... — E então Nhô Augusto se bambeou nas pernas, e deixou que o carregassem.

— P'ra dentro de casa, não, minha gente. Quero me acabar no solto, olhando o céu, e no claro... Quero é que um de vocês chame um padre... Pede para ele vir me abençoando pelo caminho, que senão é capaz de não me achar mais...

E riu.

E o povo, enquanto isso, dizia: — "Foi Deus quem mandou esse homem no jumento, por mór de salvar as famílias da gente!..." E a turba começou a querer desfeitear o cadáver de seu Joãozinho Bem-Bem, todos cantando uma cantiga que qualquer-um estava inventando na horinha:

Não me mata, não me mata
seu Joãozinho Bem-Bem!
Você não presta mais pra nada,
seu Joãozinho Bem-Bem!...

Nhô Augusto falou, enérgico:

— Para com essa matinada, cambada de gente herege!... E depois enterrem bem direitinho o corpo, com muito respeito e em chão sagrado, que esse aí é o meu parente seu Joãozinho Bem-Bem!

E o velho choroso exclamava:

— Traz meus filhos, para agradecerem a ele, para beijarem os pés dele!... Não deixem este santo morrer assim... P'ra que foi que foram inventar arma de fogo, meu Deus?!

Mas Nhô Augusto tinha o rosto radiante, e falou:

— Perguntem quem é aí que algum dia já ouviu falar no nome de Nhô Augusto Estêves, das Pindaíbas!

— Virgem Santa! Eu logo vi que só podia ser você, meu primo Nhô Augusto...

Era o João Lomba, conhecido velho e meio parente. Nhô Augusto riu:

— E hein, hein João?!

— P'ra ver...

Então, Augusto Matraga fechou um pouco os olhos, com sorriso intenso nos lábios lambuzados de sangue, e de seu rosto subia um sério contentamento.

Daí, mais, olhou, procurando João Lomba, e disse, agora sussurrado, sumido:

— Põe a benção na minha filha... seja lá onde for que ela esteja... E, Dionóra... Fala com a Dionóra que está tudo em ordem!

Depois, morreu.

Sagarana[**]

S. Paulo, julho — O grande êxito de *Sagarana*[***], do Dr. J. Guimarães Rosa, não deixa de se prender às relações do público ledor com o problema do regionalismo e do nacionalismo literário. Há cerca de trinta anos, quando a literatura regionalista veio para a ribalta, gloriosa, avassaladora, passávamos um momento de extremo federalismo. Na *intelligentsia*, portanto, o patriotismo se afirmou como reação de unidade nacional. A Pátria, com pê sempre maiúsculo, latejou descompassadamente, e os escritores regionais eram procurados como afirmação nativista. Foi o tempo em que todo jovem promotor ou delegado, despachado para as cidadezinhas do interior, voltava com um volume de contos ou uma novela sertaneja, quase sempre lembrança de cenas, fatos e pessoas cujo pitoresco lhes assanhava a sensibilidade litorânea de nascimento ou educação.

A reviravolta econômica nos grandes Estados, subsequente à crise de 1929, alterou os termos de equação política, e a descentralização federalista, depois de alguns protestos nem sempre platônicos, foi cedendo passo à nova fase centralizadora, exigida quase pelo desenvolvimento da indústria. Processo cuja aberração foi o Estado Novo, assim como a Constituição castilhista tinha sido a aberração do processo anterior.

Para compensar — como às vezes acontece, — a *intelligentsia* se virou para o bairrismo. Antes, quando a palavra de ordem política e o sentimento geral eram provincianos, foi chique ser nacionalista, e o porta-voz mais característico da tendência foi Olavo Bilac. Agora, que as forças unitárias predominam e já se vai generalizando um certo sentimento de todo, — deste todo de repente vivo e existente por meio do rádio e do aeroplano, — agora a moda é ser bairrista, e o porta-voz mais autorizado da tendência é

** Texto originalmente publicado em *O Jornal*, Rio de Janeiro, 21 jul. 1946, e reproduzido no livro *Guimarães Rosa*, com seleção de textos de Eduardo de Faria Coutinho, publicado pela editora Civilização Brasileira em convênio com o Instituto Nacional do Livro (Coleção Fortuna Crítica, v. 6), em 1983.

*** ROSA, João Guimarães. *Sagarana*. Rio de Janeiro: Editora Universal, 1946.

o Sr. Gilberto Freyre, pai da voga atual da palavra "província". Todos falam na sua província, nas suas tradições etc. etc., embora a maioria prefira fazer como seu Rui da canção, isto é, ela lá e eu aqui. Quando chega ao Rio, o jovem intelectual não mais se esforça por mudar a pronúncia e parecer familiarizado com a cidade; capricha o sotaque e escreve imediatamente sobre a negra velha que (diz ele) o criou, falando dos avós da pequena terra em que nasceu etc. O maior elogio do dia é "sabor da terra", traduzindo do francês, já se vê, e a maior ofensa dizer a um escritor que ele "não tem raízes".

Natural, em meio semelhante, o alvoroço causado pelo Sr. Guimarães Rosa, cujo livro vem cheio de "terra", fazendo arregalar os olhos aos intelectuais que não tiveram a sorte de morar ou nascer no interior (digo, na "província") ou aos que, tendo nela nascido, nunca souberam do nome da árvore grande do largo da igreja, coisa bem brasileira. Seguro do seu feito, o Sr. Guimarães Rosa despeja nomes de tudo — plantas, bichos, passarinhos, lugares, modas — enrolados em locuções e construções de humilhar os citadinos. "Irra, que é talento demais", com o deputado português, mal comparando.

Mas *Sagarana* não vale apenas na medida em que nos traz um certo sabor regional, mas na medida em que constrói um certo sabor regional, isto é, em que transcende a região. A província do Sr. Guimarães Rosa, — no caso Minas é menos uma região do Brasil do que uma região da arte, com detalhes e locuções e vocabulário e geografia cosidos de maneira por vezes irreal, tamanha é a concentração com que trabalha o autor. Assim, veremos, numa conversa, os interlocutores gastarem meia dúzia de provérbios e outras tantas parábolas como se alguém falasse no mundo deste jeito. Ou, de outra vez, paisagens tão cheias de plantas, flores e passarinhos cujo nome o autor colecionou, que somos mesmo capazes de pensar que, na região do Sr. Guimarães Rosa, o sistema fitozoológico obedece ao critério da Arca de Noé. Por isso, sustento, e sustentarei mesmo que provem o meu erro, que *Sagarana* não é um livro regional como os outros, porque não existe região alguma igual à sua, criada livremente pelo autor com elementos caçados analiticamente e, depois, sintetizados na ecologia belíssima das suas histórias.

Transcendendo o critério regional por meio de uma condensação do material observado (condensação mais forte do que qualquer outra em nossa literatura da "terra"), o Sr. Guimarães Rosa como que iluminou, de repente, todo o caminho feito pelos antecessores. *Sagarana* significa, entre outras coisas, a volta triunfal do regionalismo do Centro. Volta o coroamento. De Bernardo Guimarães a ele, passando por Afonso Arinos, Valdomiro Silveira, Monteiro Lobato, Amadeu de Queirós, Hugo de Carvalho Ramos, assistimos a um longo movimento de tomada de consciência, através da exploração do meio humano e geográfico. É a fase do pitoresco e do narrativo, do regionalismo "entre aspas", se dão licença de citar uma expressão minha em artigo recente. Fase ultrapassada, cujos produtos envelheceram rapidamente, talvez à força de copiados e dessorados pelos *minores*. Fase, precisamente, em que os escritores *trouxeram* a região até o leitor, conservando, eles próprios, atitude de sujeito e objeto. O Sr. Guimarães Rosa *construiu* um regionalismo muito mais autêntico e duradouro, porque criou uma experiência total em que o pitoresco e o exótico são animados pela graça de um movimento interior em que se desfazem as relações de sujeito a objeto para ficar a obra de arte como integração total de experiência.

Sagarana nasceu universal pelo alcance e pela coesão da fatura. A língua parece finalmente ter atingido o ideal da expressão literária regionalista. Densa, vigorosa, foi talhada no veio da linguagem popular e disciplinada dentro das tradições clássicas. Mário de Andrade, se fosse vivo, leria comovido este resultado esplêndido da libertação linguística, para que ele contribuiu com a libertinagem heroica da sua.

Além das convenções literárias, *Sagarana* se caracteriza por um soberano desdém das convenções. O Sr. Guimarães Rosa — cuja vocação de virtuose é inegável — parece ter querido mostrar a possibilidade de chegar à vitória partindo de uma série de condições que conduzem, geralmente, ao fracasso. Ou melhor: todos os fracassos dos seus predecessores se transformaram, em suas mãos, noutros fatores de vitória.

Para começar, a própria temática, batida e aparentemente esgotada. Em matéria de regionalismo, só aceitamos, de uns vinte anos para cá, o nordestino, transformado por sua vez e por força do uso, em arrabalde pacífico e já sem surpresas da nossa sensibilidade literária. Em seguida, o exotismo do léxico, recurso geralmente fácil, abusado pelos escritores gaúchos. Depois, a tendência descritiva, quase de composição escolar, familiar a quem vive em contato com os pequenos jornais do interior e, em literatura, relegada a segundo plano pelas exigências tanto de ação quanto de introspecção do romance moderno. Finalmente, o capricho meio oratório do estilo, que há muito consideramos privativo da subliteratura.

Pois o Sr. Guimarães Rosa partiu de todas estas condições, algumas das quais bastaram para fazer naufragar escritores de maior talento, como Monteiro Lobato, ou reduzir às devidas proporções outros indevidamente valorizados, como o velho Afonso Arinos; não rejeitou nenhuma delas e chegou a verdadeiras obras-primas, como são alguns dos contos de *Sagarana*.

Passando a setor de ordem mais pessoal, talvez possamos dizer que a qualidade básica do autor escapa à crítica, porque só pode ser sugerida por meio de imprecisões como "capacidade de contar", "vigor narrativo" e outras coisas que, tudo exprimindo, nada dizem de positivo. O meu mestre e amigo Giuseppe Ungaretti usaria expressão mais direta, invocando razões de ordem hormonal em calão pitoresco, que eu não me atrevo a trazer para este bem-comportado rodapé e que, segundo ele, são as únicas a exprimir a força criadora dos artistas poderosos como é o Sr. Guimarães Rosa.

Sagarana se caracteriza pela paixão de contar. O autor chega a condescendência excessiva para com ela, a ponto de quebrar a espinha das suas histórias a fim de dar relevo a narrativas secundárias, terciárias, cujo conjunto resulta mais importante do que a narrativa central. Deixa-se ir ao sabor dos casos, não perdendo vasa para contá-los, acumulando detalhes, minuciando com pachorra, como quem dá a entender que, em arte, o fim não tem a mínima importância, porque o que importa são os meios. Todos os meios e até a ampliação retórica são bons, desde que nos arrebatem da vida, transportando-nos para a vida mais intensa da arte.

Já se vê por aí que o Sr. Guimarães Rosa retorna, em grande estilo, à concepção do contista-contador, para o qual a verdade está na narração e na descrição, para o qual as facadas, os casos de amor, os estouros de boiada e os crepúsculos têm valor eterno, acima de quaisquer outros. Por outro lado, como ficou sugerido, a região, deixando de ser, para ele, simples localização da história, com funções de pitoresco e anedótico, passa a verdadeira personagem (se assim me posso exprimir), tanta é a persistência e a profundidade com que vêm invocados a sua flora, a sua fauna, o seu relevo. Há, mesmo, certos contos, como "São Marcos", em que só ela redime o anedótico e garante o toque literário autêntico. Em "A hora e vez de Augusto Matraga" há uma certa entrada de primavera — verdadeiro *Sacre du Printemps* — em que a natureza nos comunica sentimento quase inefável, germinal e religioso.

Como padrão de arte objetiva e elaborada, perfeito na suficiência admirável dos meios, gostaria de indicar o conto "Duelo", das maiores peças de *atmosfera* da nossa atual novelística. Uma tensão envolvente, quase alucinante, alimentada sorrateiramente pelo autor com um ominoso vaivém cheio de detalhes geográficos e pequenos casos laterais.

Não é aí, todavia, que devemos procurar a obra-prima do livro, mas no citado "Augusto Matraga", onde o autor, deixando de certo modo a objetividade da arte-pela-arte, entra em região quase épica de humanidade e cria um dos grandes tipos da nossa literatura, dentro do conto que será, daqui por diante, contado entre os dez ou doze mais perfeitos da língua.

Não penso que *Sagarana* seja um bloco unido, nem que o Sr. Guimarães Rosa tenha sabido, sempre, escapar a certo pendor verboso, a certa difusão de escrita e composição. Sei, porém, que, construindo em termos brasileiros certas experiências de uma altura encontrada geralmente apenas nas grandes literaturas estrangeiras, criando uma vivência poderosamente nossa e ao mesmo tempo universal, que valoriza e eleva a nossa arte, escrevendo contos como "Duelo", "Lalino Salãthiel", "O burrinho pedrês" e, sobre todos (muito sobre todos), "Augusto Matraga" — sei que por tudo isso o Sr. Guimarães Rosa vai reto para a linha dos nossos grandes escritores.

ANTONIO CANDIDO

Antonio Candido de Mello e Souza (1918-2017), crítico literário, sociólogo, ensaísta e professor. Recebeu o título de professor emérito da Universidade de São Paulo e da Faculdade de Ciências e Letras de Assis, e também os títulos doutor *honoris causa* da Universidade Estadual Paulista e professor *honoris causa* da Universidade Estadual de Campinas e da Universidade da República do Uruguai. Entre 1964 e 1966, lecionou como professor associado de Literatura Brasileira na Universidade de Paris-Sorbonne e, em 1968, como professor visitante de Literatura Brasileira e Comparada na Universidade de Yale. Coordenou o Instituto de Estudos da Linguagem da Universidade Estadual de Campinas e foi presidente do Conselho Editorial da Fundação Perseu Abramo (FPA). Ganhou prêmios importantes, como: Prêmio Jabuti, Prêmio Machado de Assis (1993), Prêmio Camões (1998) e Prêmio Alfonso Reyes (2005). Autor de mais de vinte livros, entre os quais: *O método crítico de Sílvio Romero*; *Formação da Literatura Brasileira* (1960 – Prêmio Jabuti); *Os parceiros do Rio Bonito* (1965 – Prêmio Jabuti); *Tese e antítese*; *Literatura e sociedade* (1966 – Prêmio Jabuti); *Brigada ligeira e outros escritos* (1993 – Prêmio Jabuti); *O discurso e a cidade*.

Cronologia

1908
A 27 de junho, nasce em Cordisburgo, Minas Gerais. Filho de Florduardo Pinto Rosa, juiz de paz e comerciante, e de Francisca Guimarães Rosa.

1917
Termina o curso primário no grupo escolar Afonso Pena, em Belo Horizonte, residindo na casa de seu avô paterno, Luís Guimarães.

1918
É matriculado na 1ª série ginasial do Colégio Arnaldo, em Belo Horizonte.

1925
Inicia os estudos na Faculdade de Medicina de Minas Gerais, em Belo Horizonte.

1929
Em janeiro, toma posse no cargo de agente itinerante da Diretoria do Serviço de Estatística Geral do Estado de Minas Gerais, para o qual fora nomeado no fim do ano anterior.

No número de 7 de dezembro da revista *O Cruzeiro*, é publicado um conto de sua autoria intitulado "O Mistério de Highmore Hall".

1930
Em março, é designado para o posto de auxiliar apurador da Diretoria do Serviço de Estatística Geral de Minas Gerais.

Em 27 de junho, dia de seu aniversário, casa-se com Lygia Cabral Penna.

Em 21 de dezembro, forma-se em Medicina.

1931
Estabelece-se como médico em Itaguara, município de Itaúna.

Nasce Vilma, sua primeira filha.

1932
Como médico voluntário da Força Pública, toma parte na Revolução Constitucionalista, em Belo Horizonte.

1933
Ao assumir o posto de oficial-médico do 9º Batalhão de Infantaria, passa a residir em Barbacena.

Trabalha no Serviço de Proteção ao Índio.

1934
Aspirando a carreira diplomática, presta concurso para o Itamaraty e é aprovado em 2º lugar. Em 11 de julho, é nomeado cônsul de terceira classe, passando a integrar o Ministério das Relações Exteriores.

Nasce Agnes, sua segunda filha.

1937
Em 29 de junho, vence o prêmio de poesia da Academia Brasileira de Letras com um original intitulado *Magma*. O concurso conta com 24 inscritos e o poeta Guilherme de Almeida assina o parecer da comissão julgadora.

1938
Sob o pseudônimo "Viator", inscreve no Prêmio Humberto de Campos, da Academia Brasileira de Letras, um volume com doze estórias de sua autoria intitulado *Contos*. O júri do prêmio, composto por Marques Rebelo, Graciliano Ramos, Prudente de Moraes Neto e Peregrino Júnior, confere a segunda colocação ao trabalho do autor.

Em 5 de maio, passa a ocupar o posto de cônsul-adjunto em Hamburgo, vivenciando de perto momentos decisivos da Segunda Guerra Mundial.

Na cidade alemã, conhece Aracy Moebius de Carvalho, sua segunda esposa.

1942
Com a ruptura das relações diplomáticas entre o Brasil e os países do Eixo, é internado em Baden-Baden com outros diplomatas brasileiros, de 28 de janeiro a 23 de maio. Com Aracy, dirige-se a Lisboa e, após mais de um mês na capital portuguesa, regressa de navio ao Brasil.

Em 22 de junho, assume o posto de secretário da Embaixada do Brasil em Bogotá.

1944
Deixa o cargo que exerce em Bogotá em 27 de junho e volta ao Rio, permanecendo durante quatro anos na Secretaria de Estado.

1945

Entre os meses de junho e outubro, trabalha intensamente no volume *Contos*, reescrevendo o original que resultaria em *Sagarana*.

1946

Em abril, publica *Sagarana*. O livro de estreia do escritor é recebido com entusiasmo pela crítica e conquista o Prêmio Felipe d'Oliveira. A grande procura pelo livro faz a Editora Universal providenciar uma nova edição no mesmo ano.

Assume o posto de chefe de gabinete de João Neves da Fontoura, ministro das Relações Exteriores. Toma parte, em junho, na Conferência da Paz, em Paris, como secretário da delegação do Brasil.

1948

Atua como secretário-geral da delegação brasileira à IX Conferência Pan-Americana em Bogotá.

É transferido para a Embaixada do Brasil em Paris, onde passa a ocupar o cargo de 1º secretário a 10 de dezembro (e o de conselheiro a 20 de junho de 1949). Neste período em que mora na cidade-luz, realiza viagens pelo interior da França, por Londres e pela Itália.

1951

Retorna ao Rio de Janeiro e assume novamente o posto de chefe de gabinete do ministro João Neves da Fontoura.

1952

Faz uma excursão a Minas Gerais em uma comitiva de vaqueiros.

Publica *Com o vaqueiro Mariano*, posteriormente incluído em *Estas estórias*.

1953

Torna-se chefe da Divisão de Orçamento do Itamaraty.

Em carta de 7 de dezembro ao amigo e diplomata Mário Calábria, relata estar escrevendo um livro extenso com "novelas labirínticas", que será dividido em dois livros: *Corpo de baile* e *Grande sertão: veredas*.

1955

Em carta de 3 de agosto ao amigo e diplomata Antonio Azevedo da Silveira, comenta já ter entregue o original de *Corpo de baile*, "um verdadeiro cetáceo que sairá em dois volumes de cerca de 400 páginas, cada um".

Na mesma carta, declara estar se dedicando com afinco à escrita de seu romance "que vai ser um mastodonte, com perto de 600 páginas", referindo-se a *Grande sertão: veredas.*

1956

Em janeiro, publica *Corpo de baile*. Em julho, publica *Grande sertão: veredas.*

A recepção de *Grande sertão: veredas* é calorosa e polêmica. Críticos literários e demais profissionais do mundo das letras resenham sobre o tão esperado romance do escritor. O livro conquista três prêmios: Machado de Assis (Instituto Nacional do Livro), Carmen Dolores Barbosa (São Paulo) e Paula Brito (Rio de Janeiro).

1962

Assume o cargo de chefe da Divisão de Fronteira do Itamaraty.

Em agosto publica *Primeiras estórias.*

1963

Em 6 de agosto, é eleito membro da Academia Brasileira de Letras.

1965

Em janeiro, participa do I Congresso Latinoamericano de Escritores, realizado em Gênova, como vice-presidente.

Publica *Noites do sertão.*

1967

Em março, participa do II Congresso Latinoamericano de Escritores, realizado na Cidade do México, como vice-presidente.

Em julho, publica *Tutameia — Terceiras estórias.*

Em 16 de novembro, toma posse na Academia Brasileira de Letras.

Em 19 de novembro, falece em sua residência, no bairro de Copacabana, no Rio de Janeiro, vítima de enfarte.

1969

Em novembro, é publicado o livro póstumo *Estas estórias.*

1970

Em novembro, é publicado outro livro póstumo: *Ave, palavra.*

Conheça outros títulos de João Guimarães Rosa publicados pela Global Editora

A hora e vez de Augusto Matraga

As margens da alegria

Ave, palavra

Campo Geral

Corpo de baile

Estas estórias

Fita verde no cabelo

Manuelzão e Miguilim

Noites do sertão

No Urubuquaquá, no Pinhém

O burrinho pedrês

O recado do morro

Primeiras estórias

Rios de estórias

Tutameia – Terceiras estórias

Zoo